Michael Böckler hat Kommunikationswissenschaft studiert, ist Journalist und Mitinhaber einer Gesellschaft für Kommunikationsberatung in München.
Mallorca hat der Autor vor etlichen Jahren durch dort lebende Freunde kennengelernt und seitdem viel Zeit auf der Insel verbracht. Dabei kam ihm die Idee, eine neue Art von Reiseführer in Form eines Romans zu schreiben.

Originalausgabe Mai 1997

Umschlaggestaltung: Wolfgang Baldus, München
Satz: Franzis-Druck GmbH, München
Druck und Bindung: Clausen & Bosse, Leck
Printed in Germany
ISBN 3-426-60694-1

4 5

Michael Böckler

Sturm über Mallorca

Ein Roman als Reiseführer

Knaur

»Wer von uns hätte sich nicht dem egoistischen Traum hingegeben, eines schönen Tages seine Geschäfte, seine Gewohnheiten, seine Bekanntschaften und sogar seine Freunde im Stich zu lassen und sich auf eine verwunschene Insel zu begeben, um dort ohne Sorgen und Scherereien zu leben?«

George Sand, Paris 1842, »Ein Winter auf Mallorca«
(Un Hiver à Majorque)

Prefacio

Die folgende Geschichte spielt auf der Baleareninsel Mallorca. Sie hat aber nur zum Teil festen Boden unter den Füßen. So ist die Erzählung weitgehend Ausgeburt schierer Phantasie – wobei es die Realität an Anregungen nicht mangeln läßt. Und auch den Akteuren fehlt zeitweise besagter fester Boden unter den Füßen. Jedenfalls ziehen es die beiden Protagonisten vor, die meiste Zeit des Tages auf dem Wasser zu verbringen. Während sich um ihre Köpfe ganz langsam ein Sturm zusammenbraut, was nicht nur aufs Wetter zu beziehen ist, schippern sie nichtsahnend mit einer trägen Motoryacht rund um die Insel. Sie ankern in den schönsten Buchten, nächtigen in hübschen Häfen, unternehmen Landausflüge, haben ein Faible für gute Restaurants – und interessieren sich für die Geschichte Mallorcas. Wobei ein Hang zu abenteuerlichen Episoden und Gestalten unverkennbar ist. Auf diese Weise gerät ihre Bootsfahrt zu einem touristischen Erlebnis. Und genau das ist auch die erklärte Absicht der Erzählung. Mit fortlaufender Handlung kommen systematisch fast alle touristischen Highlights der Insel Mallorca ins Spiel: vom quirligen Nobelhafen Porto Portals bis zur majestätischen Kathedrale La Seu in Palma de Mallorca. Vom ehrwürdigen Kartäuserkloster in Valldemossa bis zur hüllenlosen Platja des Trenc. Von der ungewöhnlichen Romanze der George Sand mit Frédéric Chopin bis zum exzentrischen Erzherzog Ludwig Salvator, der gleichzeitig vielen Frauen und Männern in Liebe zugetan war. Von dem zarten Hefegebäck Ensaïmada bis zum deftigen Bauernbrot Pa amb oli. Die Erzählung, bei der es um die Verfolgung eines untergetauchten Wirt-

schaftskriminellen geht, um liebevolle Zuneigung und mörderischen Haß, um viel Geld und wenig Skrupel, diese Geschichte liefert einen Rahmen für Informationen über die Insel Mallorca.
Das Buch will gleichzeitig unterhaltsame Lektüre und touristischer Begleiter sein – eine andere, besondere Art von Reiseführer. Aus diesem Grund hat es auch einen touristischen Anhang mit ergänzenden und zusammenfassenden Informationen. Alle Namen, die in der Erzählung bei ihrer ersten Erwähnung *kursiv* geschrieben sind, lassen sich alphabetisch geordnet im »Registro turistico« nachschlagen. Wobei die Auswahl – zum Beispiel auch der Restaurants – rein willkürlich erfolgt. Das Buch hat nicht den Ehrgeiz, in irgendeiner Weise vollständig zu sein. Dieser ohnehin nur schwer zu erfüllende Anspruch bleibt den klassischen Reiseführern vorbehalten. Außerdem appelliert der Autor an den Entdeckungsdrang jedes einzelnen. Es lohnt sich: Mallorca hält viele Überraschungen bereit.

1

Der steile Bug der Motoryacht tauchte tief ein und verschwand schließlich vollends in der großen schwarzen Welle, von deren Kamm Gischt sprühte. Gleichzeitig legte sich die weiße Yacht nach Steuerbord. Auf der Flybridge knatterten die blauen Fetzen des zerrissenen Sonnensegels im Sturm. Durch halbgeöffnete Fenster und Luken traten Sturzbäche von Meerwasser in die Kajüte und umspülten die braungebrannten Beine einer jungen Frau, die sich krampfhaft am Steuerstand festklammerte. Langsam stieg der Bug wieder aus der rauhen See auf. Jetzt rollte die Trawleryacht nach Backbord. Die beiden schweren Caterpillar-Schiffsdiesel stampften. Die automatischen Lenzpumpen arbeiteten gegen das eingedrungene Wasser an. Aus der Pantry flogen Gläser und Teller quer durch die Kajüte.

Führerlos trieb die sechsundvierzig Fuß lange Trawleryacht mit ausgekuppelten Motoren durch das Schwerwetter. Das Windmeßgerät zeigte deutlich über fünfzig Knoten an. Windstärke zehn bis elf. »Temporal huracanado« sagen die Spanier dazu: orkanartiger Sturm! Die Insel *Mallorca*, obgleich nur wenige Seemeilen entfernt, war durch die Gischt und den wolkenbruchartigen Regen längst nicht mehr zu sehen.

Verzweifelt hantierte Dana am Funkgerät, drückte wahllos Schalter und drehte an Knöpfen. Sie hatte das Mikrofon in der Hand und schickte immer wieder Hilferufe in den Äther. Nur: Welcher Kanal war für Notrufe reserviert? Kay hatte es ihr genau erklärt. Aber da war der Himmel über den Balearen noch blau gewesen, das Meer glatt wie ein Spiegel und das Campariglas in ihrer Hand gut gekühlt.

Wie, verdammt noch mal, wurden die Frequenzen eingestellt? Aus dem Lautsprecher kamen schrille Pfeiftöne, dann wieder hörte sie dumpfes Knattern. Dana dachte an Kay. Ihr Freund war über Bord gespült worden und trieb jetzt irgendwo draußen im aufgepeitschten Meer. Falls er nicht schon längst ertrunken war.

*

Der Sturm war mit einer unglaublichen Geschwindigkeit vor der Südostküste Mallorcas aufgezogen. Es war September und eigentlich schönstes Badewetter. Noch vor einer Stunde hatte die Sonne geschienen und die Stereoanlage an Bord der Yacht Präludien von Frédéric *Chopin* gespielt.

Kay liebte die ebenso eleganten wie oft schwermütigen und leidenschaftlichen Kompositionen des Polen. Und er mochte die Geschichten, die sich um die Beziehung zwischen der exaltierten Schriftstellerin George *Sand* und dem bläßlichen Komponisten Frédéric Chopin ranken. Einen langen gemeinsamen Winter hatten sie einst auf Mallorca verbracht. Ein sonderbarer Aufenthalt, der gleichzeitig von Liebe und Abscheu, von Glücksgefühl und Krankheit geprägt war. Die Präludien, die aus den Bordlautsprechern der Trawleryacht klangen, waren denn auch auf Mallorca entstanden. Frédéric Chopin hatte sie vor eineinhalb Jahrhunderten im Kartäuserkloster von *Valldemossa* komponiert.

Der Bug hob und senkte sich gemächlich. Die sentimentalen Klänge Chopins perlten über das Deck. Kay saß mit hochgelegten Beinen hinter dem Steuerrad im Schatten des Sonnensegels. Dana gab ihm einen Kuß in den Nacken und ging unter Deck in die Gästekajüte. Dort legte sie sich

auf das Bett und ließ sich von dem sanften Schaukeln der Aurore in einen tiefen Schlaf wiegen.
Aurore, so hatte Kay seine Yacht getauft nach dem eigentlichen Namen von George Sand: Baronesse Dudevant, geborene Amantine Aurore Lucile Dupin.
Dana war fest eingeschlafen, als sich der Himmel verfinsterte und die ersten Böen das Schiff trafen. Diese lokal begrenzten Stürme treten vor der Küste Mallorcas zwar selten, aber immer wieder einmal auf, vor allem im Spätsommer. Dann gibt es urplötzlich Windböen bis zu Orkanstärke, Blitz und Donner, schwere Niederschläge und einen gefährlichen Seegang. Keiner weiß so recht, wie diese Stürme entstehen. Deshalb lassen sie sich auch nicht vorhersagen.
An Land sorgt vor allem der sintflutartige Wolkenbruch für Verwüstungen. Auf See sind es die gewaltigen Sturmböen und die hochgehenden Wellen, die Yachties und Fischern zum oft tödlichen Verhängnis werden.
Meist ist der Spuk genauso schnell wieder vorbei wie er gekommen ist. Oft nach einer halben, spätestens nach einer Stunde lichtet sich der dichte Regenvorhang. Das letzte Grollen des Gewitters rollt über das Meer. Das Heulen des Sturms verliert sich im Nichts. Wie zum Hohn folgt dem Orkan plötzliche Windstille. Nur das aufgewühlte Meer erinnert an das vorangegangene Inferno.

2

Erst vor zwei Wochen war die blonde Münchnerin Kay begegnet. In *Porto Portals*, der wohl exklusivsten Marina Mallorcas, nur wenige Kilometer südwestlich von *Palma*.

Mit ihrer Freundin Eva saß die achtundzwanzigjährige Dana Mohnert in der Nachmittagssonne auf der Terrasse des *Wellies*, eines weithin bekannten Straßenrestaurants direkt an der palmengesäumten Uferpromenade. In Porto Portals, dem noblen Hafen von Portals Nous, kommt keine Langeweile auf. Da bollern schwere Motorräder an den Kneipen und Boutiquen vorbei. Diskomusik schallt über die Stege mit den Luxusschiffen. Zwischen die bunten Kleinwagen mischen sich teure Edelkarossen. Die Promenade wird zum Laufsteg der Eitelkeiten. Das Flanieren zählt zum Ritual.
Das ist nicht das Mallorca der Billigtouristen und Bettenburgen, das Mallorca mit dem negativen Image der Putzfraueninsel und des Teutonengrills. Es ist freilich auch nicht das Mallorca, das den Namen »Isla de la Calma« verdient, Insel der Stille. So hat vor rund hundert Jahren der katalanische Schriftsteller Santiago Rusiñol von der ruhigen Abgeschiedenheit auf Mallorca geschwärmt.
Insel der Stille – ein Mallorca, das es übrigens allem Fremdenverkehr zum Trotz noch gibt. Im Landesinneren und abseits der Ziele des Massentourismus. Dort verstecken sich malerische *Fincas* hinter stumpfgrünen, silbrig schimmernden Blättern von knorrigen Olivenbäumen, streicht im Januar der milde Wind durch ein Meer von weißen Mandelblüten, ziehen wie einst zu Zeiten George Sands Eselkarren über schmale Wege zwischen niedrigen Trockensteinmauern, legen sich die friedlichen Schatten von Pinien über die hektischen Sorgen des städtischen Alltags.
Porto Portals steht für ein anderes Mallorca. Ein Mallorca, das schon seit einiger Zeit die Schickimickis, die Promis und VIPs für sich entdeckt haben. Es muß eben nicht immer Saint-Tropez sein, Marbella oder *Ibiza*.
Danas schwarzhaarige Freundin Eva unterzog die Männer

im Wellies einer ebenso systematischen wie kritischen Prüfung. Dana dagegen beobachtete amüsiert ihre Freundin. Sie wußte genau, was in Evas Kopf vorging. Im Unterschied zu Dana, die sich auf Mallorca einfach erholen und ihren Spaß haben wollte, war Eva ganz versessen darauf, im Urlaub einen reichen Mann kennenzulernen. Das trug ihr zwar regelmäßig Danas Spott ein, aber sie ließ sich von ihrem Vorhaben nicht abbringen. Und letztlich machte Dana gute Miene zum Spiel. Sie ließ sich von Eva schon seit Tagen zu allen Plätzen schleppen, wo diese glaubte, erfolgreich ihre Netze auslegen zu können.

»Na, ist einer dabei?« fragte Dana fröhlich-spöttisch ihre Freundin.

»Was heißt, ist einer dabei?« entrüstete sich Eva und drückte energisch ihre Zigarette im Aschenbecher aus. »Das klingt ja ganz so, als wäre ich auf Aufriß.«

»Bist du doch auch, bist du immer«, machte sich Dana über die heftige Reaktion lustig. »Also, was sagt dein Röntgenblick? Sitzt hier irgendwo ein schwerreicher Industrieerbe, der nur darauf wartet, von meiner Freundin Eva verführt und vor den Traualtar geschleppt zu werden?«

»Du bist echt gemein. Nur weil du so arrogant bist und reiche Männer bis zum Beweis des Gegenteils für Hohlköpfe hältst, muß ich doch nicht mein Leben als arme, einsame Kirchenmaus verbringen.«

»Dir wird es noch gehen wie Marylin Monroe in ›Wie angelt man sich einen Millionär‹«, sagte Dana lachend.

»Sicher nicht«, antwortete Eva. »Marylin war nur viel zu kurzsichtig, um den richtigen Mann mit Kohle aufs Korn zu nehmen.«

Dana rührte mit dem Löffel in ihrem *Café con leche*. Sie hatte lange blonde Haare, einen geschmeidigen, durchtrainierten Körper und schlanke, braune Beine. Dana war ausgesprochen selbstbewußt, mit einem Hang zur Überheblichkeit. Ein Charakterzug, der durch ihre akademischen Ambitionen verstärkt wurde. Zunächst hatte sie Philosophie studiert. Jetzt arbeitete sie an ihrer Doktorarbeit in Theaterwissenschaft. Dana liebte es, andere Leute mit intellektuellen Äußerungen aus der Fassung zu bringen. Aber auch ohne etwas zu sagen, verfügte sie über eine besondere Ausstrahlung. Vielleicht lag es an ihrer lässigen, selbstsicheren Art. Jedenfalls wurde sie von Männern nicht selten hingebungsvoll angestarrt. Aber den meisten fehlte der Mut, sie anzusprechen.

Evas Aufmerksamkeit wurde immer wieder von den kleinen Piepmätzen abgelenkt, die frech vor ihnen auf dem Tisch landeten. Dann schaute sie wieder einige Tische weiter, wo ein einzelner Mann saß, mit an der Brust aufgeknöpftem Hemd, die Haare mit Gel nach hinten gestrichen und eifrig mit dem Handy telefonierend.

Dana folgte Evas Blicken. Ihr abfälliger Kommentar ließ nicht lange auf sich warten: »Daß dieser Typ ein Vollidiot ist, sieht man doch von hier aus.«

»Du bist eine große Hilfe«, antwortete Eva.

Jetzt stand der Mann auf, um ins Restaurant zu gehen. Dabei mußte er an Evas und Danas Tisch vorbei. Während Dana gelangweilt in die Ferne schaute, stellte Eva flugs den Blickkontakt her. Mit dem Effekt, daß er die Stufe in der Terrasse übersah und der Länge nach hinschlug. Das Handy schlitterte scheppernd über den Steinboden.

»Wie ich schon sagte, ein Vollidiot«, sagte Dana, ohne den Gestürzten auch nur eines Blickes zu würdigen.

Vor ihnen fuhren mehrere Kabrios vorbei. Die Schranke zum Yachthafen ging hoch, und ein Porsche mit deutschem Kennzeichen kam heraus. Die Stereoanlage laut aufgedreht. Am Steuer ein dicker Glatzkopf mit einem selbstgefälligen Grinsen im Gesicht.

»Ich glaube, wir sind umzingelt«, sagte Dana. »Ich sehe nur noch Idioten!«
Plötzlich war Kay, den Dana und Eva vorher noch nie gesehen hatten, an ihrem kleinen Tisch aufgetaucht. Ohne lange zu fragen und wie selbstverständlich setzte er sich grußlos auf den freien Stuhl. Gleichzeitig stellte der Ober eine Flasche mallorquinischen Cava und drei Gläser auf den Tisch. Kay schenkte den Sekt ein, drückte die Gläser den verdutzten Mädchen in die Hände, hob sein Glas und sagte mit einem entwaffnenden Lächeln: »¡Salud! Ich hoffe, ihr habt nichts gegen meine Gesellschaft. Aber ich hatte plötzlich den sehnlichen Wunsch, mit euch auf den schönen Tag anzustoßen.«
Dana wußte nicht, warum, aber ohne die plumpe Anmache zu kommentieren, was eigentlich ihre Art gewesen wäre, folgte sie der Einladung und stieß mit Kay und ihrer Freundin an.
Sie rechnete damit, daß sich der Spender jetzt mit einer großen Selbstdarstellungsnummer lächerlich machen würde. Aber weit gefehlt. Kay machte es sich auf dem gespannten Leinen seines Stuhls bequem und schwieg.
Dana musterte ihr Gegenüber. Und wie sie es gerne tat, versuchte sie, eine Ähnlichkeit mit einer Hollywood-Größe vergangener Tage festzustellen. Das endete meist zum Nachteil ihrer Beobachtungsobjekte. Ihren schmachtenden Verehrer vom vergangenen Abend hatte sie mit der fortwährenden Anrede Oliver Hardy zur tragischen Witzfigur gestempelt und schier zum Wahnsinn gebracht. Da hatte ihr unbekannter Tischnachbar von heute entschieden bessere Karten. Sie fand, er sah aus wie ein braungebrannter Steve McQueen. Und Steve McQueen zählte immerhin zu ihren Favoriten. Ihr fiel der Film »Thomas Crown ist nicht zu fassen« ein, in dem McQueen einen reichen Bostoner Geschäftsmann spielte, der aus Langeweile eine

Bank ausrauben ließ. Eine Versicherungsdetektivin, Faye Dunaway, kam ihm auf die Spur – und verliebte sich prompt in den Millionär. Aus purem Übermut und um sie auf die Probe zu stellen, plante Thomas Crown einen weiteren Coup. Jedenfalls machte er dem Filmtitel alle Ehre und war auch diesmal nicht zu fassen.
Ihr Visavis hatte einen ähnlich spöttischen Gesichtsausdruck wie Steve McQueen als Thomas Crown. Ein weiteres Detail stimmte: Er trug wie McQueen die Uhr am rechten Handgelenk. Allerdings hatte er einen Dreitagebart, was zu McQueens Zeiten noch nicht angesagt war. Und er war weit weniger korrekt gekleidet als der Gentleman-Gangster Thomas Crown. Aber das machte nichts.
Auch Eva unterzog Kay einer kritischen Betrachtung. Er sah irgendwie nett aus, fand sie. Zwar schon etwas älter, vielleicht Mitte Vierzig, aber durchaus anziehend. Typ Lebenskünstler. Mit einem entscheidenden Nachteil: Der aufgetischte Cava konnte nicht darüber hinwegtäuschen, daß es dem Mann am nötigen Kapital fehlte. Die weißen Baumwolljeans hatten schon bessere Tage gesehen. Der dünne Pulli, den Kay mit hochgeschobenen Ärmeln auf der bloßen Haut trug, war vielleicht aus Kaschmir, aber wohl schon das Lieblingskleidungsstück seines Großvaters gewesen. Und die Plastikuhr taugte auch nichts. Finanzprüfung nicht bestanden, konstatierte Eva, die sich ihrer Analyse wie immer absolut sicher war. Der Mann war wahrscheinlich ein Aussteiger, lebte auf Mallorca, hatte vielleicht eine kleine *Finca* und malte Bilder, die keiner haben wollte. Die Kohle aus besseren Tagen reichte gerade, um ab und zu im Wellies mit einer Flasche Sekt auf Hasenjagd zu gehen.
Weder Kay noch Dana machten irgendwelche Anstalten, sich zu unterhalten. Waren die beiden zu stolz, oder was lief hier ab? fragte sich Eva. Schließlich wurde es ihr zu

blöd, und sie plapperte einfach drauflos. Man konnte sich ja wenigstens miteinander bekannt machen. Da war wohl nichts dabei.

Dank Evas Initiative kam dann doch so etwas wie ein Gespräch zustande. Allerdings hatte Eva bald das Gefühl, daß sie dabei zunehmend eine Nebenrolle spielte. Auf eine ganz eigenartige Weise schienen sich Kay und Dana füreinander zu interessieren. Bahnte sich da etwas an?

Währenddessen ging Dana durch den Kopf, daß sie als junges Mädchen oft davon geträumt hatte, mit Steve McQueen auszugehen. Dana warf einen kurzen Blick hinüber zu ihrer Freundin. Sie kannte sie gut genug, um zu wissen, daß Eva mit Kay nichts im Sinn hatte. Prüfung nicht bestanden, dachte Dana. Kay war offenbar nicht der Ölprinz, nach dem Eva Ausschau hielt. Sie waren abends mit einer Clique aus Düsseldorf verabredet. Da war Eva eigentlich gut aufgehoben.

»Hast du heute abend schon etwas vor?« fragte Dana kurz entschlossen.

»Nein, warum?« antwortete Kay, ohne besonders überrascht zu wirken.

»Wenn du willst, können wir beide uns hier um neun Uhr im Wellies treffen. Du kannst mich zum Abendessen einladen.«

»Mit dem größten Vergnügen«, antwortete Kay. »Ich hoffe, deine Freundin hat nichts dagegen, wenn wir sie heute abend alleine lassen.«

»Schau' ich so aus, als ob ich lange alleine bliebe?« antwortete Eva mit einer koketten Kopfbewegung.

»Da hast du recht, die Sorge ist unbegründet. Also, um neun Uhr an der Bar.«

Dana und Eva standen auf. Dana hauchte Kay mit der Hand einen flüchtigen Kuß zu. Dann hakten sich die beiden ungleichen Mädchen unter und ließen Kay am Tisch zurück.

»Was ist denn in dich gefahren?« fragte Eva ihre Freundin, als sie einige Meter weiter am Restaurant *Esdi's* vorbeiliefen.
»Weiß ich auch nicht. Ich hatte plötzlich die Idee, mit Steve McQueen ausgehen zu wollen.«
»Du spinnst nicht schlecht. Deine Filmmanie bringt dich noch um deinen Verstand.«

3

In der spanischen Hauptstadt Madrid hielt vor einem alten, klassizistischen Mietshaus ein Taxi. Ein vierschrötiger Mann in einer abgewetzten Lederjacke, in Jeans und Cowboystiefeln stieg aus. Er suchte am Klingelbrett den Namen José Gaudisto. Als zufällig die Tür aufging und einige spielende Kinder hinausliefen, betrat Sam Späth ohne zu klingeln das dunkle Treppenhaus. Er nahm den altertümlichen Lift, der wie ein großer verschnörkelter Käfig in einem vergitterten Schacht nach oben führte. Im vierten Stock lag gleich neben dem Aufzug die Eingangstür zu Gaudistos Wohnung. Sam hörte durch die Tür Musik. Nicht weniger als vier Sicherheitsschlösser waren in das Holz eingelassen. Sam schmunzelte. Es sah ganz so aus, als ob die Adresse stimmte. Nach dem Läuten wurde die Musik leise gedreht. Er hörte eine Stimme: »¿Quién es?«
Sam räusperte sich: »Können Sie zufällig auch Deutsch?«
»Kann ich. Wer sind Sie?«
Sam nahm den Kaugummi aus dem Mund, formte ihn zu einer Kugel und klebte ihn auf das Türschild aus Messing. »Mein Name ist Frank N. Stein. Ich komme auf Empfehlung von Señor Bernardo.«

»Und was wollen Sie?«
»Etwas, das man nicht durch eine geschlossene Tür bestellt«, antwortete Sam mit einem gequälten Gesichtsausdruck.
»Wie wäre es mit einer Anzahlung?«
Sam fuhr sich mit dem Zeigefinger ins rechte Ohr: »Habe ich richtig gehört? Anzahlung?«
»Sie haben richtig gehört.«
»Ich glaub', mein Schwein pfeift.« Sam holte seine Brieftasche aus der Lederjacke, nahm einen Tausendmarkschein heraus und schob ihn unter der Tür durch. »Hier, reicht das fürs erste?«
»In Ordnung, das reicht. Augenblick, ich lasse Sie gleich herein.«
»Sehr gütig, Euer Durchlaucht«, gab Sam leise seinen Kommentar.
Er hörte, wie die Schlösser nacheinander entriegelt wurden, dann ging die Tür auf. Vor ihm stand in einem glitzernd roten Morgenmantel José Gaudisto. Sam war überrascht. Er hatte bei diesem Gewerbe eher einen alten klapprigen Herrn mit starker Brille und feingliedrigen Händen erwartet. José war aber wohl erst Ende Dreißig, ziemlich groß und breitschultrig.
Das machte die Sache nicht einfacher, dachte sich Sam. Kam hinzu, daß José eine Beretta in der Hand hielt, deren Mündung genau auf Sams Magen zielte.
Sam deutete lächelnd auf die Beretta: »Ich hoffe, das ist eine Wasserpistole.«
»Sehr witzig. Umdrehen, mit dem Gesicht zur Wand, Beine auseinander, Hände nach oben«, kommandierte José mit scharfer Stimme. Gleichzeitig schlug er mit dem Fuß die Wohnungstür zu.
Sam folgte den Anweisungen. José tastete ihn mit einer Hand schnell und routiniert nach Waffen ab. Fehlanzeige.

»Bien, Sie können sich wieder umdrehen. Verzeihen Sie diese Begrüßung, aber ich bin ein ausgesprochen mißtrauischer Mensch.«
»Tatsächlich? Das wäre mir überhaupt nicht aufgefallen.«
José hatte bereits für einen ausreichenden Sicherheitsabstand gesorgt. Seine rechte Hand mit der Beretta steckte jetzt in der Tasche des Morgenmantels.
Sam war um einen freundlichen Gesichtsausdruck bemüht. Obwohl ihm gerade klargeworden war, daß er bei José mit der sanften Tour nicht zum Ziel kommen würde. Bei diesem Kandidaten war vielmehr die Mentalität einer Planierraupe gefragt. Er beschloß, gleich auf den Punkt zu kommen.
»Señor Bernardo hat mir gesagt, daß Sie auf Ausweispapiere spezialisiert sind.«
José protestierte: »Das ist falsch. Ich handle mit Briefmarken.«
»Nun gut, Briefmarken, ich bin flexibel. Vielleicht kommen wir trotzdem ins Geschäft. Ich suche eine Briefmarke mit meinem Konterfei.« Sam freute sich über diesen Scherz und grinste breit. »Eine Marke der Vereinigten Staaten von Amerika, beste Qualität, von einem Original nicht zu unterscheiden. Ich brauche sie innerhalb von vierundzwanzig Stunden. Ich zahle den üblichen Preis.«
»Sie müßten mir diese Marke noch genauer beschreiben. Wie ist es um Ihre Liquidität bestellt?«
Sam nahm seine Brieftasche, fingerte weitere vier Tausendmarkscheine heraus, den ersten vermutete er in der linken Tasche des Morgenmantels, wedelte damit kurz in der Luft herum und steckte sie wieder ein. »Das wäre meine zweite Anzahlung. Den Rest gibt's bei Übergabe.«
»Está bien, der Anblick gefällt mir«, sagte José, jetzt schon sehr viel aufgeschlossener. Der Spanier ging um den antiken Schreibtisch herum, der relativ dicht vor einer Wand

stand, und setzte sich hinter dem Tisch auf einen hübsch geformten Jugendstilstuhl. Sam beobachtete, daß José die rechte Hand zu keinem Zeitpunkt aus der Tasche nahm. Dann taxierte Sam kurz den Schreibtisch, wobei es ihm weniger auf die Stilepoche ankam.

»Haben Sie als Vorlage für die Briefmarke ein Paßbild?« fragte José.

»Natürlich«, antwortete Sam. Er langte mit der linken Hand in die Innentasche seiner Lederjacke, beugte sich nach vorne, als ob er in seiner Jacke nach dem Bild fischen müßte, und stürmte urplötzlich mit tiefgebeugtem Kopf nach vorne. Ehe José seine Hand mit der Pistole aus der Tasche hatte, krachte Sam schon mit voller Wucht gegen den Schreibtisch, der auf dem Parkettfußboden nach hinten gegen die Wand schleuderte. José bekam die Schreibtischkante genau gegen den unteren Rippenbogen. Sein Kopf schlug nach vorne, der rechte Arm war eingeklemmt, und der filigrane Jugendstilstuhl splitterte. Sam packte den Kopf von José, schlug ihn mehrfach kurz und trocken mit dem Gesicht auf die feinziselierte Schreibunterlage. Dann ging er ruhig um den Tisch herum, griff sich José am immer noch eingeklemmten Arm, nahm ihm die Pistole ab und befreite ihn aus seiner mißlichen Lage. Dabei drehte er ihm den ohnehin schon lädierten Arm auf den Rücken.

»So, jetzt ist Schluß mit dem Briefmarkenscheiß. Was soll das Herumgerede? Du bist Paßfälscher, das wissen wir beide. Wenn du jetzt nicht genau tust, was ich sage, dann brauchst du in Zukunft einen Assistenten. Weißt du auch, warum? Weil dein Arm dann nämlich zu nichts mehr zu gebrauchen ist.« Sam grinste schief und bog den verletzten Arm noch ein Stück weiter nach oben.

Von José war nur leises Stöhnen zu vernehmen.

»Sag bloß, das tut weh? Tut mir leid, ich bin ab und zu etwas unbeherrscht.« Sam kicherte. Die Sache fing an, ihm

Spaß zu machen. »Jetzt spitz deine Lauscher. Ich will nur eine Auskunft. Gib mir die Info, und mein Besuch ist schon beendet. Du hattest vor einigen Monaten einen Kunden aus Deutschland. Ich will wissen, auf welchen Namen und welche Nationalität du seinen neuen Paß ausgestellt hast. Und wann genau. Ich weiß nicht, wie er sich bei dir eingeführt hat. Aber ich habe einige Namen zur Auswahl. Und ich habe Fotos von ihm, die ich dir zeigen werde.«
José, der immer noch nach Luft schnappte und zudem aus der Nase blutete, protestierte. »¡Suéltame, cabrón! Laß mich los, du Arsch. Du kannst mich totschlagen. Die Namen meiner Kunden son sagrados, sind heilig.«
»Aber ich bin kein Heiliger, das ist dein Problem.«
José ließ sich nicht so schnell kleinkriegen. »Versteh doch. Diskretion ist die Grundlage meines Geschäfts. Wenn ich einen verpfeife, kann ich einpacken. ¿Te enteras? Geht das in deinen Kopf rein?«
»Da bist du schief gewickelt«, antwortete Sam, »das geht nicht in meinen Kopf rein. Ich bin aus Prinzip begriffsstutzig.«
José holte mit dem freien Arm aus und stieß Sam den Ellbogen gegen den Brustkasten. Gleichzeitig versuchte er, sich aus der Umklammerung zu befreien.
Sam zeigte sich unbeeindruckt. »Was soll denn das werden? Dir geht's wohl noch zu gut.«
Als er José mit dem Kopf gegen den Türstock rammte, sackte dieser nach unten weg.
»Okay, du Briefmarkensammler, du bekommst eine Auszeit«, kommentierte Sam trocken. »Vor der nächsten Runde mach' ich eine Sightseeing-Tour durch deine Wohnung.«
Im Nebenzimmer entdeckte Sam hinter einem riesigen Gemälde von Joan *Miró* einen großen Wandsafe. »Das Bild hast du sicher auch gefälscht, Amigo, für meinen Geschmack eine ziemlich große Marke. Paßt ja auf keinen

Brief.« Im nächsten Zimmer stand neben einem großen Farbkopierer der neusten Generation ein eingeschalteter Computer.
»Sehr freundlich«, meinte Sam und rieb sich die Hände. »Hoffentlich bist du als Buchhalter besser. Als Sparringpartner bist du jedenfalls eine Pfeife.«
Sam setzte sich an das Gerät und suchte in den gespeicherten Dateien herum. »Nichts dabei, alles Schrott. Nicht einmal ein anständiges Computerspiel.«
Sam stand wieder auf und ging zurück zu José, der immer noch regungslos auf dem Boden lag. Zunächst holte sich Sam seinen Tausendmarkschein zurück, der wie vermutet in der linken Tasche steckte. Dann fand er an einer Halskette den Safeschlüssel.
»It's so easy«, summte Sam auf dem Weg zum Wandsafe. Er schwenkte den Miró weg, öffnete problemlos die Stahltür und durchwühlte den Inhalt. Neben einem ganzen Stapel von Formularen fand er alte und neuere Pässe verschiedenster Nationalitäten, ein Gerät zum Einschweißen von Kennkarten, einen Codenummernlocher, viele Stempel ...
»Briefmarkensammler, typisch Briefmarkensammler«, murmelte Sam. »Erstaunlich, was man heute dazu alles braucht. Was haben wir denn hier Hübsches?«
Sam hatte einige Disketten entdeckt, mit denen er zum Computer lief. Er ging sie systematisch durch. Nach kurzem Suchen schnalzte er zufrieden mit der Zunge. Die gefundene Namenliste sah ausgesprochen vielversprechend aus. Er klickte mit der Maus das Feld »Search« an, tippte hinter »Search for« den Namen Dr. Felix Reiter ein. Fehlanzeige. Okay, das war ja wohl klar.
Sam überlegte kurz, dann probierte er es mit Francis Baker. Wieder daneben. Letzte Chance: Viktor Stranitz. Diesen Namen hatte er von seiner Kontaktperson in der Schweiz, die ihm den Tip mit José gegeben hatte. Bingo. Wer sagt's

denn! Da stand in voller Schönheit alles, was Sam wissen wollte.
Sam notierte sich die Angaben auf seinem Block, dann steckte er die Diskette ein und ging zurück zu José, der langsam wieder zu sich kam. Sam packte ihn am Revers seines Morgenmantels und zog ihn am Türstock in eine sitzende Position.
»Hast du wieder auf Empfang geschaltet?« fragte Sam.
José starrte ihn an, dann nickte er langsam.
»Da bin ich aber froh. Ich hab' mir schon Sorgen gemacht. Deine Briefmarkensammlung habe ich übrigens vergeblich gesucht. Echt schade. Ich steh' auf die blaue Mauritius.«
Sam zeigte José die Diskette. »Du hast ja eine tolle Buchführung. Kompliment. Ich hab' mich sofort zurechtgefunden. Jetzt bin ich ein Stück klüger. Unser Freund hört also auf den Namen Kay Kaufmann. Nun sperr mal deine Augen auf. Ja, so ist's brav. Ich habe hier ein paar Fotos. Du sagst mir jetzt, wie der Typ ausgesehen hat!«
Zur Aufmunterung tätschelte Sam Josés Gesicht.
»Du kannst dich doch hoffentlich an diesen Viktor Stranitz alias Kay Kaufmann erinnern?« fragte Sam.
Das folgende »Ja« war so leise, daß er es José fast von den Lippen ablesen mußte. Sam zog einen kleinen Stapel mit Porträtbildern aus seiner Jackentasche. Nacheinander hielt er sie José vor die Augen.
»Ese es, das ist er, so hat er ausgesehen«, hustete José und deutete auf ein Foto.
Sam sah auf die Rückseite, das Bild hatte die Nummer sieben.
»Gut gemacht. Siehst du, wir verstehen uns doch wirklich prächtig. Das hättest du einfacher haben können. Und weil wir jetzt so gute Freunde sind, gebe ich dir zum Abschied noch einen gutgemeinten Rat. Vergiß meinen Besuch. Das war Künstlerpech. Ich habe nichts gegen dich persönlich.

Absolut nichts. Du bist mir sogar fast sympathisch. Also halt die Klappe, und vergiß, was ich wollte. Und merk dir vor allem eines: Wenn du mir je in die Quere kommen solltest, dann kriegst du wieder was auf deine Pappnase.«
Sam kicherte ausgelassen und zielte mit dem Zeigefinger auf José. Dann krümmte er den Finger: »Peng!« Jetzt kicherte er nicht mehr. »Deine Diskette mit den Namen stecke ich ein. Diskretion ist Ehrensache.«
José schaute Sam mit glasigem Blick an.
Sam schüttelte in gespielter Verzweiflung den Kopf. Er leerte das Magazin der Beretta und warf José die Waffe vor die Füße. Dann verließ er die Wohnung. Während die Tür hinter Sam ins Schloß fiel, zog er seinen Kaugummi vom Türschild und steckte ihn wieder in den Mund.

4

Gegen neun Uhr saß Dana im Wellies auf einem Sofa vor einem gußeisernen Ofen und nippte an einem Campari Orange. Wirklich bescheuert, dachte sie. Da sitze ich wie bestellt und nicht abgeholt und habe noch dazu selbst die Initiative ergriffen. Dabei kenne ich den Typen überhaupt nicht. Eva meint, er sei ein Aussteiger, dem langsam, aber sicher das Geld ausgeht. Sie könnte recht haben. Aber das sprach ja noch lange nicht gegen einen netten Abend.
Dana stellte ihr Glas ab und lehnte sich zurück in die weichen Kissen. Im Lokal war es relativ leer. Die Gäste drängten sich draußen auf der Terrasse. Sie gab sich einen Ruck. Was soll's, ich bin im Urlaub. Außerdem bin ich Spezialistin auf dem Gebiet, Männern den Laufpaß zu geben.
»Hallo, schöne Frau.« Kay beugte sich über das Sofa und

gab Dana einen Wangenkuß. »Ehrlich gesagt, habe ich nicht damit gerechnet, daß du wirklich hier auf mich wartest«, sagte er und ließ sich neben Dana in die Kissen sinken. »Ich dachte, der Sekt ist dir heute mittag zu schnell zu Kopf gestiegen und du hast dich in einem Augenblick geistiger Unzurechnungsfähigkeit mit mir verabredet.«
Da war er schon wieder, dieser spöttische Gesichtsausdruck, dachte Dana. »Meine Freundin Eva war derselben Ansicht. Wahrscheinlich habt ihr beide recht.«
»Kein Grund zur Sorge. Wir sollten diese Bewußtseinsstörung wie geplant bei einem Abendessen therapieren. Irgendwelche Präferenzen? Wir könnten hier bleiben und uns in den ersten Stock verziehen oder woanders hingehen?«
»Ich bin flexibel. Ob's mir gefallen hat, sage ich hinterher.«
»Also, im Wellies waren wir heute schon. Ich schlage vor, daß wir rüber ins *Tristan* gehen, die kochen wirklich ganz ordentlich.«
Dana betrachtete Kay, dessen Outfit ähnlich schlampig war wie mittags. Das Tristan war ja nun wirklich das teuerste Lokal weit und breit. Nicht, daß ihr das etwas bedeutete. Aber offenbar war Kay für Überraschungen gut. Und das gefiel ihr durchaus.
»Aber ich muß dich warnen, ich habe einen mallorquinischen Bärenhunger.«
»Auf Mallorca gibt es meines Wissens keine Bären«, erklärte Kay mit nachdenklichem Gesichtsausdruck. »Dafür viele schwarze Schweine, für die Mallorca einst berühmt war. Geckos gibt es, Schafe, wilde Bergziegen, aber garantiert keine Bären.«
»Daran wird es hoffentlich nicht scheitern?«
»Wohl kaum. Das größte Tier auf Mallorca war in grauer Vorzeit eine sagenumwobene Antilopenart. Der Myotragus ist schon vor Jahrtausenden ausgestorben. Vielleicht könn-

te man dennoch von einem mallorquinischen Myotragushunger sprechen.«
»Da bin ich aber froh, daß wir dieses Problem gelöst haben«, sagte Dana mit einer hochgezogenen Augenbraue.
Kay war bereits aufgestanden und reichte ihr die Hand. Dana ließ sich aus dem Sofa ziehen. Sie liefen die wenigen Meter hinüber zum Tristan. Vorbei am Flanigan, an einigen Boutiquen und an einem Rondell mit einem Springbrunnen.
Das im Stil einer Hazienda gebaute Tristan liegt am Ende der palmengesäumten Uferpromenade direkt vor den teuersten und größten Megayachten. Auf der Terrasse des Tristan waren unter weißen Markisen die Tische elegant gedeckt. Kay wurde von den Obern herzlich begrüßt. Sie bekamen einen kleinen Tisch in der Ecke. Während Kay mit einem Ober die Menüfolge besprach, wurden ihnen bereits zwei Gläser Champagner serviert.
»Täuscht der Eindruck, oder bist du hier häufiger?« fragte Dana.
»Der Eindruck täuscht nicht. Ich habe eine kleine Schwäche für gepflegtes Essen. Ich hoffe, dir macht es nichts aus, diese Leidenschaft mit mir zu teilen?«
»Bleibt nur zu hoffen, daß du keine schlimmeren Leidenschaften mit mir teilen willst«, meinte Dana lachend.
Kay blieb die Antwort schuldig, hob das Glas und stieß mit ihr an.
Sie unterhielten sich über Danas Freundin Eva. Dana erzählte von ihrem Studium. Kay wollte wissen, was sie im Urlaub auf Mallorca bisher so getrieben hatten. Dana merkte, daß der Informationsfluß etwas einseitig war. Von sich selbst erzählte Kay nämlich nichts. Aber Dana hatte keine Lust, ihn direkt zu befragen. Das sähe dann doch zu sehr nach Neugier aus.
Der Ober servierte die Vorspeise: Parfait de hígado de pato

con jamón de jabugo – Entenleber-Parfait mit Jabugo-Schinken. Er wünschte ihnen »bon profit«, guten Appetit, und entkorkte eine Flasche Wein.

»Ich hoffe, du trinkst Weißwein«, sagte Kay.

»Aber klar, am liebsten ein Glas zuviel!«

»Da bin ich aber mal gespannt. Also, hier im Tristan gibt's sehr viel teurere Weine als unseren Tropfen. Aber dieser hat den Vorzug, daß er von der Insel kommt. Ist ein fruchtiger Muscat Miguel Oliver. Sollte schmecken. Die Weine dieser Bodega in Petra haben einen vorzüglichen Ruf. Es gibt mittlerweile wirklich guten *Vino mallorquin*. Ich trinke auch gerne einen Chardonnay von Jaume Mesquida aus Porreres. Oder einen Blanc de Blancs von José Ferrer in *Binissalem*. Kennst du Binissalem? Das ist der bekannteste Weinort auf Mallorca. Im Landesinneren, zwischen hier und Inca. Dort kommen einige der besten Weine Mallorcas her.«

Kay roch am Korken, kostete den Wein und nickte.

»Früher hat es viel mehr ausgezeichneten Wein auf Mallorca gegeben. Der Name *Banyalbufar*, das ist ein Ort an der Westküste auf halbem Weg nach *Deià*, der ist arabischen Ursprungs und heißt eigentlich so etwas wie kleiner Weingarten am Meer. Da gab es einen Weißwein aus der Malvasíatraube. Der war so gut, daß er sogar an den Hof der aragonesischen Könige geliefert wurde. Wahrscheinlich haben den Malvasía schon viel früher die römischen Kaiser getrunken. Jedenfalls hat man vor Banyalbufar auf dem Grund des Meeres römische Amphoren gefunden.«

»Sag mal, woher weißt du das alles?« fragte Dana. »Das mit dem Myotragus und jetzt mit dem Wein. Das war ja ein profunder Vortrag. Ich bin beeindruckt. Arbeitest du beim Fremdenverkehrsamt?«

Kay lachte. »Da könnte ich mich ja mal bewerben. Vielleicht mach' ich dort noch Karriere. Nein, im Ernst, ich hänge jetzt schon eine Zeitlang in dieser Gegend rum. Ich hab' viel Zeit, und ich lese gerne. Also schmökere ich gerade in Büchern über Mallorca. Das ist viel interessanter, als ich erwartet hätte. Je mehr ich lese, desto mehr fasziniert mich die Insel. Und beim Wein ist es sowieso ganz einfach. Ich trinke nun mal gern ein Gläschen. Das habe ich offenbar mit dir gemeinsam. Übrigens bin ich mit meinem ›Vortrag‹ noch nicht fertig. Darf ich weitermachen?«

»Nur zu«, Dana schmunzelte, »es geht doch nichts über eine gebildete Konversation. Auch wenn ich mich in diesem Fall aufs Zuhören beschränke.«

»Ich muß doch bei unserem ersten gemeinsamen Essen einen guten Eindruck hinterlassen. Der wird ohnehin nicht von langer Dauer sein.«

»Das klingt ja wirklich vielversprechend.«

»Also, der Weinanbau auf Mallorca hat eine lange Tradition. Aber vor gut hundert Jahren wurden die Rebstöcke von der Reblaus vernichtet. Und dann kam lange Zeit gar nichts. Jedenfalls kein Wein, über den es sich lohnen würde zu reden. Erst heute versucht man wieder, an die alte Qualität anzuknüpfen. Dazu gehören die besagten Weine aus dem Gebiet bei Binissalem. Von der Gegend um Felanitx und *Manacor,* das ist im Südosten der Insel, da kommen auch sehr ordentliche Weine her: Chardonnay, Cabernet Sauvignon, Merlot. Also, um ein Fazit zu ziehen, man muß nicht verdursten.«

»Da bin ich aber beruhigt«, sagte Dana. »Was hältst du davon, wenn wir jetzt von der Theorie zur Praxis kommen und den Wein einfach trinken. Mit oder ohne Reblaus. Wenn er mir nicht schmeckt, kann ich ja immer noch eine Cola bestellen.«

Dana schnüffelte etwas am Glas, hielt es spaßeshalber gegen das Kerzenlicht und nahm dann einen Schluck.

»Schmeckt meiner Meinung nach deutlich besser als Cola«, meinte sie, »hat natürlich nicht ganz diesen vollmundigen

Körper wie eine Cola, es fehlt das prickelnde Perlen und das klebrige Gefühl auf der Zunge. Aber davon abgesehen, wirklich nicht schlecht.«

5

Im Büro der Frankfurter Detektei Lummer klingelte das Telefon. Heinz Lummer, der zu später Stunde noch über Akten brütete, nahm den Hörer ab.

»Hallo, Heinz, ich bin's, Sam. Schön, daß du noch im Office bist.«

»Was soll daran schön sein?« antwortete Lummer mißlaunig. »Ich könnte mir was Schöneres vorstellen!«

»Was das wohl wäre? Aber lassen wir das. Jetzt halt dich fest, damit du nicht vor Begeisterung vom Stuhl fällst. Bist du soweit? Also, ich sehe gute Chancen, daß wir unseren Freund schnappen.«

»Was heißt gute Chancen?« raunzte Lummer, der bei seinen Mitarbeitern nicht gerade für seinen diskreten Charme berühmt war. »Mich interessieren keine Chancen, wir sind hier nicht im Spielkasino beim Roulett. Auf Chancen ist gepfiffen. Mich interessieren Resultate.«

Sam ließ sich von der aufbrausenden Art seines Chefs nicht beeindrucken. »Roulett wäre doch eine geile Sache, wenn man wüßte, wo die Kugel hinfällt, oder?«

»Und? Weißt du das vielleicht?« antwortete Heinz Lummer, jetzt schon etwas umgänglicher.

»Könnte sein«, spannte ihn Sam auf die Folter.

»Wie wär's, wenn du mal zur Sache kämst. Welche Infos hast du? Schieß los!«

»Geschossen wird hier nicht. Wenn du zur Abwechslung

mal in deine Mailbox schauen würdest, dann wüßtest du längst Bescheid. Ich hab' dir ein E-Mail geschickt. Hübsch verschlüsselt, wie sich das gehört. Also schmeiß deinen elektronischen Sklaven an, und sieh nach.«

»Das ist ja nicht zu fassen. Warum kannst du es mir nicht jetzt am Telefon erzählen?« protestierte Lummer.

»Weil ich dir nun mal ein E-Mail geschickt habe. Deshalb. Außerdem muß ich aufs Klo. Und zwar dringend. Schau dir in der Zwischenzeit meine Message an. Ich melde mich gleich wieder.«

»Du kannst einen vielleicht nerven. Dann geh aufs Klo. Das nächste Mal überlegst du dir das vielleicht vorher. Und ruf sofort wieder an. Hast du verstanden, du elender Trüffelhund?«

»War doch meine Rede. Und danke für den Trüffelhund. Ich bin in der Hierarchie aufgestiegen. Das letzte Mal war ich noch ein Trüffelschwein. Bis dann.«

Heinz Lummer legte den Hörer auf und schaltete den Computer ein. Während der folgenden Startphase lehnte er sich zurück, legte seine Beine auf den Schreibtisch und faltete die Hände hinter seinem Nacken. Der grimmige Gesichtsausdruck wich rasch einem zufriedenen Lächeln. Sam Späth war zwar eine Nervensäge, aber sein bester Mann. Wenn Sam von »guten Chancen« sprach, dann waren die Chancen mit Sicherheit sehr gut. Seit fast zwei Jahren fahndeten sie jetzt auf der ganzen Welt nach Dr. Felix Reiter. Nachdem der Börsianer mit seinem Investmentfonds für Großanleger in die Pleite gerauscht und abgetaucht war, suchten das Bundeskriminalamt, Interpol, diverse private Detekteien und eine losgelassene Schar wildgewordener Journalisten nach dem Verschwundenen. Von dreihundert bis vierhundert Millionen Mark war die Rede, die Dr. Reiter vor seinem Untertauchen noch zur Seite gebracht haben sollte. Hinweise auf seinen Aufenthaltsort hatte es unzählige gegeben. Immer wieder wollte man ihn im Iran gesehen haben, dann in Florida, später in Paraguay, in Chile oder in einem anderen südamerikanischen Land. Lummer wußte, daß Sam Späth eine Spur verfolgte, die nach Spanien führte. Es sah ganz so aus, als ob Dr. Reiter nach der Methode Frechheit siegt direkt vor ihrer Nase herumspazierte.

Lummers Computer war soweit. Er nahm die Beine vom Tisch, beugte sich vor und klickte im Informationsmanager »Neue Post« an. Jetzt wurde das Modem initialisiert. Die nächste Pause. Die Warterei konnte ganz schön auf den Geist gehen. Und das alles nur, weil Sam aufs Klo mußte und auf E-Mails stand.

Lummer dachte an seinen Auftraggeber, ein großes deutsches Industrieunternehmen, das bei dem Crash von Reiters Investmentfonds mit einem dreistelligen Millionenbetrag zu Schaden gekommen war. Mindestens. So ganz genau wußte das niemand. Die laufenden Ermittlungen wurden angemessen honoriert. Die Jagd lohnte sich für Lummer auch dann, wenn das Wild nicht zur Strecke gebracht wurde. Sollte es seiner Detektei aber gelingen, Reiter hinter Schloß und Riegel zu bringen, dann wäre das ein Mega-Knüller. Die vereinbarte Provision wäre für Lummer gleichbedeutend mit einem Freifahrschein in den vorgezogenen Ruhestand.

Connected. Nach endlich! Lummer fuhr mit der Maus hin und her. Jetzt war er am Ziel. Noch ein Klick. Wurde ja auch Zeit.

E-Mail von Sam Späth an Heinz Lummer

Hallo, Boß. Der Unterwelt-Tip mit dem Paßfälscher José in Madrid war Gold wert. Habe das verkannte Genie heute besucht. Ein trotziges Kerlchen. Dachte, er

könnte mich verarschen. Dann ist der Ungeschickte über seinen Schreibtisch gestolpert und gegen einen Türstock gerannt. So ein Pech. Aber danach haben wir uns entschieden besser verstanden. Also: Vor sechs Monaten hat José für unseren Freund einen Paß auf den Namen Kay Kaufmann gefälscht. Ausgestellt am 18.10.94. Gültig bis zum 17.10.2004. Geburtsort: Bad Homburg. Geburtsdatum: 12.4.48. Nummer: 3478894213. Der Paß wurde am 20. März abgeholt. Hat der Idiot alles fein säuberlich auf einer Diskette gespeichert. José hat Dr. Felix Reiter auf dem Foto Nr. 7 wiedererkannt. Jetzt ist der Reiter fällig. Wir wissen, wie er aussieht, und wir kennen seine neue Identität. Er kann sich schon mal anschnallen. Seine Bruchlandung steht kurz bevor. Dann können wir seine Reste einsammeln und abliefern.
Ich finde den Typen.

Sam

Heinz Lummer stand auf und lief im Zimmer auf und ab. Sam Späth hatte eine ultraheiße Fährte, kein Zweifel. Die Trumpfkarte hatte gestochen. Vor einigen Monaten waren seine Leute dem flüchtigen Dr. Felix Reiter zum ersten Mal auf die Spur gekommen. In einer thailändischen Spezialklinik für plastische Chirurgie im Norden Bangkoks hatte sich Felix Reiter vor Jahresfrist einer gesichtschirurgischen Operation unterzogen. Seine damalige Identität: Francis Baker aus Colorado, USA. Die Thais verfügten über eine sehr gute Dokumentation. Bilder vor und nach der Operation. Kein Zweifel: Mr. Baker war Felix Reiter. Und seitdem hatten sie die Trumpfkarte in ihren Händen: ein Bild von Dr. Reiter nach der Gesichtsoperation. Am Computer in Frankfurt wurden verschiedene Varianten seines Gesichtes simuliert: mit kurzen Haaren, mit langen Haaren, mit Schnurrbart, Vollbart, Brille, keine Brille etc. In der

Schweiz hatten sie dann über einen Anwalt, der für die Unterwelt arbeitete, den Tip mit José bekommen. Der Anwalt wußte auch zu berichten, daß Dr. Felix Reiter das Pseudonym Viktor Stranitz verwendete. Und jetzt hatte ihn dieser Paßfälscher erkannt. Foto Nr. 7.
Lummer setzte sich wieder an seinen Computer, rief die Reiter-Datei auf und suchte in der Bilddatenbank die Variante Nr. 7. Jetzt schaute ihm Dr. Felix Reiter alias Kay Kaufmann auf seinem Schreibtisch direkt in die Augen. Mit einem Dreitagebart und ohne Brille. Als Heinz Lummer das Bild jetzt betrachtete, fiel ihm auf, daß der gesichtsoperierte Felix Reiter einem verstorbenen amerikanischen Schauspieler ähnelte. Wie hieß er doch gleich? McQueen, richtig. Irgendwie sah Felix Reiter aus wie Steve McQueen.
Das Telefon klingelte erneut.
»Hallo, Boß, hier spricht wieder der Trüffelhund. Wie hat dir die Lektüre gefallen?«
»Rutsch mir den Buckel runter mit deinen E-Mails. Wie war's auf dem Klo? Geht's dir jetzt besser?«
»Klar. Aber dir geht's jetzt auch besser, gib's zu.«
Heinz Lummer gab sich einen Ruck. »Hast recht. Dein Info hat mir gefallen, muß ich zugeben.« Und nach einem Zögern: »Gratuliere, gut gemacht.«
»Ein Lob! Habe ich richtig gehört, ein Lob? Ist ja irre.« Sam kicherte vergnügt vor sich hin.
»Jetzt schnapp bloß nicht gleich über. Wie geht's weiter? Wo steckt der Kerl? Brauchst du Unterstützung? Soll ich dir noch ein paar Leute runterschicken?«
»Kollegen? Liebe Kollegen? Nein, danke. Die stehen doch nur im Weg herum. Alles Stümper und Versager. Nicht nötig. Der Trüffelhund und seine Spürnase kommen alleine klar. Sobald sich etwas Neues ergibt, gebe ich sofort Laut.«
»Dann laß dich nicht aufhalten.«

»Geht klar. Jetzt geh' ich wieder schnüffeln. Wau, wau!«
Sam hatte eingehängt.
Manchmal gingen Sams infantile Späße Heinz Lummer gehörig auf die Nerven. Heute abend freute er sich darüber – zeigten sie doch, daß Sam gut drauf war. Und das war jetzt am wichtigsten.
Heinz Lummer öffnete den Humidor auf dem Sideboard neben seinem Schreibtisch und entnahm ihm eine Havanna-Zigarre der größeren Bauart. Er präparierte das Prachtstück mit der gebotenen Sorgfalt, entzündete die Zigarre mit einem Holzspan und zog genüßlich den Rauch ein.

6

Der gemeinsame Abend auf der Terrasse des Tristan gefiel Dana immer besser. Es machte Spaß, sich mit Kay zu unterhalten. Er konnte gut zuhören, wußte über viele Dinge Bescheid, hatte oft originelle Ansichten und war dann wieder ein glänzender Erzähler. Nach der Vorspeise gab es Gazpacho con Gambas. Dann Cigalas mallorquinas envueltas en patatas (mallorquinische Langusten im Kartoffelmantel) und Rodaballo salvaje (wilder Steinbutt). Danas Gefühl hatte nicht getrogen. Die Idee, mit Kay zum Essen zu gehen, war vielleicht unüberlegt, aber nicht verkehrt gewesen.
Als sich Kay schließlich die Rechnung geben ließ und aus der Hosentasche ein großes Bündel Geld, das von einem Gummi zusammengehalten wurde, zum Vorschein brachte, da mußte Dana unwillkürlich lachen. Ihr fiel wieder ihre Freundin Eva ein und ihr mittägliches Gespräch über den Film »Wie angelt man sich einen Millionär«. In der Schlußszene holt der vermeintlich arme, frisch vermählte

Ehemann von Marylins Freundin Lauren Bacall ein großes Bündel mit Geldscheinen aus der Jacke und entpuppt sich als schwerreicher Industrieller. Worauf Marylin Monroe, Lauren Bacall und Betty Grable geschockt vom Barhocker fallen. Ein Bündel Geldscheine beeindruckte heute niemanden mehr, das war schon richtig, eher schon die Tatsache, daß jemand bar bezahlt. Aber das Gesicht von Eva hätte sie jetzt trotzdem gerne gesehen.
Gegen Mitternacht fuhren sie mit dem Taxi nach Palma. Kay ließ den Wagen oberhalb des Parc de la Mar bei der hell angestrahlten Kathedrale *La Seu* halten. Während Kay den Fahrer bezahlte, stand Dana schon draußen und betrachtete den gotischen Bau. Aus dieser Perspektive sah die Fassade ungeheuer mächtig und eindrucksvoll aus. Dana legte den Kopf in den Nacken. Hoch oben sprangen seltsame Wesen aus dem Gemäuer. Hyänengleiche Geschöpfe, steinerne Löwen, Raubvögel und Drachengestalten. Fast konnte es einem unheimlich werden. Fehlte nur noch Quasimodo, der bucklige Glöckner von Notre Dame, wie er hinter einem Mauervorsprung vorspähte.
»So bekommst du noch eine Nackenstarre«, stellte Kay fest. Er faßte Dana an den Schultern und drehte sie behutsam weg von der Kathedrale hin zum Meer. Vor ihnen lag mit seiner hohen Wasserfontäne der Parc de la Mar. Dahinter die Uferstraße, die große alte Mole und die weite Bucht von Palma. Von links zog ein startender Jet seine blinkende Spur in den Nachthimmel. Draußen auf dem Wasser lag ein hell erleuchtetes Kreuzfahrtschiff.
Kay nahm Dana in den Arm. »Sieht schön aus, oder?« Und nach einer Pause: »Früher muß das noch eindrucksvoller gewesen sein. Da spülten die Wellen des Meeres direkt an diese Mauern. Das vor uns liegende Land wurde erst später aufgeschüttet.«
Einige Minuten später liefen sie am Almudaina-Palast vor-

bei die Treppen hinunter. Auf den steinernen Bänken knutschten Jugendliche. Über ihren Köpfen fächerten die Palmen im Wind. Unten angelangt, kamen sie zu einer kleinen Verkehrsinsel mit einem Denkmal auf einem hohen Sockel. Es zeigte einen bärtigen Mann mit einem großen Buch in der einen und einem Federkiel in der anderen Hand. Auf dem Sockel stand: La Ciutat de Mallorca a Ramón *Llull*.

»Weißt du, wer das war, dieser Ramón Llull?« fragte Dana. »Kommt der Typ in deinen Büchern auch vor? Sieht jedenfalls ganz schön streng aus, der alte Herr.«

»Wärst du vor rund sechshundert Jahren geboren, dann hätte dich dieser strenge Herr vielleicht verführt. Ramón Llull war als junger Mann ein bekannter Schürzenjäger.«

»Willst du mich veralbern? Ich bin zwar nicht mehr nüchtern, aber ich denke, auch vor sechshundert Jahren haben Playboys keine Mönchskutte getragen. Außerdem glaube ich nicht, daß die Mallorquiner einem Frauenverführer ein Denkmal setzen.«

»Das wäre doch nicht schlecht, irgendwie zeitgemäß. Aber du hast natürlich recht. Später ist dieser Ramón Llull in seinem Leben Mönch geworden, Philosoph, Missionar, Dichter – ich weiß nicht, was noch alles. Er war so eine Art Universalgenie. Aber sein Leben war wirklich filmreif.«

»Mach schon, erzähl mir kurz das Drehbuch. Ich stehe auf Filme. Aber mich interessiert vor allem sein Vorleben als Schürzenjäger.«

»Ich wollte eigentlich mit dir in einer Bar was trinken gehen und nicht die Lebensgeschichte von Ramón Llull erzählen.«

»Bitte, bitte«, versuchte es Dana erneut.

»Oh, du heiliger Lullus, was hast du mir angetan.«

»Bitte, bitte.«

»Also gut. Dein Flehen sei erhört. Ramón Llull war das Kind

reicher Eltern. Hat hier in Palma eine privilegierte Jugend verlebt. Kam dann an den Hof vom König. Als junger Edelmann ist er den Frauen hinterhergestiegen, und es hat ziemlich viele Skandale gegeben. Dann hat ihn der König mit irgendeinem Edelfräulein verehelicht. Was den stürmischen Ramón nicht davon abgehalten hat, den Frauen weiterhin den Hof zu machen. Irgendwann hat es dieser Ramón auf die Spitze getrieben. Die Szene wird dir gefallen. Er ist mit seinem Pferd einer verheirateten Frau, die von ihm heiß begehrt wurde, hinterhergeritten. Sie hat sich in eine Kirche geflüchtet. Jedenfalls ist ihr Ramón hoch zu Roß hinterher. Die Stufen rauf und quer durch die Kirche bis vor den Altar. Und dort hatte er dann sein Schlüsselerlebnis, das sein Leben veränderte.«

»Starker Auftritt, die Szene gefällt mir wirklich. Jetzt bin ich aber neugierig. Ist ihm das Kreuz auf den Kopf gefallen, oder was hat ihn geläutert?«

»Das Kreuz ist ihm nicht auf den Kopf gefallen. Höchstens symbolisch. Jedenfalls hat die schöne Señora genau das getan, was sich Ramón wahrscheinlich erträumt hat. Sie hat ihre Bluse aufgerissen und ihm ihren Busen offenbart.«

»Jetzt versteh' ich gar nichts mehr. So schlimm kann doch auch ein Hängebusen nicht sein, daß einer zum Mönch wird. Oder vielleicht doch?«

»Kein Hängebusen, Dana. Der Busen war vom Aussatz zerfressen. Dann hat sie dramatisch irgend so etwas gesagt wie ›Mein Liebhaber ist der Tod‹. Das hat gereicht. Ramón Llull war völlig aus der Bahn geworfen. Er hat fortan dem irdischen Leben entsagt und wurde ein frommer Pilger. Später hat er dann als Einsiedler auf dem Berg *Randa* gelebt und meditiert.«

»Das ist wie bei Siddharta Gautama«, sagte Dana. »Auch der spätere Buddha war adliger Herkunft und in seiner Jugend ein Freund schöner Frauen.«

»Sieht fast so aus, als ob so ein Vorleben für einen späteren Heiligen dazugehört. Klappt aber nur relativ selten. Machen wir weiter mit dem Film. Ramón Llull wurde also, das hatten wir schon, ein Universalgelehrter. Als Missionar ist er immer wieder durch islamische Länder gereist. Zuletzt war er wieder einmal in Nordafrika, in Tunesien oder in Algerien, um die Heiden zu bekehren. Die Moslems sind aber nicht zum Christentum übergetreten, sondern haben unseren Ramón Llull kurzerhand zu Tode gesteinigt.«

»Der Himmel sei seiner Seele gnädig. Starker Film. Dramatischer Schluß. Armer Ramón! Die Besetzung wird nicht einfach.«

Kay lachte. »Dramatischer Schluß? Der Film ist noch nicht fertig, das beste kommt noch.«

»Wie denn, was denn? Ich denke, die bösen Beduinen haben seinem Leben ein Ende gesetzt?«

»Das ist auch die offizielle Version, wie sie in den Reiseführern steht. Jetzt wollen wir mal deine esoterische Ader prüfen. Glaubst du an Schwarze Magie?«

»Aber ganz bestimmt nicht«, antwortete Dana, »trotzdem grusele ich mich gerne.«

»Weißt du über Alchemisten Bescheid?«

»Klar, das waren die Männer mit den langen Bärten, die in ihren mittelalterlichen Hexenküchen herumexperimentierten, den Stein der Weisen suchten und glaubten, daß man Gold künstlich herstellen könne.«

»Und wer war einer der berühmtesten Alchemisten seiner Zeit? Raimundus Llullus, unser Ramón Llull. Die Legende besagt, daß er auf seiner letzten Missionsreise doch nicht gestorben sei. Vielmehr habe er sich mit Hilfe eines geheimnisvollen Elixiers von seinen Verletzungen erholt und sein Leben fortan ausschließlich der Alchemie gewidmet. Noch zehn, fünfzehn Jahre nach seinem offiziellen Tod sind nachweislich unter seinem Namen alchemistische Schriften veröffentlicht worden. Raimundus Llullus hat angeblich in Mailand gelebt, in London. Für den englischen König Eduard III. soll er so viel Gold hergestellt haben, daß dieser damit einen Krieg gegen Frankreich finanzieren konnte. Einhundertachtzehn Jahre sei Raimundus Llullus alt geworden, steht in den Büchern geschrieben. Über tausend alchemistische Handschriften tragen seinen Namen – ob zu Recht oder zu Unrecht, wer weiß? So, jetzt hast du dein Ende. Das war's!«

»Das Elixier des ewigen Lebens, mich schaudert's«, sagte Dana mit Grabesstimme.

»Aber jetzt reicht's. Klappe. Schluß. Laß uns bitte weitergehen.«

Kay hakte sich bei Dana unter und zog sie fort. Sie liefen das kurze Stück vor zur alten Seehandelsbörse *Llotja,* einem sehenswerten Bau, der eher einer gotischen Kirche gleicht als einem profanen Handelshaus. Die Llotja zeugt von jener Zeit, als Palma noch das Zentrum der Seefahrt im westlichen Mittelmeer war.

Am Restaurant *Caballito de Mar* bogen Dana und Kay rechts ab. Kay zeigte ihr das Lokal *La Bóveda,* in dem die Leute trotz dieser späten Stunde noch dicht gedrängt zwischen den Tischen und an der Bar standen. Sie tauchten ein in die romantische Altstadt, von der George Sand geschrieben hat: »Auf den ersten Blick ist das Wesen Palmas schwer auszumachen. Man muß schon des Abends durch die abgründigen, geheimnisvollen Gassen der Innenstadt schlendern ...«

Sie liefen kreuz und quer, kamen am kleinen Hotel *San Lorenzo* vorbei, am versteckten Fischrestaurant *Marcelino,* dann waren sie wieder in der Carrer Sant Joan angelangt und standen vor der großen massiven Holztür eines Herrenhauses aus dem 17. Jahrhundert: dem *Abaco*. Drinnen empfingen sie Opernarien. Ein Meer frischer Blumenarrangements. Amphoren und Körbe mit Obst gefüllt. Unzählige brennende Kerzen. Marmorbüsten und Fresken. Eine dekadente Atmosphäre, die Dana prompt mit einem Visconti-Film in Verbindung brachte.

Kay bestellte zunächst Piña Colada. Nachdem sie die Gläser geleert hatten, ließen sie sich zwei Margarita bringen. Kay erzählte, daß der Tequila, der die Basis einer jeden Margarita bildet, in Mexiko schon zu Zeiten der Azteken ein heiliges Wasser der Gottkönige gewesen war. Und somit sollten sie auf den spanischen Eroberer Hernando Córtez anstoßen, ohne den es diesen Göttertrunk auf Mallorca nicht geben würde.

»Meines Wissens war der Córtez ein ziemlicher Unhold«, widersprach Dana, »laß uns lieber auf die armen Azteken trinken.«

Der Alkohol zeigte zunehmend Wirkung. Dana wurde immer redseliger. Kay dagegen hatte sich in seinem Stuhl zurückgelehnt und konzentrierte sich aufs Zuhören. Seine Hände hatte er über dem Kopf verschränkt und sein rechtes Bein über das linke geschlagen. Auf seinem rechten Knie stand das halbgefüllte Cocktailglas.

»Machst du das immer so? Sieht ganz schön gefährlich aus«, wollte Dana wissen.

»Ist es aber nicht«, antwortete Kay, »das mach' ich wirklich schon immer. Die letzten zwanzig Jahre ist mir kein Glas runtergefallen.«

Während sich Dana noch über Kays seltsame Pose amüsierte, nahm dieser plötzlich das Glas von seinem Knie, stellte es vor sich auf den Tisch und sah sich im Raum um. »Was blitzt da eigentlich dauernd?« fragte er. »Fotografiert hier jemand?«

»Klar doch, schon seit längerem. Der Typ da drüben an der Bar. Mal mit Blitz und mal ohne. Schaut aber nicht aus

wie ein Tourist, ist vielleicht von der Presse. Jedenfalls hat er auch uns schon ein paarmal verewigt. Vielleicht verwechselt uns der arme Kerl mit irgendwelchen Promis?« Dana lachte.
»Das finde ich aber gar nicht witzig. Ich mag es nicht, fotografiert zu werden. Da bin ich eigen.«
»Warum denn? Glaubst du wie manche Naturvölker, daß dir der Fotograf deine Seele raubt? Da kann ich dich beruhigen, es ist völlig ungefährlich.«
»Kann schon sein, aber ich mag's trotzdem nicht. Außerdem ist das Fotografieren im Abaco verboten. Entschuldige mich mal für einen Augenblick.«
Kay stand auf und ging zur Bar. Dana beobachtete, wie er mit dem Fotografen sprach, einem jungen Mann, der vor sich auf der Theke zwei Kameras liegen hatte. Kay langte in seine Tasche und schob dem Fotografen mehrere Geldscheine zu. Dieser nahm seine beiden Kameras, spulte die Filme zurück, nahm sie heraus und gab sie Kay. Kay klopfte ihm noch kumpelhaft auf die Schulter, dann kam er zurück zu Dana.
»Alles klar. Du hast recht, der ist von der Presse. Laß uns aufbrechen, ich hab' ihm die Filme abgekauft.«
Beim Rausgehen winkte er dem Fotografen kurz zu, der frech grinste.
Sie nahmen sich ein Taxi und fuhren in einen nördlichen Vorort Palmas.
»Was hast du ihm gesagt?« wollte Dana wissen.
»Was ich ihm nicht gesagt habe, ist, daß ich wie jeder Mensch ein Recht an meinem eigenen Bild habe. Da hätte es nur eine lange Diskussion gegeben. Ich hab' ihm deshalb vorgelogen, daß das heute abend für mich das schönste Rendezvous meines Lebens sei. Und daß ich als Erinnerung gerne alle seine Fotos haben möchte, die diese Stimmung im Abaco einfangen. Das hat er verstanden. Hat

mich dann noch einige Peseten gekostet, und jetzt habe ich die Filme.«
»Was heißt vorgelogen, du Charmebolzen – ist das vielleicht nicht das schönste Rendezvous in deinem Leben?«
»Vielleicht wird es das noch«, sagte Kay, »man soll die Hoffnung nie aufgeben.«
Dann nahm er die Filmbüchsen und zog ganz langsam die Filme heraus. Er hielt sie gegen das Licht der vorbeiziehenden Straßenlaternen.
»Nichts darauf zu sehen, gar nichts, so ein Pech. Der Typ hat irgend etwas verkehrt gemacht.«
»Ich glaube, du hast doch Angst, daß dir jemand die Seele raubt!«
Als das Taxi vor dem Barockgarten des *Abacanto* hielt, ließ Kay die unbrauchbar gewordenen Filme im Wagen zurück. Im Schein von Fackeln, vorbei an einem Obelisken und an Wasserspielen, gingen sie durch den Park auf das fürstliche Gebäude des Abacanto zu, einer romantischen Cocktailbar, die zum Abaco gehört.
Dana setzte sich in einen Korbsessel. Sie lehnte sich zurück, streifte die Schuhe ab und legte ihre nackten Beine über Kays Oberschenkel. Kay schloß die Augen und streichelte ihre Haut. Er war neugierig, was die Nacht noch bringen würde.

*

Es war schon früh am Morgen, als Kay mit Dana in Porto Portals eine Flasche Dom Perignon entkorkte. Sie saßen auf dem Deck seiner Motoryacht. Über der Bucht von Palma ging die Sonne auf. Kay hatte eine CD mit einem Duo für Klavier und Cello von Frédéric Chopin aufgelegt.
Den ganzen Abend über hatte er die Yacht mit keinem Wort erwähnt.

Der Mann steckt voller Überraschungen, dachte Dana. Sie konnte an diesem Morgen noch nicht wissen, wie recht sie hatte.

7

Heinz Lummer kam ins Büro und schleuderte seine Aktentasche auf die Fensterbank. Seine Sekretärin reichte ihm eine Tasse Kaffee und suchte dann schnell das Weite. Ihr Chef war wieder einmal schlecht aufgelegt. Lummer stand am Fenster und blickte hinunter auf den Verkehr in der Frankfurter City. Vorsichtig nahm er einen ersten Schluck. Wie immer zu dünn und zu heiß! Kopfschüttelnd stellte der Inhaber des Detektivbüros seine Tasse ab. Er ging zum Schreibtisch und startete den Computer. Als erstes schaute er in seine Mailbox. Siehe da, eine Nachricht von Sam Späth. Das gefiel ihm an seinem Spitzenmann. Sam arbeitete bei all seinen Spleens absolut präzise. Lummer zog den ledergepolsterten Chefsessel an seinen Tisch und setzte sich. Konzentriert las er die knappen Zeilen.

E-Mail von Sam Späth an Heinz Lummer

Bingo. Unser Freund macht's mir leicht. Hat noch am 20. März einen Flug mit der Iberia von Madrid nach Palma de Mallorca genommen. Glaubt wohl, weil er sich zur Ruhe gesetzt hat, müßte er auf die Rentnerinsel. Kleiner Scherz! Und was macht jetzt dein Sammy-Boy? Erraten: Auch er fliegt nach Mallorca. Die Treibjagd geht in die nächste Phase. Jetzt wird's ernst. Have a nice day.

Sam

Dr. Felix Reiter auf Mallorca? Das durfte doch nicht wahr sein. Heinz Lummer schlug sich mit der rechten Hand zweimal gegen die Stirn. Also, damit konnte nun wirklich keiner rechnen. Felix Reiter, ein welterfahrener Mensch, in Singapur genauso zu Hause wie in Chicago. Freunde in Boston und in Sydney. Wäre ihm der flüchtige Felix Reiter im New Yorker Central Park beim Joggen begegnet, hätte er sich beim Jetskifahren auf den Bermudas das Genick gebrochen oder wäre er in einem thailändischen Massagesalon entdeckt worden – alles hätte ihn weniger überrascht als die Nachricht, daß Felix Reiter auf Mallorca sein könnte.

Heinz Lummer schaute in seinen Terminkalender. Um dreizehn Uhr war er in Hamburg mit dem Wirtschaftsjournalisten Hansjörg Constantini zum Mittagessen verabredet. Sie waren seit vielen Jahren gut befreundet und schoben sich gegenseitig immer wieder mal Informationen zu. Heinz Lummer hatte Constantini um dieses Gespräch gebeten. Nach dem Untertauchen von Felix Reiter war in den Medien viel über seine Finanztransaktionen gebracht worden. Und natürlich war er darüber hinaus von seinem Auftraggeber, dem besonders in Mitleidenschaft gezogenen Industrieunternehmen, näher ins Bild gesetzt worden. Heinz Lummer wußte also ziemlich genau, was gelaufen war. Aber es blieb ein unsicheres Gefühl. Die Welt der Börsen und Finanzen war nun mal nicht die seine. Andererseits ahnte er, daß man Felix Reiter genau hier packen könnte. Nun gut, falls er jetzt wirklich auf Mallorca sein sollte, dann war das vielleicht nicht mehr nötig. Zu hoffen wäre es.

Lummer drückte auf einen Knopf und brüllte in die Sprechanlage: »Wo bleiben meine Zeitungen? Die Bekanntschaftsanzeigen können Sie sich hinterher anschauen.«

Kurz darauf öffnete sich die Tür einen Spalt, und seine Sekretärin schob ihren Kopf in das Zimmer. »Die Zeitungen

liegen wie immer auf ihrem Sideboard. Übrigens bin ich glücklich verheiratet und suche keine Bekanntschaften. Und die Bekanntschaft mit Ihnen ist auch ein zweifelhaftes Vergnügen. Sie Morgenmuffel!«
Die Tür war wieder zu. Lummer grinste. Langsam kam er in Fahrt. Er stand auf und lief im Zimmer auf und ab. Constantini galt in der deutschen Presse als einer der besten Kenner internationaler Finanzgeschäfte. Sein Freund hatte einige große Aufmachergeschichten über Felix Reiter geschrieben. Ein ausführliches Gespräch mit ihm konnte nicht schaden. Irgendwo mußte das viele Geld doch geparkt sein. Auf noch unentdeckten Konten in der Schweiz, in Luxemburg, auf den Bahamas, wo auch immer. Da mußte man doch irgendwie rankommen. Das Wild fing man am besten an der Tränke. Das war nun mal so.
Heinz Lummer nahm die Zeitungen und setzte sich wieder an den Schreibtisch. Im Wirtschaftsteil der Frankfurter Allgemeinen Zeitung stieß er auf einen Artikel, in dem der Sparkassenpräsident zitiert wurde, der vor dem leichtfertigen Umgang mit hochspekulativen Derivaten warnte. Daran hätten die Anleger bei Felix Reiter mal denken sollen! Das nominale Volumen der Derivatengeschäfte, hieß es in dem Artikel, sei von zwei Billionen Dollar Ende 1986 auf bis jetzt mehr als zwanzig Billionen Dollar gestiegen. Das waren Größenordnungen, die sprengten sein Vorstellungsvermögen. Soviel war klar: Felix Reiter hatte sich auf einem Terrain bewegt, mit dem er nicht vertraut war. Derivate, Futures, Optionen, Hedge Funds ... all dies waren Begriffe, mit denen Lummer nicht allzuviel anzufangen wußte. Zwanzig Billionen Dollar? Wie viele Nullen waren das eigentlich? Er zog Wertsachen vor, die sich anfassen ließen, die man im Zweifelsfall stehlen und dann wiederbeschaffen konnte, die in einen Tresor paßten oder in einen Aktenkoffer. Aber diese Derivate, das waren doch per-

verse Erfindungen. Konnte man sie berühren, sie in die Hand nehmen, an ihnen riechen, ihre Materialqualität prüfen?
»Neumodisches Teufelszeug«, sagte Lummer leise zu sich selbst.
Er blätterte weiter in der FAZ und stieß auf einen Artikel über Mallorca. Über 2,5 Millionen deutsche Touristen, hieß es da, hätten in diesem Jahr für einen Rekordsommer auf der größten Baleareninsel gesorgt. Lummer fiel ein alter Partisanenspruch ein: Du mußt im Volk schwimmen wie ein Fisch im Wasser. In seiner Phantasie sah er, wie Felix Reiter im Ringelhemd und mit Gummisandalen zwischen grölenden Kegelbrüdern an einer langen Biertheke vor einem hoffnungslos übervölkerten Strand saß. Felix Reiter schunkelte und sang »Warum ist es am Rhein so schön ...«. Nein, gottlob, das konnte nicht sein. Felix Reiter hatte zwar sein Äußeres verändert, aber seine Lebensweise ließ sich durch chirurgische Schnitte nicht so leicht manipulieren. Felix Reiter würde nicht im Volk schwimmen wie ein Fisch im Wasser. Soviel war sicher. Er war viel zu sehr Individualist. Falls er wirklich auf Mallorca sein sollte, und Heinz Lummer hoffte inständig, daß dem so sei, dann würde er nicht in den 2,5 Millionen deutschen Touristen, von denen in der FAZ zu lesen war, untertauchen und unauffindbar bleiben.
Heinz Lummer legte die Zeitung zur Seite und führte noch einige Telefonate. Dann verabschiedete er sich von seiner Sekretärin: »Ich befreie Sie jetzt von meiner Gegenwart. Wie Sie wissen, habe ich einen Termin in Hamburg. Ich bin über das Handy erreichbar und am späten Nachmittag wieder da. Erholen Sie sich von mir.«
Er hatte den Lufthansa-Flug LH 028 um elf Uhr gebucht. Der Airbus 320 brachte ihn pünktlich nach Hamburg. Dort nahm er ein Taxi und fuhr zum verabredeten Restaurant. Heinz Lummer saß schon am Tisch bei einem Aperitif, als

Hansjörg Constantini erschien. »Weißt du, was die richtig toughen Börsianer an der Wallstreet sagen? Nur Flaschen essen zu Mittag! Also, sei gegrüßt, du Flasche.«
»Das ist aber eine wirklich nette Begrüßung«, spielte Heinz Lummer den Beleidigten. »Und dafür komme ich extra aus Frankfurt und zahle die Zeche.«
Hansjörg Constantini zog sein Sakko aus und hängte es über die Rückenlehne seines Stuhls. Er trug breite rote Hosenträger und hatte eine Krawattennadel mit einem silbernen Dollarzeichen. Sie unterhielten sich zunächst über allgemeine Belanglosigkeiten. Dann kam Heinz Lummer zum Thema.
»Also, Hansjörg, du weißt, daß wir hinter Felix Reiter her sind.«
»Da seid ihr nicht die einzigen«, feixte Constantini.
»Richtig. Und bisher haben wir auch keine heiße Spur«.
»Und wenn ihr eine Spur hättet, dann würdest du es mir nicht sagen, oder?«
Lummer kniff ein Auge zu. »Vielleicht doch, hängt von der Spur und vom Zeitpunkt ab. Eine Hand wäscht die andere. Aber zur Sache. Mir ist immer noch nicht klar, wie wir den Dr. Reiter am Portemonnaie packen können. Ich hab' einige Leute darauf angesetzt, aber die kommen nicht weiter.«
»Das wundert mich nicht. Ich bin mir ziemlich sicher, daß dem Reiter so nicht beizukommen ist. Ich schätze, das kannst du dir abschminken.«
»Warum denn? Solche Summen können doch nicht spurlos verschwinden«, beharrte Lummer.
»Irrtum, mein Freund, die Millionen sind längst verschwunden. Du kannst davon ausgehen, daß die geschädigten Unternehmen, allen voran dein geschätzter Auftraggeber, in den zurückliegenden Monaten alles versucht haben. Sie haben die besten Finanzfachleute auf den Fall angesetzt. Aber zu spät, der Deal ist gelaufen.«

Lummer machte ein ungläubiges Gesicht. »Das darf doch einfach nicht wahr sein. Das kann und will ich nicht akzeptieren ...«
»Das mußt du aber akzeptieren«, unterbrach ihn Constantini, »genauso, wie es die Anleger akzeptieren müssen. Die Sache ist von Felix Reiter zwar übers Knie gebrochen worden, aber er hat es dennoch richtig gemacht. Jedenfalls viel zu professionell, als daß jetzt noch eine realistische Chance bestünde, das Geld aufzuspüren. Außerdem mußt du dich von der naiven Vorstellung freimachen, daß es sich hier um Banknoten handelt. Du mußt dir immer vor Augen halten: Felix Reiter operierte in den Computernetzen internationaler Finanzmärkte. Dort werden Unsummen in Sekunden von einem Ende der Welt ans andere verschoben. Reiter beherrscht diese Instrumente virtuos. Er hat fast täglich mit Millionen gedealt. Da war es für ihn ein Kinderspiel, das unterschlagene Geld so lange kreuz und quer um den Globus zu jagen, bis sich alle Spuren verwischt hatten. Das Geld verliert sich, es ist perdu.«
»Das ist alles zu hoch für mich«, grummelte Lummer. »Ich wußte ja, daß das ein beschissener Tag wird.«
»Jetzt sei nicht so negativ. Freu dich, daß wir zusammen beim Mittagessen sind.«
»Das sagt sich so leicht.«
Lummer fiel wieder die Nachricht von Sam Späth ein. Und er hoffte, daß Sam mit seiner stinknormalen Detektivarbeit auf Mallorca zum Ziel kommen würde.
»Aber wenn ich schon mal hier bin, könntest du mir den Coup noch einmal erklären. Wie er sich aus deiner Sicht darstellt. Und zwar bitte so, daß ich es kapiere.«
»Einverstanden«, sagte Contantini und strich sich über das Kinn. »Ich werde versuchen, dir den groben Ablauf plausibel zu machen. Und dann erläutere ich dir zum Abschluß noch meine ganz persönliche Theorie. Die besagt nämlich, daß

einige Herren aus ganz bestimmten Gründen an einer endgültigen Aufklärung gar nicht interessiert sind. Die wünschen Felix Reiter zum Teufel – im Zweifelsfall mit all seinem Geld. Und hoffen, daß er dort bleibt. Aber der Reihe nach.« Constantini setzte voraus, daß Lummer die wesentlichen Fakten kannte und mit Felix Reiters beruflichem Werdegang vertraut war. Reiter war schon als junger Mann vom Börsenvirus infiziert worden. Nach seinem Studium arbeitete er für einige internationale Investmenthäuser. Dann ging er Ende der siebziger Jahre nach Chicago an die bedeutendste Terminbörse überhaupt, den Chicago Board of Trade. In diesem größten Spielkasino der Welt lernte er als Trader das Zocken mit Futures und Optionen. Das Prinzip ist einfach: All diese Derivate sind Verträge, die an der Börse gehandelt werden. Im Grunde handelt es sich um Wetten. Wie werden sich die Märkte und Preise für Kaffee, Sojabohnen oder Weizen entwickeln? Steigen die Aktienkurse, oder fallen sie? Verliert der Dollar, oder gewinnt er? Der eine kauft, der andere verkauft. Zu vorher von der Börse festgelegten Konditionen. Der eine verliert, der andere gewinnt. Was ursprünglich zur Absicherung von landwirtschaftlichen Geschäften gedacht war, später auf Finanzkontrakte ausgedehnt wurde, ist heute zu einem weltumspannenden Wettgeschäft geworden. Mit relativ geringen Kapitaleinsätzen können durch die Hebelwirkung Vermögen gewonnen und schwindelerregende Summen verloren werden. Denn für Spekulanten, die voll ins Risiko gehen, sind auch die Verluste unbegrenzt. Dabei sind die Geschäfte so kompliziert geworden, daß nur noch wirkliche Profis durchblicken. Felix Reiter wurde einer von ihnen. Nach seinen Lehrjahren in Chicago war er an die Terminbörse nach Singapur gegangen. Später arbeitete er in Hongkong und Osaka. Er bekam Kontakte zu hochkarätigen Spekulanten auf der ganzen Welt. Er wickelte Aufträge für reiche Privatanleger, für Großanleger und Investmentfonds ab. Dabei hatte sich Reiter auf den Handel mit Devisen spezialisiert. Er spekulierte mit dem amerikanischen Dollar, dem japanischen Yen, dem britischen Pfund, dem Schweizer Franken, der Deutschen Mark. Ende der achtziger Jahre hatte Felix Reiter einen so exzellenten Ruf, daß er sich mit der Gründung eines eigenen Futurefonds selbständig machen konnte. Sein Büro hatte er in Frankfurt. Sitz seiner Futures Management Inc. aber war Nassau auf den Bahamas. Aus gutem Grund, denn damit waren die Derivatgeschäfte den strengen deutschen Aufsichtsbestimmungen entzogen. Reiters Fonds war nicht für private Anleger gedacht, er war risikobereiten Großanlegern vorbehalten. Dazu zählten vor allem deutsche Wirtschaftsunternehmen, die mit den hochspekulativen Investments bei Reiters Futures Management Inc. ihre Bilanzen aufpolieren wollten. Das lief denn auch über einige Jahre zur vollsten Zufriedenheit aller Beteiligten. Reiters Fondsgesellschaft nutzte geschickt die weltweiten Währungsturbulenzen. Die Anleger konnten saftige Gewinne einstreichen.

Constantini räusperte sich: »Also, du weißt, daß Felix Reiter mit seiner Futures Management Inc. unter institutionellen Anlegern einen Ruf wie Donnerhall hatte. Mit seinem Fonds steckte er die meisten Konkurrenten in die Tasche. Es schien, als ob er einen siebten Sinn für Kursentwicklungen hatte. Und er wußte, was gespielt wird. Als ein berühmter amerikanischer Geld-Guru vor einigen Jahren gegen das britische Pfund spekulierte und daran eine Milliarde Dollar verdiente ...«

Lummer ließ bei dieser Summe ein gequältes Stöhnen vernehmen.

» ... da war auch Felix Reiter mit seinem Fonds mit von der Partie. Natürlich etwas bescheidener, aber immerhin. Als der Amerikaner ein Jahr später auf den französischen Franc setzte, ging Reiter auf Gegenkurs und spekulierte auf eine steigende Mark. Der Ami lag falsch, Reiter richtig. Die Beispiele ließen sich fortsetzen.«

»Bitte nicht«, bat Lummer, »und keine konkreten Zahlen mehr, davon bekomme ich Sodbrennen.«

»Dann bestell dir einen Kognak. Jedenfalls haben sich die Kapitalanleger mit Reiter über die Jahre eine goldene Nase verdient.«

»Aber er selbst doch sicher auch. Reiter hat doch seine Schäfchen längst im trockenen gehabt. Warum hat er sich nicht zur Ruhe gesetzt und seine Millionen ganz legal auf Mallorca verjuxt?«

»Mallorca? Wie kommst du auf Mallorca?« stutzte Constantini.

Lummer versuchte, das Erschrecken über seinen Versprecher hinter einem gleichgültigen Gesichtsausdruck zu verbergen.

»Ich hätte auch Saint-Tropez, Marbella oder Sylt sagen können. Das war nur stellvertretend für einen Ort gemeint, an dem man es sich gemütlich machen kann.«

»Ach so, wie schade. Warum er sich nicht zur Ruhe gesetzt hat? Weil solche Deals zur Droge werden! Mir hat mal ein Psychologe erklärt, daß es eindeutige Symptome von Spielsucht gibt. Die Leute können nicht aufhören. Gleichzeitig ist der ganze Job extrem stressig. Der Handel mit Devisen läuft blitzschnell. Gewaltige Summen stehen auf dem Spiel. Immer die Angst, auf die Schnauze zu fallen. Gleichzeitig das Gefühl absoluter Überlegenheit. Mit Mitte Vierzig sind viele Händler ausgebrannt, kriegen einen Herzinfarkt oder springen aus dem Fenster, weil sie mal eben einige Milliarden in den Sand gesetzt haben.«

»Da lobe ich mir den Roulett-Tisch im Spielkasino. Da habe ich zwar auch schon mal fast einen Herzinfarkt bekommen, ist aber wahrscheinlich doch nicht so gesundheitsschädlich.«

»Und nicht so kompliziert. Aber weiter mit der Geschichte. Es war nach dem Unfalltod seiner Frau. Vielleicht hat ihn das so geschockt, daß er seinen Instinkt verloren hat. Ich weiß es nicht. Jedenfalls hat jetzt auch unser Felix Reiter im wahrsten Sinne des Wortes in die Scheiße gegriffen.«

»Sehr appetitliche Darstellung. Danke. Wir sind beim Mittagessen.«

»Jetzt mach nicht auf empfindlich. Ich kenne dich als kaltschnäuzigen Exbullen. Um beim Bild zu bleiben: Felix Reiter hat es dann doch noch geschafft, aus der Scheiße Gold zu machen. Allerdings nur noch für sich selbst. Was ist passiert? Sein Fehler war, daß er urplötzlich auf einen sinkenden Yen gegenüber dem US-Dollar gesetzt hat. Welcher Teufel ihn da wohl geritten hat? Er ist für seine Anleger Kontrakte eingegangen in Milliardenhöhe. Aber der Yen hat weiter an Wert gewonnen. Reiter hat nachgelegt. Mit seinem gesamten Privatvermögen und mit dem Kapital seiner Anleger. Der Yen ist weiter rauf. Reiter saß auf einem gewaltigen Berg von faulen Terminkontrakten. Der Tag X rückte immer näher. Absolut tödlich. Ruinös. Als er gemerkt hat, daß er weg vom Fenster war, hat er die Notbremse gezogen. Das ging allerdings nicht mehr auf legale Weise. Um seinen Kopf zu retten, mußte Reiter den Pfad der Tugend verlassen. Er hat seine Anleger über die Fehlspekulation nicht nur im unklaren gelassen, er hat ihnen sogar im Gegenteil Gewinne vorgegaukelt. Dazu mußte er einige Papiere fälschen und Manipulationen vornehmen. Das hat nur geklappt, weil die Anleger keine Ahnung von Termingeschäften hatten. Sonst hätten sie sich auch kaum auf die Risiken eines solchen Fonds eingelassen. Außerdem hat das Controlling wieder einmal sträflich versagt. Und in den Vorstandsetagen hatte Reiter ohnehin Rückendeckung, dazu komme ich noch. Also, was macht der Reiter? Er greift weiter von seinen Kunden einige Hundertmillionen ab. Während er bei den offiziellen Investments Short-Positionen hatte, ging er auf einem rasch etablierten Gegenkonto Long-Positionen ein.«

Heinz Lummer betrachtete das Steak, das ihm gerade serviert wurde. »Also, das ist ein Stück Fleisch. Weder besonders long noch allzu short. Man kann davon etwas absäbeln und es sich zwischen die Zähne schieben. Das ist meine Welt. Nix Futures. Hier und jetzt. Mal sehen, ob das Steak rosa ist.«

»Du hast es nicht anders gewollt. Wir sind auch noch nicht fertig. Felix Reiter hatte ein Lieblingskürzel. Das hieß OPM: Other People's Money. Mit diesem OPM hat er nun parallel zum Debakel Kasse gemacht. Während der Yen weiter stieg und der Crash seiner Futures Management Inc. nur noch wenige Tage entfernt war, hat Felix Reiter die eingesetzten Millionen auf dem Gegenkonto zügig vermehrt. Und als es dann soweit war, konnte er dieses OPM, das er nun zu seinem eigenen Money machte, abräumen und wegtauchen. Zurück blieb ein Inferno. Die völlig konsternierten Anleger wurden mit Verlusten in Milliardenhöhe konfrontiert. Der Witz der Geschichte, daß die Investments bei Reiter den Kontrollinstanzen entzogen waren, wurde zur Katastrophe. Immerhin wurden enorme Nachschüsse fällig. Wie du weißt, haben zwei Unternehmen die horrenden Spekulationsverluste nicht verkraften können und sind in die Pleite gerauscht. Und auch bei den anderen betroffenen Firmen hat es kräftig im Gebälk gekracht. Natürlich wurden die Schuldigen gesucht. Und man hat wie immer die falschen gefunden. Die hat man dann geopfert und der Öffentlichkeit und den Aktionären zum Fraß vorgeworfen. Gleichzeitig blies man zur Jagd auf unseren entschwundenen Felix Reiter. Dabei kann man ihm nicht einmal seinen verhagelten Fonds vorwerfen. Das ist Künstlerpech, auch und gerade für die Anleger. Die haben sich einfach von dem jahrelangen Erfolg blenden lassen und dabei die immensen Risiken vergessen. Aber daß er sie in der Endphase schlicht und einfach betrogen hat, von Gewinnen sprach, während der Crash bevorstand, Konten und Papiere gefälscht und sich weitere Gelder besorgt hat, das hat ihn zu einem Fall für die Staatsanwaltschaft gemacht. Zumindest wollen die Anleger wenigstens jene Hundertmillionen zurück, die er sich betrügerisch angeeignet hat. Um diese Kohle geht es vor allem.«

»Jetzt mach es nicht so spannend. Was hat es mit deinen dunklen Andeutungen auf sich, daß einige Herren Felix Reiter gar nicht hinter Schloß und Riegel sehen wollen und daß er in den Vorstandsetagen Rückendeckung hat?«

Hansjörg Constantini sah sich zunächst um und vergewisserte sich, daß sie keine Zuhörer hatten. Dann beugte er sich über den Tisch zu Heinz Lummer.

»Dann komm mal mit deinem Kopf etwas näher«, sagte er mit gedämpfter Stimme. »Das muß unter uns bleiben. Ich kann's leider nicht beweisen. Und mit so einem dicken Ei kann ich nur an die Öffentlichkeit gehen, wenn ich was in der Hand habe. Aber ich bin fest davon überzeugt, es stimmt.«

»Was stimmt? Du kannst einen vielleicht auf die Folter spannen.«

»Ich weiß aus verschiedenen Kanälen, daß es da auf den Bahamas einige geheime Konten gibt. Auf diese Konten gingen nach einem bestimmten Schlüssel über all die Jahre automatisch zehn Prozent der Gewinne. Und wem gehören diese Konten? Unseren Freunden aus den Topetagen der Firmen, die bei Reiter investierten. In seiner Fürsorge hat Felix Reiter einige der obersten Entscheidungsträger höchst illegal, aber sehr zu deren Freude an den Gewinnen beteiligt. Natürlich hat Reiter die Bilanzen seines Fonds so frisiert, daß diese zehn Prozent dort fehlten. Es wurden also die Unternehmen um diesen Gewinn betrogen, der statt dessen auf die privaten Konten ihrer Bosse gewandert ist. Und ich weiß auch, daß Felix Reiter so raffiniert war, diese Konten beim Zusammenbruch seines Fonds unberührt zu lassen. Glaubst du jetzt noch, daß diese Vorständler wirklich wollen, daß Felix Reiter verhaftet wird und vor Gericht aussagt? Ich denke, in diesem Fall müßten sich einige Herren im Nadelstreif einen Strick kaufen.«

»Na, prächtig«, meinte Lummer, »dann ist mir auch klar, warum Felix Reiter nie der Geldhahn abgedreht wurde. Es ist doch zu schön, wenn dabei der eigene Gartenschlauch sprudelt. Fragt sich nur, wer bei den geschädigten Firmen konkret drinhängt?«

»Du denkst an deinen Auftraggeber, oder? Glaube ich ehrlich gesagt weniger. Aber wer weiß. Dann wäre der Auftrag an deine Detektei, Felix Reiter zu suchen, nichts als ein Alibi? Überzeugt mich nicht, aber möglich wäre es.«

Heinz Lummer zerbrach den Zahnstocher, mit dem er vorher in seinen Zähnen gepult hatte, und warf ihn in den Aschenbecher. »Das wird noch spannend«, murmelte er und dachte an Sam Späth, der Felix Reiter auf den Fersen war.

8

Den Tag verbrachte Dana mit Kay auf seiner Yacht. Dana ließ sich vom nostalgischen Charme der Aurore einfangen. Das dunkelpolierte Mahagoni, in dem sich die Sonne spiegelte. Das Deck aus Teakholz, die gepflegten Messingbeschläge. Wie alle Trawleryachten war die Aurore als klassischer Verdränger ein eher behäbiges Schiff, das nicht für große Geschwindigkeiten ausgelegt, dafür aber sehr seetüchtig und komfortabel war.

Sie machten mit der Aurore einen Badeausflug in die nahe gelegene *Cala de Portals Vells*. Calas, so werden die vielen kleinen bis mittelgroßen Buchten auf Mallorca genannt. Im Gegensatz dazu heißen die wirklich großen Buchten auf mallorquinisch Badia, auf spanisch Bahía. Echte Badias gibt es nur zwei oder drei auf Mallorca, nämlich die von Palma, jene von *Alcúdia* und *Pollença.*

Dana saß auf der Flybridge, dem offenen Steuerstand über der Kajüte, und ließ sich die frische Brise ins Gesicht wehen. Sie fuhren an der kleinen Felseninsel »del Sech« vorbei, der trockenen Insel, vor der gerade ein U-Boot mit Touristen auf Tauchfahrt ging.

»Was gibt's zu lächeln?« fragte Kay, während er Dana von der Seite betrachtete.

Dana nahm ihre Sonnenbrille ab. »Ich hab' nur gerade über den Namen deines Schiffs nachgedacht.«

»Und?«

»Erinnerst du dich an den Film Casablanca mit Humphrey Bogart und Ingrid Bergman?«

»Natürlich. Ich seh' dir in die Augen, Kleines.«

»Weißt du, wie zu Beginn ihrer Romanze die Bar in Paris heißt?«

»Keine Ahnung.«

»La belle Aurore – genau wie dein Schiff. Und ich habe mich gerade gefragt, ob das ein gutes Omen ist.«

»La belle Aurore? Natürlich ist das ein gutes Omen. Geradezu ein Wink des Schicksals.«

Dana setzte sich wieder ihre Sonnenbrille auf. Und ganz leise sagte sie zu sich selbst: »Aber in Casablanca gab es für Rick und Ilsa kein Happy-End!«

Wenig später bekam sie in der Cala de Portals Vells ihre erste seemännische Lektion. Dana mußte zunächst die Wassertiefe vom Echolot ablesen. Dann ließ sie den schweren Bruce-Anker elektrisch von der Ankerwinsch laufen. Im glasklaren Wasser sah sie, wie der Anker auf dem Sand auflag. Während die dreifache Wassertiefe an Ankerkette auslief, ließ Kay die Maschinen langsam rückwärts laufen. Die Kette spannte sich, der Anker grub sich in den Sand.
Es war viel Betrieb in der Cala. Immer wieder liefen aus der Badia de Palma Motor- und Segelyachten in die Bucht ein. Kay erklärte ihr die Besonderheiten der Schiffe. Motorboote vom Typ Sunseeker waren viele vertreten. Gut gefiel ihr eine traditionelle Trawleryacht vom Typ Grand Banks 42, die ihrer Aurore ziemlich ähnlich sah, nur etwas kleiner war. Eine elegante Swan-Segelyacht lichtete gerade ihren Anker. Neben ihnen lag ein Segler der schwedischen Werft Hallberg-Rassy.
»Hier bekommst du schneller einen Überblick über die bekanntesten Schiffstypen als auf jeder Bootsausstellung«, stellte Kay fest.
»Mag ja sein, aber ich würde mich lieber in die Fluten stürzen. Was dagegen?«
»Ganz im Gegenteil. Ich bin ein begeisterter Synchronschwimmer und Förderer des Wasserballetts.«
»So schaust du aus. An Land wären dir die Wassernixen wahrscheinlich lieber. Also, dann komm mit, du Synchronschwimmer. Aber du mußt dich beeilen. Und vergiß nicht deine Nasenklemme.«
Dana drückte dem verdutzten Kay ihre Sonnenbrille in die Hand, nahm ohne zu zögern Anlauf und hechtete über die Reling. Kay schüttelte den Kopf. Immerhin waren sie oben auf der Flybridge, da ging es einige Meter hinunter. Besorgt beugte er sich über die Reling. Er sah, wie Dana im klaren

Wasser wegtauchte. Kay beschloß, es gemütlicher angehen zu lassen. Er nahm den Weg über die Leiter.
Später saßen sie an Deck und ließen sich von der Sonne trocknen. Kay erzählte von der seltsamen Romanze des schmächtigen und blassen Frédéric *Chopin* mit der extravaganten George *Sand*. Vor eineinhalb Jahrhunderten war die damals vierunddreißigjährige Französin mit ihrem sechs Jahre jüngeren Freund, ihren beiden Kindern und einer Zofe für einen Winter nach Mallorca gekommen.
Als gefeierte Schriftstellerin und glühende Sozialromantikerin war George Sand ein Star der Pariser Salons. Sie liebte es zu provozieren. Auch auf Mallorca schockierte sie mit Männerkleidung und ihrer Angewohnheit, Zigarre zu rauchen, die einfache Landbevölkerung. Der Kontrast hätte nicht größer sein können. Chopin war von schlanker, zarter Gestalt. Eine elegante und vornehme Erscheinung. Der berühmte Pole trug meist einen zweireihigen langen Rock, der bis zum Kragen geschlossen war, helle Handschuhe und einen Zylinder.
George Sand dagegen hatte mit Konventionen wenig im Sinn. Ihr Vater Maurice Dupin war ein Enkel von August dem Starken, Kurfürst von Sachsen und König von Polen. George Sands Mutter Sophie Victoire dagegen war als Tochter eines Pariser Vogelhändlers von einfachster Herkunft. Vor ihrer Hochzeit mit Maurice hatte sie sich als Mätresse über Wasser gehalten. George Sand, die damals noch Amantine Aurore Lucile Dupin hieß, wuchs im Schloß Nohant auf, das sie einmal erben sollte. Schon als junges Mädchen gewöhnte sie sich aus praktischen Erwägungen an, beim Reiten Männerkleidung zu tragen. Eine Marotte, die zu ihrem Markenzeichen werden sollte. Gerade achtzehn geworden, heiratete sie Casimir, den Sohn des Barons Dudevant. Ihr Sohn Maurice, der sie später nach Mallorca begleiten sollte, wurde geboren. Die Ehe stand unter kei-

nem guten Stern, und so folgten bald die ersten von vielen Affären im Leben der George Sand. Ihr zweites Kind, Solange, war denn wohl auch außerehelich gezeugt worden. Gemeinsam mit einem weiteren Liebhaber, Jules Sandeau, veröffentlichte sie ihre erste Kurzgeschichte – unter dem Pseudonym Jules Sand. Ihren ersten eigenen Roman, »Indiana«, brachte sie dann unter George Sand heraus. Die Verwandlung war vollzogen. George Sand wurde zu einer literarischen Berühmtheit. Ihre provozierenden Ansichten sorgten in der feinen Gesellschaft genauso für Gesprächsstoff wie ihr freizügiges Liebesleben. Ihr wurden viele Affären nachgesagt. So mit dem Schriftsteller Honoré de Balzac, mit dem Komponisten Hector Berlioz und mit dem Komponisten und Pianisten Franz Liszt. Ob begründet oder nicht, jedenfalls war die Freundin von Franz Liszt, die Gräfin Marie d'Agoult, auf George Sand ziemlich eifersüchtig. Gleichzeitig konnte sie sich der Faszination ihrer Persönlichkeit nicht entziehen. Nicht ohne Hintergedanken brachte Marie d'Agoult George Sand mit dem von Liszt geförderten Talent Frédéric Chopin zusammen. Und obwohl Chopin George Sand zunächst für »eine reizlose Frau« hielt, fühlte er sich doch immer mehr zu ihr hingezogen, um schließlich acht lange Jahre mit ihr zusammenzuleben.

»War die Reise nach Mallorca so etwas wie gemeinsame Flitterwochen?« wollte Dana wissen.

»Das liest man immer wieder«, antwortete Kay. »Auch, daß es George Sand vor allem um die Gesundheit von Maurice und Chopin ging. Ihr Sohn Maurice litt an rheumatischen Anfällen und einem hartnäckigen Husten. Und Chopin war ohnehin immer kränklich. George Sand hoffte, daß Mallorca Maurice und Chopin guttun würde.«

»Also eher ein Kuraufenthalt?«

»Dafür war Mallorca damals sicher weniger geeignet. Die

Insel war touristisch ja noch völlig unerschlossen. Nein, es gab noch einen anderen Grund, von dem man seltener liest. Der hat mit Eifersucht zu tun.«
Dana schaute Kay erwartungsvoll an.
»Vor Chopin hatte George Sand ein Verhältnis mit einem jungen Kreolen. Er hieß Mallefille und wurde von George Sand als Hauslehrer für Maurice beschäftigt. Mallefille war ausgesprochen heißblütig. Als er merkte, daß George Sand ihn mit Chopin betrog, packte ihn rasende Eifersucht. Er fuhr nach Paris und lauerte den beiden auf. Mit der Pistole in der Hand stürzte er sich auf George Sand. Ein polnischer Graf warf sich dazwischen. George Sand floh in einer Kutsche zu einem Freund, dem spanischen Konsul. Dieser gab ihr den Rat, sich für einige Zeit ins Ausland abzusetzen. Um den Rachegelüsten von Mallefille zu entgehen und einen Skandal zu vermeiden. Der spanische Konsul schlug Mallorca vor.«
»Das war ja ein genialer Einfall«, sagte Dana. »Für den Fremdenverkehr von unschätzbarem Wert. Dafür müßte man ihm noch heute einen Orden verleihen.«
George Sand und Chopin verließen Paris getrennt und gaben unterschiedliche Reiseziele an. Sie trafen erst in Perpignan zusammen und machten sich von dort gemeinsam mit den Kindern Maurice und Solange und einer Zofe auf den Weg nach Mallorca.
Zunächst wohnten sie einige Tage in Palma. Und noch war Chopin voller Begeisterung. An einen Freund schrieb er: »Ich bin unter Palmen, Zedern, Kakteen, Öl-, Orangen-, Zitronenbäumen, Aloen, Feigen-, Granatäpfelbäumen ...« Er schwärmte von der paradiesischen Luft, vom türkisfarbenen Himmel. Und er hatte seine Freude am Gitarrenspiel und den Gesängen der mallorquinischen Bevölkerung.
Bald zogen sie aufs Land. Das von ihnen gemietete Haus hieß »Son Vent«. Es machte seinem Namen mit Einbruch

des Winters alle Ehre. Der Wind, der Sand und Chopin »die ganze Nacht hindurch mit seinen langen Seufzern eingewiegt hatte«, fegte bald durch alle Fugen und Ritzen der baufälligen Finca. Außerdem hatte das Haus, wie damals auf Mallorca üblich, Fenster ohne Glasscheiben. Chopins Husten verschlimmerte sich, und er spuckte Blut. Die herbeigerufenen Ärzte diagnostizierten eine fortgeschrittene Lungenschwindsucht. Chopin schilderte die Untersuchung der Ärzte in einem Brief voller Galgenhumor: »Der erste sagte, ich sei ein Todeskandidat. Der zweite, mein letztes Stündlein habe geschlagen. Und der dritte, ich sei bereits tot.« Als ihnen vom Besitzer von »Son Vent«, der Angst hatte, daß Chopins Krankheit ansteckend sei, gekündigt wurde, befand Sand: »Wir hätten ohnehin nicht mehr bleiben können, ohne fürchten zu müssen, in unserem Zimmer zu ertrinken.«

Sie beschlossen, in das Kartäuserkloster von Valldemossa umzuziehen. Und wieder war Chopin voller Zuversicht. Er schrieb: »Ich werde in einem wunderbaren Kloster leben, in der herrlichsten Lage, die man sich in der Welt denken kann.« George Sand fand die Erwartungen bestätigt: »Und die Kartause war so schön unter ihren Efeuranken, das Blühen so herrlich im Tal, die Luft auf unserer Höhe so rein, das Meer am Horizont so blau.«

In Valldemossa richteten sie sich hinter den dicken Klostermauern in geräumigen, aber spartanischen Zimmern ein. George Sand kümmerte sich hingebungsvoll um ihren Patienten. Chopin spielte und komponierte auf einem einfachen mallorquinischen Klavier. Sein Pleyel-Klavier sollte erst kurz vor der Rückreise aus Paris eintreffen. Die Präludien entstanden, eine Ballade, eine Polonaise, eine Mazurka. Über die Regentropfen dieses naßkalten Winters und ihre Wirkung auf Chopin sollte George Sand später schreiben: »Sie waren in seiner Phantasie und seiner Musik zu

Tränen geworden, die vom Himmel herab in sein Herz fielen.« Aber der »Prinz«, wie ihn Franz Liszt nannte, litt mehr als Sand und ihre Kinder unter dem schlechten Wetter. Er bekam Depressionen und fühlte sich elend.
Während Chopin komponierte, schrieb George Sand an ihrem Roman »Spiridion«. Erst später sollte sie die hundert Tage auf Mallorca im Buch »Un Hiver à Majorque« verewigen. Und obwohl George Sand vorwiegend negative Eindrücke von Mallorca mitgenommen hatte, enthält das Buch doch viele versteckte Liebeserklärungen.
Am 13. Februar 1839 war es dann soweit. Sie kehrten Mallorca den Rücken und schifften sich auf dem Dampfer »El Mallorquin« nach Barcelona ein. George Sand: »Ich verließ die Kartause halb in Freude, halb in Schmerz.« Das Schiff mußten sich die wenigen Passagiere mit vielen Schweinen teilen, die zum Entsetzen von George Sand noch dazu bevorzugt behandelt wurden.
Kay gab Dana die deutsche Ausgabe »Ein Winter auf Mallorca«. Während sie Chopins Cello-Sonate hörten, las Dana: »Alles was Dichter und Maler sich erträumen können, hat die Natur hier geschaffen: ein gewaltiges Ganzes mit unendlichen Einzelheiten in unerschöpflicher Vielfalt, wirre Formen, scharfe Konturen, verschwommene Tiefen, alles ist vorhanden, und Kunst könnte dem nichts hinzufügen.«
Und an einer anderen Stelle: »In Mallorca sah ich das Meer, wie ich es mir erträumt hatte.«
Dana legte das Buch in den Schoß. Ihr Blick schweifte hinaus auf die spiegelnde See. Und leise wiederholte sie die letzte Zeile: »... sah ich das Meer, wie ich es mir erträumt hatte.«

9

José Gaudisto hatte einen Flug von Madrid nach Malaga genommen. Am Aeropuerto stieg er in ein Taxi und fuhr Richtung Marbella. Quer über seine gebrochene Nase klebte ein weißes Pflaster. Und oben an seiner Stirn verdeckte eine Wundauflage die frisch genähte Kopfplatzwunde. José kurbelte das Seitenfenster herunter, damit ihm der Fahrtwind ins Gesicht streichen konnte. Vielleicht verschaffte ihm das etwas Linderung. Noch hatte er ziemlich starke Kopfschmerzen. In wenigen Minuten würde es auf einen klaren Kopf ankommen.

Als das Taxi schließlich vor einem großen schmiedeeisernen Tor zum Stehen kam, stieg José aus. Während er den Fahrer bezahlte, warf er einen kurzen Blick hinauf zur Überwachungskamera. Kurz darauf hörte er aus dem Lautsprecher eine Stimme: »Buenos días, Señor Gaudisto, todo bien?«

»Buenos días, sí, todo bien, puedo pasar?«

»Claro que sí, le esperábamos.«

Die Flügel des Tores wurden elektrisch geöffnet. José mußte gut zweihundert Meter über eine gekieste Auffahrt laufen, die von Zypressen gesäumt war. Rechts hinter den Bäumen sah er einen Hundezwinger. Hier wartete ein ganzes Rudel von Dobermännern auf die Nacht, in der sie dann wie immer ungehindert durch das große, parkähnliche Gelände streifen durften. Vor ihm lag die prachtvolle Residenz, die mit der großen Auffahrt davor, mit den vielen Türmchen und antiken Steinfiguren aussah wie der Adelssitz eines spanischen Granden.

Vor dem Eingang erwarteten José zwei großgewachsene Männer mit dunklem Teint. Sie hatten Sonnenbrillen auf und trugen helle Anzüge. José fragte sich, warum Bodyguards auch im wirklichen Leben immer aussehen mußten, wie Chargen in einem schlechten Film. Die Kleiderschränke nahmen José in Empfang, unterzogen ihn einer kurzen Leibesvisitation und brachten ihn dann in die große Empfangshalle. Dort mußte er eine Zeitlang warten, dann rief man ihn auf die Terrasse der Residencia, wo Don Antonio Martinez neben einem Swimmingpool in einem Lehnstuhl saß.

»Buenos días, José, wir haben uns lange nicht mehr gesehen.«

»Buenos días, Don Antonio. Danke, daß Sie für mich Zeit haben.«

»Ich habe für meine Freunde immer Zeit, José, das weißt du doch.« Don Antonio machte eine einladende Handbewegung und deutete auf einen Stuhl, der im Abstand von einigen Metern ihm gegenüber stand. »Toma asiento.«

José setzte sich. Ihm fiel sein letzter Besuch bei Don Antonio ein. Auch damals stand sein Stuhl genau so, daß er von der Sonne geblendet wurde, während Don Antonio im Schatten eines Schirms saß. José mußte blinzeln, an seine Kopfschmerzen durfte er überhaupt nicht denken. Don Antonio war ein älterer Herr von großer Statur, mit grauen Haaren und einer markanten Adlernase. Hinter Don Antonio stand sein schwergewichtiger Sekretär. Mit seiner randlosen Brille und dem kahlgeschorenen Schädel eine seltsame Mischung aus Intellektuellem und Berufscatcher.

»Bien, José, was führt dich zu mir? Wenn ich mir dein Gesicht so anschaue, habe ich das Gefühl, du hast ein Problem.«

José schluckte. Don Antonio war der Boß eines mächtigen Syndikats, dessen Geschäfte wenig ehrenwert waren. La Organización wurde die mafiaähnliche Organisation von der Polizei und in kriminellen Kreisen respektvoll genannt. La Organización spielte eine wesentliche Rolle im Drogengeschäft des Landes. So nahm man an, daß der Handel mit der kolumbianischen Drogenmafia in Spanien vornehmlich über La Organización lief. Sie hatte ihre Hände im Waffenhandel, im Glücksspiel und in der Prostitution. Besonders geschickt war Don Antonio darin, schmutziges Geld wieder sauber zu waschen. Ihm gehörten diverse Hotels an der Costa del Sol. Letztes Jahr hatte er eine Bank in Madrid gekauft. Er nannte eine Versicherungsgesellschaft sein eigen und besaß große Ländereien zwischen Valencia und Alicante. Don Antonio verfügte über persönliche Kontakte bis in die Spitzen der Politik und Wirtschaft. Don Antonio hatte es geschafft, er genoß gesellschaftliches Ansehen. Bei der Polizei gab es zwar immer wieder Sondereinheiten, die versuchten, La Organización das Handwerk zu legen. Aber die Organisation war einfach zu mächtig. Auch innerhalb der Polizeibehörden gab es an entscheidenden Stellen zu viele Männer, die auf der Lohnliste von Don Antonio standen.

José Gaudisto war zwar kein direkter Angehöriger von La Organización, aber er bekam von ihr schon seit Jahren regelmäßig Aufträge. Die Leute von Don Antonio schätzten die Qualität der von ihm gefälschten Dokumente und Papiere.

Seit dem Überfall in seiner Madrider Wohnung hegte José starke Rachegefühle. Die Diskette mit den Namen der Inhaber gefälschter Ausweispapiere, die sein Besucher mitgenommen hatte, beunruhigte ihn dagegen weniger. Das waren alles private Kunden, die er als Laufkundschaft ansah. Die kamen meist nur einmal, und er sah sie nie wieder. Deren Schicksal war ihm ziemlich egal. Mit dieser Liste konnte ihn das rabiate Arschloch, el bruto de los cojones, jedenfalls nicht erpressen. José war nicht so dumm, die Geschäfte mit La Organización auf Disketten zu speichern, da drohte also keine Gefahr.

»Don Antonio«, fing José an zu erzählen, »Don Antonio, sí, ich habe ein Problem. Gott sei Dank ist es eines, das mit Ihnen und La Organización nichts zu tun hat. Aber ich glaube, daß es Sie interessieren dürfte. Ich hatte vor kurzem einen unfreundlichen Besucher. Wie man mir leider ansieht, hat er mich zusammengeschlagen. Er wollte Auskünfte über einen Klienten, dem ich vor sechs Monaten einen Paß präpariert habe. Sie können sich darauf verlassen, daß ich schweigen kann wie ein Grab. Ich weiß, daß ich sonst nicht überleben würde. Aber der Kunde von vor sechs Monaten ist völlig unwichtig. Er wurde mir über einen Kontakt in der Schweiz vermittelt. Ich weiß nichts von ihm. Oder besser gesagt, fast nichts. Mein Besucher von vor ein paar Tagen war ein ausgekochter Profi, sonst hätte ich mich nicht von ihm aufs Kreuz legen lassen. Er hat mir die Nase gebrochen, den Arm ausgekugelt und mich dann k. o. geschlagen. Es gab keinen Grund, sich von diesem Cabrón umbringen zu lassen. Er hat jetzt die Information, die er wollte. Es ging um einen Viktor Stranitz, dem ich einen deutschen Paß auf den Namen Kay Kaufmann ausgestellt habe.«

José machte eine kurze Pause und holte tief Luft. Don Antonio zeigte keine Regung. Der Sekretär verlagerte wie ein Sumoringer sein beträchtliches Gewicht von einem Bein auf das andere.

»Danach hat mir mein Besucher eine Reihe von Fotos gezeigt, auf denen ich meinen Kunden identifizieren sollte. Das habe ich auch gemacht. Sollen sich die Idioten doch gegenseitig umbringen. Das Interessante an den Fotos war, daß sie alle von ein und demselben Gesicht stammten. Es handelte sich um Verfremdungen, die am Computer erstellt waren. Das kenne ich gut, immerhin habe ich so etwas selber schon gemacht. Ganz schöner Aufwand, diese computeranimierten Bilder, und dann der Mann aus

Deutschland, der mich mit einer Brieftasche ködern konnte, die randvoll mit Tausendmarkscheinen war. Dieser alte Kunde von mir, dem ich den Paß gefälscht habe und der jetzt Kay Kaufmann heißt, der muß für irgend jemanden verdammt wichtig sein. Mein Besucher war, da bin ich mir ziemlich sicher, irgend so eine Art Privatdetektiv. Wie Sie wissen, habe ich mein Handwerk in der Schweiz und in Deutschland gelernt. Deshalb spreche ich Deutsch und kenne das Milieu. Dieser Kay Kaufmann muß so wichtig sein, daß ihm jemand einen Spezialisten wie meinen Besucher auf die Fersen heftet. Warum ist er so wichtig? Gut, es könnte eine Spionagegeschichte dahinterstecken. Aber dagegen spricht einiges, vor allem haben diese Freunde ein eigenes Netz von Dokumentenfälschern. Kollegen von mir, mit denen ich nichts zu tun haben möchte.«

»Eine interessante Geschichte, lieber José«, unterbrach Don Antonio den Paßfälscher aus Madrid, »aber könntest du bitte auf den Punkt kommen. Was können wir für dich tun? Und was kannst du für uns tun?«

»Ich glaube, daß es sich für La Organización lohnen würde, die Spur sowohl von meinem Besucher als auch von Kay Kaufmann aufzunehmen. Hier steckt etwas im Busch, und La Organización könnte ihren Nutzen daraus ziehen. Ich habe einige Trümpfe im Ärmel. Natürlich habe ich mir vor sechs Monaten eine Kopie des Paßbildes von Kay Kaufmann gemacht. Ich nenne ihn jetzt einfach bei seinem neuen Namen, weil sein alter sicherlich genauso falsch war. Aber wir haben noch etwas viel Besseres, nämlich eine Kassette mit einer Videoaufnahme seiner beiden Besuche vor sechs Monaten. Ich habe nämlich eine versteckte Videoüberwachungsanlage, die ich vor jedem Besuch aktiviere. Ich habe das Band mit Kay Kaufmann damals aufgehoben, weil auf ihm zu sehen ist, daß sein Aktenkoffer, aus dem er mein Honorar nahm, und zwar so, daß ich nicht hineinschauen konnte, randvoll mit Markscheinen und Dollarnoten war. Eine Million Mark dürfte die unterste Grenze sein, vielleicht war es auch viel mehr. Ihre Leute können sich das Band ansehen. Im Deckel des Aktenkoffers sieht man übrigens ein Flugticket der Iberia. Und man kann ein Taschenbuch erkennen. Heute früh ist es mir gelungen, den deutschen Titel zu entziffern: ›George Sand. Ein Winter auf Mallorca‹. Ich habe noch ein weiteres Video, da sieht man meinen anderen, gewalttätigen Besucher in voller Größe. Auch er hat die Videokamera nicht bemerkt. Bueno, ich komme zum Schluß, Don Antonio, und ich danke für Ihre Geduld. Vielleicht kann La Organización Kay Kaufmann aufspüren, vielleicht ist er una mina de oro, eine Goldmine. Falls La Organización aus ihm Nutzen ziehen kann, sollte es mich freuen. Ich will keine Beteiligung, keine Provision. Ich möchte nur Venganza, ich will mich an dem Arschloch rächen, das mich zusammengeschlagen hat. Ich bin mir sicher, wenn La Organización Kay Kaufmann findet, dann taucht auch dieser Bastardo auf. Er wird nicht locker lassen, er wird sein Opfer finden. Und dann bitte ich La Organización, mir Gelegenheit zu geben, diesen Idioten aus dem Verkehr zu ziehen. Es ist eine Frage des Stolzes.«

Don Antonio ließ sich etwas Zeit mit seiner Antwort.

»Eine Frage des Stolzes? Nun, das kann ich verstehen. Wir werden dir helfen. Nicht nur wegen der Million im Koffer dieses Señor Kaufmann. Obwohl dies durchaus ein Anreiz ist. Die Geschäfte dieses Mannes könnten tatsächlich von Interesse sein. Nein, nicht nur deshalb. Ich bin ein konservativer Mann, ich schätze es nicht, wenn einem Freund Gewalt angetan wird. José, du überläßt uns deine Videokassetten, das Bild und was du sonst noch hast. Hinter mir, das ist Alfredo, er wird dich nach draußen begleiten, ihm gibst du alles. Warte in Madrid auf Nachricht. Sobald wir deinen unfreundlichen Besucher gefunden haben und ihn

nicht mehr brauchen, kannst du ihn haben. Alfredo wird dich informieren. Und noch etwas. José, es war richtig, daß du vorbeigekommen bist. Ich höre solche Geschichten gerne aus erster Hand, da gibt es keine Mißverständnisse. Adios, buen viaje.«
José atmete tief durch. Die Kopfschmerzen waren verflogen.

10

Am nächsten Tag, nach einem ausführlichen Frühstück an Deck, steuerte Kay die Yacht Aurore nach Palma. Die »Ciutat«, wie die Stadt auf der Insel genannt wird, ist mit dem Schiff nur wenige Minuten von Porto Portals entfernt. Sie fuhren an der Insel Illetas vorbei. Linkerhand die Berge der Serra de na Burguesa. Und rechts voraus sah Dana im Dunst die Hochhäuser, die sich wie eine Kette von Palma die Küste entlang über C'an Pastilla bis S'Arenal hinziehen. Dann kam links ein langer Wellenbrecher, der den Hafen von Palma nach Süden zum offenen Meer hin schützt und auf der anderen Seite den großen Kreuzfahrtschiffen im *Porto Pi* als Anlegestelle dient. Sie passierten den schwarzweiß gestreiften Leuchtturm am Ende der Mole, Kay zog eine Schleife, und vor ihnen lag der große Hafen von Palma, links dahinter die schloßartige Königsburg *Castell de Bellver* auf einem Hügel. Und rechts, schräg hinter den Booten des *Real Club Nautico*, die Kathedrale La Seu.
Der Real Club Nautico trägt das »Real« in seinem Namen mit besonderer Berechtigung. Schließlich wurde der Yachtclub von Alfonso XIII. gegründet, dem Großvater des spanischen Königs Juan Carlos. Und Juan Carlos, der ein be-

geisterter Hochseesegler ist, startet hier alljährlich seine berühmte Regatta »Copa del Rey«. Dabei zählt die königliche Yacht immer zum engsten Favoritenkreis.
Kay fuhr mit der Aurore direkt vor zur Uferstraße Avinguda Gabriel Roca, wo sie in unmittelbarer Nähe der Altstadt festmachten. Minuten später waren sie bereits zu Fuß unterwegs. Sie liefen an der Llotja und an der Kathedrale vorbei. Links lag in der Carrer Miramar das kleine, aber feine Hotel *Palacio Ca Sa Galesa*. Sie suchten die Carrer Serra und warfen dort einen kurzen Blick in die Banys Arabs, eines der wenigen baulichen Zeugnisse der maurischen Herrschaft auf Mallorca.
»Schade, daß es von der muselmanischen Architektur auf Mallorca nicht mehr zu sehen gibt«, bedauerte Dana.
»Die Reconquista hat ganze Arbeit geleistet. Da blieb kein Stein auf dem anderen. Die Moscheen und Paläste wurden dem Erdboden gleichgemacht. Irgendwie sind diese arabischen Bäder der Zerstörungswut entgangen. Sie haben sicher auch mal zu einem Palast gehört.«
Kay und Dana standen im Caldarium, einem Raum mit zwölf Säulen und einer runden Kuppel mit vielen Dachluken. Der Boden aus doppelten Steinplatten hat Ritzen, durch die einst heiße Luft in den Raum strömte. Dann wurde Wasser auf den warmen Boden gegossen, das sofort verdunstete.
»Dieses Verfahren haben sich die Mauren von den alten Römern abgeguckt, die haben das genauso gemacht«, stellte Dana fest.
Sie liefen noch kurz durch den Garten, schauten sich einige herumstehende Amphoren an, dann verließen sie, ein klein wenig enttäuscht, die Banys Arabs.
»Hast du Lust auf heiße Schokolade?« fragte Kay. Er führte Dana in den Schokoladentempel *Can Joan de S'Aigo* in der Carrer Sanc hinter der Eglésia Santa Eulária.

»In diesem verspielten Café hat schon Joan Miró seine Schokolade getrunken.«
Von 1956 bis zu seinem Tod 1983 lebte der berühmte spanische Maler, der so gerne Xocolata trank, in Palma. Geboren wurde Joan Miró 1893 als Sohn eines Uhrmachers in Barcelona. Die Familie seiner Mutter aber stammte aus Palma. Und so kam es, daß der kleine Joan als Zwölfjähriger seine ersten Zeichnungen im Urlaub auf Mallorca machte. Später verbrachte er viele Jahre in Paris. Zu den ersten Käufern seiner Bilder zählten Ernest Hemingway und Pablo Picasso. 1929 heiratete Joan Miró die Mallorquinerin Pilar Juncosa. Schon in den dreißiger Jahren hatte Miró seine ersten Ausstellungen in USA. Als 1936 Franco den spanischen Bürgerkrieg entfesselte, engagierte sich Miró für die spanische Republik. Auf der Weltausstellung 1937 in Paris zählte im spanischen Pavillon neben Picassos »Guernica« ein Monumentalgemälde von Miró zu den wichtigsten Exponaten. Es ist verschollen. 1940 zog er sich vor der deutschen Invasion aus Frankreich zurück und siedelte zum ersten Mal nach Palma über. Dort malte er die meisten der zweiundzwanzig kleinformatigen Sternbilder, die Konstellationen. Es heißt, ihn habe die Kathedrale La Seu inspiriert, das bunte Licht durch die Glasfenster und die gregorianischen Gesänge. Von 1942 an lebte Miró wieder in Barcelona, in Paris, New York. 1956 aber zog er endgültig nach Mallorca, wo er dann noch über ein Vierteljahrhundert leben sollte. Das Atelier des Joan Miró gehört heute zur Fundació Pilar i Joan Miró. In diesem Kulturzentrum bei Palma sind Werke aus dem künstlerischen Nachlaß von Miró zu sehen.
Nach dem Café Can Joan de S'Aigo lief Kay Richtung Plaça Major und zeigte Dana die prachtvollen Jugendstilfassaden der beiden nebeneinanderstehenden Gebäude L'Aguila und Can Fortesa-Rei. Dann ging es eine schmale Gasse

hinunter zu einem weiteren Prunkstück des balearischen Jugendstils, der *Modernisme mallorqui* genannt wird: das Gran Hotel. In dem einst größten Hotel von Palma ist heute ein Kulturzentrum untergebracht. Von dem dazugehörigen Café aus sieht man gegenüber den vielfotografierten Jugendstileingang der Konditorei Forn des Teatre.

Kay, der sich als Fan des katalanischen Jugendstilarchitekten Antoni *Gaudí* offenbarte, führte Dana einige Meter weiter zur Plaça del Mercat und dem Jugendstilhaus C'an Casayas.

»Das ist der perfekte Stil von Gaudí«, freute sich Kay, als er vor dem Doppelhaus stand. »Mit dem einzigen Nachteil, daß Gaudí nicht der Architekt war, sondern zwei andere Spanier. Aber was soll's, für mich ist das ein Meisterwerk des Jugendstils von Gaudí.«

Dana, die sich durchaus von Kays Begeisterung anstecken ließ, erspähte plötzlich einige Regiestühle an der Plaça del Mercat.

»Du stehst auf Jugendstil und ich auf Hollywood«, sagte sie lachend. »Und in diesem Cine Café geht beides eine natürliche Symbiose ein. Schau her, auf jedem Stuhl steht ein anderer Name: Robert Redford, Orson Welles, James Dean, Marilyn Monroe – und wen haben wir denn hier, Steve McQueen. Ist leider schon besetzt, sonst hättest du in dem Stuhl Platz nehmen müssen. Hinten Antoni Gaudí, vorne Steve McQueen – das gefällt mir. Und in beiden Fällen handelt es sich um Fälschungen.«

»Sehr witzig«, stellte Kay fest und zog Dana den Carrer Unió hinunter zur Plaça Rei Joan Carles I.

»Da ist die *Bar Bosch,* jetzt hocken hier Touristen, aber abends nimmt die Jugend von Palma dieses Café in Beschlag.«

Nach einem Schaufensterbummel in der Einkaufsstraße Jaume III spazierten sie unter Platanen den Passeig des

Born hinunter in Richtung Meer. Am Ende des Passeig nahm Kay eine Pferdedroschke. »Ist zwar was für Touristen, macht aber trotzdem Spaß.« Von diesen Galeras, wie die traditionellen Pferdedroschken heißen, gibt es nur noch zwei Dutzend in Palma. Sie fuhren zur Banco del Pais. Kay ließ Dana in einem Raum vor dem Tresorbereich warten. »Es dauert nicht lange, ich muß nur schnell ein Bankschließfach ausrauben.«

»Ein grandioser Plan«, scherzte Dana. »Ich decke den Rückzug. Du machst das wie Paul Newman und Robert Redford in dem Film über Butch Cassidy und Sundance Kid, sagst irgendwas wie ›manos arriba, esto es un robo‹ – das hat schon bei Newman und Redford nicht geklappt. Und dann fliehen wir uneinholbar in der Pferdedroschke.«

»Gute Idee. Aber leider habe ich einen Schlüssel für dieses Schließfach. Die Sache geht also reibungslos über die Bühne.«

»Schon wieder nichts, einfach keine richtige Action.«

»So, jetzt bin ich wieder liquide«, sagte Kay, als er nach wenigen Minuten wiederkam. Dabei klopfte er sich auf seine ausgebeulten Hosentaschen. Ihr war ja schon am ersten gemeinsamen Abend im Tristan aufgefallen, daß Kay von Kreditkarten oder Schecks nichts hielt. Er bezahlte grundsätzlich alles cash, selbst größere Summen. In seinem Schiffssafe, aus dem er sich immer bediente, mußte reichlich Bares bereit liegen. »Eine alte Marotte«, meinte Kay, als sie ihn darauf ansprach. Aber offenbar wollte er diese Eigenart nicht näher begründen.

Sie fuhren mit der Pferdekutsche weiter zum traditionsreichen Weinkeller *Celler Sa Premsa*. Vor einem riesigen mallorquinischen Weinfaß nahmen Dana und Kay an einem rustikalen Holztisch Platz. Dana betrachtete die vergilbten Stierkampfplakate an den Wänden. Sie las die Namen legendärer Torreros: Paco Camino, El Cordobes ... Unter den

Holzbalken an der Decke drehte sich über ihren Köpfen ein Ventilator. Der Ober empfahl zunächst Porcella (Spanferkel) und Tumbet (Gemüseeintopf). Sie ließen sich schließlich zu Lomo con col überreden, Schweinerücken in Weißkohl. Und Dana mußte die *Sobrassada* probieren, eine mit rotem Pfeffer gewürzte Schweinswurst.

Mallorca ist für die Vielzahl und Qualität seiner Würste berühmt. Auch wenn sie nicht jedermanns Geschmack entsprechen. George Sand war jedenfalls weniger begeistert: »Es gibt mindestens zweihundert Arten von Wurst, die derart reichlich mit Knoblauch, Pfeffer, Paprika und allen möglichen anderen beizenden Spezereien gewürzt sind, daß man bei jedem Bissen sein Leben riskiert.«

Auf dem Weg zurück zum Schiff kamen sie an dem mächtigen Bau der Kathedrale von Palma vorbei. Sie hörten Orgelspiel aus der »Kathedrale des Lichts«. Zu den Klängen einer Toccata von Johann Sebastian Bach betraten Kay und Dana das riesige Mittelschiff der Kathedrale La Seu. Zunächst fiel das große Rosettenfenster ins Auge, das aus über tausend bunten Glasteilen besteht. Kay deutete über dem dunklen Hauptaltar auf einen merkwürdig bizarren Baldachin. Dana fand, daß er aussah wie ein monströses Spinnennetz. Kay bestand darauf, daß dieser Baldoquino eine Dornenkrone symbolisieren soll.

»Da hat wieder mein verehrter Antoni Gaudí zugeschlagen«, gab Kay den Urheber dieses seltsamen Objekts preis. »Gaudí hat die gotische Kirche Anfang des Jahrhunderts um einige Extravaganzen bereichert. So zum Beispiel auch um die verspielten Kandelaber an den Säulen.«

»Da werden die Gotik-Freaks aber das heilige Grausen bekommen haben«, sagte Dana, die immer noch die Dornenkrone betrachtete.

»Kann schon sein«, meinte Kay, »aber mir gefällt's. Was Kirchen betrifft, ist Gaudí sowieso unschlagbar. In Barcelona gibt's seine Monumentalkirche Sagrada Familia. Oder besser gesagt, das, was davon bislang gebaut wurde. Eine Kirche, die wohl nie fertig wird. Aber, ich sag dir, Dana, überwältigend. Absolut überwältigend. Nur schade, daß Gaudí neunzehnhundertsechsundzwanzig in Barcelona von einer Straßenbahn zu Tode geschleift wurde. Sonst hätte er den Bau vielleicht noch weiter vorangebracht.«

»Von einer Straßenbahn zu Tode geschleift? Wie pietätlos.«

Kay und Dana genossen noch etwas die Stimmung in der Kathedrale. Der Klang der großen Orgel, das durch die Rosetten bestimmte Licht, die hohen gotischen Säulen, die sich oben im Kirchenschiff verloren, und der Hall der eigenen Schritte, der ihnen unnatürlich laut vorkam.

Als sie wieder draußen waren, gingen sie an dem Almudaina-Palast vorbei, der sich im Westen an die Kathedrale anschließt. Einst herrschten von hier die arabischen Wesire über die Insel. Über die Jahrhunderte wurde der Palast immer wieder umgebaut. Heute ist er Sitz der Militärkommandantur. Einige Palasträume können besichtigt werden.

*

Abends hatte Kay einen Tisch im Restaurant *Rififi* reserviert, das er zu den besten Fischlokalen in Palma zählte. Das von außen unscheinbare Rififi liegt an der Avinguda Joan Miró unterhalb des Castell de Bellver. Schon im Eingangsbereich zeigen Wasserbassins mit Langusten, Hummern und anderem Schalengetier, wo es im Rififi kulinarisch langgeht. In dem sich rasch füllenden Lokal bekamen sie gerade noch einen Tisch. An der Wand hingen einige alte nautische Instrumente.

Kay bestellte eine Flasche Blanc Pescador, den beliebtesten Wein im Rififi. Dann ließ er zum Auftakt Mejillones (Muscheln), Angulas (Glasaal) und Langostinos auftischen.

Weiter ging's mit Cap-Roig (roter Drachenkopf-Fisch) und Lubina (Loup de mer/Wolfsbarsch).
»Man sagt ja, von Fisch wird man nicht dick, aber wenn du so weitermachst, kannst du mich hier rausrollen und auf der Aurore als Schiffsballast verwenden«, kommentierte Dana das Gelage, um sich dann unverdrossen zum Dessert noch eine Crema Catalana zu gönnen.
»Das beste wäre jetzt etwas Gymnastik, um die Verdauung zu fördern und etwaigem Speckansatz vorzubeugen«, sagte Kay, als sie das Lokal verließen. »Als Gymnastikstudio käme die Disko *Tito's* in Betracht.«
Wenig später standen sie vor dem Tito's am Plaça Gomila. Zwei gläserne Lifte fuhren an der Außenfront hinauf. Oben vermutete Dana hinter der großen Glasfläche die Diskothek. Kaum vorstellbar, daß in diesem Tanzpalast schon vor einem halben Jahrhundert eine Marlene Dietrich die Männerwelt verzückt haben sollte. Marlene Dietrich, die übrigens ihre allseits verehrten Beine gerne in Hosen versteckte. Und der 1932 vom Pariser Polizeichef verboten wurde, in Hosen durch die Stadt zu laufen, weil Frauen in Hosen schockierend wären. Wie mußte da erst noch hundert Jahre vorher eine zigarrerauchende George Sand mit ihrer Männerkleidung die Menschen in Paris provoziert haben? Gar nicht auszudenken, wie diese Femme fatale in jener Zeit auf die mallorquinische Landbevölkerung gewirkt haben mochte. Kay und Dana fuhren im gläsernen Lift nach oben. Unter ihnen der nächtliche Verkehr auf der Uferstraße, vor ihnen die weite Bucht von Palma, und weit hinten sahen sie einmal mehr die hell angestrahlte Kathedrale La Seu. In der Disko empfingen sie phonstarke Musik und eine Lichtshow. Dana zog Kay gleich auf die Tanzfläche. Kay erhaschte noch einen kurzen Blick durch die Glasfront hinaus aufs Meer. Das ferne Blinken eines Leuchtfeuers verlor sich im Tanz der Lichteffekte. Dana

hatte den Ausblick überhaupt nicht zur Kenntnis genommen. Jetzt ließ sich auch Kay von den Rhythmen, die aus den gewaltigen Lautsprechern hämmerten, davontragen. Später saßen sie an einer Bartheke direkt neben der Tanzfläche. Plötzlich stand Danas Freundin Eva vor ihnen.
»Na, du untreue Seele«, sagte Eva zu Dana, als Kay sie einmal alleine ließ. »Ich denke, du magst keine reichen Hohlköpfe, und jetzt hängst du mit diesem Kay auf einer großen Motoryacht rum. Das war eigentlich meine Nummer.«
Dana mußte lachen. »Siehst du, ich hab' doch gleich gesagt, das läuft wie bei Marilyn Monroe und Lauren Bacall. Dein Röntgenblick hat dich eben jämmerlich im Stich gelassen. Gib lieber deinen Gefühlen freien Lauf.«
»Möchte ich ja. Meine Gefühle warten doch nur darauf, sich frei zu entfalten. Nur will ich sie nicht an den falschen Mann verschwenden. Das wirklich Gemeine ist, daß ich deinen Kay auch sofort ganz lieb fand. Aber ich dachte, er wäre ein armer Schlucker.«
»Kismet, liebe Eva. Aber darauf kommt's nicht an. Er ist klug, welterfahren, mal lustig, dann wieder nachdenklich. Er hat Stil, einen ganz individuellen, einen, der nicht so auf Äußerlichkeiten aus ist. Und er kann sehr zärtlich sein.«
»Auch das noch. Das Schicksal meint es nicht gut mit mir. Falls ihr euch wieder voneinander trennen solltet, dann gib ihm doch bitte meine Telefonnummer. Ich stehe mit all meinen Gefühlen zur Verfügung.«

11

Im Münchner Flughafen stand Achim Gonzel am Gepäckband. Der Fotograf war gerade aus Mallorca angekommen und machte einen ziemlich miesepetrigen Eindruck. Während er bedächtig auf seinem Kaugummi herumkaute, beobachtete er seine Mitreisenden, die wie er auf das Gepäck warteten. Sein Blick wanderte von zwei halbwüchsigen Mädchen, die braungebrannt mit herausforderndem Lolitalächeln herumstolzierten, hinüber zu einer Gruppe Rentnern, die in besonders geschmackvollen Jogginghosen die verteufelt lange Flugreise von Mallorca nach München bewältigt hatten. Dahinter grölten einige punkähnliche Typen, die sich offenbar zum Abschluß ihres Urlaubs noch einmal kräftig mit Alkohol zugedröhnt hatten. Neben Achim stand ein mittelalterliches Ehepaar, das in teuren Zwirn gewandet war und wahrscheinlich auf seine Golfbags wartete. Größer könnte der Kontrast kaum sein, dachte sich Achim. Ein bunt gemischtes Publikum, quer durch alle sozialen Schichten und Einkommensklassen. Irgendwie typisch für Mallorca, die Insel mit den vielen Gesichtern, von denen Achim nur einige wenige kennengelernt hatte. Der Alukoffer mit den Kameras und dem belichteten Material stand neben ihm. Sein Arbeitsgerät nahm er immer mit an Bord. Jetzt wartete er noch auf seine große Reisetasche mit den Klamotten. Achims Laune war nicht die beste. Im Grunde war der ganze Trip nach Mallorca ein einziger Flop gewesen. Und das Volk im Flieger hat ihm noch den Rest gegeben. Offenbar wollten alle ihre feucht-fröhliche Urlaubslaune bis zum letzten Augenblick auskosten. Und dann das Klatschen beim Landen. Das brachte ihn in Charterfliegern regelmäßig auf die Palme. Ist doch

das mindeste, daß die Piloten die Kiste wieder runterbringen, dachte Achim. Es klatscht doch auch keiner Beifall, wenn ein städtischer Linienbus erfolgreich an der Haltestelle zum Stehen kommt. Job ist Job.
Achims Job war es, Bilder von Prominenten zu schießen. Er arbeitete für eine Münchner Illustrierte, die ihn nach Mallorca geschickt hatte, um eine Bildreportage über das deutsche Topmodel Claudia Niefer zu machen. Claudia Niefer war für einige Urlaubstage zu ihren Eltern gereist, die auf Mallorca ein Haus hatten.
Ein genialer Einfall seines Chefredakteurs. Das war ja nun mal wirklich etwas Ausgefallenes! Keine Redaktion dieser Welt war noch auf diese tolle Idee gekommen. Deshalb hatten ja mit ihm nur ein paar Dutzend Berufskollegen dem prominenten Model schon bei der Landung aufgelauert. Die besten Voraussetzungen für eine Exklusivstory. Da kam Freude auf.
Achim fielen wieder die langen Stunden ein, die er Tag und Nacht mit der Kamera im Anschlag vor dem Haus von Claudia Niefers Eltern auf der Halbinsel La Mola bei *Port d'Andratx* gewartet hatte. Dann war er wieder zu Lande und zu Wasser hinter »La Niefer« hergehechelt in der vagen Hoffnung auf einen goldwerten Schuß für die Titelseite seiner Illustrierten. Aber die ersehnten Oben-ohne-Aufnahmen waren Achim versagt geblieben. Nur ein paar belanglose Bilder am Flughafen, im Auto, vor dem Haus, im Club de Vela in Port d'Andratx und beim Badeausflug auf einem Motorboot – im züchtigen Bikini.
Achim hatte seine Reisetasche entdeckt, schnappte sie sich vom Band und machte sich auf den Weg zur S-Bahn. In der Redaktion im Münchner Osten angekommen, packte er die belichteten Filme in eine Tüte und schickte sie ins Labor zum Entwickeln.
»Na, war nicht so toll, oder?« fragte ihn ein Kollege von

der schreibenden Zunft, als er Achims frustrierten Gesichtsausdruck sah.
»Aber wirklich nicht, Paul, da hätte ich hier in München im Englischen Garten vor dem Monopteros sicher eine bessere Ausbeute gehabt. Hier liegen ja genug Nackte herum. Aber es mußte ja die Niefer sein.«
»Hast du sonst irgendwelche Promis erwischt? Den Juan Carlos vielleicht?«
Paul Oberhuber hatte sich auf die Kante des kleinen Schreibtischs gesetzt, der Achim bei seinen kurzen Redaktionsbesuchen als Arbeitsplatz diente. Auf dem Tisch türmten sich internationale Fotozeitschriften, ungeöffnete Briefumschläge, Filmbüchsen und Polaroids zu einem wilden Durcheinander. Achim lümmelte sich auf seinen abgewetzten Drehstuhl.
»Sonst noch was. Ich hatte einen klaren Job, und der hieß nun mal Claudia und nicht Juan Carlos. Ich hab' zwar noch ein bißchen rumgeknipst für meine Sammlung anonymer Köpfe, aber da ist für uns nichts dabei. Übrigens, hast du eine Zigarette für mich?«
»Hier, du Schnorrer.«
»Da fällt mir noch was Komisches ein, das muß ich dir erzählen. An einem Abend bin ich zu späterer Stunde, unsere Claudia lag schon züchtig im Bettchen, ins Abaco gegangen. Das ist so eine Bar in Palma. Übrigens ganz witzig, schwülstiges Ambiente. Aus Langeweile habe ich das Volk fotografiert. Vor allem eine junge blonde Frau, die mir echt gut gefallen hat. Guter Kopf, viel Personality, und auch sonst super drauf. Auf jeden Fall ist ihr Typ plötzlich aufgestanden und zu mir an die Bar gekommen. Hat was erzählt, daß das für ihn mit der Braut ein toller Abend sei und daß er mir gerne alle Fotos abkaufen würde – als Erinnerung. Ich hab' kurzerhand tausend Mark für die Filme verlangt. Du, was soll ich dir sagen, der hat das,

ohne mit der Wimper zu zucken, in Peseten hingeblättert.«
Paul grinste. »Korrupt wie immer.«
»Klar, Cash geht vor Kunst. Aber irgendwie kam mir das seltsam vor. Eigentlich habe ich ihm die Nummer nicht abgekauft. Hinterher habe ich mich fast geärgert, daß ich ihm die Filme gegeben habe. Vielleicht war irgend etwas Interessanteres drauf als die blonde Maid?«
»Wie sah denn der Typ aus?«
»Nett, sympathisch, zwischen vierzig und fünfzig, schlank, schlecht rasiert, braungebrannt, von der lässigen, coolen Art.«
»Kann man nichts machen. Wird schon nichts gewesen sein. Wo hast du den Tausender auf den Putz gehauen?«
Achim lachte. »Immer fleißig am Recherchieren. Da hilft dir deine notorische Neugier nicht weiter, das behalte ich für mich.«
Paul rutschte von der Tischkante. »Feigling. Komm, laß uns runtergehen und was trinken. Kannst mich einladen.«

*

Am Abend stand Achim an seinem Arbeitstisch in der Redaktion. Unter dem Wust hatte er einen Leuchtkasten freigeschaufelt, auf den er die mittlerweile entwickelten Dias von Mallorca legte, sie sortierte und ausmusterte. Weiter hinten im Großraumbüro saßen noch einige schreibende Kollegen und arbeiteten an aktuellen Artikeln. Unter ihnen Paul, der mit zwei Fingern mit einem wilden Stakkato in die Tastatur seines Computers hämmerte, ganz so, wie er es von seiner alten Typenhebelschreibmaschine gewohnt war. Plötzlich pfiff Achim durch die Zähne. »He, alter Kumpel, Paul, komm mal rüber, ich hab' doch noch Fotos von dem Pärchen aus dem Abaco.«

»Zum Kuckuck, nimmt denn keiner Rücksicht auf den kreativen Prozeß meines Schreibens«, protestierte Paul lautstark, um dann doch aufzustehen und zu Achims Leuchtkasten zu kommen.
»Jetzt ist es schon passiert, der Faden ist gerissen, der Pulitzerpreis in weiter Ferne, da kann ich mir auch deine Fotos anschauen«, maulte er vor sich hin.
Achim hatte in der Mitte sechs Dias gruppiert. »Ich hab' wohl bei der einen Kamera im Abaco gleich am Anfang nach einigen Aufnahmen den belichteten Film gewechselt, das habe ich vergessen. Da sind die zwei, von denen ich dir erzählt habe. Schauen nicht gerade aus wie Bonnie und Clyde.«
Auf vier Bildern war groß das blonde Mädchen zu sehen. Sie zog Grimassen, dann lachte sie, und auf dem nächsten machte sie ein ganz ernstes Gesicht.
»Versteh' ich, daß dir das Mädchen gefallen hat«, sagte Paul, »die ist nicht nur hübsch, sondern hat offenbar auch Temperament.«
Dann sah sich Paul die beiden Bilder an, auf denen ihr Begleiter zu sehen war. Der Mann hatte sich in seinem Stuhl bequem zurückgelehnt, dabei die Hände über dem Kopf verschränkt. Ein Bein war über das andere geschlagen, und auf dem rechten Knie stand sein halbgefülltes Cocktailglas – wie es schien, ziemlich stabil und ungefährdet.
»Gib mir mal deinen Fadenzähler.«
Achim gab ihm seine Lupe, und Paul studierte aufmerksam die beiden Aufnahmen mit dem Mann.
»Wer ist das, kennst du den?« fragte Achim.
»Nein, das ist ja das Blöde, aber irgendwie kommt mir das Bild bekannt vor, ganz so, als ob ich das schon mal gesehen hätte. So sitzt ja nicht jeder da. Dieser Balanceakt auf dem Knie und die Hände über dem Kopf, das ist schon

ziemlich individuell, das muß man sich erst mal angewöhnen.«
Paul ging kommentarlos zu seinem Arbeitsplatz und machte sich an seinem Aktenschrank zu schaffen. Er durchwühlte ein gutes Dutzend Ordner, in denen er Recherchematerial von zurückliegenden Storys aufbewahrte.
Nach wenigen Minuten kam er zurück. »Voilà, ich hab' doch einfach ein fotografisches Gedächtnis.« Triumphierend legte Paul neben die Dias ein großes Farbfoto. Darauf saß ein Mann in einem Sessel, bequem zurückgelehnt, mit einem spöttischen Lächeln im Gesicht, die Hände über dem Kopf verschränkt, das rechte Bein über dem linken – und auf dem rechten Knie stand wie selbstverständlich ein großes Bierglas.
»Völlig identische Haltung«, bestätigte Achim, »die Nummer beherrschen also auch andere. Aber das ist doch der Felix Reiter, oder? Der Wirtschaftsflüchtling, hinter dem du so lange vergebens her warst.«
»Richtig, das hier auf dem Foto ist Dr. Felix Reiter, wie er leibt und hoffentlich noch lebt. Fragt sich nur, wo? Ist ein älteres Bild, schon einige Jahre vor seinem Untertauchen entstanden. Total gleiche Körperhaltung. Das Glas auf dem Knie, wie es scheint, völlig sicher. Nur schade, daß das Gesicht nicht stimmt, das wäre ja ein Knüller. Obwohl – das Lächeln ist auch ganz ähnlich. Und da ist noch eine Gemeinsamkeit: Beide Figuren tragen ihre Armbanduhr rechts. Achim, tu mir einen Gefallen, und laß mal schnell von diesem besseren Dia einen großen Abzug machen. Ich möchte mir den Typen auf deinem Bild gerne genauer anschauen. Kannst ja auch noch einen Abzug von seiner Bekannten machen, für unsere Schönheitsgalerie.«
»Die Freunde im Labor werden sich freuen, das bringt Abwechslung in die Nachtschicht«, sagte Achim und machte sich mit den Diapositiven auf den Weg.

Einige Minuten später kam er mit den Abzügen zurück. Paul pinnte zwei Bilder an die Wand. Links der Mann aus Mallorca. Rechts daneben das alte Bild von Felix Reiter. Dann ging er einige Schritte zurück und betrachtete mit zusammengekniffenen Augen die Fotos.
»Was meinst du, Achim? Ist doch total gleich, nur das Gesicht stimmt nicht. Ich würde ja keine Sekunde weiter darüber nachdenken, aber daß dir der Typ tausend Mäuse für die Filme gezahlt hat, das macht mich stutzig, da erwacht mein Reporterinstinkt. Das ist nicht normal.«
»Da ist eine Halskette zu sehen«, sagte Achim und deutete auf den offenen Hemdkragen des Mannes im Abaco.
»Stimmt«, sagte Paul und schaute genauer hin. »Eine Kette, und zwar, wie es scheint, eine ganz charakteristische. Gib mir noch mal deine Lupe.«
Paul unterzog den kurzen sichtbaren Kettenabschnitt einer genauen Inspektion. »Da sind immer zwei, drei Kettenglieder aus Gold, und dann kommt eine kleine silbrige Kugel.« Und nach einem Blick auf das andere Foto von Dr. Reiter: »Leider trägt der hier ein Hemd mit Krawatte. Aber Moment mal, das haben wir gleich, ich hab' noch einige Urlaubsfotos von Dr. Reiter, die sind zwar schon ziemlich alt, da lebte seine Frau noch, aber mal sehen.«
»Du glaubst doch nicht im Ernst, daß mein nobler Spender im Abaco in Wahrheit Dr. Reiter ist? Sieh dir doch bitte mal das Gesicht an! Nein, da bist du auf dem Holzweg, das gibt's nicht.«
Paul war wieder zu seinem Aktenschrank gegangen und blätterte in dem von ihm gesammelten Bildmaterial. »Was haben wir denn da, ich liebe mein organisiertes Chaos! Dr. Reiter im Liegestuhl am Swimmingpool. Und wenn das keine Halskette ist. Die Lupe, schnell die Lupe. Tempo, Tempo ...« Pauls Stimme überschlug sich. »Verdammt, wo bleibt die Lupe!«

Achim ließ sich von seiner Aufregung anstecken und rannte mit dem Fadenzähler durch den Redaktionsraum zu Paul. Die Kollegen hörten auf zu arbeiten und beobachteten belustigt die plötzliche Hektik. Paul entriß Achim die Lupe. »Licht, ich brauch' mehr Licht.« Dann eine lange Pause.
»Ja, was ist jetzt?« rief ein Kollege von seinem Schreibtisch rüber. »Erst diese Panik und jetzt die Ruhe, das macht einen ja völlig verrückt. Also, was ist los?«
Paul drehte sich um. »Nichts ist los, Freunde. Nur, daß wir soeben die heißeste Spur meiner an heißen Spuren nicht eben armen Karriere entdeckt haben.« Paul hielt das alte Bild mit Dr. Felix Reiter in der Badehose triumphierend nach oben. »Unübersehbar trägt Dr. Reiter auf diesem Foto eine ganz besondere Halskette, ein, wie ich hoffe, unverwechselbares Einzelstück. Und was hat Achims spendable Urlaubsbekanntschaft am Hals baumeln? Just selbiges Kettchen.« Und an Achim gewandt: »Ich schlußfolgere, Dr. Watson, du hast auf Mallorca keinen Geringeren fotografiert als den Gesuchten höchstpersönlich.«
Achim schüttelte noch immer ungläubig den Kopf. »Es wäre zu schön, Sherlock Holmes, wenn du recht hättest, einfach zu schön. Aber ich kann mir nicht helfen, das Gesicht ist doch völlig anders.«
»Ist es das? Ist es wirklich so völlig anders? Ich glaub' nicht. Außerdem sprechen alle Indizien dafür: daß er dir die Filme abgekauft hat, das leicht spöttische Lächeln, die charakteristische Pose im Stuhl, die Uhr am rechten Handgelenk – und vor allem die Halskette. Das mit dem Gesicht ist kein Problem, absolut nicht. Vergeßt nicht, der Reiter hat alles Geld dieser Welt, damit kann man sich bei den Schönheitschirurgen jedes Gesicht kaufen. In Amerika, in der Schweiz, in Asien gibt's genug Spezialisten, die warten nur auf solche Kundschaft. Und das mit der Halskette, das ist typisch. Selbst wenn jemand alle Brücken hinter sich

abbricht, irgendeine Sentimentalität bleibt. Im Falle Reiter die Kette. Laßt mich mal spekulieren. Ich habe den Typen so genau recherchiert, ich kann mich in ihn hineindenken. Die Kette, ich möchte wetten, die Kette war wahrscheinlich ein Geschenk seiner Frau, die bei einem Verkehrsunfall ums Leben gekommen ist. Das hat ihm sowieso den entscheidenden Knacks versetzt. Er muß seine Frau echt geliebt haben. Danach wurde er jedenfalls ein anderer Mensch, einer, der nichts mehr so richtig ernst nimmt, der sich über andere Menschen lustig macht und seinen eigenen Weg geht. Gleichzeitig fing er mit seiner Futures Management das Hasardieren an. Und zu allem Unglück verließ ihn dabei die Fortune. Als er dann untergetaucht ist, da brauchte er offenbar diese kleine sentimentale Erinnerung an früher, an die glücklichen Zeiten in seinem Leben. Das hat er nun davon. Außerdem war es ein riesiger Fehler, dem Achim die Filme abzukaufen.«

»Jetzt steigere dich da nicht rein«, versuchte Achim seinen Freund wieder auf den Boden der Tatsachen zurückzuholen. »Ich geb' ja zu, daß deine aufgezählten Indizien etwas für sich haben, aber mit dem Gesicht hast du mich noch nicht überzeugt.«

»Gut, du Ungläubiger, du bist Fotograf, ein visueller Typ. Also brauchst du einen Beweis, den du sehen kannst. Machen wir noch ein Experiment. Laß bitte von diesen beiden Fotos schnell zwei Ausschnittvergrößerungen machen, nur das Gesicht, möglichst groß, dann machen wir die Probe aufs Exempel.«

»Da bin ich aber mal neugierig, Mr. Holmes. Wenn ich diesen Weg in den fünften Stock jetzt umsonst mache – vielleicht haben die Kollegen im Labor auch schon eingepackt und sind heimgegangen –, wenn dein Beweis mich nicht überzeugt, dann kannst du mich jetzt gleich im Anschluß zu einem Drink in eine Bar einladen.«

»In Ordnung, Achim, in Ordnung. Aber wenn's dich überzeugt, dann bist du mit einem Drink dran.«
Als Achim kurze Zeit später mit den zwei Vergrößerungen zurückkam und sie Paul überreichte, scharte sich auch die Handvoll Kollegen, die noch im Großraumbüro zugange waren, um Paul. Dieser pinnte die neuen Abzüge an die Wand. Auf den Bildern waren – durch die Vergrößerungen zwar ziemlich grobkörnig, aber doch in ganz guter Qualität – das Gesicht des unbekannten Mannes und daneben Dr. Felix Reiter zu sehen.
»Also, Freunde, ich bin kein Gesichtschirurg.«
»Da hast du recht, eher ein Gehirnakrobat«, witzelte ein Kollege. Paul ließ sich nicht beirren. »Wir sollten übrigens morgen mal einen Meister des Skalpells aufsuchen und eine Expertise einholen. Aber ich nehme mal an, es gibt drei charakteristische Merkmale, die auch nach einer Operation unverändert bleiben. Erstens die Kopfform. Da können wir festhalten, daß diese im Prinzip bei beiden Köpfen vor uns ziemlich ähnlich ist.«
»Das ist aber ein schwacher Beweis«, fiel Achim Paul ins Wort. »Ich überleg' mir schon mal eine teure Bar.«
Paul fuhr fort: »Das zweite charakteristische Merkmal dürften die Wangenknochen sein. Gut, ich gebe zu, da ist hier auch nicht viel zu erkennen. Aber immerhin sind keine deutlichen Unterschiede festzustellen. Jetzt komme ich zum entscheidenden Charakteristikum. Warum, so frage ich euch, müssen wir bei Fotos von Gesichtern, die anonym bleiben sollen, einen schwarzen Balken über die Augen legen. Weil erst die Augenpartie die wahre Identität eines Individuums verrät. Wir machen das jetzt genau umgekehrt. Ich klebe beide Gesichter mit Papier ab und lasse als Balken nur die Augen frei. Und dann wollen wir mal sehen.«
Paul machte sich mit einigen Bogen Schreibmaschinen-

papier und mit Tesafilm an die Arbeit. Er war schnell fertig und trat zwei Schritte zurück, um sein Werk zu begutachten. Vor ihnen an der Wand zwei Augenpaare. Mit sichelförmig geschwungenen Augenbrauen, wobei in beiden Fällen die Braue über dem rechten Auge am äußeren Ende einen entgegengesetzten, kecken Schwung nach oben zeigte. Der Schnitt der Augenlider, die Iris – es bedurfte keines genaueren Vergleichs. Ganz leise fing Achim an zu applaudieren. Paul strahlte wie ein Honigkuchenpferd. »In welche Bar willst du gehen?« wollte Achim wissen. »Du hast alle Drinks frei, bis zum Abwinken.«

12

Was hast du die nächsten Wochen vor?« wollte Kay von Dana wissen. Sie saßen spät in der Nacht an Deck der Aurore und spielten im Schein einer Kerze eine Partie Backgammon. »Würde dich jemand vermissen?«
»Warum? Willst du mich in deinen Harem entführen?« antwortete Dana. Sie legte die Würfel zur Seite, lehnte sich zurück und funkelte Kay provozierend an.
»Das mit dem Entführen könnte klargehen«, sagte Kay. »Am Harem hapert es noch. Morgen möchte ich jedenfalls hier abhauen und etwas an der Küste von Mallorca entlangschippern. Ich könnte noch einen guten Leichtmatrosen brauchen.«
Dana zögerte nicht allzulange. In München würde sie momentan wohl tatsächlich niemand schmerzlich vermissen. Sie genoß derzeit die Annehmlichkeiten eines Singledaseins. Dana hatte vor einem halben Jahr ihren Magister gemacht. In einer Fächerkombination, die nicht nur

ihr Vater für »eine ziemlich brotlose Kunst« hielt: Theaterwissenschaft, Amerikanistik und Kommunikationswissenschaft. Vorher hatte sie einige Semester Philosophie studiert. Jetzt schrieb sie an ihrer Doktorarbeit in Theaterwissenschaft. Mit viel Glück hatte sie ein Stipendium ergattert, das ihr ein bequemes Arbeiten ermöglichte. Außerdem wurde sie von ihren Eltern unterstützt. Ihr Vater war Arzt und hatte eine gutgehende internistische Praxis in der Münchner Innenstadt. Danas Eltern ließen ihrem einzigen Kind von jeher viel Freiraum. Sie hatten ihr nach dem Abitur ein Auto und eine kleine Eigentumswohnung in Schwabing geschenkt. Mit einer monatlichen Überweisung auf Danas Konto gaben sie ihr jene finanzielle Unabhängigkeit, die den meisten ihrer Kommilitonen fehlte. Mit ihrer Doktorarbeit kam Dana gut voran. Da konnte eine etwas längere schöpferische Pause nicht schaden. Und ihre Freundin Eva würde bei ihrer Suche nach einem reichen Göttergatten alleine klarkommen.
»Ist das ein unmoralisches Angebot?«
»Schon wieder ein Filmtitel! Du bringst es noch fertig, ganze Unterhaltungen mit Filmtiteln zu bestreiten. Nein, pretty woman, das ist kein unmoralisches Angebot. Oder doch, vielleicht ein bißchen.«
»Robert Redford hat in dem Film ›Ein unmoralisches Angebot‹ für eine Nacht mit Demi Moore eine Million Dollar geboten. Richard Gere in ›Pretty Woman‹, das war ein guter Hinweis, der Julia Roberts dreitausend Dollar die Woche. Was bist denn du gewillt, dem Leichtmatrosen für seine gewiß vielseitigen Dienste zu bezahlen?«
»Das ist nicht dein Ernst, oder? Gib doch mal eine vernünftige Antwort. Hast du Lust mitzukommen?«
»Natürlich habe ich Lust, das kannst du dir doch denken. Und ich hab' auch nichts Besseres vor. Lassen wir es also auf einen Versuch ankommen.« Und mit einem Blick auf

das Backgammon vor ihnen auf dem Tisch: »Warum gewinnst du eigentlich schon wieder? Manchmal kommst du mir vor wie ein mit allen Wassern gewaschener Zocker. Da gibt es übrigens einen Film mit Steve McQueen, da spielt er einen ...«
Kay nahm die Würfel und würfelte wie auf Kommando einen Sechser-Pasch.

*

Am nächsten Morgen verließen Kay und Dana den Hafen Porto Portals. Dana saß auf der Flybridge und betrachtete die vorbeiziehende Küste. Rechts lag die ihr bereits bekannte Bucht Cala de Portals Vells. Der Name rührt von den großen Höhlen in der Felswand an der Südspitze der Bucht her, die ihr bereits beim letzten Mal aufgefallen waren. Diese »alten Portale« waren entstanden, als hier einst *Marés*-Steine für den Bau der Kathedrale in Palma geschlagen wurden. Später stellten Seefahrer, die einen schweren Sturm überlebt hatten, in den Höhlen eine Madonna auf und meißelten in das Gestein Reliefs, so daß eine Art Kapelle entstand. Jahrhundertelang beteten vor dieser Madonna die Frauen der mallorquinischen Fischer, wenn diese auf See von einem Sturm überrascht wurden.
Sie passierten die Punta de *Cala Figuera,* die die Badia de Palma im Westen begrenzt, kamen am weißen Leuchtturm auf der schroffen Illa del Toro vorbei. Nach der Illa Malgrat lag steuerbords die Bucht von *Santa Ponça*. Aus dem Yachthafen liefen gerade einige Sportschiffe aus.
Links von der Einfahrt in die Marina sahen sie schon von weitem ein hohes schlankes Denkmal mit einem Kreuz, das von einem schmiedeeisernen Gitterzaun eingerahmt wurde.
»Das Kreuz erinnert an die Wiedereroberung Mallorcas

durch *Jaume I.* vor über 700 Jahren«, berichtete Kay. »Mit einer riesigen Flotte war der König in dieser Bucht vor Anker gegangen. Und genau an der Stelle des Kreuzes hat ein Junker Jaumes die Königsstandarte in den Boden gerammt. Währenddessen hatte sich bereits zwischen Santa Ponça und Palma ein großes arabisches Heer versammelt, um die Christen wieder zurück ins Meer zu werfen.«

»Da hat sich der Junker aber eine blöde Stelle ausgesucht«, stellte Dana fest. »Warum sollte er gerade dort seine Standarte in den Fels gesplittert haben, wo doch da vorne ein Strand geradezu zum Anlanden einlädt? Ich glaub' wieder mal gar nichts.«

»Jedenfalls war dieser symbolische Akt für den Junker ausgesprochen einträglich. Er wurde später zum Ritter geschlagen und erhielt vom König das ganze Land um Santa Ponça übertragen.«

Ganz genau war es der 12. September 1229, als die Kriegsflotte von König Jaume I. von Aragón mit 143 Schiffen in die Bucht von Santa Ponça einlief. 12 000 Fußsoldaten und über 1500 Ritter gingen an Land. Noch am selben Tag kam es zur Schlacht mit dem arabischen Heer.

»Es folgte ein blutiges Gemetzel«, fuhr Kay fort. »Auf beiden Seiten gab es enorme Verluste. Bei den Spaniern fielen einige ihrer vornehmsten Adligen. Aber die Truppen Jaumes konnten die Schlacht für sich entscheiden. Rasch rückten sie auf Medina Mayurca vor, wie Palma bei den Arabern hieß. Das christliche Heer belagerte die Hauptstadt. Über dreihundert Jahre hatten die Mauren die Insel beherrscht. Schon 707 war Mallorca von den Arabern überfallen worden. 903 wurde die ganze Insel erobert, die fortan zum Emirat von Córdoba gehörte. Diese Epoche sollte nun zu Ende gehen. Am Silvestertag des Jahres 1229 war der letzte Widerstand der Moros gebrochen. Die Truppen von Jaume I. el Conquistador eroberten die Medina Mayurca.

Die Stadt wurde geplündert und die große Moschee der Mauren zerstört. An gleicher Stelle legte Jaume I. den Grundstein für die große Kathedrale.«
»Ich bin wieder mal schwer beeindruckt. Du hast die Bücher über Mallorca nicht nur gelesen, sondern dir auch das meiste gemerkt. Daß du sogar die Jahreszahlen im Kopf hast, haut mich echt um.«
»Das ist leicht zu erklären. Die speichere ich ab, ob ich will oder nicht. Ich hatte früher viel mit Zahlen zu tun, allerdings waren das keine historischen. Diese Zahlen hatte ich auch immer im Kopf. Irgendwie bin ich darauf programmiert. Wenn ich was lese, bleiben bei mir immer die Zahlen hängen.«
»Das ist ja ein grausames Schicksal. Den Kopf voller Zahlen, das wäre nichts für mich.«
»Halb so schlimm. Habe ich dir schon erzählt, daß der Bau der Kathedrale La Seu auf ein Gelübde zurückgeht? Bei der Überfahrt der spanischen Kriegsflotte von Tarragona nach Mallorca gab es ein fürchterliches Unwetter. Die Kapitäne wollten umkehren. Jaume I. weigerte sich. Vorsichtshalber legte er ein Gelübde ab. Sollte seine Flotte diesen Sturm überleben, dann würde er dem himmlischen Herrn eine Kathedrale bauen.«
»Ganz schön aufwendig. Und was hast du für ein Gelübde abgelegt, falls wir mal in einen Sturm kommen?« Dana schaute Kay erwartungsvoll an.
»Das ist mir zu hypothetisch. Wir kommen in keinen Sturm!«
»Ich hätte einen Vorschlag. Du könntest ja ein Keuschheitsgelübde ablegen.«
»Wie darf ich denn das verstehen?« entrüstete sich Kay.
Dana schaffte es gerade noch, sich zu ducken. Die Plastikflasche mit Sonnenöl, die Kay zufällig in der Hand hatte, verfehlte ihr Ziel und sauste über die Reling.

*

Nach der Cala Llamp kamen sie zum steil aus dem Meer aufragenden Cabo de la Mola. Hoch oben auf dem äußersten Vorsprung sah Dana einen markanten schwarz-weißen Leuchtturm. An klaren Tagen kann man von dort bis nach Ibiza sehen. Sie ließen Port d'Andratx, wo Kay bereits über Funk für den Abend einen Liegeplatz reserviert hatte, steuerbords liegen. Vor ihnen tauchte die schroffe Isla *Dragonera* auf. Rechts lag die hübsche Bucht *Sant Elm*. Kay manövrierte im Windschatten der kleinen Insel Pantaleu zwischen zwei Segelyachten.
Hier soll König Jaume I. 1229 eine erste Vorhut abgesetzt haben, bevor er dann mit seinem Hauptheer in Santa Ponça an Land ging.
Den ganzen restlichen Tag lag die Aurore in der Bucht von Sant Elm. Dana nahm ein ausgiebiges Sonnenbad. Kay hatte sich in die Kajüte zurückgezogen und las ein Buch. Am späten Nachmittag saßen Kay und Dana unter dem Sonnensegel und plauderten. Kay erzählte, daß die Bucht von Sant Elm einst ein bevorzugter Landeplatz der Piraten gewesen sei. Es heißt, sie hätten von der Insel Dragonera herübergesetzt und von hier ihre Raubzüge unternommen. Überhaupt, erklärte Kay, sei die ganze Geschichte Mallorcas auch eine Geschichte der Piraterie. Daß Mallorca 123 v. Chr. von den Römern erobert wurde, hatten sich die Mallorquiner selbst zuzuschreiben. Die Balearen waren berüchtigt für ihre Piraten, die immer wieder römische Handelsschiffe überfielen. Das konnte und wollte sich der römische Senat nicht länger gefallen lassen. Später haben dann die Vandalen Mallorca erobert. Seit dem 6. Jahrhundert gehörte Mallorca zum oströmischen Reich. Bald tauchten die ersten arabischen Piratenschiffe vor der Küste Mallorcas auf. Immer häufiger gab es arabische Beutezüge auf

der Insel. Gleichzeitig überfielen mallorquinische Korsaren Schiffe der byzantinischen Flotte und wo irgend möglich auch arabische Schiffe. Als dann die Araber Mallorca eroberten, waren es die maurischen Korsaren, die von Mallorca aus ihre Kaperfahrten unternahmen. Dabei schreckten sie nicht davor zurück, Küstenstädte in Katalonien und Italien anzugreifen. Bis es der Seerepublik Pisa zu bunt wurde. Gemeinsam mit den Verbänden des Grafen von Barcelona überfiel die Flotte Pisas Mallorca. Die Strafexpedition verwüstete alles, was ihr in den Weg kam. Erst das Auftauchen einer mächtigen marokkanischen Flotte trieb die Invasoren in die Flucht. Es folgte die Zeit der arabischen Blüte Mallorcas. Aber die Kaperfahrten setzten sich fort. Nach der Eroberung durch Jaume I. waren es dann wieder die Mallorquiner selbst, die der Piraterie nachgingen. Mit der Niederlage von Jaume III. bei der Schlacht von Llucmajor kam das Königreich Mallorca 1349 zu Aragón. Und durch die Heirat von Ferdinand II. von Aragón mit Isabella II. von Kastilien wurden die Balearen 1496 ein Teil des geeinten spanischen Königreichs. Palma wurde zum spanischen Flottenstützpunkt. Das war den Algeriern ein Dorn im Auge. Deshalb verpflichteten sie den türkischen Piraten Barbarossa, der mit seinen Verbänden Mallorca überfiel. Kaiser Karl V. schickte daraufhin den Genuesen Andrea Doria, der mit seinen Truppen die Piraten vertreiben sollte. Diese ergriffen zunächst die Flucht. Andrea Doria verfolgte die Schiffe Barbarossas bis vor die afrikanische Küste. Aber Barbarossa entkam, und wo er sich zum Kampf stellte, zogen die Schiffe Andrea Dorias den kürzeren. Barbarossas Macht war ungebrochen. Für die Balearen folgte die Zeit der großen Überfälle. Immer wieder brandschatzten maurische und türkische Piraten Mallorca. Städte wurden verwüstet, die Einwohner als Sklaven verschleppt. Pollença, Alcúdia, Valldemossa und *An-*

dratx mußten daran glauben. In ihrer Not errichteten die Mallorquiner eine Kette von Wachttürmen rund um die Insel, die sogenannten *Atalayas*. Die Verteidigung wurde immer besser organisiert. So erwehrte sich 1561 die Bevölkerung Sóllers eines türkischen Angriffs und warf die Piraten zurück ins Meer. Die Geschichte der großen Piratenüberfälle ging langsam zu Ende. Fortan waren es wieder mallorquinische Seeräuber, die auf Kaperfahrten gingen. Im 18. Jahrhundert brachte es der mallorquinische Korsar Antonio Barceló sogar bis zum Generalleutnant der spanischen Flotte.

Der Insel ist ihre gewalttätige Vergangenheit noch heute anzusehen. Nicht nur zeugen die Wachttürme an der Küste von den Piratenüberfällen. Die meisten Kirchen sind wehrhaft ausgebaut. Viele alten Landhäuser haben Torres de defensa, Verteidigungstürme. Und es ist kein Zufall, daß alle großen Städte Mallorcas im Landesinneren liegen, wo sie von See aus nicht zu sehen und außerdem besser zu verteidigen waren. Nur die schwer befestigte Stadt Palma bildete eine Ausnahme.

»Der wildeste Korsar war zweifellos besagter Barbarossa«, berichtete Kay.

»Ich dachte, so hieß der Hohenstauferkaiser Friedrich I.«, sagte Dana.

»Wohl wahr, aber auch unter den türkischen Seeräubern gab es einen Rotbart. Besser gesagt sogar zwei, denn es handelte sich um Brüder. Cher ed Din war der mächtigste Freibeuter des Mittelmeers. Er wurde wie schon sein älterer Bruder Barbarossa genannt. Dieser war zunächst Galeerensklave, brachte es dann zu einer Flotte von Piratenschiffen, die von der tunesischen Insel Djerba aus operierte, Handelsschiffe überfiel und Sklaven machte. Später ermordete er den Emir von Algier und erklärte sich kurzerhand selber zum Herrscher. Als er von spanischen Soldaten ergriffen und enthauptet wurde, trat sein Bruder die Nachfolge an.«

»Denkst du dir das jetzt aus, oder ist das wirklich wahr?«

»Klar ist das wahr, jedenfalls habe ich es so gelesen. Sein Bruder ließ sich in die Dienste von Konstantinopel stellen. Als Großadmiral der türkischen Flotte eroberte er Tunis. Er überfiel die italienische Küste und nahm Tausende von Sklaven. Auch über *Menorca* machte er sich her und verwüstete die Hauptstadt Mahón. Seinen Lebensabend verbrachte er ganz friedlich und unermeßlich reich als Pascha in einem Palast in Konstantinopel.«

»Wahnsinn. Trotzdem kann ich mich für Barbarossa nicht begeistern. Denk nur daran, welches Unheil er über die Menschen gebracht hat. Stell dir mal vor, wie Piraten hier in dieser bezaubernden Bucht landen und alle Menschen niedermetzeln, die sich in den Weg stellen. Und wer überlebt, der wird als Sklave nach Afrika verschleppt. Grauenvoll. Da bin ich schon froh, daß wir im zwanzigsten Jahrhundert leben.«

»Keine Frage, und alles, was Mallorca heute durch den Massentourismus angetan wird, ist vergleichsweise harmlos«, stellte Kay fest.

Dana lachte. »Die Touristen führen sich zwar oft wie die Vandalen auf, aber sie nehmen wenigstens keine Sklaven.«

»Und sie berauben die Mallorquiner nicht um ihre Ersparnisse. Vielmehr bringen die Touristen ihr Geld mit nach Mallorca, um es hier auszugeben.«

»Ist dir übrigens schon aufgefallen, daß wir selber welche sind? Touristen, meine ich. Man spricht von den Touristen immer wie von einer fremden Spezies, dabei gehört man ihr selber an.«

»Da hast du recht. Und darauf sollten wir anstoßen. Es kann einem wirklich Schlimmeres passieren.« Kay hob sein Weinglas und prostete Dana zu.

*

Mittlerweile war es früher Abend geworden. Die meisten Yachten hatten die Bucht von Sant Elm verlassen. Auch Kay holte den Anker auf und steuerte die Aurore nach Port d'Andratx. Dana saß ganz vorne auf der Reling. Unter ihr pflügte der Bug gischtend durch das Wasser. Mit einer Hand schirmte sie die Augen vor der schon tief stehenden Sonne ab. Ihr fielen die großen runden Fischkörbe in der Hafeneinfahrt auf. Links war der Berghang dicht mit Häusern bebaut. Rechts sah Dana das verspielt romantische Hotel *Villa Italia* mit seinen steinernen Freitreppen. Weit vorne ging die Bucht in ein Tal über, in dem landeinwärts nach einigen Kilometern der Ort Andratx zu sehen war, über dem die Kirche Santa Maria thronte. Dahinter das Bergmassiv des Puig Galatzó, mit 1026 Metern der fünfthöchste Berg der hier beginnenden *Serra de Tramuntana*. Die Kirche stammt aus dem 13. Jahrhundert. Wegen der vielen Piratenüberfälle ist sie fast fensterlos und trutzig wie eine kleine Festung. Das Tal von Andratx nach Port d'Andratx ist ausgesprochen fruchtbar. Entlang dem *Torrent* de Saluet, der in Port d'Andratx ins Meer mündet, blühen Ende Januar Tausende von Mandelbäumen.

Kay steuerte die Aurore zum Club de Vela an der linken Hafenseite. Von einem Marinero wurde ihnen ein Liegeplatz zugewiesen. Dana warf dem Marinero die Festmacherleine zu, nahm die Muringleine entgegen und hangelte sich zum Bug der Yacht vor. Mittlerweile war Kay von der Flybridge heruntergekommen. Er packte mit beiden Händen die Muringleine, die vor der Yacht am Hafenboden verankert war, zog sie stramm und belegte sie an einer Bugklampe.

»Die Besatzung hat sich ein Abendessen im *Rocamar* verdient«, verkündete Kay. »Empfehlung des Skippers: zu-

nächst vielleicht Melon con jamon (Melone mit Schinken), dann Gambas ajillo (Krabben in heißem Öl mit Knoblauch), gefolgt von Lenguado (Seezunge). Dazu einen Viña Sol und zur Verdauung den Kräuterlikör *Hierbas*.«
Das Restaurant Rocamar befindet sich ganz am Ende der Uferpromenade von Port d'Andratx, dort, wo die Straße im Anschluß hinaufführt zum Cabo de la Mola. Dana und Kay bekamen einen Tisch in der ersten Reihe an der Wasserseite. Nicht weit vor ihnen lagen mehrere Yachten für die Nacht vor Anker, deren Crews wohl alle mit ihren Beibooten an Land gefahren und in die verschiedenen Lokale von Port d'Andratx ausgeschwärmt waren.
Dana wischte sich nach den Gambas mit der Serviette die Lippen ab. Dann summte sie einige Takte von Ravels Bolero. »Du hast dich ja letzte Nacht musikalisch von einer ganz neuen Seite gezeigt. Ravel statt Chopin. Sehr passend, vielleicht für diesen Anlaß nicht besonders einfallsreich, aber trotzdem schön, ich mag Ravel. Weißt du, für wen Ravel den Bolero geschrieben hat?«
»Nicht besonders einfallsreich? Du bist auch nicht leicht zufriedenzustellen. Das nächste Mal gibt's wieder Chopin. Nein, ich weiß nicht, für wen Ravel den Bolero komponiert hat.«
»Wir sind doch hier in Spanien, obwohl, bei Mallorca bin ich mir da nicht immer so sicher. Arenal ist nicht Sevilla, oder? Aber bestimmt gibt es hier für Touristen *Flamenco*-Vorführungen. Eine der größten Flamenco-Tänzerinnen aller Zeiten war Antonia Mercé. Man nannte sie ›La Argentina‹. Für diese großartige Künstlerin, die den Flamenco weltberühmt gemacht hat, hat Ravel den Bolero komponiert.«
Kay nahm einen Schluck aus seinem Weißweinglas und grinste. »Also, ehrlich gesagt, denke ich bei Bolero weniger an Flamenco.«

»Das habe ich gemerkt. Da siehst du mal, wie unterschiedlich die Assoziationen sein können. Hast du mal Flamenco gesehen, ich meine wirklich guten, authentischen Flamenco?«

»Ob authentisch, weiß ich nicht. Ich kenne Mozarts ›Hochzeit des Figaro‹, Bizets Oper ›Carmen‹, Rossinis ›Barbier von Sevilla‹. Laß mich mal überlegen. Ja, in Cadiz und einmal in einer Bodega in Madrid, da habe ich vor vielen Jahren mal einen Flamenco gesehen. Na, ich denke schon, daß der ziemlich echt war. Warum fragst du? Stehst du auf Flamenco?«

»So würde ich das nicht ausdrücken, aber ich finde Flamenco faszinierend. Du weißt ja, daß ich mich in meiner Doktorarbeit mit Semiotik beschäftige, mit der Zeichensprache des Theaters. Und der Tanz des Flamenco, das ist Zeichensprache pur. Schon der Auftakt ist ein Zeichen. Mit einem dreifachen Aufstampfen des Bailaor oder der Bailaora, dem Tänzer oder der Tänzerin, geht's los. Die ritualisierte Bewegung der Hände, die stolze Mimik, das elegante Drehen der Schleppe, die Boleroweste, das rhythmische Stampfen mit den Schuhen, der herausfordernde Blick. Zeichen, alles Zeichen. Alte Traditionen der Zigeuner. Der Stolz Andalusiens. Verschlüsselte Botschaften. Liebe, Leidenschaft, Tod. Dazu der rauhe Gesang, das leidenschaftliche Spiel der Gitarre, das schnelle Klatschen mit den Händen, das Schnalzen mit den Fingern.«

»Du kannst einen richtig mitreißen. Gerade waren meine Sinne noch voll aufs Essen konzentriert. Jetzt Liebe, Leidenschaft, Tod. Da fällt mir der Film ›Carmen‹ ein, den kenne ich natürlich auch. Der Regisseur hieß Carlos Saura, stimmt's?«

»Der Kandidat bekommt zehn Punkte. Ja, stimmt. Und der Name des Tänzers ist Antonio Gades, ein Schüler der berühmten Pilar Lopez.«

Ihr Gespräch wurde unterbrochen, weil der Ober zwei Seezungen servierte. Während Kay seinen Fisch filetierte, griff er das Thema wieder auf: »Schade, daß ich keine Kastagnetten an Bord habe. Die würde ich dir in die Hand drücken. Dann dreimal aufstampfen. Ich übernehme das Klatschen. Du den tänzerischen Part. Liebe, Leidenschaft. Den Tod lassen wir besser weg. Den stolzen Blick bekommst du hin, der ist dir sowieso angeboren. Beim erotischen Ausdruck bin ich zuversichtlich. Übrigens, ich hätte da noch eine Frage zum Flamenco-Kleid, kann man das auch weglassen?«

Dana schaute Kay vorwurfsvoll an. Dieser setzte ein Büßergesicht auf und widmete sich wieder hochkonzentriert dem Fisch.

Es war schon fast Mitternacht, als Kay dem Ober winkte. »La cuenta, por favor.«

13

Unmittelbar neben dem Restaurant Rocamar saß ein junger Deutscher mit seiner noch jüngeren Freundin auf den Felsen. Das Mädchen hatte ihren Kopf in seinen Schoß gelegt, sie machte einen apathischen Eindruck, ab und zu ging ein Zittern durch ihren Körper. Charly, so nannte man ihn in seiner Clique, wußte, was ihr fehlte. Ihnen war der Stoff ausgegangen, und seine Freundin brauchte dringend einen neuen Schuß. Bei ihm selbst war es noch nicht ganz so schlimm, aber es würde wohl auch nicht mehr lange dauern. Charly und seine Freundin waren heute nachmittag per Anhalter von Palma hierher gefahren, um sich bei den Reichen von Port d'Andratx umzusehen. Charly wollte in der späteren Nacht in ein Haus einbrechen. Hier waren

überall Villen und Apartmenthäuser in unmittelbarer Nähe. Viele Eigentümer verbringen nur wenige Wochen im Jahr in ihren Ferienhäusern. Er würde irgendwo einsteigen und nach Wertsachen suchen. Sie hatten schon einige Häuser ausgekundschaftet, die in Frage kamen. Es gab genug Hinweise, daß sie gerade unbewohnt waren: volle Briefkästen, die Gartenmöbel alle ordentlich verräumt, eine Plane über dem Pool. Aber natürlich konnten sie nicht direkt vor den Villen rumhängen und auf die Nacht warten. Also hatten sie sich hier ans Wasser gesetzt. Aus dem Halbdunkel beobachtete er schon seit längerem die blonde Frau und den Mann mit dem Dreitagebart. Jetzt bekam er die Rechnung. Er sah, wie der Mann ein großes, zusammengerolltes Bündel Geldscheine aus seiner Hosentasche holte. Das Geld wurde von einem dicken Gummi zusammengehalten. Der Mann zog einige Scheine heraus und steckte die Rolle mit dem Geld wieder ein.
Über seinen Dealer aus einer Disko in Palma hatte Charly eine Adresse, wo er geklaute Wertsachen loswerden konnte. Aber am besten wäre natürlich Bargeld, nur war da normalerweise schwer ranzukommen. Rentner, die man mal schnell auf der Straße überfallen konnte, hatten meist mehr Medikamente als Kohle bei sich. Und die Reichen, mit ihren dicken Autos, die zahlten sowieso mit Kreditkarten. Nichts zu holen. War das ein Wink des Schicksals, dieser Mann mit den vielen Lappen in der Tasche?
Als die beiden aufstanden und langsam an Charly vorbeischlenderten, beschloß er, ihnen zu folgen. Die Nacht war noch lang. Er flüsterte seiner Freundin zu, daß er gleich wiederkommen würde, sie solle nur ruhig liegen bleiben. Er nahm seinen Rucksack und lief hinter den beiden her. Am Restaurant *Layn* blieben sie stehen und studierten die Speisekarte. Dann kamen sie am *Miramar* vorbei, wo immer noch Gäste in der warmen Nacht draußen saßen.

Am Ende der Uferpromenade gingen der Mann und die Frau über die kleine Fußgängerbrücke, die den Torrent de Saluet überquert und zum Yachthafen führt. Wie bestellt hatten sich einige Wolken vor den Mond geschoben. Vom Galatzó kam eine frische Brise das Tal herunter und kräuselte die glatte Wasseroberfläche in der Bucht von Andratx. Bei einigen Segelbooten schlugen die Fallen klappernd gegen die Alumasten. Charly nahm den Rucksack herunter und sein großes Armeemesser heraus. Als der Mann und die Frau das zwar umzäunte, aber hier unbewachte Gelände des Yachthafens betraten, war Charly nur wenige Schritte hinter ihnen. Sie gingen unter einem großen Travellift durch, in dem eine Sunseeker hing, die am nächsten Tag zu Wasser gelassen werden sollte. Es war ziemlich dunkel und weit und breit kein Mensch zu sehen. Der Mann ging voraus, die Frau folgte ihm durch die Lücke zwischen den Booten, die hier zur Reparatur an Land aufgebockt waren. Charly nahm das Messer fest in die rechte Hand, machte einen Satz nach vorne, schon hatte er die junge Frau erreicht. Mit dem linken Arm nahm er sie von hinten in einen Klammergriff, und rechts drückte er ihr sein Armeemesser an die Gurgel. »Keinen Mucks, sonst stech' ich zu!«
Der Mann, der die Geräusche gehört hatte, drehte sich um.
»Ganz leise, mach keinen Scheiß, sonst mach' ich deine Braut alle, verstanden?« zischte Charly.
»Verstanden«, sagte der Mann, der äußerlich völlig ruhig einige Meter vor ihm stand. »Dana, tu nichts Unüberlegtes, es ist alles in Ordnung, kein Problem.« Und dann zu Charly: »Was willst du? Bringen wir es hinter uns.«
»In deiner rechten Hosentasche steckt ein dickes Bündel Geld, das wechselt jetzt den Besitzer. Deine Plastikuhr kannst du behalten, eine Rolex wäre mir lieber gewesen.«
»Geht klar, ganz ruhig. Also, ich nehme jetzt das Geld aus

der Tasche. So, hier ist es. Ich lege es jetzt vor mir auf den Boden.«
Der Mann legte das zusammengerollte Geldbündel auf den Asphalt. Dann ging er langsam einige Schritte zurück und blieb stehen. »Alles klar. Jetzt laß meine Freundin los, und zieh Leine.«
Charly ließ den Mann nicht aus den Augen. »Keine Tricks, ich warne euch.«
Ohne die Klinge vom Hals der Frau zu nehmen, bückte er sich und nahm mit der linken Hand das Geldbündel. Dann stieß er die Frau so kräftig zur Seite, daß sie hinfiel, und zielte mit seinem Armeemesser auf den Mann. »Ihr bleibt jetzt, wo ihr seid, und ich verschwinde.«
»Irrtum«, hörte Charly den Mann sagen, der immer noch ganz entspannt zwei, drei Schritte vor ihm stand. Die Frau, die wenige Meter neben Charly auf dem Boden lag, robbte langsam weiter zur Seite unter eines der aufgebockten Boote. »Du kannst gleich verschwinden«, sagte der Mann, »aber vorher gibst du mir mein Geld zurück.«
War der Typ noch richtig im Kopf? Charly drohte mit dem Armeemesser. »Du hast sie wohl nicht alle. Rühr dich nicht von der Stelle, sonst schlitze ich dich auf.«
»Du gibst mir jetzt mein Geld freiwillig zurück, oder ich nehme es mir. Vier, drei ...«
Das war Bluff, nichts als Bluff. Cool bleiben. Charly umklammerte das Messer.
»... zwei, eins, Zero.«
Plötzlich sah Charly, wie der Mann herumwirbelte und auf ihn zuflog. Charly versuchte, mit dem Messer zuzustechen. Der Hieb ging ins Leere. Statt dessen streifte der Absatz eines Schuhs seinen Kopf. Charly strauchelte, schaffte es gerade noch, auf den Beinen zu bleiben. Dann spürte er einen Schlag gegen sein rechtes Handgelenk. Das Messer flog in einem Bogen durch die Luft, schlitterte über den

Asphalt und verschwand gurgelnd im Hafenbecken. Fast gleichzeitig wurde seine andere Hand mit dem Geld gepackt. Es gab eine kurze, trockene Drehbewegung. Charly spürte es in seinem Handgelenk knacken. Seine Finger waren plötzlich ohne Gefühl, das dicke Bündel mit dem Geld war weg. Charly wurde herumgeschleudert, dann bekam er von hinten einen Schubs: »Hau ab, und mach so was nie wieder. Buenas noches!«
Charly hielt sich sein gebrochenes Handgelenk. Seine Schläfe pochte. Ohne zurückzublicken, rannte er los. Dabei dachte er an seine Freundin, die völlig ausgepowert am Ufer lag. Er dachte daran, daß er dringend Geld brauchte für Stoff. Und daß er soeben einen Riesenscheiß gebaut hatte.

14

Kay steckte seelenruhig sein Geld zurück in die Hosentasche und half Dana wieder auf die Beine. Er gab ihr einen Kuß auf den Hals.
»Geht's dir gut, alles unversehrt?«
»Ich bin in Ordnung.«
Sie faßte sich an den Hals und glaubte noch die kalte, spitze Klinge zu spüren. Dann wiederholte sich in ihrem Kopf wie in einem Film der Überfall. Bis zu der blitzartigen Aktion von Kay. Es blieb dabei, der Mann steckte voller Überraschungen – aber damit hatte sie nun wirklich nicht gerechnet.
»Bist du bei Bruce Lee in die Schule gegangen?«
»Leider nicht, Bruce Lee ist ja bereits vor über zwanzig Jahren gestorben. Komm, laß uns an Bord gehen und einen Brandy trinken.«

»Willst du nicht die Polizei verständigen und den Typen verfolgen lassen?«
»Die Polizei? Nein, wozu denn. Wir sind beide in Ordnung. Ich hab' mein Geld wieder, der Knabe ist mit seinem gebrochenen Handgelenk genug gestraft. Wahrscheinlich ein armes Schwein, das Geld für seine Drogen braucht. Das gibt's leider immer häufiger. Auch hier auf Mallorca. Immer wieder wird von der Polizei bei Razzien in Diskos Kokain sichergestellt, Heroin, Ecstasy-Pillen und was es da sonst noch gibt. Vergiß es, es ist nichts passiert.«
Sie liefen hinüber zur Aurore, Kay holte aus der Kajüte eine Flasche Carlos Primero und zwei Brandygläser, dann machten sie es sich an Deck bequem.
»Sag mal im Ernst«, meinte Dana, nachdem sie angestoßen hatten, »es ist doch nicht normal, daß du als feinsinniger Mensch in mittleren Jahren Kung-Fu kannst, oder was war das überhaupt? So etwas habe ich bisher nur im Fernsehen oder im Kino gesehen.«
»Das war nichts Besonderes, der Typ war ja auch ein ziemliches Handtuch. Außerdem war er bei der Nummer total überfordert. Es war also wirklich kein Kunststück, ihm das Geld wieder abzunehmen.«
»Na ja, schlecht war's nicht. Jedes schwache Weib freut sich, wenn ihr Begleiter auch als Beschützer Qualitäten hat. Wie hast du das gelernt?«
»Ich war beruflich einige Jahre in Asien. Abends habe ich dann nach einem körperlichen Ausgleich gesucht. Die Kollegen sind zum Squash oder ins Puff gegangen. Ich habe mit der chinesischen Selbstverteidigungskunst angefangen. Das hat unheimlich Spaß gemacht und mir sehr gut getan. Bis vor wenigen Jahren habe ich das Training regelmäßig fortgesetzt – auch in Deutschland. Nicht, um mich mit anderen Leuten auf der Straße oder in der Kneipe zu prügeln, das liegt mir überhaupt nicht, das ist etwas für

Proleten, sondern einfach als sportlicher Ausgleich und Meditation.«

»Mein kleiner Bruce Lee, wie süß.«

Dana hob ihr Brandyglas und prostete Kay über das flackernde Windlicht zu. Sie saßen eine Weile schweigend an Deck. Dann stützte Dana nachdenklich ihr Kinn in die Hand. Sie schaute Kay ins Gesicht.

»Mir wird immer wieder bewußt, wie wenig ich von dir weiß. Mal glaube ich, dich gut zu kennen, dann kommst du mir wieder völlig fremd vor«, sagte Dana. »Meine Mutti hat immer gesagt, ich soll nicht mit fremden Männern mitgehen. Und jetzt sitze ich hier mit dir an Deck, und wenn ich es mir recht überlege, dann bist du ein einziges Rätsel. Meine Mutti wäre mit mir böse.«

»Du machst aber auf mich gar nicht den Eindruck, als ob du noch auf deine Mutti hören würdest«, antwortete Kay.

»Im Ernst, erzähl doch mal ein bißchen von dir.«

»Also gut. Aber ich sag' dir gleich, ich mach's ganz knapp. Ich habe, wie du bereits weißt, dem Erwerbsleben Lebewohl gesagt. Hatte die Schnauze voll davon.«

»Was hast du eigentlich gemacht? Du hast schon mal erzählt, daß du viel mit Zahlen zu tun hattest, deshalb könntest du sie dir so gut merken.«

»Was soll ich über meinen früheren Beruf reden? Das ist doch langweilig. Ich hatte mit Immobilien zu tun. Und da ich glücklicherweise damit ganz gut verdient habe, genieße ich jetzt das unbeschwerte Leben eines Aussteigers. Als kleines Kind hatte ich immer einen sehnlichen Berufswunsch. Obwohl ich gar nicht wußte, was das eigentlich ist, wollte ich Privatier werden. Und diesen Wunsch habe ich mir jetzt erfüllt. Und ich muß sagen, der kleine Kay hatte recht. Privatier ist ein ausgesprochen schöner Beruf. Du hast mich schon mal gefragt, ob ich verheiratet bin. Bin ich nicht, habe ich gesagt. Stimmt auch. Ich war aber mal verheiratet. Sogar ziemlich glücklich. Und dann ist meine Frau vor einigen Jahren bei einem Verkehrsunfall ums Leben gekommen. Vielleicht hat das den endgültigen Anstoß gegeben, mich von allem zu verabschieden. Wahrscheinlich willst du noch wissen, ob ich Kinder habe. Fehlanzeige. Und jetzt sitze ich hier auf meinem Schiff und träume in den Tag hinein. Der Weg ist das Ziel. Das ist kein leeres Gefasel. Ich habe derzeit wirklich kein Ziel. Ich genieße den Weg, von dem ich nicht weiß, wo er mich hinführen wird. Ich schippere auf der Aurore herum, lese viele Bücher und höre klassische Musik. Und derzeit erfreue ich mich einer ebenso attraktiven wie lieben Begleitung. Das war's. Mehr gibt's nicht zu erzählen.«

Gäbe es schon, dachte Dana. Wenn es um seine Person ging, war Kay fast so verschlossen wie eine Auster, aber dies war ja immerhin ein Anfang.

»Das mit deiner Frau tut mir leid. Du warst bei dem Unfall mit im Auto?«

»Wie kommst du darauf?«

»Weil ich gesehen habe, daß du im Gesicht, am Haaransatz und hinter den Ohren einige kleine Narben hast. Das ist unheimlich gut gemacht, sieht aber so aus, als ob du eine größere kosmetische Operation hinter dir hättest.«

Kay atmete tief durch, schaute Dana an und überlegte.

»Nun gut, richtig, ich war mit im Auto und bin mit dem Kopf durch die Windschutzscheibe. Hinterher mußte in meinem Gesicht einiges repariert werden. Die Wiederherstellungschirurgie hat ganze Arbeit geleistet.«

»Bist du gefahren oder deine Frau? Wer war schuld?«

»Dana, ganz ehrlich, sei mir nicht böse, aber ich habe keine besondere Lust, von früher zu erzählen. Also quetsch mich nicht so aus. Aber deine Frage beantworte ich dir natürlich: Nein, nicht ich bin gefahren, sondern meine Frau. Und schuld war auch nicht sie, sondern ein betrunkener junger

Autofahrer, der in der Nacht mit drei nicht minder besoffenen Kumpels auf dem Heimweg von der Disko ohne Licht auf der falschen Straßenseite gefahren ist. Ich hab' also keine Schuldgefühle, falls du das gemeint haben solltest. Und jetzt, liebe Dana, Ende des Verhörs. Laß uns die gemeinsame Zeit möglichst unbeschwert genießen und nicht in der Vergangenheit herumstochern. Sie ist vorbei, wir leben in der Gegenwart.«

15

Am Strand von S'Arenal lagen dicht gedrängt die Sonnenanbeter auf ihren rotbespannten Plastikliegen. Mitten unter ihnen ein Mann, der nicht so recht ins Bild passen wollte. Sam Späth hatte zwar sein Hemd ausgezogen, trug aber mangels Badehose noch seine Jeans. Er saß unter einem aus Palmblättern geflochtenen Schirm im Sand. Mit dem Rücken an den Holzstamm gelehnt, neben sich die Cowboystiefel und vor sich einen Plastikkübel mit Eis und einigen Büchsen Bier darin. Sam hatte sich vorgenommen, alle Dosen nacheinander leer zu trinken. Der Vorrat müßte für eine Stunde reichen.

Sam war in S'Arenal zufällig vorbeigekommen. Er hatte sich wieder einmal verfahren. Von seinem Parkplatz aus war er durch die Calle de la Cerveza geschlendert. Die Bierstraße macht ihrem Namen alle Ehre, dachte sich Sam, als er die Namen an den Kneipen las: Warsteiner, Hannen, Krombacher, König Pilsener ... An der langen Uferpromenade angelangt, suchte er die berühmte Strandbar Balneario 6. Schon von weitem fiel ihm das Getümmel auf. Am Ballermann war mordsmäßig was los. Viel Volk und ein Heiden-

lärm. Das gefiel ihm. Sam sah die unglaublich langen Strohhälme, mit denen aus allen möglichen Gefäßen *Sangría* getrunken wurde. Aus Karaffen, aus Eimern und Weinkühlern. Sam klatschte in die Hände. Da kam Freude auf. Er organisierte sich seinen Plastikeimer mit den Bierdosen und setzte sich an den Strand.
Da saß er nun und spielte mit den nackten Zehen im Sand. Um ihn herum war der Strand dicht bevölkert. Vom Ballermann dröhnte Musik herüber. Weiter vorne modellierten einige Männer mit kleinen Schäufelchen eine nackte Frau in den Sand. Sam mochte diese Atmosphäre. Da gab es wenigstens was zu sehen, da war Leben in der Bude. Sam kratzte sich genüßlich unter der Achsel. Mit der Bilanz der letzten Tage konnte er zufrieden sein. Zugegeben, er hatte den Typen noch nicht gefunden. Aber es würde nicht mehr lange dauern. Zeit für eine kleine Belohnung. Es kümmerte sich ja sonst niemand um ihn. Mit einem Zischen riß er den Verschluß der nächsten Dose auf. Als er das Bier an die Lippen setzte, lief etwas Schaum über sein unrasiertes Kinn und tropfte auf seine behaarte Brust. Herrlich, so mußte es sein. Sam beobachtete die Urlauber. Dr. Felix Reiter würde nicht darunter sein, das war ihm klar. Obwohl – die Tarnung wäre genial.
Sam mußte grinsen. Ihm war gerade aufgefallen, daß die meisten Frauen in seiner Umgebung mehr oder weniger apathisch mit geschlossenen Augen in der Sonne lagen. Manche auf dem Bauch, mit krebsrotem Rücken und völlig entrückt. Die Männer dagegen, sie hatten sich häufig aufgestützt und observierten scheinbar gelangweilt ihr Umfeld. Alles verhinderte Jäger auf der Suche nach einem weiblichen Opfer. So ist's gut, Jungs. Hier ist die Welt noch in Ordnung, hier stimmen die Instinkte. Sam nahm wieder einen großen Schluck aus seiner Bierdose. Dann angelte er sich aus einem Stiefel sein Handy. Während der Apparat

die aufgerufene Nummer aus dem Speicher wählte, stand Sam auf und lief vor zum Wasser. Die Ausläufer der leichten Brandung umspülten seine Füße, als sich in Frankfurt Heinz Lummer meldete.

»Hallo, Alter, wie geht's?« blökte Sam ins Handy.

»Gestern ging's noch«, antwortete Lummer. »Was gibt's für Neuigkeiten?«

»Du hast wieder nicht in deine Mailbox geschaut, sonst wüßtest du Bescheid. Du bist einfach ein technischer Neandertaler«, schimpfte Sam, während er im flachen Wasser am Strand entlanglief.

»Fang mir nicht wieder mit dem Mist an. Der Computer bleibt jetzt definitiv abgeschaltet. Erzähl's mir am Telefon. Übrigens, wo bist du gerade? Das hört sich seltsam an.«

»Ich bin im Auto in der Waschstraße. Nein, im Hotelzimmer, im Fernsehen läuft ein Film über Waikiki. Stimmt nicht, ich bin am Strand von Arenal und latsche mit den Füßen durchs Wasser. Such's dir aus.«

»Sam, reiß dich mal zusammen. Es ist mir völlig egal, wo du bist, aber jetzt erzähl, was Sache ist.«

»Keine Panik. Du hast allen Grund zur Freude. Dieser Kay Kaufmann alias Felix Reiter, der ist auf Mallorca, da verwette ich meinen Ferrari.«

»Seit wann hast du einen Ferrari, du Angeber?«

»Schon ewig, der ist aus Plastik, so groß wie eine Zigarettenschachtel, rot und von mir selbst gebastelt. Ein absolutes Liebhaberobjekt. Ich häng' an dem Stück. Also, wie ich dir schon im E-Mail übermittelt habe, war unser Sportsfreund ab zwanzigsten März für zwei Wochen Gast im La *Residencia*. Das ist so ein Nobelhotel in Deià. Autsch!«

Sam war auf einen spitzen Stein oder eine Muschel getreten. Er inspizierte – auf einem Bein balancierend – seine Fußsohle. Keine ernstere Verletzung. Sam kam zum Schluß, daß er viel zu verweichlicht war. Früher hätte er mit bloßen Füßen über Glassplitter laufen können. Na ja, jedenfalls fast. Er hielt wieder das Handy ans Ohr.

»Ich bin ja schon wieder da. Reg dich nicht auf. Wo Felix Reiter jetzt ist? Das weiß ich nicht. Aber noch vor wenigen Tagen war er im *El Olivo* beim Abendessen. Das ist das Restaurant von diesem Hotel in Deià. Er taucht da immer wieder mal zum Spachteln auf. Also, kein Zweifel, der hat sich's auf dieser Insel gemütlich eingerichtet. Das muß dich doch glücklich machen?«

»Glücklich bin ich erst, wenn wir den Halunken haben.«

»Nur Geduld, ich erwisch' ihn schon. Mit all dem Zaster hat er sich wahrscheinlich irgendeinen Palast gekauft. Und der muß ja zu finden sein. Ich werde mich jetzt also bei den Immobilien schlau machen. Rausfinden, wie man da am besten rankommt.«

»Und was ist mit diesem Restaurant? Wissen die nicht, wo er wohnt? Zahlt er dort mit Kreditkarte?«

»Für wie blöd hältst du mich eigentlich? Die haben leider keine Ahnung, wo er seine Heimstatt hat. Null Anhaltspunkte. Und zahlen tut er immer cash. Aber falls er wieder ins El Olivo geht, dann ist die Sache geritzt. Felix Reiter, der läuft dort natürlich unter Kay Kaufmann, der Felix hat also einen Lieblingskellner in diesem Lokal. Der heißt Miquel Duràn. Den habe ich geschmiert, und zwar kräftig. Sobald unser Freund dort wieder auftaucht, ruft mich der Miquel sofort über mein Handy an. Ich habe ihm für diesen Fall eine zweite Rate versprochen. Und dann ist der Felix fällig, da kannst du Gift drauf nehmen.«

Sam stand mittlerweile bis zu den Knien im Wasser, die Jeans waren klatschnaß. Dem Strand hatte er den Rücken zugekehrt. Es mußte ja nicht jeder mithören. Im Wasser vor ihm spritzten sich einige junge Frauen neckisch mit Wasser an. Irgendwie lenkte ihn das ab.

»Was ist? Klar, Heinz, ich bin noch da. Aber ich habe parallel eine Observierung laufen. Du weißt ja, mein Job ist saumäßig anstrengend. War übrigens gar nicht leicht, diesen Miquel zu überzeugen. Unser Flüchtling ist verdammt beliebt. Aber bei einer bestimmten Summe hört die Sympathie auf. Ist doch immer wieder das gleiche. Um zum Schluß zu kommen, die Falle ist schon mal aufgestellt. Und falls er da nicht so schnell reintappen sollte, dann packen wir ihn auch so. Der hat garantiert eine standesgemäße Unterkunft. Da kümmere ich mich jetzt drum. Ich stecke sozusagen mitten in der Recherche. Küß die Hände, Ende!«

Sam drückte auf die Taste mit dem roten Hörer und beendete das Gespräch. Die Mädchen waren in der Zwischenzeit näher gekommen und spritzten immer noch wie wild um sich. Bevor ihn die nächste Fontäne traf, brachte er gerade noch das Handy hinter seinem Rücken in Sicherheit.

»Hey, du Typ, hast wohl einen Knall, stehst hier mit der Hose im Wasser und telefonierst«, wurde er von der einen Maid angegangen, die ihm gleich noch eine Dusche verabreichte.

Sam grinste breit. »Ich bin der Bademeister von Arenal. So eine Art Baywatch. Also keine Pöbeleien, sonst gibt's eine Mund-zu-Mund-Beatmung.«

Die junge Frau, rothaarig, mit Sommersprossen, ein bißchen üppig, aber dennoch attraktiv, ließ von ihren Freundinnen ab und konzentrierte sich auf Sam.

»Der Bademeister, das finde ich cool. Bist dafür ganz schön blaß auf der Haut.«

»Besser als rot auf der Nase. Soll ich dir was von meinem Sunblocker leihen?«

»Nee, aber du kannst mir dein Telefon geben, ich will mal zu Hause anrufen.«

»Schau' ich aus wie eine Telefonzelle?«

»Komm, gib her, laß mich mal telefonieren.«
War wohl nicht mehr nüchtern, die Kleine. Ganz schön hartnäckig.
»Also gut, überredet.«
Sam reichte ihr das Handy. Als sie zugreifen wollte, zog er es wieder zurück. »Aber die Einheiten kosten was.«
Die junge Frau stellte sich in Positur und grinste. »Fällt dir was auf? Ich hab' nicht gerade viel an. Kein Platz für Kleingeld.«
»Wer hat denn was von Geld gesagt?« Sam lachte. »Du kannst telefonieren, so lange du willst. Vorher gehen wir zusammen Sangría trinken und schmieden Pläne für heute abend.«
Die Frau schaute auf Sams muskulösen Oberkörper, auf sein breites Lachen im unrasierten Gesicht und seine blitzenden Augen.
»Die Einladung zum Sangría nehm' ich an. Ich muß nur schnell meinen Freundinnen Bescheid sagen.«
»Und ich muß meine Stiefel holen.«

16

In München kam der Journalist Paul Oberhuber aus dem Büro seines Chefredakteurs. Gestern hatte er sich im Klinikum rechts der Isar mit einem Arzt für kosmetische Chirurgie getroffen und mit ihm die beiden Bilder diskutiert. Mit einem Filzstift hatte ihm der Doktor auf dem Foto von Felix Reiter die Schnitte für eine Operation markiert. Er könne nicht mit Bestimmtheit sagen, ob die beiden ein und dieselbe Person seien, aber möglich wäre es ohne weiteres. Die dafür nötige gesichtschirurgische Operation sei zwar ziemlich invasiv, aber für einen Spezialisten grundsätzlich kein Problem. »Lassen Sie es mich so sagen: Die beiden Köpfe können durchaus auf demselben Körper sitzen.«

Paul hatte mit seinem Chefredakteur ein langes Gespräch geführt. Natürlich fehlte es hinten und vorne an Beweisen, es war alles reine Spekulation. Aber sie waren sich einig, daß es sich um eine mehr als heiße Spur handelte. Die Illustrierte hatte schon seit Jahren mit einer langsam, aber sicher sinkenden Auflage zu kämpfen. Eine Exklusivstory über den untergetauchten Felix Reiter wäre für das Blatt unbezahlbar. Paul bekam von seinem Chef eine Carte blanche: »Laß alles liegen und stehen, gib den aktuellen Kram an Kollegen weiter. Du bist wieder auf deinem alten Job, und der heißt: Felix Reiter!«

Paul pfiff vor sich hin. Seine Haare waren wie immer zerzaust, das Hemd hing über der Jeans, die randlose Brille auf seiner Nase war leicht verbogen und sein Schnurrbart ungepflegt. Aber er strahlte eine positive Fröhlichkeit aus, machte im Vorbeigehen einer Redaktionsassistentin ein Kompliment – natürlich über ihre Arbeit, nicht über ihr Aussehen, das konnte man sich ja heute kaum mehr erlauben. Auf der Treppe nahm er immer zwei Stufen auf einmal. Im Großraumbüro schlich er sich von hinten an Achim Gonzel heran, der gerade versuchte, das Chaos auf seinem Tisch zu ordnen, indem er nacheinander fast alles in den großen Papierkorb beförderte. Paul gab Achim eine Kopfnuß und fing an zu kichern.

»Was gibt's denn, Alter?« fragte Achim, der auf dem Drehstuhl herumschwenkte. »Kommst du jetzt in die präsenile Phase?«

»Hat sich was, von wegen präsenil, eher schon präpotent. Pack deine Sachen, wir machen uns auf die Suche nach deinem Typen auf Mallorca. Der Chef hat mir grünes Licht gegeben. Jetzt lad' ich dich in den Franziskaner auf ein Weißbier und Weißwürste ein, es ist noch vor dem Zwölfuhrläuten. Und dabei besprechen wir unsere Strategie.«

*

Als die beiden einige Stunden später in die Redaktion zurückkamen, ging Paul an der Wand vorbei, wo immer noch das Bild der blonden Frau pinnte, die Achim zusammen mit dem mutmaßlichen Felix Reiter im Abaco fotografiert hatte. Da fiel ihm ein kleiner gelber Zettel ins Auge, der auf das Bild geklebt war. »Hallo, Paul. Ich kenne die Braut. Wolfgang.« Paul machte auf dem Absatz kehrt und hastete los in den nächsten Stock. »Wo ist der Wolfgang?«

»Der ist auf dem Klo, muß gleich wieder kommen.«

Paul rannte den Gang hinunter zu den Toiletten, riß die Tür zum Vorraum auf und brüllte: »Wolfgang! Ist das dein Ernst, du kennst die junge Frau?«

»Ja, kann man denn hier nicht einmal mehr in Ruhe aufs Klo gehen«, brummelte Wolfgang durch die verriegelte Tür.

»Kann man nicht, kann man nicht«, antwortete Paul, der sich außen an Wolfgangs Toilettentür hochzog und mit vor Anstrengung rotem Kopf über die Tür auf Wolfgang hinuntersah, der lesenderweise auf der Kloschüssel saß.

»Also, jetzt glaube ich es«, sagte Wolfgang, der verdutzt zu Paul hochsah. »Du hast wohl ein massives Rad ab, willst du reinkommen und mir den Hintern abwischen, oder was ist los?«

»Kennst du das Mädchen?«

»Ja, ich kenne das Mädchen. Weißt du, daß du eine total rote Birne hast? Dir platzen gleich irgendwelche Adern im Kopf, wenn du nicht losläßt. Ich komme ja gleich.«

Paul ließ sich wieder herunter und rückte seine Brille zu-

recht. Kurz danach hörte er die Wasserspülung, und Wolfgang kam heraus.
»Immer mit der Ruhe, jetzt wasche ich mir die Hände, und dann können wir uns unterhalten. Du hast übrigens immer noch einen roten Kopf.«
»Du kannst doch wohl beim Händewaschen reden, jetzt sag schon, woher kennst du das Mädchen? Und weißt du, wie sie heißt?«
»Klar weiß ich, wie sie heißt. Dana Mohnert.«
Wolfgang ließ sich Zeit, entnahm dem Seifenspender provozierend langsam einige Tropfen und begann dann in aller Ruhe eine ausführliche Waschung seiner Hände. Als sich Paul neben ihm ungeduldig räusperte, fuhr er fort: »Ich bin ihr mal hinterhergestiegen. Konnte aber nicht landen. Da leide ich heute noch darunter.«
»Dana Mohnert, Irrtum ausgeschlossen?«
Wolfgang drehte den Wasserhahn zu und schüttelte seine nassen Hände in Richtung Paul aus, der die Wasserspritzer auf seiner Hose überhaupt nicht zur Kenntnis nahm. Wolfgang mußte lachen und stellte den Händetrockner an.
»Garantiert ausgeschlossen. Ich werde doch den Traum meiner schlaflosen Nächte wiedererkennen. Wie du weißt, war ich bis vor einem Jahr beim Bayerischen Rundfunk. Da hatten wir, wie hier ja auch, immer wieder Studenten von der Uni, vom kommunikationswissenschaftlichen Institut. Die müssen ein Praktikum machen, das ist bei denen so vorgeschrieben. Und da war die Dana einige Wochen beim BR. Sie ist jetzt mit ihrem Studium fertig und schreibt ihre Doktorarbeit. Deine Kollegen haben mir schon erzählt, wie du zu dem Foto gekommen bist. Du glaubst, daß sie auf Mallorca mit dem flüchtigen Felix Reiter rumzieht, oder?«
»Zieht, oder gezogen ist, was weiß ich? Hast du ihre Telefonnummer?«

»Klar, wenn du nicht den ganzen Tag mit mir auf der Toilette verbringen willst, dann komm mit in mein Büro, da habe ich sie.«
Kurz darauf wählte Paul in Wolfgangs Büro Danas Nummer. »Sorry, but no one is here at the moment. Please leave your message after the beep-tone.«
»Warum läuft denn der Anrufbeantworter auf englisch, was soll das? Außerdem ist sie nicht da, vielleicht ist sie noch immer auf Mallorca?«
»Einen Anrufbeantworter auf englisch hat sie, weil sie neben Kommunikationswissenschaft und Theaterwissenschaft auch Amerikanistik studiert hat. Außerdem findet sie es gut, daß die meisten Anrufer verunsichert auflegen.« Wolfgang lachte. »Funktioniert doch prächtig, hast ja auch aufgelegt. Nur Leute mit starker Persönlichkeit würden zu ihr durchdringen, hat sie mal gesagt. Du solltest vielleicht eine Therapie machen.«
»Rutsch mir doch den Buckel runter. Hat diese Dana Mohnert in München Verwandte oder Freunde, die mir sagen könnten, wo sie jetzt ist?«
»Ich hab' dir ja gesagt, ich konnte bei ihr nicht richtig landen. Ich bin über einige gemeinsame Abendessen und eine Partie Squash nicht hinausgekommen. Das einzige, was ich weiß, ist, daß ihr Vater in München eine Arztpraxis hat. Schau halt mal im Telefonbuch, ob es einen Dr. med. Mohnert gibt. Mehr kann ich dir aber beim besten Willen nicht helfen.«
»Das war schon genial«, bedankte sich Paul, der langsam wieder zu seiner Ruhe zurückgefunden hatte. »Dein gelber Zettel ist ein Geschenk des Himmels. Wenn ich mal irgend etwas für dich tun kann, sag's mir.«
Wolfgang gab Paul die Hand. »Viel Glück bei deiner Suche. Einen Gefallen kannst du mir übrigens tun. Falls die Dana in Schwierigkeiten stecken sollte, würde ich gerne als ret-

tender Samariter herbeieilen. Vielleicht habe ich dann doch noch eine Chance bei ihr.«
»Versprochen!«

17

Dana lag am nächsten Morgen noch in der Koje, als sie hörte, wie Kay bereits an Bord hantierte. Kay füllte den Frischwassertank der Yacht auf, schrubbte das Deck und kontrollierte den Benzintank des Außenborders für das Beiboot. Dann lief er am Hafenbecken entlang zur kleinen Brücke, die den Torrent de Saluet überquert. Im Ort kaufte er sich eine Financial Times, frisches Obst und *Ensaïmadas*, in Schmalz gebackene, duftende Hefeteigschnecken, die noch ofenwarm waren. Die Ensaïmadas sind das Nationalgebäck Mallorcas. Mal sind sie luftig und nur mit Puderzucker bestreut. Dann wieder mit Marmelade oder Sahne gefüllt und mit Zuckersirup übergossen. Es heißt, die Ensaïmadas gingen auf die Mauren zurück. Wogegen allerdings das Schweineschmalz (Saïm) spräche, das auf den Hefeteig gestrichen wird und den Ensaïmadas ihren Namen gegeben haben soll.
Beim gemeinsamen Frühstück an Deck beobachteten sie das rege Treiben auf den benachbarten Yachten, von denen sich einige anschickten, von Port d'Andratx aus den Sprung zur Nachbarinsel Ibiza zu machen. Die Pinieninsel der alten Griechen ist von Port d'Andratx nur fünfzig Seemeilen entfernt.
Später gab Kay das Kommando zum Ablegen. Dana zog das Stromkabel für den Landanschluß aus dem Verteilerkasten. Die Gangway wurde hochgezogen. Leinen los. Kay kuppel-

te die Motoren ein, und langsam schob sich die Aurore aus ihrer Lücke. Dana lief mit dem Bootshaken an der Reling entlang und paßte auf, daß sich die Fender der Aurore nicht mit den Fendern anderer Yachten verhakten. Minuten später fuhren sie bereits an der Außenmole vorbei aufs offene Meer.

Die ersten Meilen kannte Dana bereits. Es ging wieder vor zur Isla Dragonera, an der Badebucht Sant Elm von gestern vorbei, dann durch eine Durchfahrt zwischen der unbewohnten Insel Dragonera und Mallorca nach Norden. Die steil und zackig aus dem Meer aufragende Insel erinnerte tatsächlich an einen Drachen. Na ja, jedenfalls wenn man es sich fest genug einbildete. Dana hatte gelesen, daß der Name Dragonera gar nicht vom Profil der Insel herrührte. Vielmehr wären all die kleinen Eidechsen, Salamander und Geckos, die auf der Insel lebten, für den Namen verantwortlich.

Noch vor einigen Jahren sollte auf Dragonera eine Urbanización errichtet und damit auch dieses Stück unberührte Natur zerstört werden. Aber die sich neu formierende Ökologiebewegung konnte die Bebauung verhindern. Heute ist Dragonera ein Naturschutzgebiet und Vogelparadies. Eine besonders seltene Falkenart fühlt sich auf Dragonera heimisch. Von der Aurore aus waren Möwen zu sehen, die auf der mit *Macchia* bewachsenen Insel nisteten. Dana sah hinauf zu einem der beiden Leuchttürme, die es auf Dragonera gibt.

Auf der rechten Seite der relativ schmalen Durchfahrt stand auf einem Felsvorsprung der Torre Cala Basset, einer der vielen alten Wachtürme an den Küsten Mallorcas. Dana fielen die Piratengeschichten vom vergangenen Tag ein. Das war also einer von diesen Atalayas, die einst dem Schutz vor Piratenüberfällen gedient hatten. Jeder dieser Türme war ständig besetzt und in Sichtweite eines ande-

ren. Die Kommunikation funktionierte mit Rauch- und Lichtzeichen. Das Ende der Kette bildete in Palma der Almudaina-Palast.
Bei drohenden Angriffen konnte sich die Bevölkerung rechtzeitig ins Land zurückziehen, sich in den vielen Höhlen verstecken oder in den Burgen und Wehrkirchen Zuflucht suchen. Gleichzeitig formierten sich die Verteidiger. Und wenn die Piraten in der Minderzahl waren und Pech hatten, dann flogen ihnen bald Steine und Bleikugeln um die Ohren. Schließlich waren die Inselbewohner schon im Altertum für ihre Schleuderkünste berüchtigt. Mallorquinische Honderos zogen einst mit Hannibal über die Alpen und setzten den Römern zu. Über Jahrhunderte waren die zielsicheren Foners, wie die Steinschleuderer auf mallorquinisch heißen, als Söldner hochbegehrt. Wie es heißt, verzichteten sie auf Sold. Sie zogen den direkten Lustgewinn vor und ließen sich mit Frauen und Wein bezahlen. In der Antike wurden die Steinschleuderer Baliarides genannt. Und so gaben sie den Balearen ihren Namen.
Die Aurore hatte den Torre Cala Basset passiert. Die Küste wurde immer schroffer. Angesichts der steil aufragenden Felsen kam sich Dana auf der Aurore plötzlich klein und verloren vor. Über tausend Meter hoch ragen die Gipfel der Serra de Tramuntana aus dem Meer.
Nach einem weiteren Wachtturm, dem Torre Mirador de Ses Animas, war das kleine Fischer- und Bauerndorf Banyalbufar mit seinen terrassenförmigen Anlagen zu sehen. Es folgte Valldemossa, das malerische Bergdorf mit dem Kartäuserkloster. Der Name Valldemossa geht auf seinen Gründer im zwölften Jahrhundert zurück: den Mauren Wali Musa.
Kay drückte Dana sein Fernglas in die Hand und deutete auf die Silhouette eines prachtvollen Hauses hoch oben an der Steilküste.

»Rechts von diesem Landsitz kannst du eine romantische Liebeserklärung aus italienischem Marmor sehen«, sagte er. Dana brauchte eine Weile, bis sie die »Liebeserklärung« entdeckt hatte. Tatsächlich, ein kleiner runder Marmortempel. Außenherum ein weiß gestrichenes Geländer. Von da oben mußte man einen phantastischen Blick aufs Meer haben.
»Also, sag schon, was hat es mit diesem Marmortempel auf sich?« wollte Dana wissen, während sie weiter durch das Fernglas schaute. Unten vermutete sie eine Anzahl Stufen. Sie sah die hohen schlanken Säulen und oben drauf eine zierliche Kuppel.
»Jetzt erzähl schon die Geschichte«, drängte sie.
Kay schmunzelte. »Diese Reaktion bestätigt einmal mehr die Theorie, daß im Leben nichts verläßlicher ist als die Neugier des Weibes.«
Nach einem tiefen Schluck aus seiner Bierdose erzählte Kay die Geschichte des Mannes, der auf der Insel noch heute Arxiduc genannt wird.
»Der österreichische Kaiser Franz Josef, du weißt schon, der mit der Sisi, der hatte einen Neffen: *Ludwig Salvator*, Erzherzog von Österreich-Toskana. Siehst du dort vorne den großen, löcherigen Felssporn? Er heißt Na Foradada. Vor diesem Felsen ankerte einst der Erzherzog mit seiner Dampfyacht Nixe. Mit dem höfischen Leben in Wien hatte er nichts im Sinn. Er war ein Aussteiger von königlichem Geblüt. Privatgelehrter, Insektenkundler, Naturforscher, Seefahrer. Mit seiner Yacht Nixe bereiste er die halbe Welt. Sie war deutlich größer als unsere Aurore, ein hochseetüchtiger Dreimaster, über fünfzig Meter lang. Obwohl der Weltenbummler Ludwig Salvator die ganze Welt gesehen hatte, er war in Asien, in Amerika und in Afrika gewesen, galt der Insel Mallorca seine ganze Liebe. Zunächst erwarb Graf Luis de Neudorf, so sein Pseudonym, das herunter-

gekommene Landgut *Miramar* unterhalb von Valldemossa. Dann kaufte er eine Finca nach der anderen auf. Bald gehörten ihm mehr als zehn Kilometer Küste von hier bis vor nach Deià. Er sorgte auf all seinen Besitzungen dafür, daß keine Bäume mehr gefällt wurden. Der Erzherzog war so etwas wie ein früher Ökofreak, er lief in abgetragener Bauernkleidung herum, wollte keine Eingriffe in die Natur und ließ sie wild wuchern. Zu seinem Landsitz machte er das Haus, das du links neben dem kleinen Tempel siehst: *Son Marroig*.«

»Wo bleibt die Liebeserklärung?« Dana zappelte wie ein kleines Kind. »Du fängst schon wieder an zu dozieren.«

»Sei doch nicht so ungeduldig. Wenn ich dozieren wollte, würde ich dir von der siebenbändigen Enzyklopädie erzählen, die der Habsburgerherzog über die Balearen geschrieben hat. Also, unser Freund hat mehrfach Besuch von einer Gräfin Hohenems bekommen. Ein Pseudonym. Sisi war's, die österreichische Kaiserin. Sie mochte Ludwig Salvator. Vielleicht weil sie artverwandte Seelen hatten. Beide waren so richtige Schwarmgeister. Sie zog mit Ludwig Salvator durch die Berge der Serra de Tramuntana. Der Erzherzog hatte hoch oben einen Reitweg anlegen lassen. Der heutige König Juan Carlos soll einmal gesagt haben, daß er gerne mit diesem Erzherzog tauschen würde, dem die halbe Küste gehörte und den die schöne Kaiserin Sisi besuchte.«

»Ob Juan Carlos weiß, was für eine schwierige Frau die Sisi im wirklichen Leben gewesen ist?« warf Dana temperamentvoll ein. »Ich bin nämlich eine glühende Verehrerin dieser Sisi, aber der richtigen, nicht der verkitschten, naiven Romy Schneider-Sissi aus den Marischka-Filmen der fünfziger Jahre. Die wahre Sisi war eine ebenso intelligente wie engagierte und gebildete Frau. Und sie war, was ihrem Gemahl Franz Joseph und vor allem ihrem kaiserlichen

Schwiegerdrachen Sophie ziemlich suspekt gewesen sein muß, im Grunde ihres Herzens eine Antimonarchistin. Wie schon ihr Vater Herzog Max in Bayern vertrat Sisi republikanische Ideale. Sie hat sich mächtig für die Bevölkerung eingesetzt, vor allem für die ungarische. Und ihre späteren Reisen, sicherlich auch jene hierher nach Mallorca, das waren alles kleine Fluchtversuche von ihrem erzkonservativen Mann und diesem monarchistischen Elfenbeinturm in Wien. Und da paßt natürlich dein Erzherzog Ludwig Salvator voll ins Bild. Das war ja nun offenbar ein richtiger Aussteiger, was der Sisi nicht möglich war. Die beiden werden ziemlich ähnliche Vorstellungen und Ideale gehabt haben.«

»Da bin ich aber baff. Meine Dana ist eine richtige Sisi-Spezialistin. Da wäre ich ja fast ins Messer gelaufen.«

»Das bist du schon. Übrigens glaube ich, daß du schief gewickelt bist mit deiner Lovestory. Nach allem, was ich gelesen habe, war die extravagante Sisi nach Erfüllung ihrer ehelichen Pflichten mit Franz Joseph erotisch etwas anders gepolt. Ihre zahlreichen Frauenfreundschaften lassen tief blicken.«

»Also drauf wetten würde ich nicht, daß der Ludwig Salvator und die schöne Sisi nichts miteinander hatten. Der Ludwig Salvator hatte einen legendären Ruf als Liebhaber vieler Frauen. Gleichzeitig hatte er es auch mit Männern, zum Beispiel mit seinem mallorquinischen Privatsekretär. Das mit der Polung muß also kein Hinderungsgrund gewesen sein. Aber zu meinem Glück habe ich die eigentliche Lovestory noch im Ärmel. Was heißt eine, es gäbe viele zu erzählen. Das ging bei Ludwig Salvator schon gut los: Als junger Mann war er, damals noch ganz standesgemäß, mit einer Prinzessin verlobt. Diese ist dann beim Besuch einer Theateraufführung verbrannt, ihr Kleid aus Gaze hatte Feuer gefangen. Sie hat wohl heimlich hinter dem Rücken eine Zigarette geraucht. Der Ludwig Salvator hat daraufhin beschlossen, nie zu heiraten. Er hat es viel geschickter angestellt, er hat einige seiner Geliebten mit seinen Bediensteten verheiratet, damit er sie immer im Haus haben konnte. Zunächst verehelichte er seinen Sekretär mit einer italienischen Gräfin, die Ludwig Salvator in Venedig kennen und lieben gelernt hatte. Dann verheiratete er das Kindermädchen seiner illegitimen Kinder mit einem anderen mallorquinischen Angestellten, der sich um seine Dampfyacht zu kümmern hatte.«

»Das war ja ein richtiger Wüstling. Wahrscheinlich hatten die Mallorquiner mit diesem unsittlichen Lebenswandel so ihre Probleme.«

»Das nehme ich auch an, schließlich waren sie schon mit der Affäre von George Sand und Frédéric Chopin nicht einverstanden. Aber jetzt komme ich zur eigentlichen Geschichte, jener, die zu diesem ionischen Tempel geführt hat. Es gab nämlich noch eine Finca, die der Erzherzog kaufte. Sie hieß S'Estaca. Dort lebte eine junge Tischlerstochter mit dem Namen Catalina Homar. Diese einfache Mallorquinerin, die war es! Sie wurde seine wirkliche Prinzessin, seine Geliebte, seine Schülerin. Klar, daß die hochwohlgeborene Familie des Herzogs die Liaison für einen veritablen Skandal hielt. Aber unser Erzherzog ließ sich nicht beirren. Er machte aus dem einfachen Mädchen eine Dame von Welt. My Fair Lady läßt grüßen. Sieben Sprachen soll sie gelernt haben. Sie begleitete ihren Herzog auf vielen Reisen bis nach Ägypten. Am Wiener Hof des Franz Joseph sorgte sie prompt für einen Eklat. Die Sisi hat's wahrscheinlich gefreut. Schließlich ließ Ludwig Salvator in Italien den Liebestempel aus Marmor meißeln und hierher an die Steilküste schaffen.«

»Da bist du noch mal davongekommen«, meinte Dana. »Der Ludwig Salvator gefällt mir immer besser. Außerdem sieht man mal wieder, wie popelig eine Uhr von Cartier oder Schmuck von Tiffany ist. Ein kleiner bescheidener Tempel aus Marmor macht echt mehr her. Gibt's wenigstens ein Happy-End? Du weißt schon, in der Art wie: Und wenn sie nicht gestorben sind ...«

»Gute Liebesgeschichten haben selten ein Happy-End. Bei Ludwig Salvator und Catalina lief's nicht besser. Catalina wurde krank und starb. Es heißt, sie hatte Lepra. Und unser Erzherzog mußte, als der Erste Weltkrieg ausbrach, zurück nach Wien. Er sollte seine geliebte Insel nicht mehr wiedersehen. Er starb wenig später auf seinem Schloß in Böhmen. Nach der offiziellen Lesart hatte er die Elephantiasis, ein todbringendes Souvenir aus den Tropen. Mir hat aber ein Mallorquiner erzählt, daß sie weder an Lepra noch an Elephantiasis gestorben seien. In Wahrheit sei es die Syphilis gewesen.«

»Bei seinem vielseitigen Sexualleben klingt das glaubhaft. Wahrscheinlich hat der Erzherzog unsere Unschuld vom Lande angesteckt. C'est la vie.«

Mittlerweile hatte die Yacht Deià passiert, und es war nicht mehr weit zum Hafen *Port de Sóller,* wo sie die Nacht verbringen wollten. Dana beobachtete die Küste. Ständig wechselten die Felsformationen. Direkt an den steilen Abbrüchen sah sie vom Wind zerzauste Pinienbäume. Dahinter wilde Macchia und Aleppokiefern. Davor zog ein Falke seine Kreise.

Wie dieser Blick von oben wirkt, hat einmal mehr George Sand beschrieben: »Über dem Abgrund neigten sich die Bäume von erstaunlicher Lebenskraft, alle krumm und schief und halb vom Wind entwurzelt. Aus der Tiefe des Abgrunds erhob sich senkrecht ein anderer Berg gen Himmel, ein Berg von Kristall, Diamant und Saphir. Es war das Meer, das, von hoch oben gesehen, sinntäuschend als vertikale Fläche erscheint. Erkläre es, wer mag.«

An den steilen Abhängen sah Dana terrassenförmige, kleine Parzellen. Auf ihnen standen Zitronen-, Orangen- und Mandelbäume. Die Mauern für diese kühnen Terrassen sind aus Steinen trocken zusammengefügt. Eine Technik, die auf die Araber zurückgehen soll. Viel wahrscheinlicher haben aber schon die alten Phönizier die Kunst des Mauerbauens auf die Balearen gebracht. Und auch das ausgeklügelte Bewässerungssystem, das immer wieder den Mauren zugeschrieben wird, reicht sicher viel weiter zurück, auf die Römer und die Phönizier. Aber zweifellos haben die Araber die Terrassen und Bewässerungskanäle stark ausgebaut und verfeinert, was für Mallorca ein unschätzbarer Gewinn war.

»Weißt du, was das schönste an Deià ist?« sagte Kay, der wie Dana die vorbeiziehende Küste beobachtete. »Das ist der Friedhof. Wenn man ihn besucht und genau hinsieht, dann entdeckt man, daß die Grabplatten viel kleiner sind als sonst und ganz nah beieinander. Es wird erzählt, daß die Toten in Deià senkrecht begraben wurden, weil der Friedhof so eng ist. Ich glaube, das stimmt überhaupt nicht. Aber die Idee ist faszinierend. Noch als Leiche eine aufrechte Haltung einnehmen – wie im richtigen Leben. Das hat schon was.«

»Falls sie nicht mit dem Kopf nach unten in die Grube gesteckt wurden«, sagte Dana.

»Jetzt bist du aber bei schwarzem Humor angelangt, bitte etwas mehr Pietät. Unter den Senkrechtbegrabenen von Deià sind schließlich einige prominente Namen. Bei einem steht nur ein schlichtes ›poeta‹ auf der Grabplatte. Das ist das Grab des englischen Schriftstellers Robert Ranke-Graves, der seit den dreißiger Jahren bis zu seinem Tod neunzehnhundertfünfundachtzig in Deià gelebt hat.«

»Ich, Claudius, Kaiser und Gott«, sagte Dana wie aus der Pistole geschossen.

»Buh«, staunte Kay, um dann fortzufahren: »Graves soll ziemlich trinkfest gewesen sein. Jedenfalls hat er den Ruf von Deià als Künstlerkolonie begründet.«

18

Da müssen Sie sich schon in meine Praxis bemühen«, sagte Danas Vater zu dem Journalisten Paul Oberhuber, als der am Telefon wissen wollte, wo sich seine Tochter gerade aufhielt. »Heute nachmittag habe ich Sprechstunde von fünfzehn bis achtzehn Uhr.«

Paul knallte den Hörer verärgert auf die Telefongabel. »Ist ganz schön mißtrauisch, der Herr Papa, jetzt will er mich persönlich in seiner Arztpraxis sehen.«

»Bleibt dir wohl nichts anderes übrig«, meinte Achim, der neben Pauls Stuhl auf dem Boden saß und in den alten Fotos von Dr. Felix Reiter wühlte. »Kannst dich ja bei dieser Gelegenheit durchchecken lassen, würde dir auch nicht schaden. Du bist ab und zu ganz schön durchgedreht, vielleicht brauchst du zur Ruhigstellung Betablocker oder Valium oder irgend so ein Zeugs.«

»Eine Titelgeschichte brauche ich. Erfolg ist die beste Medizin, mit einer guten Story geht's mir so prächtig, da brauche ich keinen Arzt.« Und mit einem Blick auf die Uhr: »Es ist halb drei, dann mache ich mich mal auf die Socken und halte bei dem alten Herrn um die Hand seiner Tochter an.«

»Ich sag' ja, du bist ab und zu ganz schön durchgedreht.«

*

Paul fuhr mit dem Lift in den zweiten Stock. Mit dem Klingeln setzte sich ein automatischer Türöffner in Betrieb.
»Haben Sie einen Termin?« fragte die Sprechstundenhilfe am Empfang.
»Ja, ich habe gerade mit Ihrem Medicus telefoniert, und er hat gesagt, ich könne ab drei kommen.«
»Dann füllen Sie bitte diese Anmeldung aus.«
»Moment, schönes Kind, ich bin kein ...«
»Ist schon gut«, hörte er hinter sich eine tiefe Stimme. »Sie sind wahrscheinlich dieser Herr Oberhuber, der wissen will, wo meine Tochter ist, kommen Sie herein.«
Der Vater von Dana, ein schon etwas graumelierter Herr mit braungebranntem Gesicht, fröhlichen Augen und einer halbrunden Lesebrille auf der Nasenspitze, sah in seinem weißen Kittel aus wie der Bilderbuchdoktor in einer Fernsehserie. Der Arzt nahm hinter seinem Schreibtisch Platz. Paul setzte sich davor in den Stuhl, der für die Patienten bereitstand.
»Also, warum wollen Sie wissen, wo meine Tochter ist? Ehrlich gesagt, sehen Sie nicht gerade wie einer ihrer zahllosen Verehrer aus. Wir halten es in unserer Familie so, daß wir gerne unsere Privatsphäre schützen. Sie haben dafür sicherlich Verständnis. Deshalb gebe ich auch nicht am Telefon einem mir Unbekannten bereitwillig Auskunft.«
»Verstehe ich sehr gut. Das ist sicherlich auch sehr vernünftig, in unserer Zeit, Sie wissen schon. Ein Verehrer bin ich nicht, da haben Sie recht.«
Warum eigentlich nicht? dachte Paul. Sehe ich so unattraktiv aus?
»Ich bin Journalist, und Ihr Fräulein Tochter hat mal bei mir in der Redaktion volontiert. Das hat sie übrigens sehr gut gemacht, Kompliment.«
Paul legte dem Vater seine Visitenkarte auf den Schreibtisch.

»Davon hat sie mir gar nichts erzählt. Ich weiß nur, daß sie mal beim Bayerischen Rundfunk ein Praktikum gemacht hat.«
»Stimmt, richtig, das war vorher. Sie kennen ja Ihre Tochter, sie hat ihren eigenen Kopf und erzählt nicht alles.«
Paul lächelte vertrauenerweckend, der Papa nickte zustimmend. »Sie haben recht, Sie scheinen meine Tochter wirklich ganz gut zu kennen.«
Paul atmete durch. Diese Klippe wäre also gemeistert. Noch im Lift hatte er überlegt, was er dem Vater sagen sollte. Er konnte ihm ja kaum erzählen, daß seine Tochter mit einem steckbrieflich gesuchten Kriminellen unterwegs sei und daß er sie dringend finden müsse, um ihren Freund zu interviewen und dann den Behörden zu übergeben. Der Vater hatte sicherlich etwas dagegen, daß seine Tochter als Geliebte eines Wirtschaftsflüchtlings in die Gazetten kam. Aber mit mir geht schon wieder die Phantasie durch, dachte Paul. Schließlich wußte er das alles überhaupt nicht, vielleicht war Dana Mohnert nur eine flüchtige Bekanntschaft von Felix Reiter. Konnte sein, konnte nicht sein. Nein, da war sicherlich mehr. Achim hatte erzählt, daß die beiden wie frisch Verliebte gewirkt und das Lokal gemeinsam verlassen hätten. Und von Wolfgang wußte er, daß Dana nicht so leicht zu erobern war.
»Herr Oberhuber, wo sind Sie mit Ihren Gedanken? Weshalb wollen Sie wissen, wo Dana ist?«
Paul räusperte sich und konzentrierte sich wieder auf sein Gegenüber. »Soviel ich weiß, ist Ihre Tochter auf Mallorca. Wir hätten da eine Geschichte, die sie für uns recherchieren und schreiben könnte. Ich denke, das würde ihr Spaß machen. Normalerweise machen wir uns ja nicht die Mühe, für so etwas den Vater einer ehemaligen Volontärin aufzusuchen. Aber mir liegt etwas daran, das journalistische Talent Ihrer Tochter zu fördern. Und da wir derzeit nun mal

keinen Redakteur auf Mallorca haben, also extra einen hinschicken müßten, kam mir der Einfall, Ihre Tochter zu kontaktieren und mit diesem Job zu beauftragen. Sofern sie noch dort ist, natürlich. Sonst würde sich das sozusagen erübrigen.«

»Sie ist noch dort, da haben Sie Glück. Oder wahrscheinlich sollte ich besser sagen, da hat Dana Glück. Allerdings weiß ich nicht, wo man sie erreichen kann. Sie hat uns nur angerufen und gesagt, daß sie noch ein bis zwei Wochen dranhängen werde. Ich habe den finsteren Verdacht, daß sich meine Tochter verliebt hat. Soll ja in den besten Familien vorkommen. Aber lassen Sie mich überlegen. Es sollte nicht so schwierig sein. Danas Freundin Eva müßte morgen zurückkommen, das war der eigentliche Rückreisetermin. Fragen Sie doch die Eva, sie weiß sicherlich, in welchem Liebesnest sich meine Tochter versteckt hält.« Danas Vater blätterte in seinem Adreßbuch.

»Einen Augenblick, hier habe ich sie schon, Eva Weiss, übrigens ein wirklich nettes Mädchen. Hat Dana mal von ihr erzählt?«

Paul runzelte die Stirn. »Eva Weiss, Eva Weiss? Kann schon sein, vielleicht war sie sogar mal in der Redaktion und hat Dana abgeholt, ist das so eine ...?«

»... so eine Kleine, Dunkelhaarige, richtig.«

Danas Vater notierte Adresse und Telefonnummer der Einfachheit halber auf seinem Rezeptblock, riß das Blatt ab und gab es Paul.

»Viel Glück und herzlichen Dank, daß Sie sich so um meine Tochter bemühen. Wenngleich ich, um ehrlich zu sein, gar nicht glaube, daß Dana eine journalistische Karriere anstrebt. Ihr Interesse liegt doch mehr im wissenschaftlichen Bereich. Aber man kann sich natürlich täuschen. Wenn Sie mit ihr telefonieren, richten Sie doch bitte liebe Grüße aus.

Und Sie soll mal bei Ihren alten Eltern anrufen, wir würden uns freuen.«
Danas Vater war aufgestanden und reichte Paul zum Abschied die Hand.
»Auf Wiedersehen, Herr Oberhuber.«
»Auf Wiedersehen, Herr Doktor, und noch eine nicht zu stressige Sprechstunde.«
Auf dem Rückweg zur Redaktion beschloß Paul, zusammen mit Achim Danas Freundin Eva Weiss entgegenzufliegen und am Flughafen von Mallorca abzufangen. Es sollte ja nicht so schwer sein, den Flug, den Eva gebucht hatte, herauszubekommen. So würden sie einen Tag einsparen.

19

Es war später Nachmittag, als die Aurore am Cap Gros vorbei in die geschützte Bucht von Port de Sóller einlief. Zwischen Port de Pollença und Andratx ist Port de Sóller bei schlechtem Wetter der einzige sichere Hafen entlang der ganzen Nordwestküste Mallorcas. Deshalb wies schon 1859 der Leuchtturm Punta Grossa den Seefahrern den Weg in die Bucht – damals noch mit Öllampen und Spiegeln. Kay manövrierte die Aurore in die Nähe des Strandes, wo sie vor Anker gingen.
»Dir hat doch unser erstes Abendessen im Tristan gut geschmeckt«, sagte Kay, während er den Außenbordmotor am Dingi montierte. »Ich hoffe, du hast heute wieder einen, wie war das gleich, einen Myotragushunger. Auf der Liste meiner Lieblingslokale steht ganz oben das El Olivo. Das Restaurant gehört zum Hotel La Residencia in Deià. Ich denke, das Menú de degustación wird meinem Leicht-

matrosen munden. Warum montiere ich eigentlich den Außenborder? Für diese niederen Dienste habe ich doch extra dich angeheuert.«
»Da muß ich dich leider enttäuschen«, konterte Dana. »Zufällig habe ich nämlich ein Verhältnis mit dem Capitán dieses Schiffes. Und der möchte gewiß nicht, daß ihn seine Geliebte mit ölverschmierten Händen und abgebrochenen Fingernägeln liebkost.«
»Schon wieder dieser Capitán. Er ist hiermit entlassen.«
Eine halbe Stunde später hatten sie sich landfein gemacht und fuhren mit dem Beiboot an den beiden Ausflugsbooten Gran Safari und Fiesta vorbei die wenigen Meter ans Ufer. Sie machten an der Mole fest, hinter der bereits eine nostalgische offene Straßenbahn wartete, mit der Kay die fünf Kilometer nach *Sóller* zurücklegen wollte. Diese Straßenbahn, sie ist die einzige der Insel, stammt aus dem Jahr 1913.
Noch ein Jahr älter ist die Schmalspureisenbahn »Roter Blitz«, die Sóller mit Palma verbindet und von Siemens 1927 elektrifiziert wurde. Auch sie verrichtet wie die Straßenbahn von Sóller noch zuverlässig ihren Dienst. Wobei die Privatbahn nicht mehr wie früher Orangen aus dem fruchtbaren Tal nach Palma transportiert, sondern ausgesprochen gewinnträchtig Einheimische und Touristen befördert.
Kay und Dana nahmen in einem der offenen Waggons Platz. Dann rumpelte die Bahn an Obstgärten vorbei, durch Orangen- und Zitronenhaine entlang der Straße nach Sóller. Dort ging es dann quer durch den malerischen Ortskern bis zur Endstation kurz hinter der Plaça de la Constitució. Vor der Kirche Sant Bartomeu tranken sie in einem der vielen Cafés, die rund um den zentralen Brunnen liegen, einen Zumo de naranja, frisch gepreßten Orangensaft.

Später entdeckte Dana im Schaufenster eines kleinen Ladens einige hübsche *Siurells*, jene figürlichen Tonpfeifen, die zu den beliebtesten Souvenirs der Insel zählen. Joan Miró war ein begeisterter Sammler dieser naiven Tonfiguren, die als Freundschaftssymbol gelten.
Während Dana eine Siurell betrachtete, bei der ein Mann mit Hut und Gitarre auf einem Esel ritt, winkte Kay einem Taxi. Als Ziel gab er Deià an. Zunächst ging es durch schmale Straßen, es folgte eine Allee mit Steineichen, dann fuhren sie in engen Serpentinen aus dem Talkessel von Sóller hoch in die Serra de Tramuntana. Sie kamen an einem Schild vorbei, das auf Straßenarbeiten hinwies: »Precaución obras. Perdonen las molestias en 2,5 kms«. Tatsächlich wurde an der Straße massiv gearbeitet, zum Teil ging es über Schotter, und seitlich gab es so gut wie keine Begrenzungen. Trotzdem wurden sie an einer völlig unübersichtlichen Stelle und ungeachtet des Überholverbots von einem weißen Mini Cooper überholt. Kay schüttelte über dieses leichtsinnige Fahrmanöver nur den Kopf.
Neben der Straße zogen an den steilen Hängen Terrassen mit Olivenbäumen vorbei.
»Bei ihrer Krönung wurden die Pharaonen von den Priestern mit Olivenöl gesalbt«, sagte Dana.
»Besser als mit Knoblauch«, alberte Kay. »Ich hoffe, sie wurden mit kaltgepreßtem Olivenöl gesalbt. Extra vergine, sozusagen.«
»Du bist wohl mit deinen Gedanken schon beim Abendessen.«
»Das könnte gut sein. Und ich liebe Olivenöl. Allerdings nicht als Bodylotion. Aber davon abgesehen, weißt du, daß der Olivenbaum bis zu zweitausend Jahre alt wird? Einige könnten also noch aus der Zeit der Römer stammen, die den Olivenbaum nach Mallorca gebracht haben.«

»Weiß ich. Die Römer, sie nannten das Olivenöl flüssiges Gold. Der Ölbaum war immer etwas Besonderes. Schon in der biblischen Geschichte.«
Dana beobachtete die knorrigen Gestalten am Straßenrand, die in der abendlichen Sonne immer längere Schatten warfen. Sie fand, daß die Bäume aussahen wie erstarrte Fabelwesen. Und sie mußte an einen Text denken, den sie bei George Sand gelesen hatte: »Ergeht man sich abends in ihren Schatten, muß man sich selbst immer wieder erinnern, daß es Bäume sind; denn traute man seinen Augen und seiner Einbildung, würde man sich mitten unter phantastische Ungeheuer versetzt glauben, von denen sich die einen gleich riesigen Drachen mit gähnenden Rachen und ausgespreiteten Flügeln herabkrümmen, andere sich gleich schlafenden Boaschlangen um sich selbst herumwinden und wieder andere sich wie ringende Riesen umfaßt halten.«
Ein plötzliches Abbremsen des Taxis riß Dana aus ihren Gedanken. Auf der Straße vor ihnen standen mehrere Autos, die Insassen waren bereits ausgestiegen und rannten vor zum Straßenrand. Auch ihr Taxifahrer stellte den Motor ab und sagte etwas von einem »accidente«. Gemeinsam folgten sie zu Fuß den aufgeregten Leuten. Vor der Kurve war eine kurze Bremsspur zu sehen. Dana und Kay schauten in die Tiefe neben der Straße. Weit unten lag ein völlig zertrümmerter weißer Wagen.
»Das ist der Wahnsinnige, der uns vorhin in seinem Mini überholt hat«, stellte Kay nüchtern fest. »Der hat jedenfalls ganze Arbeit geleistet. Nach diesem Abflug fällt er keiner Klinik mehr zur Last, und für den Straßenverkehr stellt er auch keine Gefährdung mehr dar.«
»Du bist ganz schön cool«, bemerkte Dana. »Vielleicht hatte er Frau und Kinder, bestimmt gibt es Menschen, die ihn vermissen, die um ihn weinen werden. Er mußte ja

nicht gleich von der Straße fliegen, die Polizei hätte ihm ja auch irgendwann den Führerschein abnehmen können.«

»Wenn es dann nicht zu spät gewesen wäre. Der betrunkene Autofahrer, der meine Frau auf dem Gewissen hat, der überlebte den Unfall schwerverletzt. Ihm hat man dann auch den Führerschein abgenommen, und er hat eine kurze Haftstrafe abgesessen. Nun, der irdischen Gerechtigkeit ist Genüge getan. Meiner Frau hat es wenig genutzt. Sie hat jetzt ein Grab unter einer Linde. Sei mir nicht böse, da finde ich es wirklich besser, wenn so ein Kamikaze den Abflug macht, ohne jemanden mit abzuschießen. Der Typ war ja, soweit ich gesehen habe, alleine im Auto. Das war's dann. Ein potentieller Killer weniger auf der Straße. Friede seiner Seele.«

Nachdem der Taxifahrer über Funk die Polizei und die eigentlich überflüssige Ambulancia alarmiert hatte, schlängelte er sich mit seinem Wagen durch die Fahrzeuge, die kreuz und quer auf der Straße standen, und brachte Dana und Kay zum Hotel La Residencia.

Dort empfing sie der Charme eines alten Herrenhauses. Draußen zwischen den weißen Fensterläden grün bewachsen. Innen voller Antiquitäten. Sie setzten sich zunächst in die bequemen Korbsessel auf der kopfsteingepflasterten Terrasse vor dem Restaurant El Olivo. Der Ober servierte ihnen zwei Gläser Champagner. An einem kleinen runden Marmortischchen neben ihnen saß ein älterer Herr, der in einem Buch las und dabei Pfeife rauchte.

Dana nahm einen Schluck Champagner. Dann schaute sie Kay fragend an. »Kay, ich habe vorhin den Namen ›Son Vich‹ gelesen. Das fällt mir jetzt schon andauernd auf, daß viele Anwesen auf Mallorca einen Namen mit ›Son‹ davor haben. Son Vida zum Beispiel oder Son Marroig. Weißt du, was das ›Son‹ zu bedeuten hat?«

Kay dachte einen Moment nach. »Nein, ehrlich gesagt ne Ahnung. Das habe ich mir auch noch nie überlegt.«

Der Herr neben ihnen legte seine Pfeife in den Aschenbecher. »Entschuldigen Sie, ich habe zufällig Ihre Frage gehört«, sagte er in fast akzentfreiem Deutsch. »Ich könnte sie Ihnen beantworten.«

»Tatsächlich? Das ist ja nett. Sind Sie Mallorquiner?« wollte Dana wissen.

»Ja, mein Name ist Sebastián, ich komme aus Banyalbufar. Sie wollen wissen, was das ›Son‹ zu bedeuten hat? Nun, ich habe mal gelesen, das ›Son‹ würde sich aus dem Französischen ableiten, von ›mai-son‹, es würde also ›Haus‹ bedeuten. Klingt gut, ist aber leider falsch. ›Son‹ steht einfach für ›sein‹. Das ist alles.«

»Also im Sinne von ›sein‹ Eigentum, richtig?« kombinierte Dana.

»Genau. Son Marroig zum Beispiel war früher Eigentum der Familie Marroig.«

»Und was verbirgt sich hinter dem Ca'n?« nutzte Dana die Gelegenheit für eine weitere Frage. »So heißen ja häufig die Lokale. Ca'n Pedro zum Beispiel.«

»Richtig. Auch das ist ganz einfach«, antwortete der Herr. »Ca'n heißt ›Casa von‹ beziehungsweise ›bei‹. Ca'n Pedro bedeutet also das ›Haus von Pedro‹ oder ›bei Pedro‹.«

»Jetzt wissen wir das auch, herzlichen Dank«, sagte Dana.

»Wir sollten Sie als Reiseführer verpflichten«, meinte Kay.

Der Herr lächelte. »Dafür stehe ich leider nicht zur Verfügung. Aber ich wünsche Ihnen einen schönen Aufenthalt auf unserer Insel.« Dann steckte er wieder die Pfeife in den Mund und vertiefte sich in sein Buch.

Als die Schatten, die die Bäume auf die Terrasse warfen, immer länger wurden, wechselten Kay und Dana nach innen in den großen Raum der alten Ölmühle. Dana konnte einmal mehr feststellen, daß Kay bei den Spitzenrestaurants der Insel gut bekannt und sehr beliebt war. Sie bekamen einen schönen Tisch direkt am Fenster. Im offenen Kamin knisterte das Feuer. Auf den weiß gedeckten Tischen sorgten Kerzen in silbernen Kandelabern für eine stimmungsvolle Atmosphäre.

»Wo ist denn Miquel?« wollte Kay vom Ober wissen. »Hat Miquel heute frei?«

»Nein, er müßte schon längst hiersein. Sobald er kommt, wird er Sie wie immer bedienen. Bis dahin, Señor Kaufmann, müssen Sie mit mir vorliebnehmen.«

»Kein Problem, wenn Sie uns zunächst die Speisekarte bringen und später die Bestellung entgegennehmen, sind wir schon wunschlos glücklich.«

Mit Genuß stellte Kay ein umfangreiches Menü zusammen, um sich dann ausgiebig in die Weinkarte zu vertiefen. Da hörten sie plötzlich im Hintergrund aufgeregte Gespräche. Alle Kellner hatten den Speiseraum verlassen. Dana sah durch einen runden Bogen einen Polizisten vorbeigehen. Später kam dann ihr Ober an den Tisch, um ihnen mitzuteilen, daß Kays Lieblingskellner Miquel Duràn vor etwa einer Stunde bei der Anfahrt von Sóller, wo er zu Hause war, mit seinem weißen Mini Cooper tödlich verunglückt sei.

*

Am nächsten Vormittag verließen Dana und Kay Port de Sóller. Kay steuerte die Aurore weiter Richtung Nordosten die Küste entlang, die immer schroffer wurde. Sie ankerten in der *Cala Tuent* und schwammen einige Male um das Schiff. Dann nahmen sie Kurs auf die berühmte Bucht *Sa Calobra*. Auf dem Weg dahin wurden sie von mehreren Ausflugsbooten überholt, die Touristen von Sóller zur tief ins Land einschneidenden Bucht brachten.

Auf dem Landweg kann man die Cala Sa Calobra recht

abenteuerlich erreichen, nämlich zu Fuß durch die Schlucht des *Torrent de* Pareis. Vier Kilometer geht es über glatte Steine und steile Stufen bergab durch die enge Schlucht. Es führt aber auch eine lange Serpentinenstraße hinunter in diese Bucht. Sie schlängelt sich spektakulär durch das Labyrinth der Felsen.

»Es bleibt mir ein ewiges Rätsel, warum diese völlig unnütze Straße je gebaut wurde«, bemerkte Kay. »Dieser Bauunternehmer muß ein absolutes Genie gewesen sein. Baut mit großem Aufwand etwas völlig Überflüssiges. Das wäre ja nicht einmal mir gelungen.«

»Warum? Hast du mal Straßen gebaut?«

»Straßen? Nein, Straßen habe ich nicht gebaut. Aber in meinem früheren Erwerbsleben habe ich immer nach Leuten gesucht, die frohen Mutes in ungewisse oder sogar auf den ersten Blick unsinnige Projekte viel Geld investieren. Da gibt es also gewisse Parallelen.«

»Unsinnige Projekte? Das ist aber moralisch ganz schön verwerflich.«

»Was ist daran verwerflich? Es steht jedem frei, sein Geld zum Fenster hinauszuwerfen. Daran soll man niemanden hindern. Das hält unsere Wirtschaft in Schwung. Und außerdem wird der Mut oft belohnt.«

»So kann man das auch sehen«, meinte Dana. »Die Straße zur Cala Sa Calobra hat jedenfalls ihre spätere Bestimmung als Touristenzubringer gefunden.«

»Siehst du, genauso läuft's, kaum etwas macht später anderen Leuten so viel Freude wie der größte Blödsinn!«

*

Nachdem sie die Cala Sa Calobra passiert hatten, wurde es unvermittelt einsam. Es waren keine anderen Boote mehr zu sehen. Das steile Ufer schien gänzlich unbewohnt. Nichts

deutete mehr auf menschliche Zivilisation hin. Dana wurde es fast ein wenig unheimlich. Zum ersten Mal empfand sie das monotone Brummen der Schiffsdiesel als beruhigend. Von vorne hob und senkte eine lange Dünung die Aurore. Kay saß auf der Flybridge und las in einem Yachtführer.
Erst sehr viel später, auf Höhe der felsigen Bucht Cala San Vicente, kamen wieder Häuser und Boote in Sicht. In der folgenden Cala Figuera ankerten sie. Dana servierte an Deck einen kleinen Imbiß, der im wesentlichen aus *Serrano*-Schinken bestand. Kay öffnete eine kühle Flasche Weißwein. Am frühen Nachmittag umrundeten sie schließlich das *Cap de Formentor,* das wie ein großer, mächtiger Felsfinger weit hinaus auf das Meer zeigt. Seine schroffen Felsen erreichen eine Höhe von dreihundert Metern. Auf der Nordspitze des Cap de Formentor steht seit 1862 ein Leuchtturm.
Vor ihnen lag die Bucht von Pollença. Nach einer kleinen Insel tat sich rechts die *Cala Pi* de la Posada auf. Im Windschatten der Küste ankerte eine Reihe von Yachten. Am Ufer sahen sie das *Hotel Formentor*. Eine legendäre Nobelherberge, die 1929 von dem Deutsch-Argentinier Adan Diehl eröffnet wurde. Eine Leuchtreklame auf dem Eiffelturm sorgte damals für die nötige Publicity. Schon in den dreißiger Jahren war das Hotel Formentor ein exklusiver Treffpunkt für die Hautevolee.
Als einige Windsurfer an ihrem Boot vorbeirauschten, erzählte Kay vom Dominikanermönch Ramón de Penyafort, der der Legende nach im 13. Jahrhundert auf seiner Kutte von Mallorca ans spanische Festland gesurft sein soll. In Port de Sóller sei dem Urvater aller Stehbrettsegler eine Kapelle gewidmet.
Am Abend, als der Wind über der Bucht von Pollença bereits eingeschlafen war, liefen sie in den Hafen von Port de Pollença ein und legten im Club Nautico an.

20

Während sich die Aurore der Gästemole im Club Nautico von Port de Pollença näherte, wurde sie von einem jungen Mann beobachtet, der schon einige Stunden auf die Yacht gewartet hatte. Pedro Gonzalez war Mitte Zwanzig, großgewachsen und schlaksig. Die langen schwarzen Haare trug der Spanier als Zopf. Über seinem Hawaiihemd baumelte an einer gelben Schnur eine bunte Skibrille. Die einst khakifarbenen Bermudashorts waren von der Sonne gebleicht und ausgefranst. Pedro Gonzalez sah, wie ein Marinero der Motoryacht einen Liegeplatz zuwies. Hinter der Aurore schäumte das Wasser kurz auf, das Heck drehte sich langsam nach Backbord. Oben auf der Flybridge stand ein Mann, der mit den Motoren die Yacht ausrichtete und rückwärts in die Lücke manövrierte. Am Heck wartete eine blonde, braungebrannte Frau in einem weißen Bikini darauf, die erste der beiden Festmacherleinen dem Marinero zuzuwerfen. Pedro Gonzalez lief barfuß zum Marinero, um beim Anlegen zu helfen. Es konnte ja nicht schaden, einen etwas näheren Eindruck zu bekommen. Cara a cara, von Angesicht zu Angesicht. Noch drei Meter, zwei Meter – die junge Frau warf die Leine dem Marinero zu, der sie sofort an einem Poller belegte. Pedro gab ihr ein Zeichen, schon kam die zweite Leine geflogen, er fing sie auf und machte sie fest. Pedro ließ einen bewundernden Blick über den geschmeidigen Körper der Frau gleiten. Als sich ihre Augen trafen, spürte Pedro, daß die junge Frau genau wußte, was sich in seiner Phantasie abspielte. Ein leichtes Lächeln umspielte ihre Lippen, dann nahm sie ein T-Shirt und zog es sich über.

Una aguafiestas, dachte Pedro, eine Spielverderberin. Erst das südländische Feuer im Manne wecken und dann kalt

lächelnd Wasser in die Glut schütten. Er sah nach oben auf die Flybridge. Da stand der Mann, wegen dessen er eigentlich hier war. Sein gefälschter Paß lautete auf den Namen Kay Kaufmann – soviel wußte Pedro. Der Mann, auf den Pedro von La Organización angesetzt war, nahm noch einen Schluck aus einer Dose Cerveza, dann kam er die Leiter herunter und warf einen kurzen Blick zu Pedro. Pedro Gonzalez grinste, deutete mit zwei Fingern an seiner Stirn einen Gruß an und zog sich zurück – nicht ohne der Frau einen letzten Machoblick zuzuwerfen. Es war nicht sinnvoll, allzuviel Aufmerksamkeit zu wecken, nicht nötig, in der Erinnerung der beiden haften zu bleiben. Pedro wollte nur für einen kurzen Moment einen unmittelbaren Kontakt zu jenen Menschen haben, denen er die nächsten Tage seine ganze Zeit widmen würde. Vierundzwanzig Stunden, Tag und Nacht. Er tat sich immer leichter, wenn er seine Observierungsobjekte einmal ohne technische Mätzchen in Augenschein genommen hatte.
Pedro Gonzalez setzte sich am Ende der Mole auf seinen Campingstuhl. Er öffnete eine Plastikdose und betrachtete genußvoll die Köder: Würmer, Maden, etwas alter Käse, ein Stück Sobrassada. Pedro brach etwas von der Schweinswurst ab, durchbohrte den Köder mit dem Haken und warf ihn mit einem ruhigen Schwung seiner Angelrute ins Meer. Dann beobachtete er die Pose, wie sie vor ihm langsam auf dem Wasser trieb. Pedro wartete geduldig auf ein Zupfen, ein Tanzen des Schwimmers, darauf, daß er sich flach aufs Wasser legte oder abtauchte – alles Zeichen dafür, daß sich ein Fisch am Köder zu schaffen machte. Pedro liebte die Untätigkeit, die mit dem Beobachten von Zielobjekten verbunden war. Und dabei machte er kaum Unterschiede zwischen Fischen und Menschen. In beiden Fällen bedurfte es innerer Ruhe und Ausgeglichenheit. Auch nach langer Zeit des Wartens bekam er keinen unruhigen Hintern. Mit

stoischer Gelassenheit pflegte er auf der Lauer zu liegen. Scheinbar völlig phlegmatisch und doch im entscheidenden Augenblick hellwach und aufs äußerste konzentriert. Wenn es darauf ankommt, muß der Haken sitzen, das Timing stimmen, beim folgenden Drill ist Gefühl, Erfahrung angesagt. Beginnt der Fisch mit seiner Gegenwehr, besteht die Kunst im ausgewogenen Nachgeben und Einholen. Meist ist der Widerstand, vor allem bei kleineren Fischen, rasch gebrochen. Die Beute läßt sich ans Ufer ziehen und abhaken.

Pedro war erst vor einigen Stunden mit der Fähre auf Mallorca eingetroffen. Sein technisches Equipment war in einem Campingbus untergebracht, der weiter vorne auf dem Parkplatz stand. Aus den Augenwinkeln beobachtete Pedro die Aurore. Es wurde langsam dunkel, da sah er, wie Kay Kaufmann, an der Gangway stehend, seiner hübschen Señorita an Land helfen wollte. Diese kletterte jedoch auf die Reling, balancierte lachend auf ihr entlang und sprang dann von dort mit einem großen Satz an Land. ¡Cielos, qué temperamento! Pedro sah, wie ihr Kay Kaufmann kopfschüttelnd über die Gangway folgte, diese hochzog, dann die Señorita unterhakte und mit ihr die Mole landeinwärts spazierte.

Bedächtig packte Pedro sein Angelzeug ein, klappte den Campingstuhl zusammen und steckte das Fernglas, mit dem er die Aurore schon von ferne beobachtet hatte, in eine gelbe Umhängetasche aus Leinen. Pedro pfiff leise ein Liedchen vor sich hin und bummelte in großem Abstand Kay und Dana hinterher. Nach dem Club Nautico kam das »Restaurante del Pescado« *La Lonja*. Sowohl im ersten Stock als auch unten im Freien saßen die Gäste dichtgedrängt. Kay und Dana blieben kurz stehen, um dann nach links weiterzugehen. Pedro folgte ihnen bis zum Restaurant *Stay*, wo sie sich an einen Tisch direkt am Wasser setzten. Pedro nickte zufrieden, lief dann zurück zu seinem bunt bemalten Campingbus und verstaute die Angelsachen. Aus einer Schublade nahm er einen zylindrischen Körper, der etwa die Größe einer Bierdose hatte und von dickem, schwarzem Gummi ummantelt war. Er setzte frische Batterien ein und schob einen kleinen Schalter im Gerät auf »on«. Zusammen mit einer Rolle Klebeband und einer Taschenlampe steckte er den Zylinder in seine Leinentasche. Nach kurzem Zögern schob er sich noch eine Pistole unter dem Hawaiihemd in seinen Hosenbund. Man konnte nicht vorsichtig genug sein. Pedro schlenderte wieder vor zur Mole. Die festgemachten Boote schienen durchweg verlassen, ihre Crews waren offenbar alle an Land beim Abendessen. Als Pedro die Aurore erreicht hatte, schaute er sich noch einmal kurz um. Kein Mensch zu sehen. Er nahm seine Leinentasche fest in die Arme und sprang von der Mole auf die Badeplattform der Yacht. Dort kauerte er sich kurz zusammen, dann kletterte er über die Reling und machte sich an Deck zu schaffen. Pedro prüfte die Türen, Luken und Fenster zur Kajüte. Alles ordentlich verschlossen oder von innen verriegelt. Zunächst suchte er oben auf der Flybridge nach einem geeigneten Versteck. Aber die Stauräume unter den Sitzbänken schienen ihm wenig geeignet, hier wäre der Zylinder vor einer baldigen Entdeckung nicht sicher. Wieder unten auf dem Achterdeck, entriegelte Pedro eine der beiden großen Klappen aus Teakholz, unter denen sich ein geräumiger Staukasten befand. Mit seiner Taschenlampe leuchtete er kurz hinein. Das Übliche: Plastikeimer, ein Klappfahrrad, alte Fender, ein weiterer Außenbordmotor für das Beiboot, zwei verschlissene Cockpitkissen, eine Abdeckplane ... Pedro schloß den Deckel wieder und lief geduckt vor zum Bug der Yacht. Während er sich hier genauer umsah, hörte er plötzlich ein Geräusch. Die Gangway wurde heruntergelassen. ¡Vaya, hombre! So ein Scheiß. Kay Kaufmann kam wieder an Bord, er hatte wohl irgend etwas vergessen. Pedro duckte sich am Bugkorb neben der Winsch für die Ankerkette. Unter Deck gingen die Lichter an. Er sah durch ein Kajütfenster, wie Kay aus dem eingebauten Safe neben dem Führerstand ein Bündel Geld nahm, es in die Hosentasche stopfte und dann wieder das Licht ausmachte. Pedro fiel eine große Klappe aus Teakholz auf, die direkt vor ihm in einen weiteren Staukasten führte. Leise entriegelte er den Deckel und hob ihn leicht an. Er warf einen Blick ans Heck der Yacht. Kay Kaufmann, oder wie der Mann in Wirklichkeit auch immer hieß, war offenbar schon wieder von Bord gegangen. Er hörte nur das leise Gluckern des Hafenwassers am Rumpf der Yacht. Pedro leuchtete für wenige Sekunden in den Stauraum, der relativ schmal war und tief nach unten führte. Neben einigen Fendern steckte eine zusammengerollte Persenning in dem Kasten, weiter unten gab es ein unübersichtliches Durcheinander von Kleinteilen: eine verrostete Zange, diverse Dosen, ein alter, kleiner Klappanker, ein zerbrochener Trichter. In dem schachtähnlichen Stauraum konnte man diese Teile von oben kaum erreichen. Da müßte sich schon jemand kopfüber reinquetschen – eine Mühe, für die nicht viel sprach. Pedro betrachtete den schwarzen, zylindrischen Apparat in seiner Hand. Dann hob er ihn an seinen Mund und drückte einen Kuß auf den Gummi. Hasta luego. Mit einem dumpfen Geräusch landete der Zylinder tief unten im Kasten irgendwo zwischen dem Gerümpel. Bueno, das war zwar kein optimaler Platz, aber mit etwas Glück blieb sein Gerät unentdeckt. Pedro hatte den Teakdeckel wieder geschlossen und wollte sich gerade aufrichten, da hörte er hinter sich ein leises Schnalzen. Seine Schulterblätter verspannten sich, und er spürte ein unangenehmes Kribbeln in der

Magengegend. Ganz langsam schob er seine rechte Hand unter das Hawaiihemd. Erst als er die Pistole fest im Griff hatte, drehte er sich auf den Absätzen um. Keine drei Meter entfernt stand Kay Kaufmann an Deck neben der Reling.
»Sieh an, ein ungebetener Gast auf meinem Schiff. Was soll das werden? Ein kleiner Einbruch? Das ist aber nicht sehr freundlich!«
Pedro konnte gut genug Deutsch, um Kay zu verstehen. Das leidliche Beherrschen einiger Fremdsprachen gehörte immerhin zu seinem Job. Aber das mußte dieser Señor Kaufmann ja nicht wissen.
»No comprendo.« Pedro richtete sich langsam aus der Hocke auf. Von Kay Kaufmann war nur eine dunkle Silhouette zu sehen. Kaum anzunehmen, daß der Señor von ihm sehr viel mehr als einen Schatten erkennen konnte. Dabei sollte es nach Möglichkeit auch bleiben. Pedro hob seine Hand mit der Pistole: »Tranquilo, amigo, es una pistola, comprende. Manos arriba, apártate, échate a un lado.«
Kay Kaufmann hob die Hände. »Ist ja in Ordnung. Die Kanone in deiner Hand versteh' ich in jeder Sprache. Aber paß auf, gleich kommt der peitschende Zweig, und dann fängst du dir ein paar heiße Ohren ein.«
Pedro war bereits dicht neben Kay und wollte an ihm vorbei zum Heck gehen. Während er seine Pistole auf Kays Kopf richtete, überlegte er, was der peitschende Zweig und ein paar heiße Ohren zu bedeuten hatten. Die folgende Bewegung von Kay lief so schnell ab, daß Pedro keine Zeit zum Reagieren blieb. Kam hinzu, daß er in La Organización kein Mann fürs Grobe war, seine Fähigkeiten lagen auf einem anderen Gebiet.
Der »peitschende Zweig« war eine Spezialität von Kay, bei der die Arme hochschnellen wie bei einem nach unten gebogenen Ast, der plötzlich losgelassen wird. Pedro regi-

strierte mit einem schmerzverzerrten Gesicht, daß ihm die Pistole bereits abhanden gekommen war. Als er seine Hände schützend vors Gesicht heben wollte, knallte es gleichzeitig von rechts und von links auf seine Ohren. Es war, als ob in seinem Kopf eine kleine Explosion stattfände. Und trotz des Dröhnens unter seiner Schädeldecke verstand er plötzlich, was es mit den heißen Ohren auf sich hatte. Er mußte dringend seine Fremdsprachenkenntnisse vertiefen.

Wie aus weiter Ferne hörte er: »Eine kleine Abkühlung gefällig?« Dann segelte Pedro durch die Luft. Ihm fiel der schwarze Zylinder im Staukasten ein. Im Fallen mußte er lachen. Ich wollte dir nichts klauen, Amigo. Al contrario, ich habe dir etwas geschenkt!

Mit dem Rücken voran schlug Pedro auf dem Wasser auf. Er tauchte kurz unter und kam dann prustend wieder an die Oberfläche. Abgesehen von seinen plötzlichen Kopfschmerzen war er mit seiner Situation gar nicht so unzufrieden. Der Zylinder war verstaut, bien. Der Señor hielt ihn für einen Ladrón, einen Einbrecher, muy bien. Die Pistole war weg, menos bien. Aber am wichtigsten: Die Nacht über der Bucht von Pollença war dunkel, sehr dunkel. Kay Kaufmann konnte von ihm nicht viel gesehen haben. Keinesfalls würde er ihn wiedererkennen. Pedro begann zu kraulen. Weg vom Boot und weg von der Mole. Nach einer Weile drehte er sich um und ließ sich treiben. Er sah die Umrisse der Yacht, die schon ein gutes Stück entfernt war. An der Reling stand der Mann, der ihn ins Wasser befördert hatte. Ob La Organización wußte, daß Kay Kaufmann un tipo peligroso war, ein gefährlicher Kerl? Da hätte man ihn doch vielleicht vorwarnen können. Würde Kaufmann die Polizei verständigen? Mit einem gefälschten Paß wohl kaum! Da konnte er sicher sein. No me preocupo. Kein Grund zur Sorge. Es lief alles nach Plan.

Mit langsamen Zügen begann Pedro wieder zu schwimmen, zwischen den ankernden Yachten hinüber auf die andere Seite der Bucht, die still und friedlich dalag wie ein oberitalienischer See.

21

Sam wohnte auf Mallorca im Hotel *Son Vida* einige Kilometer außerhalb von Palma. Als Top-Mann der Detektei Lummer brauchte Sam keine Rücksicht auf Spesensätze zu nehmen. Seine goldene Kreditkarte war der Einfachheit halber direkt auf die Firma ausgestellt. Eigentlich war Sam auf solche Luxushotels überhaupt nicht scharf. Er mischte sich lieber unters breite Volk. Aber für seine Arbeit waren gut funktionierende Hotels sehr nützlich. Da konnten Nachrichten hinterlegt werden, da gab es diverse technische Einrichtungen. Und falls er irgendwelche Adressen brauchte, half man ihm an der Rezeption. Noch am Abend hatte Sam eine Nachricht nach Frankfurt geschickt.

E-Mail von Sam Späth an Heinz Lummer

Gratuliere, du hast freiwillig in deiner Mailbox nachgeschaut. Du machst Fortschritte. Hier dein gehorsamster Diener mit dem Bericht zur Lage der Nation. Mein Kellner Miquel vom Restaurant Olivo hat sich noch nicht gemeldet, da ist unser Sportsfreund also nicht wieder aufgetaucht. Die Suche nach seinem Haus breche ich ab. Die Insel hat mehr Fincas und Makler, als du dir vorstellen kannst. Ist eine Suche nach der Stecknadel im Heuhaufen. Das bringt nichts. Er kann das Haus unter einem falschen Namen gekauft haben, er

kann's gemietet haben, vielleicht gehört's einem Freund? Aussichtslos.
Verfolge jetzt eine andere Spur. Dr. Felix Reiter war ein leidenschaftlicher Golfer. Du hast mir selber erzählt, daß das ein Virus ist, der einen nicht mehr losläßt. Auf der Insel gibt's ein Dutzend Golfclubs. Ich werde sie mit dem Bild in der Hand abklappern. Wir kriegen ihn.
Good bye

Sam

Beim Frühstück am nächsten Morgen genoß Sam, der unter der harten Schale ein romantisches Herz verbarg, den wunderbaren Blick vom Son Vida hinunter auf die Stadt Palma. Sam fiel wieder der Rotschopf aus Arenal ein. Mit ihr hatte er noch eine vergnügliche Zeit verbracht. Aber je später der Abend, desto mehr war sie ihm auf den Wecker gegangen. Er hatte es schließlich vorgezogen, sich abzusetzen. Sam kniff die Augen zusammen. Rechterhand sah er die Morgensonne, wie sie sich in der Bucht von Palma spiegelte. Ein großes weißes Kreuzfahrtschiff hatte gerade die Anker gelichtet und lief hinaus aufs offene Meer.
Sam Späth hatte einige Jahre in Amerika verbracht und in San Francisco für ein Detektivbüro gearbeitet. Sam wußte natürlich nicht, daß sein geliebtes San Francisco einst von einem Mallorquiner gegründet worden war. Es wäre ihm auch egal gewesen. Mit Geschichte konnte Sam nichts anfangen. Die Gegenwart hielt genug Überraschungen bereit.
1713 wurde auf Mallorca, im kleinen Städtchen Petrá, der spätere Franziskanerpater Junípero *Serra* geboren. Den Pater zog es unaufhaltsam in die weite Ferne. Über Mexiko gelangte der Franziskaner schließlich nach Kalifornien. Dort wurde er als Indianermissionar zur Berühmtheit. Während ihn die Kirche schätzte und er vom Papst später

seliggesprochen wurde, verteufeln ihn die Apachen und Navajos noch heute. Er habe ihre Vorfahren mit Gewalt zum Christentum bekehren wollen, sagen sie. Jedenfalls gründete Serra in Kalifornien nicht weniger als einundzwanzig Missionen: San Diego, San Antonio – eine nannte er San Francisco!

Im Schatten von Serra stand Lluis Jaume Vallespir aus dem kleinen Ort Sant Joan, nicht weit von Petrá entfernt. Auch Vallespir war Franziskanermönch und begleitete Serra auf seiner Missionarsreise. Aber man muß schon bis nach Sant Joan fahren, um vom Franziskaner Lluis Jaume Vallespir eine Statue zu finden. Während der steinerne Junípero Serra inmitten von Palma vor der Kirche San Francisco steht. Die rechte Hand mit dem Kreuz beschwörend nach oben gehoben, die linke auf einem lendengeschürzten Indianer ruhend.

Sam blätterte im deutschsprachigen »Mallorca Magazin«. Er stolperte über einen Artikel, in dem es hieß: »Flüchtlinge aus Deutschland verstecken sich im Millionenheer der Urlauber oder in der Einsamkeit des Inselinnern. Sie flüchten vor Staatsanwalt, Finanzamt oder Ehefrau ...«

Sam köpfte mit einem energischen Messerhieb sein Frühstücksei.

»Aha, mein Freund, dann war das von dir gar nicht so einfallsreich, wie ich dachte.«

Am Nebentisch drehte sich eine ältere Dame um und fragte pikiert: »Führen Sie Selbstgespräche?«

Sam schaute auf. »Natürlich führe ich Selbstgespräche. Jedenfalls rede ich nicht mit Ihnen. Wenn es Sie stört, können Sie ja gehen.«

Die Dame wandte sich entrüstet ab.

Sam las weiter. »Man kann auf dieser Insel herrlich anonym leben, insbesondere dann, wenn man nicht den eigenen Namen verwendet.«

»Das wollen wir doch mal sehen«, sagte Sam mit lauter Stimme. »Mit der Herrlichkeit wird es bald vorbei sein.« Und mit einem Blick auf den steifen Rücken der Dame: »Wenn er seinen nächsten Furz läßt, kriege ich ihn am Arsch!«

Sam grinste vergnügt.

Nach dem Frühstück stieg er in seinen Opel Corsa, mit dem er auf Mallorca herumkutschierte. Sam fing mit seiner Recherche in Sachen *Golf* an. Am Telefon kam er hier nicht weiter, soviel hatte er schon gestern herausgefunden. Den ersten Golfplatz auf seiner Liste hätte er auch zu Fuß erreichen können. Er lag direkt zu Füßen seines Hotels und war nach seiner Golfbroschüre, die er sich gekauft hatte, der älteste Mallorcas: Son Vida Golf. Sam fuhr die Straße hinunter, am siebten Fairway entlang, und parkte vor dem Clubhaus direkt hinter dem Schild *Arabella Golf Hotel*. Er suchte den Clubmanager, der ihm nach anfänglichem Zögern auch weiterhalf. Ein Kay Kaufmann war allerdings nicht unter den Mitgliedern des Clubs und auch sonst unbekannt. Sam Späth zeigte dem Clubmanager das Foto mit Kay Kaufmann bzw. Dr. Felix Reiter. Noch nie gesehen. An der Rezeption gab es ein dickes Buch, in dem sich alle Greenfee-Spieler eintragen mußten. Er blätterte die letzten Monate durch und fuhr mit dem Zeigefinger an den Namen der Spieler entlang. Fehlanzeige.

Sam stieg in sein Auto und nahm die Landkarte von Mallorca zur Hand, auf der er alle Golfplätze der Insel markiert hatte. Das nächste Ziel hieß Real Golf Bendinat und lag an der Landstraße von Palma zum Nobelhafen Porto Portals. Sam startete den Motor und fuhr zunächst Richtung Palma. Er kam zu einem Kreisverkehr, wo er dem Schild Génova folgte und rechts abbog. Die kleine Straße lief ein Stück parallel zur Via de Cintura, der gut ausgebauten Umgehungsstraße von Palma. Nach San Augustin, wo es ganz in der Nähe zum Restaurant *Samantha's* gegangen wäre, kam er an einigen parkenden Reisebussen vorbei ans Meer. Jetzt ging es rechts und bald gelangte er zur Tankstelle, nach der es zum Golfclub von Bendinat abging. Er hatte ein längeres Gespräch mit dem Caddymaster. Aber ein Kay Kaufmann war auch hier völlig unbekannt. Den Mann auf dem Foto hatte er noch nie gesehen. Sam stieg wieder in sein Auto und machte auf seiner Liste hinter Bendinat einen Haken.

Weiter ging es nach Poniente. Sam überholte mehrere Mountainbiker, die sich den Hügel hinaufquälten. In Magalluf wunderte er sich über die vielen englischsprachigen Schilder: Fish & Chips, Snacks, Breakfast, Cocktail Bar. Als er dann die Passanten genauer beobachtete, wurde ihm klar: Magalluf war fest in englischer Hand. Wohl so etwas Ähnliches wie Arenal für die Deutschen. Jedenfalls wußte Sam nicht mehr weiter. Er hielt bei einem Taxi und fragte nach dem Weg nach Poniente. Am Aquapark mit den großen Wasserrutschen müsse er vorbei und dann Richtung Portals Vells. Das sollte ja zu finden sein. Kurz darauf parkte Sam vor dem roten Clubhaus. Sein Aufenthalt war nur kurz. Wieder ein Haken auf seiner Liste und kein Erfolg.

Sam schob sich einen Kaugummi in den Mund. Er fuhr an einem alten Flugzeug vorbei Richtung Santa Ponça. Sam warf einen kurzen Blick auf das Schild »Urbanización Nova Santa Ponça«. Um ihn herum eine Vielzahl aufwendiger Villen und Apartmenthäuser. Sam schüttelte den Kopf. Das bestätigte einmal mehr seine Erkenntnis: Auf der Immobilienschiene war Felix Reiter kaum zu finden. Da gab es auf dieser Insel einfach zu viele Objekte und Urbanisationen. Lebensgewohnheiten und Hobbys waren entschieden besser geeignet. Vielleicht ging Felix Reiter wieder einmal ins El Olivo zum Essen? Das wär's dann schon. Oder eben die

Golfplätze. Falls Felix Reiter einen Lieblingsplatz hatte, auf dem er immer wieder seine Runden drehte, dann würde er ihn erwischen. Garantiert.
Aber auch auf den beiden Golfplätzen in Santa Ponça hatte Sam Späth kein Glück. Er parkte vor einem kleinen Café und bestellte einen Carajillo, Espresso mit Kognak. Dabei konnte er nur mit Mühe seine Augen von dem knapp sitzenden Oberteil der Bedienung lösen. Auch sonst war die Mallorquinerin Joana-Aina eine Augenweide. Lange Beine, dunkler Teint, schwarze, glatt nach hinten gekämmte Haare und braune Augen, die Sam herausfordernd musterten. Um neunzehn Uhr hatte Joana-Aina Feierabend. Sam versprach, sich zu beeilen.

*

Mit quietschenden Reifen fuhr Sam vom Parkplatz. Das nächste Ziel lag ganz im Norden der Insel, der Golfclub Pollença. An der Kreuzung mit der großen Windmühle, wo es geradeaus nach *Calvià* geht, bog er rechts nach Palma ab, um dann über Inca quer durch die Insel zu fahren.
Joana-Aina hatte gemeint, daß es landschaftlich sehr viel schöner wäre, durch die Serra de Tramuntana zu fahren, über Sóller, dann am Stausee *Gorg Blau* vorbei zum Kloster *Lluc* und von dort hinunter nach Pollença. Aber für solche touristischen Mätzchen hatte Sam weder Zeit noch Lust. Er hatte das Seitenfenster heruntergedreht und gab auf der gut ausgebauten Straße kräftig Gas.
Nach Inca fuhr Sam an einer Finca vorbei, vor der ein großes Schild mit *Agroturismo* stand. »Hier müssen sich die Touristen ihre Übernachtung wahrscheinlich mit Feldarbeit verdienen«, juxte Sam vor sich hin. »Echt cool.«
Ihm fielen immer wieder Ortsschilder auf, deren Namen durchgestrichen und korrigiert waren. Sam schüttelte den

Kopf. »Wissen wohl selber nicht, wie ihre Orte geschrieben werden. Alles Analphabeten.«

Dabei hat das Verwirrspiel einen sprachkulturellen Hintergrund. Auf Mallorca wird Katalanisch oder *Mallorquí* gesprochen, wobei das Mallorquí eine Variante des Katalanischen (Catalán) ist. Aber lange Zeit war die offizielle Amtssprache auf Mallorca, was den Bewohnern wenig gefiel, den Machtverhältnissen in Spanien entsprechend Kastilisch (Castellano). Wenn man in Deutschland von der spanischen Sprache spricht, ist denn auch Kastilisch gemeint. Das Diktat der kastilischen Sprache galt erst recht zur Zeit der Franco-Diktatur. In diesen Jahren wurde Katalanisch zur Sprache der Opposition. Seit 1983 sind die spanischen Regionen kulturell autonom. Und auf den Balearen gelten jetzt sowohl das Kastilische als auch das Katalanische als gleichberechtigte Amtssprachen. Die übermalten Ortsschilder sind das Ergebnis dieses Sprachenstreits. So werden kastilische Schreibweisen katalanisch oder mallorquinisch ausgebessert.

Allzu massiv sind die Veränderungen aber nicht, und so fand Sam ohne Schwierigkeiten zum Golfplatz von Pollença. Allerdings blieb auch dort seine Recherche ergebnislos. Gleiches Spiel in Capdepera Roca Viva. Wenigstens schmeckten auf der Clubterrasse die Spaghetti mit Gambas. Und zwei Gläser Cerveza halfen über die berufsbedingten Enttäuschungen im Leben eines Privatdetektivs hinweg. Wobei seine Gedanken immer häufiger zu braunen Augen und einem knapp sitzenden weißen Body abschweiften.

Bei seiner Fahrt zum nächsten Golfclub in Canyamel kam Sam erneut durch *Artà*. Über dem Städtchen thront die gotische Wehrkirche Transfiguració del Senyor. Von dort führt ein steiler, von Zypressen und Steinkreuzen gesäumter Stufenweg auf den Kalvarienberg zur zinnenbewehrten Burg und der Wallfahrtskirche Sant Salvador.

Sam fuhr an einem Hinweisschild vorbei, auf dem Ses Païsses stand. Dort wäre es zu einer *Talayot*-Siedlung gegangen, die idyllisch in einem kleinen Steineichenwald versteckt liegt. Schon der unermüdliche Erzherzog Ludwig Salvator hatte diesen Talayots in seinem neunbändigen Monumentalwerk »Die Balearen« ein Kapitel gewidmet. Dort heißt es: »Von großem Interesse sind die Grabmäler, Talayots oder ›Clapers de gegants‹, wie sie auf Mallorca genannt werden und wie man sie in der Umgebung von Artà findet.« »Clapers de gegants« steht auf katalanisch für »Steingelände der Riesen«. Und tatsächlich sehen die Überreste der Talayot-Siedlung Ses Païsses aus, als wären sie einst von Riesen errichtet worden. Die Art, wie die mächtigen Steinquader ohne Mörtel zusammengeschichtet sind, heißt nicht von ungefähr Zyklopentechnik – nach den Riesen der griechischen Mythologie. Im ganzen Mittelmeerraum gibt es Überreste dieser Zyklopenbauten, die aus dem ersten und zweiten Jahrtausend vor Christi stammen. Die Ursprünge der Talayot-Kultur liegen wahrscheinlich auf Malta, Sardinien und Korsika. Von dort ist diese geheimnisvolle Kultur schließlich auch nach Menorca und Mallorca gekommen. Charakteristisch sind die Überreste von Türmen, von viereckigen und runden Kammern sowie klobige Mauern zur Einfriedung der Talayots. Ob es sich dabei um Wohnstätten handelte, um Verteidigungsanlagen oder um Gräber, liegt weitgehend im dunkeln. Auf Menorca finden sich noch einige der rätselhaftesten Bauten der Talayot-Kultur: die Taulas. In vier bis sechs Meter Höhe ist auf einem mächtigen Felsklotz eine große, tonnenschwere Steinplatte wie bei einem Tisch (Taula) horizontal aufgelegt. Ganz ähnliche Taulas finden sich auch auf Malta – und hier wie dort weiß man nichts über ihre Bestimmung. Ob es sich um eine Art Thron, um gigantische Opfertische oder um astronomische Objekte handelte, wird wohl immer ungeklärt bleiben.

Sam fuhr an *Capdepera* vorbei, einem altertümlichen Städtchen, das von einer mächtigen Burganlage beherrscht wird. Die ursprünglich arabische Festung hatte den Angriffen König Jaumes I. am längsten auf Mallorca standgehalten. Zur Burganlage gehört die Kapelle Sant Pere. Dort wird die Madonnenstatue Esperança verehrt. Von ihr handelt ein altes mallorquinisches Märchen. Einst planten die Mauren einen Überfall auf Capdepera. Die Seeräuber landeten in großer Zahl bei *Cala Rajada*. Die Einwohner von Capdepera flüchteten voller Angst in die Burg und flehten die Madonna um Hilfe an. Das mallorquinische Märchen erzählt von einer großen Nebelwolke, die sich daraufhin von der Burg zum Meer hin ausbreitete. Die Seeräuber verirrten sich im dichten Nebel und fanden nur noch mit Mühe zu ihren Schiffen zurück. Unverrichteterdinge legten sie wieder ab. Die mallorquinischen Märchen, sie werden *Rondalles* genannt, erzählen viel von Seeräubern und von den Streifzügen der Mauren. Über Jahrhunderte wurden diese Märchen nur mündlich überliefert. Erstmals veröffentlicht wurden sie vom Erzherzog Ludwig Salvator. Der Arxiduc war dem Priester Antoni Maria Alcover aus Manacor zuvorgekommen, der die Rondalles schon vorher gesammelt und niedergeschrieben hatte, aber erst ein Jahr später als Buch herausbrachte.

Sam kam zum Golfclub Canyamel, wo er genauso erfolglos blieb wie bei den nächsten Golfclubs, Son Servera und Pula. Er genehmigte sich im Restaurant *S'Era de Pula* einen Hierbas, dann folgte er den Schildern nach *Portocristo*. Bei der Halbinsel Punta de n'Amer machte er einen kleinen Abstecher ans Meer und setzte sich auf einen Felsen, um eine Zigarette zu rauchen. Vor ihm lag das türkisfarbene Meer. Links die Häuser von Cala Millor. Hinten die grüne Costa de los Pinos. Im Wasser kamen eine grüne und eine gelbe Boje auf ihn zu. Sam schaute genauer hin. Die Bojen

wurden offenbar von Tauchern gezogen. Als diese schließlich ein Stück weiter recht unbeholfen an Land watschelten, mußte Sam schmunzeln. »Sehen in ihren Taucheranzügen aus wie dressierte Seehunde!«
Sam nahm einen tiefen Zug und blies den Rauch durch die Nasenlöcher. Sein Blick fiel auf eine weiße Motoryacht, die in geringem Abstand am Kap vorbeifuhr. Deutlich sah er vorne auf dem Deck eine Frau in der Sonne liegen. Auf dem Rücken und splitterfasernackt. Das Leben ist ungerecht, dachte sich Sam. Was bei ihm selten genug vorkam: Er beneidete den Mann auf dieser Yacht, den er als Schatten unter dem blauen Sonnensegel am Steuerstand sehen konnte. Das wär's jetzt: Mit Joana-Aina aus Santa Ponça auf diesem Kahn um die Insel fahren. Nicht auszudenken, wie Joana-Aina ohne ihr Oberteil aussah.
Sam stieg wieder in seinen Opel Corsa und schickte der Yacht und seinen Träumen einen Gruß hinterher. Er war sich bereits so gut wie sicher, daß das systematische Abklappern der Golfclubs ohne Ergebnis bleiben würde. Tatsächlich fand sich auch auf der vorletzten Station seiner Tour, Vall d'Or, im Buch der Greenfee-Spieler kein Kay Kaufmann. Dieser verdammte Hundesohn hatte das Golfspielen offenbar aufgegeben. Dabei wäre dies wider die Natur eines jeden Golfers, hatte man ihm versichert.
Sam musterte die aufwendigen Häuser am Hang oberhalb des Golfplatzes. Vielleicht lag Felix Reiter dort an einem Pool, ließ es sich mit einer Carmen gutgehen und lachte über seine hilflosen Verfolger. Schon wieder ertappte sich Sam bei einem Anflug von Sozialneid und Selbstmitleid. Dabei gab es dafür gar keinen Grund. Er hatte Witterung aufgenommen. Er würde ihn finden. Nur keine Panik.
Sam stieg wieder in sein Auto und fuhr die Straße hinunter, die den alten und neuen Teil des Golfplatzes voneinander trennt. Er zuckte zusammen, als auf seinem Dach ein

Golfball einschlug. Im ersten Moment dachte er, man hätte auf ihn geschossen. Dann sah er, wie der Golfball vor ihm auf der Straße aufsprang, um mit einem weiteren großen Satz auf Nimmerwiedersehen im Gestrüpp zu verschwinden. Sam grinste: »Sind ja richtig gefährlich, diese Golfer. Dabei sehen sie so harmlos aus.«
Wenige Minuten später kam er in dem Ort Calonge am Restaurant *Bona Taula* vorbei. In Alquería Blanca sah er das ovale Schild des *Es Clos*. Er folgte der Straße nach *Santanyí*. Vor ihm tauchte die alles überragende Pfarrkirche Sant Andreu Apòstel auf. Kurz vor dem hohen, weißen Mühlenturm des Restaurants *Es Moli* bog er rechts Richtung Campos und Palma ab. Hinter Llucmajor kam die Abzweigung zum letzten Golfplatz auf seiner Liste: Son Antem. Er fuhr an der großen Driving-Range vorbei und parkte vor dem Clubhaus. Wie nicht anders zu erwarten: erneut Fehlanzeige. Das war's dann gewesen. Alle Clubs abgehakt. Er schaute auf die Uhr: siebzehn Uhr. Es blieb ihm noch genug Zeit, um im Hotel vorbeizufahren, sich zu duschen und in frische Klamotten zu werfen. Und dann würde er Joana-Aina abholen. Sam fuhr sich mit dem Handrücken über die Wangen. Ob er sich vielleicht noch rasieren sollte?
Im Hotel Son Vida angekommen, rief er zunächst Heinz Lummer in Frankfurt an.
»Hallo, Heinz, hier ist Sam.«
»Zeit wird's«, beschwerte sich Heinz Lummer mit scharfer Stimme.
»Gratuliere, du bist wie immer gut aufgelegt. Du verstehst es wirklich, deine Leute zu motivieren«, konterte Sam. »Sag mal, könnte es sein, daß du von deinem Rumhocken vor dem Schreibtisch Hämorrhoiden bekommen hast? Das wäre wenigstens eine Erklärung für deine chronisch gute Laune.«

»Jetzt mach mal halblang. Ich bin doch die Freundlichkeit in Person. Und zu dir bin ich geradezu herzlich.«
»Das wird sich gleich ändern.« Sam kicherte.
»Warum? Verdammt noch mal, was ist passiert?«
»Nichts ist passiert. Das ist ja gerade das Problem. Unser Freund ist auf den Golfplätzen dieser Insel unbekannt.«
»Mist.«
»Was gibt's Neues in Frankfurt?«
»Nichts, was soll's hier schon geben außer schlechtem Wetter«, brummelte Lummer. »Wie sieht dein Programm für morgen aus?«
»Ich denke, ich werde die Topkneipen der Insel abklappern und mit meinem Foto hausieren gehen. Wer ins El Olivo zum Essen geht, der steht vielleicht auch sonst auf Gourmetschuppen.«
»Soll ich dir wirklich keine Kollegen zur Unterstützung runterschicken? Das dauert mir alles zu lange. Wir dürfen nicht zu viel Zeit verlieren. Daß uns der Bursche keinesfalls ausbüxt.«
»Nein, Heinz, ich mach' das lieber alleine. Und keine Sorge, er entkommt uns nicht. Du wirst sehen, er hat es sich auf dieser Insel gemütlich eingerichtet. Fragt sich nur, wo. Aber ich bin nicht blöd. Am Flughafen habe ich ein kleines Arrangement getroffen: Gegen eine diskrete Zahlung aus deinem Budget für außerordentliche Aufwendungen wird dort der zentrale Buchungscomputer für mich kontrolliert. Sobald der Name unseres Freundes auftaucht, werde ich sofort verständigt. Bei den Fähren, die von Palma abgehen, habe ich die gleiche Sicherung eingebaut.«
»Hast du dafür auch etwas bezahlen müssen?« wollte Lummer wissen.
»Klar doch. Irgendeiner muß ja dein Geld unters Volk bringen.«
»Das mache ich am liebsten selbst.«

»Glaube ich dir aufs Wort. Aber so ist das Leben. Jedenfalls habe ich alles im Griff. Ich melde mich morgen wieder. Und laß deine Hämorrhoiden behandeln.«
Bevor Heinz Lummer antworten konnte, hatte Sam bereits aufgelegt. Er grinste vor sich hin. Das war doch wieder einmal ein herzerfrischendes Telefonat gewesen. Sam nahm sich aus der Minibar eine kleine Flasche Johnny Walker, ging mit ihr unter die Dusche und summte: »Der Tag geht und Sammy kommt ...«

22

Im Aeroport Son Sant Joan standen Paul und Achim in der Nähe des Schalters, an dem der Flug nach München aufgerufen war, den Eva Weiss gebucht hatte. Vor ihnen eine lange Schlange mit Touristen, die auf das Einchecken warteten.
Paul ging zu der hübschen Bodenstewardeß, die die Passagiere abfertigte. Auf einem Schild am Revers las er ihren Namen: Gemma Perez.
Paul rückte seine Brille zurecht. »Frau Perez, ich hätte eine Bitte. Wir suchen eine gewisse Eva Weiss. Sie hat auf diesem Flug gebucht. Es ist eminent wichtig. Wir haben eine Nachricht von ihrer Familie. Könnten Sie mir bitte Bescheid geben, wenn sie bei Ihnen am Schalter ist?«
Paul setzte sein freundlichstes Gesicht auf und schaute die Bodenstewardeß erwartungsvoll an.
»Ist es wenigstens eine gute Nachricht?« wollte diese wissen.
Paul lächelte verschwörerisch. »Eine wunderbare Nachricht. Also, geben Sie mir ein Zeichen?«

»Weiss, sagten Sie, Eva Weiss?«
»Richtig.«
Die Stewardeß lächelte und nickte. »Geht in Ordnung.« Dann winkte sie den nächsten Fluggast an den Schalter.
Paul kam freudestrahlend zu Achim, der mitten in der Abflughalle stand. »Alles geregelt, die Stewardeß macht mit.«
Achim schaute Paul von der Seite an. »Hast ein bißchen geflirtet, oder?«
»Aus dem Alter bin ich raus«, protestierte Paul.
»Wollen's nicht hoffen. Das wäre doch schade.«
Achim ließ seinen Blick an den anstehenden Passagieren entlang wandern. »Ich glaube, wir brauchen gar nicht auf das Zeichen deiner Stewardeß zu warten. So viele alleinreisende, kleine schwarzhaarige Mädchen gibt's hier doch nicht. Paß auf, da vorne, die mit den weißen Leggins, das ist sie, wetten?« Achim marschierte los, sprach das Mädchen an und gab dann Paul ein Zeichen.
»Hallo, Sie sind Eva, richtig?« sagte Paul, als er bei Eva ankam. »Wir sind gute Freunde von Wolfgang und kennen auch Ihre Freundin Dana. Wir würden sie gerne auf Mallorca treffen, wenn wir schon hier sind. Wir haben gehört, daß sie länger hierbleiben wird. Ist ja prima, recht hat sie, das Mädel.«
Eva schien etwas überrascht. »Meinen Sie Wolfgang Rasmus, den Journalisten?«
»Richtig, Wolfgang Rasmus, wir sind Kollegen. Und Dana war bei uns ab und zu in der Redaktion. Sagen Sie, wo können wir Dana finden? Wir wollen mit ihr ein Projekt besprechen. Sie hat mit uns mal über ihre Doktorarbeit diskutiert, wir haben ihr da unsere Hilfe angeboten. Das wäre doch ideal, wenn wir das hier unter der tropischen Sonne der Balearen machen könnten.«
Achim sah Paul von der Seite an und wunderte sich einmal mehr über dessen Improvisationstalent.

»Davon hat sie mir gar nichts erzählt, ich meine, daß sie bei Ihnen in der Redaktion war.«
»Wahrscheinlich redet ihr Girls nur über uns Männer«, kam Achim seinem Kollegen zur Hilfe und grinste frech. Eva lachte und musterte Achim, der ihr ganz gut gefiel. Wenn da nicht schon wieder dieser grundsätzliche Nachteil wäre. Die Sache mit dem Geld. Vielleicht hatte Dana recht, und sie sollte ihre Suche nach einer reichen Partie aufgeben.
»Wir reden nur über euch? Nein, da überschätzt ihr euch wieder mal. So interessant seid ihr Männer nun wirklich nicht.«
Eva schob mit dem Fuß ihre Reisetasche ein Stück nach vorne und schloß die Lücke zu den Leuten vor ihr in der Warteschlange.
»Aber abgesehen davon kann ich euch so und so nicht weiterhelfen. Dana ist mit ihrer neuen großen Liebe auf einer Privatyacht unterwegs. Ich weiß weder, wie das Schiff heißt, noch, wo die zwei jetzt stecken.«
»Wie heißt denn der Typ, vielleicht kennen wir ihn?«
»Den könnt ihr gar nicht kennen. Kay heißt er. Den Nachnamen weiß ich auch nicht.«
»Aber klar, der Kay, freilich kenne ich den«, sagte Achim. »Der ist doch ungefähr so groß wie ich, der alte Gauner hat meistens einen Dreitagebart und ist so Mitte Vierzig, richtig? Geht gerne ins Abaco, da habe ich ihn jedenfalls das letzte Mal getroffen.«
»Ziemlich richtig«, antwortete Eva. Sie schob wieder ihre Tasche vor und runzelte plötzlich die Stirn.
»Sagt mal, das kann doch gar nicht sein, daß ihr den Kay kennt, den haben wir selber ja erst hier auf Mallorca im Wellies kennengelernt.«
»Ja, so klein ist die Welt«, sagte Paul, hob pathetisch die Hände und kreiste mit ihnen in der Luft herum. »Da kennt der eine den anderen nicht, und plötzlich kennt jeder je-

den. München ist ein Dorf, Mallorca ist ein Dorf. Aber macht nichts, dann treffen wir die liebe Dana halt in München, wenn sie wieder zurückkommt.«

»Vielleicht sehen auch wir uns da wieder?« sagte Achim mit Schmelz in der Stimme und schaute Eva bedeutungsschwanger an.

»Nachdem München in euren Augen ein Dorf ist, wird das wohl klappen«, antwortete Eva. »Macht's gut und noch viel Spaß auf Mallorca.«

»Ciao.«

*

Als Achim und Paul draußen in ihrem Leihwagen saßen und vom Flughafen nach Palma fuhren, las Paul seinem Freund Achim die Leviten.

»Da hättest du ja fast alles vermasselt. Wie kommst du auf die blöde Idee, zu behaupten, du kennst diesen Kay?«

»Stimmt doch, ich kenne ihn ja wirklich im Unterschied zu dir. Immerhin hat er mir tausend Mark gespendet.«

»Also, das nächste Mal sei bitte nicht so spontan. Ich hab' da mehr Erfahrung. Schwindeln gehört bei mir zum Metier. Vergiß nicht, du bist der Fotograf in unserem Team. Trotzdem, wenn du eine Idee hast, wie wir jetzt weitermachen, bin ich ganz Ohr.«

»Das habe ich gern, erst rumpöbeln und dann auf meine göttliche Eingebung warten«, maulte Achim, der am Steuer saß.

Paul legte die Fingerspitzen aneinander. »Fassen wir die Fakten zusammen. Erstens, Felix Reiter, immer unterstellt, der Typ ist das wirklich, also Felix Reiter heißt jetzt Kay. Seinen Nachnamen wissen wir nicht. Zweitens, er hat offensichtlich eine Yacht, ob Motor oder Segel, haben wir vergessen zu fragen. Drittens, die Yacht kann er gechartert haben oder sie gehört ihm. Viertens, er geht ins Abaco, jedenfalls war er dort zumindest einmal, nämlich, als du ihn gesehen hast. Fünftens, fünftens?«

»Fünftens ist er in Begleitung von Dana Mohnert. Und sechstens geht er nicht nur ins Abaco, sondern auch ins Wellies. Das Lokal kenne ich übrigens, ist in Porto Portals, dem schicksten Yachthafen von Mallorca.«

»Siebtens könnte dort seine Yacht liegen«, ergänzte Paul. »Vorsicht, fahr nicht so schnell.«

»Achtens wissen wir, daß er mit Sicherheit reichlich Kohle hat, also können wir bevorzugt die teuren Plätze auf dieser Insel ins Auge fassen.«

»Neuntens stelle ich mir vor, wird er aber trotz seiner Kohle nicht allzusehr auf den Putz hauen. Daß er nicht auffallen will, hast du daran gemerkt, daß er dir die Filme abgekauft hat.«

»Zehntens hat er wohl einen gefälschten Paß«, sagte Achim, der gerade zu einem Überholmanöver ansetzte. »Und elftens sind hier lauter Schnarchnasen am Steuer. Platz da, aber pronto.«

»Was soll die Hektik? Hast du eigentlich überhaupt ein Ziel?«

»Klar haben wir ein Ziel. Wir düsen nach Porto Portals und greifen uns da den Faden, der uns weiterführen wird.«

»Den Ariadnefaden sozusagen«, murmelte Paul. »Ariadne, die Tochter des Königs Minos, die mit ihrem Faden Theseus aus dem Labyrinth half.« Und dann wieder lauter: »Unsere Ariadne heißt Dana. Übrigens wurde Ariadne von ihrem Theseus, also Felix alias Kay, nach der Flucht verlassen, und sie hat dann Dionysos geheiratet.«

»Du sprichst wieder einmal in Rätseln. Aber wenn ich deine Schlußfolgerung richtig verstehe, kann sich unser verliebter Samariter Wolfgang ja vielleicht doch noch Hoffnungen machen?«

»Also, daß sie mit dem Felix Reiter nicht in den heiligen Stand der Ehe treten wird, dürfte wohl klar wie Kloßbrühe sein. Wir werden den Turteltäubchen ordentlich in die Parade fahren.«
»Du bist unbarmherzig.«
»Worauf du einen lassen kannst.«

*

Am Abend fuhren Paul und Achim nach S'Arenal an der Platja de Palma.
»Es ist ein Herzenswunsch von mir, den deutschen Urlauber an seiner berühmtesten Wirkungsstätte zu erleben«, hatte Paul argumentiert, als Achim zunächst wenig begeistert war.
»Betrachte das als Milieustudie. Ich will sehen, wie Sangría mit dem Strohhalm aus einem Plastikeimer getrunken wird. Ich will am ›Ballermann 6‹ ein Bierchen zischen. Ich will die legendäre Bier- und Schinkenstraße, über die wir in unserem Magazin schon bemerkenswerte Bildbeiträge veröffentlicht haben, persönlich in Augenschein nehmen.«
Ausgelassen zog Paul mit Achim im Schlepptau durch das nächtliche Treiben an der Platja de Palma. Immer wieder wurden ihnen von Schleppern, die auf Mallorca »Ticketeros« heißen, Werbeblätter und Tickets für Diskos und Pubs in die Hände gedrückt. Einigen dicklichen und etwas angejahrten Schönheiten, die in kurzen Shorts und quellenden T-Shirts des Weges kamen, empfahl Paul Oberhuber vergnügt, sich einmal im Spiegel anzuschauen. Dann murmelte er etwas von einer »Geisterbahn« und daß seine kühnsten Erwartungen übertroffen würden. Die Bedienungen einer Oben-ohne-Bar, in der sie schließlich gelandet waren, gefielen ihm da schon entschieden besser.

»Das sind ja prächtige Haserl«, freute sich Paul. »Oben nichts und unten ein Lederhoserl. Warum gibt es so was nicht in meiner bayerischen Heimat?«
»Noch ein paar Bierchen, und du fühlst dich hier wie zu Hause«, stellte Achim mit einem verwunderten Blick auf Paul fest.
»Schon passiert.« Paul deutete auf das Gedränge. »Du darfst nie vergessen, das sind alles Leser von uns. Man muß wissen, für wen man schreibt und wonach den Lesern gelüstet. Und heute abend identifiziere ich mich voll und ganz mit meiner und unserer Zielgruppe. Ist übrigens sehr vergnüglich. Findest du nicht? Ein kleiner Kulturschock, ich gebe es zu, aber durchaus amüsant.«
Achim nahm einen tiefen Schluck aus seinem Bierkrug.
»Mama, was ist mit mir los? Frauen gegenüber bin ich willenlos«, sang Paul mit Marius Müller-Westernhagen, dessen Stimme aus den Lautsprechern dröhnte.
Achim schüttelte verzweifelt den Kopf. »Hoffentlich kommen wir hier auf Mallorca rasch zum Ziel. Sonst brennt bei dir noch eine Sicherung durch.«

23

Von Port de Pollença fuhr Kay mit seiner Yacht am Cap des Pinar und Cap de Menorca vorbei nach Osten. Er nahm quer durch die Badia de *Alcúdia* Kurs auf Cap de Ferrutx. Von dem abendlichen Zwischenfall an Bord der Aurore hatte er Dana nichts erzählt. Es kam immer wieder vor, daß Yachten ausgeraubt wurden. Kein Grund, Dana zu beunruhigen. Als ihm im Restaurant Stay aufgefallen war, daß er sein Geld vergessen hatte, war er alleine zum Schiff zurückgelaufen. Damit konnte sein ungebetener Besucher natürlich nicht rechnen. Na ja, auf jeden Fall war er offenbar gerade noch rechtzeitig gekommen, um den Einbruch zu verhindern.

Dana beobachtete durch das Fernglas die pinienbewachsene Küste, die langsam näher kam. Eine Stunde später ankerten sie in einer Cala, die sie völlig für sich allein hatten. Das felsige Ufer war unbebaut. Kaum zu glauben, daß dies die übervölkerte Insel Mallorca war.

Die Motoren waren ausgeschaltet. Die Yacht schwojte um den Anker. Kay saß im Windschatten der Kajüte und las im Wallstreet Journal.

»Kay, kannst du mir mal den Rücken mit Sonnencreme einreiben?«

»Nichts lieber als das«, sagte Kay und legte die Zeitung zur Seite. Bei der Lektüre der aktuellen Wirtschaftsnachrichten war ihm gerade die abenteuerliche Geschichte des Joan March eingefallen. Dieser hatte es Anfang des Jahrhunderts vom mallorquinischen Schafshirten zum zweit- oder drittreichsten Mann der Welt gebracht. Das Leben des Joan March lieferte nun wirklich ein Hollywood-taugliches Drehbuch, das ganz nach Danas Geschmack sein müßte.

»Willst du die Geschichte des letzten Piraten von Mallorca hören?« fragte Kay, während er die Creme auf Danas Rücken verteilte.

»Du willst mir doch nicht erzählen, daß du das bist, oder? Wo ist deine Piratenflagge mit dem Totenkopf? Autsch!« Kay hatte zur Strafe kräftig zugedrückt.

»Ich bin doch ein unbescholtener Bürger. Deshalb muß ich ja auf andere Lebensgeschichten zurückgreifen, um deine Lust am Abenteuer zu befriedigen.«

»Also, dann befriedige meine Lust am Abenteuer. Wobei du zugeben mußt, daß solche Geschichten nur eine Ersatz-

befriedigung darstellen. Du könntest mir eigentlich auch im richtigen Leben etwas Crime und Action bieten.«
Kay betrachtete den braungebrannten Rücken von Dana. Darauf wollen wir doch lieber verzichten, dachte er. Dann erzählte er ihr von Joan March, der 1880 auf Mallorca geboren worden war und der jede amerikanische Karriere vom Tellerwäscher zum Millionär in den Schatten stellen sollte.
»Es heißt, daß Joan March schon als Kind seinem Großvater eine Fuhre mit Schweinen gestohlen hat, um diese nach Palma zu bringen und dort zu verkaufen«, erzählte Kay. »Als Jugendlicher schmuggelte er Tabak aus Algerien ins Land. Auf diese Weise schuf er den Grundstein für sein späteres Vermögen.«
»Früh übt sich der Meister.«
»Da ist was dran. Joan March schaltete Schritt für Schritt alle Konkurrenten aus und übernahm bald das komplette Geschäft. Ich habe gelesen, daß er schließlich das staatliche Tabakmonopol zum Zusammenbruch brachte.«
»Nicht schlecht«, stellte Dana fest, »die Geschichte beginnt mir zu gefallen.«
»Wußte ich's doch. Mit dem verdienten Geld kaufte Joan March den klammen Großgrundbesitzern auf Mallorca viel Land ab, das er dann wieder, natürlich mit Gewinn, an die kleinen Bauern weiterveräußerte. Als nächstes gründete er eine Bank, um seine Geschäfte selbst zu finanzieren. Dann mischte er als Waffenhändler bei den Befreiungskämpfen in Nordafrika mit. Wobei er ohne jeden Skrupel beide verfeindete Seiten gleichzeitig versorgt haben soll.«
»Das ist doch heute nicht anders. Die Rüstungsindustrie liebt solche Geschäfte. Die einen bekommen die Kampfflugzeuge, die anderen die Flugabwehrraketen. Krach, bumm, und dann wird nachgerüstet.«
»So zynisch kenne ich dich überhaupt nicht. Um bei Joan March zu bleiben: Während des Ersten Weltkrieges hat er

offensichtlich alle spanischen Reedereien besessen. Gegen horrende Bezahlung stellte er seine Schiffe den Alliierten zur Verfügung. Gleichzeitig soll er mit der deutschen Kriegsmarine kollaboriert und sie mit geheimen Informationen versorgt haben. Auch habe er deutschen U-Booten Unterschlupf gewährt.«

»Wahrscheinlich hatte er auch nichts dagegen, wenn seine eigenen Schiffe versenkt wurden. Er wird sie gut versichert haben.«

»Keine Ahnung, aber könnte gut sein. Jedenfalls baute er nach Kriegsende sein Imperium systematisch weiter aus. Nach einer kurzen Schaffenskrise, die ihn zwischenzeitlich sogar ins Gefängnis brachte, profitierte er vom spanischen Bürgerkrieg und wurde in der Franco-Ära schließlich zum allseits respektierten Bankier und Großgrundbesitzer.«

»Keine schlechte Karriere, du hast recht. Und was ist aus diesem, wie du ihn nennst, letzten Piraten von Mallorca geworden?«

»Joan March hat sich als alter Herr standesgemäß im Rolls-Royce zu Tode gefahren. Auf Mallorca stößt man überall auf seinen Namen. Da gibt es ganz hier in der Nähe den Palast Casa March mit großen Parkanlagen. Die Fundació Joan March hat viel klassische und moderne Kunst zusammengetragen. Überall gibt's Filialen der Banca March. In Palma die Colección March mit zeitgenössischer Kunst. Hoch angesehen ist seine Stiftung in Madrid, die junge Talente in der Kunst fördert. Bei Ses Salines im Südosten Mallorcas liegt das große Landgut S'Avall, das im Privatbesitz der Bankiersfamilie March ist.«

»Und angefangen hat's mit einer Fuhre geklauter Schweine. Wirklich unglaublich. Das muß ein faszinierender Mann gewesen sein. Hättest du eigentlich gerne so ein Leben geführt?«

»Na, ich glaube, seines war nicht schlecht. Jedenfalls dürfte

ihm nie langweilig geworden sein. Es bedarf natürlich einer gewissen Skrupellosigkeit, die ich nur insofern aufbringe, als es mir nichts ausmachen würde, anderen Leuten das Geld aus der Tasche zu ziehen.«
»Bleib lieber, wie du bist«, sagte Dana, »so gefällst du mir. Da du es dir offenbar leisten kannst, scheint ein gemütliches, kultiviertes Leben deiner Wesensart wesentlich mehr zu entsprechen.«
»Wo du recht hast, hast du recht!«

*

Kay ließ den Ort Cala Rajada, der vielen Yachten als Absprunghafen nach Menorca dient, rechts liegen und hielt Kurs nach Süden. Unmittelbar hinter dem Cap Vermell war oben am Fels der Eingang zur großen Tropfsteinhöhle von Artà zu sehen.
Die *Coves* de Artà sind ein Grottensystem, das fast einen halben Kilometer in den Berg reicht. Berühmt sind die Höhlen nicht nur wegen ihrer eindrucksvollen Größe, manche können es mit der Kathedrale La Seu aufnehmen, sondern auch durch ihre mächtigen Stalagmiten, die bis zu zweiundzwanzig Meter hoch sind. Mallorca hat viele solcher Höhlensysteme, die den ersten vorgeschichtlichen Inselbewohnern als Behausung dienten. Deshalb wurden sie auch Höhlenmenschen genannt. Später wurden in den Höhlen Verstorbene beigesetzt. Und zu den Zeiten der häufigen Piratenüberfälle waren die Coves immer wieder letzte Zufluchtsstätte für die verängstigte Bevölkerung. Berühmt sind auch die Drachenhöhlen bei Portocristo. Die Coves del Drach zählen zu den größten und schönsten Höhlen Europas – mit einem unterirdischen See, der heute als malerische Kulisse für Konzerte dient. Der Sage nach hat hier einst ein Drachen gelebt und die Höhle verteidigt.

Kay und Dana drehten in der Cala de Canyamel eine Ehrenrunde. Sie prosteten den Touristenbussen, die vor der Höhle parkten, mit einem Glas Weißwein zu, und schipperten weiter.
Dana lag jetzt nackt auf dem Vorschiff und sonnte sich. Kay saß oben auf der Flybridge im Schatten des blauen Sonnensegels. Sie fuhren ziemlich dicht am Cap Punta de n'Amer vorbei. Gerade kletterten ein paar Taucher über die Felsen an Land. Auf den Felsen sah Kay einen Mann sitzen. Hinter ihm stand ein weißes Auto. Er rauchte eine Zigarette und schaute zum Schiff herüber.
Kurz vor dem malerischen Fischer- und Yachthafen Portocristo, den sie erst am Abend erreichten, machte Kay noch einen kurzen Abstecher in die Bucht Cala Petita. Vorsichtig wendete er am Ende der kleinen Cala zwischen den steilen Felsen. Das Echolot zeigte nur noch eine geringe Wassertiefe. Ein kleines Fischerboot, das hier vor Anker lag, erschwerte das Manöver.
»Schau dir mal das Boot genauer an«, sagte Kay zu Dana. »Von der Art haben wir schon viele auf unserem Törn gesehen. Diese *Llaüt* ist allerdings besonders schön.«
Llaüt, so heißen die traditionellen Fischerboote Mallorcas, die heute als Freizeitboote sehr beliebt sind.
Dana musterte das kleine weiße Holzboot. Es war etwa fünf Meter lang und hatte ziemlich weit vorne einen kurzen Mast. In der Mitte des Schiffs waren Luken mit weißgestrichenen Holzdeckeln zu sehen. Durch ein Loch am Bug war ein langer Klüverbaum gesteckt.
»Sieht wirklich hübsch nostalgisch aus«, meinte sie. Und nach einem längeren Blick auf den knorrigen Vorsteven: »Und man weiß wenigstens sofort, wo vorne ist.«
»Dieser Vorsteven soll auf die alten Phönizier zurückgehen und ist für die Barques catalanes typisch.« Kay mußte grinsen: »Es heißt, er habe eine phallische Form.«

»Der menschlichen Phantasie sind keine Grenzen gesetzt. Wir sollten dieses Thema aber nicht vertiefen. Vielleicht wäre es besser, wenn du dich auf dein Schiff konzentrierst und die Aurore heil aus dieser Cala rausbringst.«
»Bin schon dabei. Kein Grund zur Beunruhigung.«
Mit Sonnenuntergang liefen sie in Portocristo ein und machten an einem der Schwimmstege des Club Nautico fest.

24

In der großen Altbauwohnung von José klingelte das Telefon.
»Digame«, meldete sich José.
»Soy Alfredo. Ich soll dir Grüße vom Don ausrichten.«
José erinnerte sich. Alfredo, das war der Privatsekretär von Don Antonio. Der kahlköpfige Fleischkloß mit der Intellektuellenbrille.
»Bueno Alfredo, qué nay de nuevo?«
»Wir haben deinen Amigo gefunden. Er heißt Sam Späth. Er hat lange Zeit in Amerika gelebt und arbeitet heute für ein Detektivbüro in Deutschland. Du hast also recht gehabt, er ist ein Profi. Und wir haben auch deinen Kay Kaufmann entdeckt. War nicht besonders schwierig. Beide sind auf Mallorca. Kay Kaufmann ist auf einer Motoryacht unterwegs. Wir beschatten ihn, noch haben wir über seine Identität nichts herausbekommen. Aber wir arbeiten daran, es wird nicht mehr lange dauern. Bis dahin lassen wir ihn in Ruhe – das kann für uns viel aufschlußreicher sein. Auch dein ganz besonderer Freund Sam Späth weiß, daß Kay Kaufmann auf Mallorca ist, er hat ihn aber noch nicht ge-

funden. Wird aber wohl nicht mehr lange dauern. Nur sind wir überhaupt nicht daran interessiert, daß der Privatdetektiv ans Ziel kommt. Pfuscht uns dann nur ins Handwerk. Eigentlich ist der Schnüffler ziemlich überflüssig.«
José stand mit dem Telefonhörer hinter seinem Schreibtisch und betrachtete den zerbrochenen Jugendstilstuhl, den er wie ein Kunstobjekt an einen Haken an die Wand gehängt hatte. Er lächelte zufrieden.
»Bien, Alfredo, muy bien. Um diesen Sam müßt ihr euch nicht kümmern. Das erledige ich, mit dem größten Vergnügen. Bleibt ihr dem anderen Typen auf der Spur. Wo kann ich diesen Sam finden?«
»Er wohnt im Hotel Son Vida ganz in der Nähe von Palma. Er hat einen Leihwagen, einen weißen Opel Corsa, mit dem er auf der Insel herumfährt. Ich schlage vor, daß du dich beeilst.«
»Todo bien, Alfredo. Ich bin schon unterwegs. Und sag dem Don, daß ich ihm danke und in seiner Schuld stehe.«

25

Als Sam am späten Vormittag des nächsten Tages das Hotel Son Vida verließ, blinzelte er in die Sonne. Er fischte eine Ray-Ban-Brille aus seiner amerikanischen Footballjacke und schlenderte zum Parkplatz, wo sein Leihwagen stand. Auf der anderen Seite der Hotelzufahrt stand halb verdeckt hinter einem parkenden Lieferwagen ein Mann, der Sam mit zusammengekniffenen Augen beobachtete. José Gaudistos Nase war zwar noch geschwollen, den auffälligen Klebeverband hatte er aber abgenommen.
Sam machte es sich hinter dem Lenkrad bequem. Auf den

Beifahrersitz legte er die Landkarte und eine Liste mit den Namen der Restaurants, die er mit Hilfe der Hotelrezeption erstellt hatte.
Gut, dann machen wir heute also die Kneipentour, dachte er. Wenn das so weitergeht, kann ich bald einen Reiseführer über diese Insel schreiben. Sam schob sich einen Kaugummi in den Mund und startete den Motor. Vom Hotel fuhr er die Straße hinunter in Richtung Palma.
José hatte sich mit einem kleinen blauen Peugeot an Sams Auto gehängt. Neben José lag in einer Plastiktüte eingewickelt die Beretta. Und im Kofferraum hatte er in einer kleinen Pappschachtel Plastiksprengstoff und einen Zündmechanismus verstaut. Noch wußte José nicht, wie er Sam beseitigen würde. Aber er wollte es noch heute erledigen. Und er wollte die direkte körperliche Auseinandersetzung vermeiden. Das hatte er sich vorgenommen. Er würde Sam aus sicherer Entfernung das Licht ausblasen. Er wartete auf seine Chance. José schlug mit der rechten Faust entschlossen gegen das Armaturenbrett. Bald würde er sich besser fühlen.
Sam kurvte kreuz und quer durch Palma. Er hatte sich wieder einmal verfahren. Schließlich gelangte er in die Nähe der Plaça d'Espanya. Mit viel Glück fand er eine Parklücke. An einem Automaten löste er einen ORA-Parkschein, den er hinter die Windschutzscheibe legte. Dann bummelte er, den Stadtplan in der Hand, zum Mercat de L'Olivar. Joana-Aina hatte ihm gestern abend von diesen Markthallen vorgeschwärmt. Vorhin war ihm der Gedanke gekommen, daß er dort sein Frühstück in Form von *Tapas* zu sich nehmen könnte. Man mußte es ja mit dem feinen Gehabe im Son Vida nicht übertreiben. Sam gab sich entspannt einem Rülpser hin. Sein Mund fühlte sich trocken an. Ein Gläschen Cerveza würde auch nicht schaden. Joana-Aina hatte erzählt, daß es den Mercat de L'Olivar seit

der Stadtsanierung von 1941 durch einen gewissen Gabriel Alomar gibt. Oder so ähnlich. Früher seien hier die Freudenhäuser von Palma gewesen. Auch nicht schlecht. Jedenfalls sollte es im Mercat de L'Olivar einige Bars mit Tapas geben.

Sam lief durch Stände mit »frutas y verduras«. Im Vorbeigehen stibitzte er einen Apfel, den er genüßlich verzehrte. Er fand den Weg in die Fischhalle. »Pescados frescos y mariscos« war auf mehreren Schildern zu lesen.

»Wo kommen denn all diese Seeungeheuer her?« staunte Sam. Vor ihm lag ein Drachenkopffisch, der ihn mit offenem Maul blöde anglotzte. »Können wohl doch nicht so leergefischt sein, diese Gewässer.«

Schließlich steuerte er auf eine Bar mit »Tapas variadas« zu. Zwei, drei Stände entfernt ging José hinter einem Berg Muscheln in Deckung. Nur mit Mühe hatte er Sam im Gedränge nicht aus den Augen verloren. Jetzt beobachtete er, wie Sam ein großes Glas mit Bier ansetzte. »Wohl bekomm's, es könnte dein letztes sein«, zischte José. »¡Salud, saborea tu última copa!« Er mahlte entschlossen mit seinen Kiefern.

Wenig später folgte er Sam zurück zum parkenden Auto. Dann ging es wieder einmal kreuz und quer, bis Sam endlich die Straße nach Manacor gefunden hatte. José war dichtauf. Erst nach der Stadtgrenze ließ er sich etwas zurückfallen, um nicht entdeckt zu werden. Hinter dem Ort Algaida kamen sie am großen Reklamestier der Brandyfirma Osborne vorbei. Als »nationales Kulturgut« hat der Osborne-Stier das Verbot aller Reklametafeln an Spaniens Landstraßen überlebt. Auf Mallorca gibt es nur noch diesen einen letzten Stier.

Einige Stunden später wurde José langsam unruhig. Immer noch hing er wie eine Klette an Sam. Die einmalige Chance hatte sich ihm bislang nicht geboten. Oder fehlte es ihm

an der nötigen Phantasie? José umklammerte das Lenkrad, bis die Knöchel an seinen Händen weiß hervortraten. Es konnte doch nicht so schwierig sein, diesen Affen zu seinen Vorfahren zu schicken.
Sam verließ gerade den Ort Cala Rajada, wo er im Feinschmeckerrestaurant *Ses Rotges* nach Kay Kaufmann gefragt und sein Foto vorgezeigt hatte. Auch Sam war frustriert. Es wollte wieder einmal nicht vorangehen. Ihm kam es langsam so vor, als ob er im Dschungel einen Eskimo suchte. Irgend etwas stimmte nicht!
Sam schaute in den Rückspiegel. Weit hinten, jetzt nach einer Kurve aufgetaucht, da war er wieder, der kleine blaue Wagen, der ihm schon einige Male aufgefallen war. In seinem Kopf schrillte eine Alarmsirene. Verdammt noch mal, dachte sich Sam, das ist kein Zufall, da habe ich eine Ratte im Schlepptau. Er drückte aufs Gaspedal. In einem der nächsten Orte gab es unter schattigen Bäumen einen kleinen Parkplatz, auf dem einige Autos standen. Sam stellte seinen Corsa ab und eilte ein Stück weg, um sich hinter den Mauern einer Kirche zu verstecken. Kaum war er dort, tauchte der blaue Peugeot auf. Er fuhr erst an dem Parkplatz vorbei, drehte dann um und kam zurück. Sam sah, wie der Peugeot auf den Parkplatz fuhr und direkt neben seinem Corsa parkte. Der Motor wurde abgestellt. Es dauerte eine Weile, dann stieg ein Mann aus, der langsam an dem Corsa vorbei zwischen den parkenden Autos zur Straße ging.
Sam nahm die Sonnenbrille ab und fixierte seinen Verfolger. Als er ihn erkannte, kam ein leises »Bullshit« über seine Lippen. Sein Briefmarkensammler aus Madrid! Wie hatte der ihn gefunden? Sam glaubte nicht, daß José mit ihm ein Bier trinken und über die blaue Mauritius reden wollte. Schätze, er ist etwas nachtragend, dachte Sam. Okay, da hat Sammyboy ein Problem.
Er ging hinten um die Kirche herum und spurtete etwa

hundert Meter die Dorfstraße entlang zu einem kleinen Café am Straßenrand. Er griff sich an der Bar eine herumliegende deutsche Zeitung und setzte sich an einen der Tische, die vor dem Café auf dem schmalen Bürgersteig standen. Während er auf sein Gläschen Vino blanco wartete, tat er so, als ob er in der Zeitung lese. Durch die dunklen Gläser seiner Sonnenbrille ließ er aber die Ecke an der Kirche nicht aus den Augen. Nach kurzer Zeit tauchte José auf. Als er Sam vor dem Café sitzen sah, blieb er kurz stehen. Er blickte um sich, als ob er die Situation prüfen wollte. Dann machte er kehrt und eilte Richtung Parkplatz davon.

In diesem Augenblick kam der Ober mit dem Weißwein. Sam sagte, er werde gleich wiederkommen, nahm einen kurzen Schluck, legte Geld auf den Tisch neben die Zeitung und lief dann zügig wieder hinten um die Kirche herum. Er wollte doch zu gerne wissen, was José jetzt vorhatte. Sam versteckte sich hinter der Kirchenmauer und peilte den Parkplatz an. Der blaue Peugeot stand noch da, aber José war nicht zu sehen. Sam war etwas irritiert, José war doch eindeutig wieder zum Parkplatz gegangen? Er wollte schon wieder umkehren, da sah er plötzlich José von unten hinter seinem Corsa auftauchen. José schaute sich vorsichtig um, als wollte er sich vergewissern, daß ihn keiner beobachtet hatte. Dann wischte er sich flüchtig über die Ellenbogen und Handflächen und kurz über seine Hose. Der Rücken seines Polohemds blieb von dieser Säuberung ausgeschlossen, hätte es aber am nötigsten gehabt. Also, wenn der Hundesohn nicht am Boden herumgekrochen ist, dann heiße ich Mickey Mouse, dachte Sam. Er rannte zurück zur Bar, um sich wieder an seinen Tisch zu setzen. Gerade noch rechtzeitig, denn schon sah er vorne am Eck José auftauchen, der prüfte, ob Sam immer noch an seinem Tisch saß.

»Das ist ja ein Katz-und-Maus-Spiel! Wir müssen nur noch herausfinden, wer die Katze und wer die Maus ist«, murmelte Sam.
José war wieder verschwunden. Sam trank den Weißwein aus und dachte über seine Beobachtung nach. Jetzt sah er den blauen Peugeot, wie er um die Ecke bog. José fuhr langsam an dem Café vorbei. Kurz vor dem Ende der Häuser, dort, wo das Dorf anfing, war eine kleine Ausbuchtung am Straßenrand. Sam konnte diese Stelle von seinem Platz aus gerade noch sehen. José stellte seinen Peugeot ab und blieb im Auto sitzen.
Das macht doch keinen Sinn, überlegte sich Sam. Das ist ja die Seite der Straße, wo wir in das Dorf hineingefahren sind. Es gibt nur diese eine Straße. José muß doch annehmen, daß ich in der bisherigen Richtung weiterfahre. Dann würde ich aber an ihm nicht vorbeikommen. Und weil die Straße eine leichte Biegung macht, kann er von seiner Stelle aus nicht sehen, wann ich mit dem Auto wegfahre. Es ist sogar zu bezweifeln, daß er mich hier unter den Schirmen zwischen den anderen Menschen vor dem Café genau ausmachen kann. Sam schob sich einen Kaugummi zwischen die Zähne.
Als eine Gruppe Touristen vorbeikam, stand er auf und mischte sich zwischen die Leute. Er lief mit ihnen vor zur Kirche, um dann beim Parkplatz auszuscheren und zu seinem Corsa zu gehen.
José war am Boden herumgekrochen. Wollen doch mal sehen, was er da gemacht hat. Sam kniete sich hin und schaute unter das Auto. Zunächst konnte er nichts Auffälliges bemerken. Ihm fiel der schmutzige Rücken von José ein. Also robbte auch Sam auf dem Rücken unter das Auto. Fast stieß er mit seiner Nasenspitze an die häßliche graue Masse, die unten am Fahrzeugboden seines Autos klebte. In dem Plastiksprengstoff steckten Kabel, die zu einem klei-

nen Kästchen führten, das mit einem Klebeband an der Antriebswelle festgemacht war.

»Du bist mir ja ein echter Freund«, murmelte Sam zwischen den Zähnen. »Bist du verrückt? Mich hier einzuäschern, nur weil ich dir in Madrid deine Nase verbogen habe. Du bist wohl nicht richtig im Kopf. Du kannst doch wegen so was nicht gleich einen Menschen umbringen. Noch dazu einen so netten Kerl wie mich.«

Er zog vorsichtig die Kabel aus dem Sprengstoff, fummelte mit seinem Taschenmesser das Kästchen von der Antriebswelle und schob sich wieder unter dem Auto hervor. Da sah er die Schuhe und Hosenbeine des Dorfpolizisten.

»Tiene problemas con el coche?« fragte dieser von oben herab.

»Problemas? No, gracias, ich habe kein Problemas.« Sam lachte und zeigte dem Polizisten die Kabel, die er gerade in der Hand hielt.

»Ich habe nur ein paar Kabel abgeschnitten, die mich an dem Auto schon immer gestört haben.«

Der Polizist schüttelte verständnislos den Kopf. Als Sam jedoch seinen Autoschlüssel hervorholte und die Tür aufschloß, war er beruhigt und ging weiter.

Sam langte noch einmal unter das Auto und packte dann den Plastiksprengstoff, der ohne Zünder völlig ungefährlich war, mit den Kabeln und dem kleinen Kästchen in seinen Kofferraum.

»Alles klar, Amigo, jetzt weiß ich, warum du einige hundert Meter entfernt in deinem Auto sitzt. Hast wohl das Fenster heruntergedreht und wartest auf den großen Wumm.«

Sam ließ sein Auto stehen und lief erneut hinter der Kirche herum Richtung Café. Der Peugeot stand noch an seinem Platz. Sam sah einen Reisebus kommen, der ganz langsam durch den Ort fuhr. Vorne im Bus stand der Reiseführer mit einem Mikrofon in der Hand. Offensichtlich erklärte er gerade seiner Gruppe, die alle zur Kirche hinübersahen, die touristischen Besonderheiten des Ortes. Sam nutzte die Gelegenheit und lief parallel mit dem Bus so die Straße hinunter, daß er für José ständig verdeckt blieb. Als der Bus am Ende des Ortes beschleunigte, war Sam schon am Peugeot vorbei auf der anderen Seite. Er stellte sich hinter eine große Reklametafel und wartete ab. Auf dem Plakat stand: »No facis foc«. Zu sehen waren ein abgebrannter Wald und eine durchkreuzte Flamme. »Irgendwie passend«, murmelte Sam nach einem Blick auf die Plakatwand. Etwa zehn Minuten später wurde José offenbar nervös. Er stieg aus, ging einige Meter zu dem Café vor, drehte dann aber wieder um.

»Hast wohl Angst vor deiner eigenen Bombe, du Sprengmeister«, sagte Sam leise.

Jetzt, so schien es, wollte es José aber doch wissen. Er ließ sein Auto stehen und lief entschlossen vor zu dem Café in Richtung Kirche, hinter der der Parkplatz mit Sams Corsa war.

Sam grinste, nahm aus seiner Jacke einen Block, auf dem er sich die Recherchen seiner Detektivarbeit zu notieren pflegte. Rasch beschrieb er in Druckschrift zwei Blätter. Als José hinter der Kirche verschwunden war, ging Sam zu dem blauen Peugeot, der unverschlossen mit heruntergedrehten Scheiben nur wenige Meter vor ihm stand. Er legte beide Zettel übereinander, nahm den Kaugummi aus dem Mund und klebte sie so an das Armaturenbrett vor den Tacho, daß José später von seinem Fahrersitz aus unweigerlich das obere Blatt sehen mußte. Dann ging Sam wieder zurück zu seinem Versteck hinter der Reklametafel. Dabei kicherte er vergnügt vor sich hin. Er steckte sich eine Zigarette an und wartete. Ab und zu kamen Autos vorbei, die nach der langen Geraden vor dem Dorf meist erst an dieser Stelle vom Gas gingen.

Dann tauchte José wieder hinter der Kirche auf. Mit hektischen Schritten kam er näher. Sam drückte seine Zigarette an der Plakatwand aus und wich einen Schritt zurück. Aber José hatte den Kopf ohnehin nach vorne gebeugt und stierte vor sich auf den schmalen Bürgersteig. Bei seinem Auto angelangt, ließ er noch zwei Fahrzeuge passieren, dann öffnete er die Tür und stieg ein.
Als sich José in seinem Sitz zurücklehnte, fiel sein Blick auf den Zettel am Armaturenbrett. Während er die Nachricht las, wurde er in Bruchteilen von Sekunden aschfahl.
Auf dem Zettel stand: »Return to sender. Ich kann das Geschenk nicht annehmen. Der Sprengstoff ist jetzt genau unter deinem Arsch. Und wenn du diese Zeilen liest, bleiben dir exakt noch fünf Sekunden zum Leben. Bye, bye.«
Sam sah, wie José in Panik die Fahrertür aufstieß. Genau in diesem Augenblick kam von hinten ein Lastwagen. José schnellte sich mit einem Hechtsprung aus dem Auto. Der Fahrer des Lastwagens stieg voll in die Bremsen. Als sich José auf dem Asphalt abrollen wollte, wurde sein Körper mit einem dumpfen Schlag vom Lastwagen erfaßt. Er war auf der Stelle tot.
Sam schlug mit der geballten Faust gegen die Plakatwand. »Bullshit. Du mußt dich doch nicht gleich umbringen, du Arschloch!«
Der Lastwagen war mittlerweile zum Stehen gekommen. Vom Café kamen Menschen herbeigelaufen. Der Fahrer war schon herausgesprungen. In der allgemeinen Aufregung ging Sam an dem blauen Peugeot vorbei und schnappte sich durch die offenstehende Tür die beiden Zettel und den Kaugummi vom Armaturenbrett. Er schob den Kaugummi wieder in den Mund, die Zettel knüllte er zusammen und steckte sie in seine Jackentasche.
Auf dem zweiten Zettel, den José nicht mehr gelesen hatte,

stand: »Geht dir dein Arsch auf Grundeis? Das war doch nur ein Witz! Aber das nächste Mal mache ich Ernst. Laß mich in Ruhe, oder du bist ein toter Mann!«

26

Den nächsten Tag widmete Kay ganz den vielen Calas zwischen Portocristo und *Cala d'Or*. Sie steuerten die Cala Estany an, die »Piratenbucht« Cala Barcas und die Cala Virgili. Mittags lag die Aurore in der großen Bucht von *Portocolom* bei einem kleinen Sandstrand vor Anker. Kay beobachtete mit dem Fernglas das rege Treiben in dem großen Naturhafen von Portocolom. Dana lag neben ihm in der Sonne. Kay ließ das Fernglas sinken.

»Schläfst du, oder kannst du mich hören?«

»Beides. Ich schlafe und bin ganz Ohr. Was gibt's?«

»Ich wollte dir nur kurz von Christoph Kolumbus erzählen.«

»Wie kommst du denn jetzt auf den?« fragte Dana, ohne die Augen zu öffnen. »Suchst du den kürzesten Seeweg nach Indien?«

»Portocolom war früher der Hafen von Felanitx«, fuhr Kay fort.

»Diese unschätzbare Information hast du mir bereits gegeben. Ach so, jetzt komme ich drauf. Ist der Hafen nach Kolumbus benannt?«

»Richtig, gut kombiniert.«

»Sozusagen mit schlafwandlerischer Sicherheit.« Dana gähnte.

»Die Felanitxer haben ihren Hafen nach Cristóbal Colón benannt, weil sie der festen Überzeugung sind, daß der große Entdecker in ihrer Stadt geboren wurde«

»Ich dachte immer, Kolumbus war Genuese.«
»Hier ist man anderer Auffassung. Jedenfalls ist das eine schöne Geschichte. Sie ist mir vor einigen Wochen von einem Mallorquiner erzählt worden. Der Vater von Christoph Kolumbus soll ein Pirat und Schmuggler aus Felanitx gewesen sein. Er mußte mit seiner Familie von Mallorca fliehen und ist in Genua untergetaucht. Der junge Christoph Kolumbus ist dann in Italien aufgewachsen. Bei den Italienern heißt er ja auch Cristoforo Colombo. Colom, so nannte er sich später während seiner Zeit in Portugal. Übrigens ist er selber einige Male der Piraterie verdächtigt worden. Es sei bekannt, hat mir der Mallorquiner erzählt, daß es von Kolumbus kein Schriftstück in italienischer Sprache gibt. Außerdem habe er immer besser Katalanisch gesprochen als Italienisch oder Kastilisch.«
»Das wäre schon erstaunlich, wenn's denn stimmt. Sag mal, hast du nicht erzählt, daß die Mallorquiner zu jener Zeit große Kartenzeichner waren?«
»Hab' ich. Die Kartographen Mallorcas waren hoch angesehen. So wurde eine berühmte Weltkarte in Palma vom königlichen Kartographen Abraham Cresques gezeichnet, einem mallorquinischen Juden. Wie überhaupt fast alle großen Kartenzeichner Mallorcas Juden waren. Es ist ja immer wieder behauptet worden, daß Kolumbus ein konvertierter Jude aus Spanien war. Auch das würde passen. Das erklärt jedenfalls die herausragenden Fähigkeiten von Christoph Kolumbus als Kartenzeichner. Auch sein Bruder Bartolomeo arbeitete als Kartograph, zunächst in Lissabon, später am königlichen Hof in Frankreich. Hinzu kam die Erfahrung der mallorquinischen Seefahrer. So hat Jaume *Ferrer* im vierzehnten Jahrhundert die Küsten Afrikas erforscht und den Senegal entdeckt. Mallorquinische Schiffe sind weit hinausgesegelt auf den Atlantik.«
»Das paßt wirklich alles zusammen. Es gibt doch die Ver-

mutung, daß Christoph Kolumbus vierzehnhundertzweiundneunzig bei seiner Fahrt nach Westen weit mehr gewußt habe, als lange angenommen wurde. Geheime Karten habe er gehabt und allerlei Anhaltspunkte. Falls er wirklich gebürtiger Mallorquiner war, dann wußte er das von diesen jüdischen Kartenmachern aus Palma.«

»Ich seh' schon, deine Phantasie kommt langsam in Fahrt«, sagte Kay und schaute wieder durch das Fernglas.

»Stimmt nicht«, antwortete Dana mit schläfriger Stimme, »dafür bin ich viel zu müde.«

Eine halbe Stunde später erklärte Kay die Siesta für beendet. Er steuerte die Aurore weiter die Küste entlang. Sie schauten kurz in die Cala Marsal und ein Stück weiter in die Cala Mitjana, zwei Buchten mit kleinen Sandstränden, wobei die Cala Mitjana zum Teil in Privatbesitz ist. Kurz darauf steuerte Kay nach einem vorgelagerten Felsen in eine weitere Bucht, die Cala Serena. Rechts und links waren Pinienbäume zu sehen, am Ende ein kleiner, feinsandiger Strand und dahinter die weißen Gebäude des *Robinson Club*. Nachdem Kay die Yacht gewendet hatte, stoppte er kurz, um einige Windsurfer vorbeizulassen, die aus der angrenzenden Cala Ferrera kamen. Wenige Minuten später, es war noch früh am Nachmittag, lief die Aurore schließlich in die Cala Llonga ein, die wie ein Finger weit ins Land einschneidet. Links oben sah Dana ein altes Fort und einen Leuchtturm. Langsam steuerte Kay durch die Bojen, die das Fahrwasser markierten. Rechts zogen malerische Fischerschuppen vorbei, links kam ein großer Kai. Dahinter lag der moderne Yachthafen von Cala d'Or. Ein Marinero winkte ihnen bereits zu. Dann fuhr er mit seinem Moped voraus zum vorgesehenen Liegeplatz. Sie machten direkt vor mehreren Restaurants fest. Später zog sich Kay in die Kajüte zurück, um zu lesen. Dana dagegen bummelte am Hafenbecken entlang, schaute sich in den Boutiquen

um und besorgte einige Lebensmittel. Abends nahmen sie sich ein Taxi und fuhren über Calonge und S'Horta Richtung Felanitx.
Vor ihnen zeichnete sich die Silhouette der *Serra de Llevant* gegen den Abendhimmel ab. Hoch oben auf einem Bergsockel ahnte man die verfallenen Festungsmauern des Castell de Santueri. Schon die Römer hatten dort einen Wachturm gebaut, um die Küste zu kontrollieren. Später haben die Mauren daraus eine mächtige Festung gemacht. Als König Jaume I. Mallorca von den Arabern zurückeroberte, mußte er die Festung ein ganzes Jahr belagern, bis sie schließlich fiel. Woraufhin er sie weitgehend zerstören ließ. Im 14. Jahrhundert wurde sie wieder aufgebaut, vor allem um die Küste zu schützen und bei Piratenüberfällen als Schutzburg zu dienen. Kay ließ das Taxi fast bis Felanitx und dort die alte Pilgerstraße hinauf zum Santuari Sant Salvador fahren. Schon von unten hatten sie die große Christusstatue auf dem gut fünfhundert Meter hohen Gipfel gesehen. Von dieser Bergterrasse, die vor dem festungsartigen Kloster liegt, blickten sie hinüber zu den Überresten des Castell de Santueri. Vor ihnen lag am Meer Portocolom und weiter rechts Cala d'Or. Und im Landesinneren ahnten sie den Tafelberg Puig de Randa.
»Da fällt mir noch etwas zu Christoph Kolumbus ein«, sagte Kay. »Ich war früher ziemlich häufig auf den Bahamas. Da gibt es die Insel San Salvador. Hier soll Kolumbus erstmals an Land gegangen sein.«
Dana stutzte. »San Salvador? Die Insel heißt so wie der Berg, auf dem wir jetzt stehen?«
»Genau. Und das ist ein weiteres Stück im Puzzle. In Felanitx ist man überzeugt, daß Kolumbus die Insel nach diesem Berg benannt hat, dem heiligen Berg aus seiner mallorquinischen Kindheit.«

»Langsam glaube ich auch, daß Kolumbus kein Genuese, sondern Mallorquiner war«, sagte Dana.
»Da geht es dir wie mir. Komm, laß uns wieder ins Auto steigen. Wir fahren hinunter zum Restaurant *Vista Hermosa.*«
Wenig später hielt ihr Taxi vor zwei weißen Rundbogen. Vor ihnen lag die Einfahrt zum Hotel *Villa Hermosa,* links ging es zum Restaurant. Sie bekamen einen Tisch auf der Terrasse mit Blick auf die beleuchtete Poolanlage. Sie hatten gerade als Vorspeise Mousse von Meeresfrüchten und Tomatengelee gegessen und sich an einer gelierten Champagnersuppe mit Passionsfruchtsorbet delektiert, da erlebte Dana zum ersten und einzigen Mal, daß Kay für einen kurzen Augenblick die Fassung verlor. Er redete gerade ziemlich laut auf Dana ein, als sich plötzlich ein Mann, der hinter ihm saß, umdrehte, Kay auf die Schulter schlug und aufgeregt rief: »Mich laust der Affe, das ist doch der Felix, wie er leibt und lebt.«
Kay blieb das Wort im Halse stecken. Dana glaubte zu sehen, wie die Farbe aus seinem Gesicht wich. Mit einer fahrigen Bewegung brachte er das vor ihm stehende Weinglas zum Umkippen. Dana konnte es gerade noch abfangen. Dann drehte sich Kay langsam um.
»Erstens wäre ich Ihnen dankbar, wenn Sie mir nicht plump-vertraulich auf die Schulter schlügen, und zweitens muß ich Sie enttäuschen, meine Eltern haben mich nicht auf den Namen Felix getauft.«
Der Mann, der hinter Kay saß, stutzte. Er kniff kurz die Augen zusammen, dann schüttelte er lachend den Kopf. »Verzeihen Sie, bitte nehmen Sie mir es nicht übel, aber als ich Ihre Stimme hörte und als ich Sie dann von hinten sah, da hätte ich schwören können, daß Sie mein alter Kumpel Felix Reiter sind. Ich habe ja Ihr Gesicht nicht gesehen, aber Ihre Stimme und die Art zu sprechen sind

völlig identisch. Das ist absolut verblüffend. Sie sind auch nicht mit Felix verwandt oder so etwas Ähnliches?«
»Weder verwandt noch verschwägert, mein Bester. Wie war noch einmal der Name? Felix Reiter?«
»Richtig, Felix Reiter. Wir haben früher zusammen Geschäfte gemacht – am liebsten bei einer gemeinsamen Runde Golf.«
»Sehen Sie, das ist ein weiterer Unterschied. Aus Golfspielen mache ich mir überhaupt nichts. Ohne Ihnen zu nahe treten zu wollen, aber ich kann mir nichts Langweiligeres vorstellen, als achtzehn Löcher lang hinter einem kleinen weißen Ball herzulaufen. Aber der Name Felix Reiter ist mir natürlich ein Begriff. Ist es nicht so, daß Ihr Freund und Golfkumpan von der Polizei gesucht wird? Ist das Ihr Felix Reiter? Wenn ja, dann hatten Sie ja nicht den besten Umgang.«
»Das ist mein Felix Reiter, richtig. Aber was den Umgang betrifft, muß ich Ihnen widersprechen. Ich habe Felix immer geschätzt und tue das noch heute, obwohl man das ja nicht laut sagen darf. Aber ich möchte Sie nicht weiter aufhalten. Entschuldigen Sie die Verwechslung. Ich bin immer noch ganz fassungslos.«
»Macht nichts, die Welt ist voller Rätsel und Überraschungen. Übrigens kann ich mir nicht vorstellen, daß ihr Kumpel in einem Lokal auf Mallorca sitzt. Ich schätze, er wartet in einer komfortablen Villa auf den Bahamas darauf, daß die Verjährungsfrist abläuft.«
Der Mann lachte wieder. »Ja, da haben Sie recht, irgend so ein Ding macht der Felix. Der läßt sich's gutgehen und dreht allen eine Nase. Also, nichts für ungut und noch einen schönen Abend, auch Ihnen, gnädige Frau.«
Kay wandte sich wieder Dana zu und versuchte zu scherzen: »Gnädige Frau? Der Herr am Tisch hinter mir ist ein Verwechslungskünstler. Wie kann man dich für eine gnä-

dige Frau halten? Da fehlt es doch an allen erforderlichen Attributen.«
Irgendwie fand Dana, daß Kay nicht so locker war, wie er tat. Der Typ hatte ihn erschreckt. Gut, er war nicht jener Felix Reiter, von dem der Mann gesprochen hatte, soviel war sicher. Aber vielleicht kannte er ihn? Diese Ähnlichkeit der Stimme! Hatte Kay einen Bruder, von dem er nichts wissen wollte?
Mittlerweile knüpfte Kay wieder an dem Gespräch an, das sie vor dem kurzen Zwischenfall geführt hatten. Und es kam ihm sehr gelegen, daß der Kellner gerade die ausgelösten Kaninchen vom Grill mit weißem Trüffelrisotto servierte. Dana hatte das Intermezzo bald vergessen.

27

Sam Späth stand in seinem Hotelzimmer und wählte die Nummer von Heinz Lummer. Er hatte beschlossen, seinem Boß nichts von José zu erzählen. Diese Riesenscheiße war seine Privatangelegenheit und hatte mit dem eigentlichen Fall nichts zu tun.
»Heinz, hier ist wieder Sam.«
»Hallo, alte Spürnase, was gibt's Neues im sonnigen Süden?«
»Leider immer noch nichts«, antwortete Sam und räusperte sich. »Aber fast hätten wir ihn gehabt. Du erinnerst dich, daß ich dir vom Restaurant El Olivo erzählt habe. Er war wieder da, wir hätten ihn packen können. Aber mein Spion, dieser Idiot von Kellner Miquel, den ich geschmiert habe, hat sich just an diesem Abend mit seinem Auto über die Klippen verabschiedet. Glatte Fehlinvestition, dieser Mann.«

»Ich hoffe, das passiert dir nicht häufiger. Es ist immerhin mein Geld«, beschwerte sich Heinz Lummer.
»Keine Sorge, mein Alter, du wirst schon nicht pleite gehen. Ich bin dicht dran. Bald klingelt's in deiner Kasse.«
»Wollen's hoffen. Was hat deine Recherche bei den Restaurants ergeben?«
»Jedenfalls ist unser Freund Kay häufig beim Spachteln. Aber er hat keine Stammkneipe. Taucht an allen Ecken und Enden auf. Und obwohl er in vielen Lokalen gut bekannt ist, weiß doch keiner genauer über ihn Bescheid. Geschweige denn, wo er wohnt. Er ist einfach plötzlich da oder ruft kurz vorher an. Der Typ ist echt raffiniert, hinterläßt keine klare Spur. Ich schicke dir ein E-Mail mit einer Liste der Restaurants. Vielleicht fällt dir irgendeine Regelmäßigkeit auf. Ist ja schon verrückt, daß er mal im Norden der Insel zum Abendessen geht, das nächste Mal im Süden. Jedenfalls habe ich in seinen Stammkneipen dafür gesorgt, daß einige Kellner auf unserer Liste stehen.«
»Hast du ihnen auch gesagt, daß sie vorsichtig Auto fahren sollen?«
»Sehr witzig. Wie auch immer, sobald er irgendwo wieder auftaucht, werde ich angerufen. Mein Handy begleitet mich sogar aufs Klo. Und das Netz wird immer enger. Flughafen und Fähren haben wir im Griff. In seinen Lieblingsrestaurants ist der Köder ausgelegt. Eigentlich könnte ich mich jetzt in die Sonne legen und mich von einer hübschen Mallorquinerin massieren lassen. Ich hätte da schon jemanden im Auge.«
»Mit dem süßen Leben wirst du noch etwas warten müssen. Ich habe nämlich etwas im Lebenslauf unseres Freundes geschnüffelt. In seiner Jugend und während seiner Studentenzeit war er, lange bevor er mit dem Golfspielen angefangen hat, ein begeisterter Segler und Motorbootfahrer. Und zwar nicht nur auf kleinen Seen, sondern so richtig

auf dem Meer. Später hat er dieses Hobby vernachlässigt. Vielleicht sind scine Jugendträume wieder aktuell? Was hältst du davon, wenn du noch mal eine Inseltour machst? Aber diesmal nicht die Golfplätze, sondern die Marinas und Yachtclubs.«
Späth stöhnte laut und vernehmlich. »Dieser Mr. Kaufmann geht mir langsam auf den Sack.«

28

Bereits um acht Uhr morgens verließ die Aurore Cala d'Or. Das Wasser im Hafen war spiegelglatt. Die Aurore passierte das alte Fort und den Leuchtturm am Ausgang der Cala Llonga ins offene Meer. Kay legte das Ruder nach Steuerbord und fuhr die Küste entlang nach Süden. Dana hatte ihm nur kurz beim Ablegen geholfen und schlief jetzt unter Deck noch eine Extrarunde. Kay genoß den anbrechenden Tag. Auf einem Felsen war rechts der Wachtturm zu sehen, der die Einfahrt in die Bucht von Portopetro markierte, einem hübschen Fischer- und Yachthafen mit einigen Restaurants und dem *Club Med*.
Kay steuerte ein kurzes Stück hinaus aufs Meer, der Morgensonne entgegen. Ihm ging immer wieder der Vorfall vom gestrigen Abend durch den Kopf. Das war nicht gut gewesen, überhaupt nicht gut. Er durfte sich nicht zu sicher fühlen. Das war ein Warnschuß. Vielleicht sollte er dafür dankbar sein. Kay faßte einen Entschluß: Sein Aufenthalt auf Mallorca würde nicht mehr von allzu langer Dauer sein. Standortwechsel war angesagt. Aber da unten in der Kajüte, da lag eine Frau, die ihn von Spontanaktionen abhielt. Ein paar Tage noch, gut, vielleicht noch eine

Woche, das müßte drin sein. Er würde sie mit Dana noch genießen. Aber dann wollte er der Insel den Rücken kehren, das war jetzt sein fester Vorsatz. Es war wie beim Boxen. Man durfte nicht an einem Platz stehenbleiben, selbst wenn man sich seiner Verteidigung absolut sicher war. Die Beinarbeit, die war wichtig. Am besten war man im nächsten Augenblick schon wieder ganz woanders.
Als Dana später aufwachte, hörte sie Kay in der Pantry hantieren. Die Schiffsmotoren waren ausgeschaltet. Im Hintergrund waren einmal mehr Etüden von Chopin zu hören. Dana steckte den Kopf durch das Luk über dem Bett und sah zunächst hohe, dicht bewaldete Felsen, dann weiter hinten einen Strand.
»Dana, aufstehen, das Frühstück ist serviert.«
Sie lagen in der *Cala Mondragó* vor Anker. Obwohl der kleine Strand von Land aus gut zu erreichen ist und entsprechend frequentiert wird, zählte diese Bucht zwischen Portopetro und Cala Figuera zu den Lieblingsplätzen von Kay. Selbst wenn draußen eine frische Brise weht, liegt man hier windgeschützt. Der Boden ist sandig und das Wasser glasklar. Die Bucht steht unter Naturschutz.
Sie frühstückten an Deck. »Ich möchte heute noch nach Sa Rápita«, gab Kay das weitere Programm bekannt. »Dort wartet morgen früh ein Mechaniker auf mich, um an den Schiffsmotoren einige Wartungsarbeiten durchzuführen. Morgen nachmittag zeige ich dir jene Bucht Mallorcas, deren Foto wohl in keinem Reiseführer fehlt: *Cala Pi*. Und übermorgen kommen wir hier wieder vorbei. Dann machen wir noch einen kurzen Abstecher zur Nachbarinsel Menorca.«
»Klingt gut«, sagte Dana und nahm einen Schluck Kaffee. »Ich sehe keine Veranlassung für eine Meuterei.«
»Das wäre ja noch schöner.«
Eine halbe Stunde später verließen sie die Cala Mondragó.

Kay steuerte die Aurore an der Punta Blanque vorbei und folgte dem Küstenverlauf nach Südwesten. Vorbei an dem malerischen Fischerhafen *Cala Figuera* und an Es Pontas, einem großen Felsen, der wie eine Brücke im Meer steht. Mit einer Ehrenrunde in den sich anschließenden beiden Calas Santanyí und Llombarts. Die vorher immer wieder dichte Bebauung der Küste hörte auf. Auf den kahlen Felsen waren ab und zu Föhren zu sehen.
Bald darauf ankerten sie noch einmal in einer kleinen, versteckten Bucht, um zu schwimmen. Nach einem kurzen Aufenthalt lichtete Kay erneut den Anker, wobei mit der Kette und dem Anker Büschel von Algen hochkamen, die jetzt vorne am Bug der Aurore hingen. Kay übergab Dana das Ruder, ging vor zum Bug und angelte sich einige Algenbüschel aus dem Anker, die er Dana auf die Flybridge hinaufbrachte.
»Was soll ich mit dem grünen Zeug?« fragte Dana. »Ist das jetzt unser Mittagessen, Captain Nemo?«
»Diese Algen stehen nun definitiv nicht auf unserem Speiseplan«, antwortete Kay. »Aber apropos Captain Nemo und Nautilus. Jules Verne hätte wahrscheinlich seine Freude an diesen Algen gehabt. Übrigens hatte er ja tatsächlich auf Mallorca die Idee für ein Buch. Die Höhlen von Artà, du erinnerst dich, wir haben den Eingang gesehen, diese Höhlen haben ihn angeregt, seinen Roman ›Reise zum Mittelpunkt der Erde‹ zu schreiben. Aber zurück zu diesen Algen. Ihr wissenschaftlicher Name ist Caulerpa taxifolia. Sie werden aber auch Killeralgen und grüner Tod genannt.«
Unwillkürlich schreckte Dana bei dem Wort »Killeralge« zurück. Kay hatte diese Reaktion provoziert, indem er ihr mit der Alge bedrohlich nahe gekommen war. »Keine Angst, sie beißt und brennt nicht.«
Dann erzählte er ihr die abenteuerliche Geschichte der

Caulerpa taxifolia. Die Alge, die ähnlich aussieht wie ein Tannenzweig, hat ihre natürlichen Lebensräume in den tropischen Gewässern der Philippinen und im Chinesischen Meer. In Europa war sie lange Zeit nur als robuste Zierpflanze in Aquarien bekannt. Bis die tödliche Schönheit vor einigen Jahren unversehens an der Côte d'Azur aufgetaucht ist. Es heißt, sie wurde über Aquarien in Deutschland aus ihrer tropischen Heimat eingeschleppt und ist dann über das Meereskundemuseum von Monaco bei einer Reinigung der Bassins ins Meer gelangt. Dort hat sie sich rasend schnell ausgebreitet und andere Lebensformen im Wasser vernichtet. Die Killeralge ist ein biologischer Umweltverbrecher erster Kategorie. Sie zerstört durch ihr schnelles Wachstum die Unterwasserflora, indem sie andere Pflanzen verdrängt. Die Killeralge wächst in Tiefen von dreißig bis vierzig Metern. Deshalb hatte man zunächst gehofft, daß sie die größere Meerestiefe zwischen dem spanischen Festland, wohin sie sich von Frankreich kommend rasch ausgebreitet hatte, und den Balearen nicht würde überwinden können. Aber weit gefehlt. Die Killeralge kam als blinder Passagier. Sie verfängt sich in den Netzen der Fischerboote und wird auf diese Weise weitertransportiert. Und sie hängt wie bei der Aurore an den Schiffsrümpfen, am Anker und an den Ankerketten der Yachten. Diese ziehen ihren Anker an der Côte d'Azur hoch und lassen ihn in einer Bucht auf den Balearen wieder ins Wasser. Und so machte sich die Caulerpa taxifolia überall breit: nicht nur auf den Balearen, auch vor Elba und sogar vor Sizilien. Auch die Hoffnung, daß die tropische Killeralge die kälteren Wassertemperaturen im Winter nicht überstehen würde, wurde enttäuscht. Jetzt versucht man auf Mallorca, der Killeralge mit drakonischen Maßnahmen Herr zu werden. In Cala d'Or hat man die Caulerpa taxifolia schon mit Unterwasserstaubsaugern aus der Bucht ent-

fernt. Die Guardia Civil hat sogar eine Spezialeinheit gebildet, deren Taucher die Alge buchstäblich an der Wurzel ausreißen sollen.
Kay stopfte die Algen aus dem Anker in eine Plastiktüte zu den Schiffsabfällen. Er war zwar nicht sicher, ob es sich bei seinem Grünzeug wirklich um die Killeralge handelte, aber zurückwerfen ins Meer wollte er die Algen auch nicht. Dann übernahm er wieder das Ruder.
Kurz nach Mittag passierten sie Cabo Salinas, die Südspitze Mallorcas. Links im Dunst sah Dana eine vorgelagerte Inselgruppe: *Cabrera*.
»Warst du schon mal in der Karibik?« wollte Kay von ihr wissen; Dana verneinte die Frage.
»Du wirst es in Kürze sein. Es ist zwar nicht ganz so einsam wie dort, aber der kilometerlange Strand und vor allem die Farbe des Wassers sind wie auf den Bahamas.«
Minuten später rasselte der Anker in den sandigen Grund vor der schneeweißen *Platja des Trenc*. Kay hatte nicht übertrieben. Die Wasserfarbe wechselte zwischen Türkisblau und einem intensiven Grün. Kay legte eine CD auf, und Dana wartete auf die obligatorischen Klänge Chopins. Plötzlich hörte sie Steeldrums und die heisere Stimme von Harry Belafonte: »Cocoanut a woman is calling out and every day you can hear her shout. Cocoanut ...«
Kay servierte ihr einen Planter's Punch. »Das muß der Neid dir lassen«, meinte Dana lachend, »du bist ein perfekter Illusionist.«

29

Achim Gonzel und Paul Oberhuber waren am frühen Morgen gerade noch rechtzeitig in Cala d'Or eingetroffen, um zu sehen, wie die Aurore gemächlich an den festgemachten Schiffen vorbei aus dem Hafen dampfte. Über dem Hafen zog ein Ultraleichtflieger seine Kreise und störte mit seinem penetranten Motorengeräusch die morgendliche Ruhe.

»Hätte Gott gewollt, daß Rasenmäher fliegen, hätte er ihnen Flügel verliehen«, philosophierte Paul mit einem grimmigen Blick in den Himmel. »Nur schade, daß es heute nicht mehr die ausgleichende Gerechtigkeit der alten Griechen gibt. Da hätte die Sonne das Wachs seiner Flügel geschmolzen, und wie weiland Ikarus wäre unser Störenfried ins Meer gestürzt.«

Achim nahm seine Sonnenbrille ab und setzte die Nikon ans Auge. Mit seinem Teleobjektiv folgte er der Yacht. Im Sucher sah er, wie Dana am Heck einen großen roten Fender einholte. Achim konzentrierte sich auf den Mann am Steuerstand. Er war nur von hinten zu sehen, trotzdem drückte Achim einige Male auf den Auslöser.

»Macht nichts«, erklärte er fröhlich. »Die ersten Fotos sind im Kasten. Andere, bessere werden folgen. Der Faden, den wir in Porto Portals aufgegriffen haben, hat auf direktem Weg zum Ziel geführt. War gar nicht schwer.«

»Eine Seefahrt, die ist lustig ...«, summte Paul vor sich hin. »Weißt du, Achim, ich denke, wir sollten ein Boot mieten und diesem Kay und unserer lieben Dana ein bißchen hinterherfahren.« Paul kicherte. »Das bin ich schon ihrem Vater, dem Medicus, schuldig, daß ich mal nach seiner Tochter sehe. Und du machst mit deinem Teleding möglichst viele Bilder von dem Paar. Ich sehe schon die Headline

über unserer Reportage: Felix Reiter auf der Flucht – ein Leben wie im Paradies.«
»Finde ich nicht fetzig genug. Besser wäre ...«
»Verschone mich«, fiel ihm Paul ins Wort, »müßt ihr Fotografen immer texten? Ist das ein Komplex, oder was? Aber im Ernst, du bleibst ihm ab jetzt auf den Fersen. Er darf nichts merken. Ist das klar? Ich klinke mich am Nachmittag aus. Es gibt noch viel zu tun. Wir wissen mittlerweile aus der Hafenregistratur, daß er mit einem Paß auf den Namen Kay Kaufmann reist. Wir wissen auch, dank unserer guten Connections zu den deutschen Behörden, daß es einen Kay Kaufmann mit diesem Geburtsdatum in deutschen Landen überhaupt nicht gibt.«
»Willst du jetzt die ganze Recherche wiederkäuen?« protestierte Achim, der seine Kamera mittlerweile wieder in seiner großen Sporttasche verstaut hatte. »Ich denke, wir suchen jetzt ein schickes Boot, um unsere Verfolgung aufzunehmen.«
»Tun wir, keine Bange. Aber wiederkäuen, wie du es nennst, kann man gar nicht oft genug. Kühe sind kluge Viecher. Laß dir das gesagt sein. Auf diese Weise gehen keine Nährstoffe verloren. Außerdem ist Rekapitulieren die Basis jeglichen strategischen Denkens. Also, der Kay Kaufmann segelt unter falscher Flagge. Das wäre schon dann eine Story, wenn es sich bei diesem Typen nicht um Felix Reiter handeln würde. Irgendein Betrüger steckt in jedem Fall dahinter. Dein fotografisches Genie ist also keinesfalls verschwendet. Was uns noch fehlt, ist der zwingende Beweis, daß es sich wirklich um Felix Reiter handelt. Das muß ich in den nächsten vierundzwanzig Stunden hinkriegen, ich weiß nur noch nicht, wie. Dann schnappen wir ihn uns und machen das größte Interview unserer Karriere.«
»Und was dann?«
»Was weiß ich? Um bei deinem wiederkäuenden Tier zu

bleiben: Eine Kuh, die Milch gibt, führt man nicht auf die Schlachtbank. Jedenfalls nicht allzu schnell. Der Felix Reiter ist ein cleverer Kerl, vielleicht können wir mit ihm einen Deal machen. Wir sprechen uns mit ihm ab und informieren erst dann die Polizei, wenn er seine weitere Flucht vorbereitet hat. Das müssen wir so deichseln, daß er mit uns, und zwar nur mit uns, in Kontakt bleiben wird, vielmehr bleiben muß. Da muß uns noch irgendein schmutziger Trick einfallen. Und dann wiederholen wir die Nummer in einigen Monaten.«

»Warum willst du überhaupt seine Identität erst hundertprozentig bewiesen haben?« fiel ihm Achim ins Wort. »Das ist doch gar nicht nötig. Wir schnappen uns jetzt ein Boot, brettern hinterher, entern seine Yacht und fragen ihn einfach.«

»Du hast schon recht, das könnten wir so machen, falls wir anders nicht weiterkommen. Aber nicht heute. Zunächst brauchen wir erstklassiges Bildmaterial. Laß uns um den Hafen herumlaufen, hier gibt es bestimmt Boote, die man mieten kann.«

Eine halbe Stunde später waren Paul und Achim an Bord einer gecharterten Sunseeker. Ihr Skipper Jim kam aus Amerika, er arbeitete für eine Saison auf Mallorca und kutschierte normalerweise reiche Urlauber zu den versteckten Calas an der Ostküste Mallorcas. Als Jim das offene Meer erreicht hatte, rief er seinen beiden Passagieren zu: »Fasten your seat belts. We are ready for take-off.« Er drehte den Schirm seiner Basketballmütze nach hinten, zeigte ein breites amerikanisches Lachen und schob die Gashebel nach vorne. Die beiden V8-Motoren heulten auf, über 1000 PS ließen den Bug der Yacht nach oben steigen. Am Heck verdeckte eine riesige Wasserfontäne den Blick auf das Ufer. Paul, der den Spruch von Jim für einen Scherz gehalten hatte, wäre fast von seinem Sitz gerutscht und klam-

merte sich jetzt eisern fest. Wenige Sekunden später war die Sunseeker bereits in Gleitfahrt übergangen, der Schiffsrumpf befand sich wieder in einer weitgehend horizontalen Lage. Jim zog die Yacht in einem weiten Bogen dem Küstenverlauf folgend nach Nordosten. Für Augenblicke hatte Paul den Eindruck, daß die Yacht voll abhob und wie ein brüllender Vogel durch die Luft flog, dann schlugen sie wieder hart auf den Wellen auf. Achim ließ einen Freudenschrei hören: »Das ist super. Ich liebe meinen Beruf.«
»Und ich hab's mit den Bandscheiben!« schrie Paul zurück. »Wenn dieser Höllentrip vorbei ist, bin ich wahrscheinlich querschnittsgelähmt. Außerdem ist meine Brille voller Salzwasser, und ich hab' mir das Knie angehauen.«
Eine halbe Stunde später erklärte Jim die Suche im Norden von Cala d'Or für abgeschlossen. »Hier ist Ihr Freund nicht, wir hätten ihn längst entdeckt. Er muß nach Süden gefahren sein.«
Jim wendete die Sunseeker und gab erneut kräftig Gas. Kurze Zeit später flog der Leuchtturm von Portocolom an ihnen vorbei, dann Cala d'Or und der Punta de sa Torre. Als Jim bei der Cala Mondragó die Maschinen drosselte und die Yacht langsam in die Bucht einlaufen ließ, stieß Paul einen Seufzer der Erleichterung aus. »Ich glaube, ich bin doch eher ein Schreibtischtäter. Und die Hobbys der oberen Zehntausend werden mir auf immer ein Rätsel bleiben. Der Treibstoffverbrauch steht jedenfalls in keinem Verhältnis zu meinem Lustgewinn.«
Achim dagegen strahlte vor Vergnügen. »Ich find's riesig. Der Treibstoffverbrauch kann gar nicht hoch genug sein. Er wird bei mir direkt in Adrenalin umgesetzt.«
»Ein bemerkenswerter biochemischer Vorgang, der offenbar dein Wahrnehmungsvermögen trübt«, meinte Paul und deutete nach vorne. »Da liegt sie, unsere liebe Aurore. Jim, wir gehen vor Anker. Achim, mach deine Kameras bereit.

Ich für meinen Teil werde ab jetzt bereitwillig die Rolle des Multimillionärs übernehmen, mir einen Beruhigungstrunk aus dem hoffentlich gut bestückten Kühlschrank unter Deck holen und für ein glaubwürdiges Erscheinungsbild sorgen.«
Achim schraubte ein 500er Tele auf seine Nikon und nahm aus der sicheren Deckung des Cockpits die Aurore ins Visier. »Wunderbar. Während der Fahndungsapparat weltweit auf Hochtouren läuft, frühstücken Felix Reiter und Dana Mohnert gemütlich an Deck ihrer Yacht.«
Pauls Blick fiel auf den Schiffsnamen am Heck der Yacht: Aurore. Aurora? Römische Göttin der Morgenröte.
Paul hörte das schnelle Stakkato des Verschlusses und das Surren des automatischen Filmtransports. Klang wie eine Folge von Schüssen aus einer Waffe. Aurora? So hieß doch auch das Kriegsschiff, von dem in der russischen Revolution der erste Schuß abgegeben wurde. Vom Panzerkreuzer Aurore kam 1917 mit einem Kanonenschuß das Signal zum Sturm auf das Winterpalais.
Paul kratzte sich an der Nase. Heute war es wohl eher umgekehrt. Nicht die Aurore würde einen Schuß abgeben, vielmehr wurde sie unter Beschuß genommen.
Aurora, Göttin der Morgenröte? Pauls Gedanken schweiften wieder ab in die von ihm geliebte griechische Mythologie. Eos hieß die Göttin der Morgenröte bei den alten Griechen. Schwester des Helios. Für ihren Geliebten Tithonos erflehte sie von Zeus Unsterblichkeit. Paul rückte seine Brille zurecht. Felix Reiter würde den Beistand des Olymp nötig haben. Vielleicht schickte Zeus im Augenblick der Not Blitz und Donner? Paul schüttelte sein wirres Haar. Blitz und Donner? Ein Sturm vom Olymp? Er schaute nach oben. Keine Wolke trübte das intensive Blau des balearischen Himmels. Nein, mein Freund, das wird wohl nichts werden mit der Hilfe des Blitzeschleuderers Zeus.

Und dann fiel Paul noch ein, daß Tithonos, der Geliebte der Morgenröte, schließlich in eine Zikade verwandelt wurde.

30

Sam lag auf dem Rücken im Bett und rauchte eine Zigarette. In seiner linken Armbeuge schlummerte ein schwarzer Wuschelkopf. Das Leben ist hart, dachte sich Sam, aber es könnte zweifellos noch um einiges härter sein.

Nach dem gemeinsamen Frühstück mit Joana-Aina, das er sich diesmal aufs Hotelzimmer servieren ließ, telefonierte er mit einem Motorradverleih. Joana-Aina hatte an diesem Tag frei, und er war fest entschlossen, das Nützliche mit dem Angenehmen zu verbinden.

Eine Stunde später bestiegen Sam und Joana-Aina die Harley-Davidson, die bereits vor der Hoteleinfahrt stand. Sie fuhren bei dem Apartment von Joana-Aina vorbei, um ihre Badesachen zu holen, und blubberten dann mit der schweren Maschine Richtung Andratx und von dort am Restaurant *El Patio* vorbei nach Port d'Andratx. Im Sekretariat des Club de Vela fragten sie nach Kay Kaufmann. Sam hatte angenommen, daß die Tour ähnlich mühsam wie seine Golfrecherche werden würde. Aber weit gefehlt. »Señor Kaufmann, naturalmente, der war noch vor wenigen Tagen hier«, antwortete der Clubsekretär ebenso schnell wie freundlich. »Seine Motoryacht heißt Aurore.«

Sam gab der verdutzten Joana-Aina vor lauter Freude einen dicken Kuß.

»Und wo ist die Aurore jetzt?« fragte Sam den Sekretär und schob ihm einige Pesetascheine über den Tresen.

»Setzen Sie sich in unser Restaurant. Trinken Sie mit der schönen Señorita ein Gläschen Vino. Und in wenigen Minuten werde ich Ihnen sagen, wo die Aurore letzte Nacht gewesen ist.«

Sam war völlig aus dem Häuschen. Das klappte ja jetzt plötzlich wie geschmiert. Und tatsächlich kam schon bald der Sekretär mit einem stolzen Lächeln an den Tisch von Sam und Joana-Aina. »Wie ich gesagt habe, kein Problem. Wir haben zu allen Marinas der Insel guten Kontakt. Die Aurore liegt im Hafen von Sa Rápita.«

»Muchas gracias«, kramte Sam vor lauter Begeisterung aus seinem kaum vorhandenen Spanisch-Wortschatz hervor, »das ist ja toll, gracias.« Und an Joana-Aina gewandt: »Weißt du, wo dieses Rápita ist? Da war ich noch nicht, da gibt's keinen Golfplatz.«

»Claro que sí. Wir müssen erst nach Llucmajor. Ich werde dich lotsen.«

Wenige Minuten später fuhren Sam und Joana-Aina auf ihrer Harley-Davidson nach Palma, dann weiter nach Llucmajor. Als Sam einmal mehr die vielen Windräder sah, fiel ihm Don Quijotes vergeblicher Kampf gegen die Windmühlen ein. Fast war er sich in den letzten Tagen ähnlich vorgekommen. Aber jetzt war sein Suchobjekt klar identifiziert. In Llucmajor bogen sie rechts ab und fuhren hinunter zum Meer. Neben ihnen waren überall die endlos langen Mäuerchen zu sehen, die für Mallorca typisch sind und die Felder voneinander abgrenzen. Joana-Aina erklärte Sam, daß diese niedrigen Mauern, die ohne Mörtel kunstvoll aus Steinen zusammengefügt werden, *Tancas* heißen. Dort, wo sie von einem Gatter unterbrochen werden, ist dieses oft noch wie in vergangenen Zeiten aus geschwungenem Olivenholz gefertigt. Die Tancas parzellieren die landwirtschaftlichen Flächen. Sie trennen das Vieh vom Anbau, bieten Schutz gegen den Wind und erleichtern Erbschaftsverhandlungen.

Im Yachthafen Sa Rápita parkten sie ihre Harley und liefen die Gästemole entlang. Die meisten Boote waren offenbar ausgelaufen. Joana-Aina hatte einen Marinero aufgetan und unterhielt sich mit ihm.
»Alles klar, Sam. Dein Señor Kaufmann hat heute früh eine Reparatur am Motor ausführen lassen. Vor etwa einer halben Stunde ist er mit einer blonden Frau an Bord losgefahren. Aber er wird abends wieder hiersein, der Liegeplatz für die kommende Nacht ist reserviert. Und falls wir ihn treffen wollen, er geht zum Abendessen immer in das Restaurant *Ca'n Pep*. Ich kenne das Lokal, es ist nur ein kurzes Stück vorne an der Straße.«
»Gut gemacht, Joana. Wow, das ist heute mein Glückstag. Was machen wir mit dem angebrochenen Nachmittag, gehen wir baden?«
»Starte deine Harley, ich zeige dir die berühmteste Cala Mallorcas.«
»Vamos a la playa«, sang Sam auf dem Motorrad, während sich Joana-Aina fest an ihn klammerte.
Kurze Zeit später kletterten sie die steilen Stufen zur romantischen Cala Pi hinunter, einer fjordartigen Bucht, die tief ins Land einschneidet und am Ende einen schmalen Sandstrand hat. Für Sam war am wichtigsten, daß es dort eine Strandbar gab. Aber Joana-Aina wollte unbedingt zuerst schwimmen. Sie kraulte vorneweg, während Sam gemütlich auf dem Rücken hinterherpaddelte. Links sah er Fischerboote, die am Ufer hochzogen waren. Rechts oben waren Ferienhäuser zu sehen. In der Bucht lagen einige Yachten vor Anker, und Sam mußte immer wieder ausweichen. Plötzlich bekam er den Mund voller Wasser. Er fing an zu prusten und wäre fast untergegangen. Direkt vor seiner Nase war die Badeplattform einer ziemlich großen weißen Motoryacht in sein Blickfeld geraten. In goldenen Lettern stand am Heck: Aurore.

Sam hielt sich an der Badeleiter der Yacht fest. Das darf doch nicht wahr sein, schoß es ihm durch den Kopf, jetzt habe ich ihn gefunden, ohne ihn zu suchen. Ich müßte nur an Bord gehen, ihm einen trockenen Haken kurz aufs Kinn plazieren und Kay Kaufmann alias Dr. Felix Reiter der Guardia Civil übergeben.
Sam hörte auf dem Schiff leise Klaviermusik. Da berührte ihn jemand von hinten. Ohne die Badeleiter loszulassen, drehte er sich um.
»Falls es Sie vor dem Ertrinken rettet, können Sie sich gerne weiter festhalten«, sagte Kay, der hinter Sam im Wasser mit den Beinen auf der Stelle trat. »Aber lassen Sie mich bitte an Bord.«
»Aber natürlich, Entschuldigung, an Bord, natürlich«, verhaspelte sich Sam, als er den lange Gesuchten direkt vor sich im Wasser schwimmen sah. Kay kletterte an Sam vorbei auf die Badeplattform. Sam ließ sich langsam vom Schiff wegtreiben und beobachtete Kay, der sich zunächst abduschte, dann die Leiter hochklappte und an Deck verschwand.

31

Kay und Dana liefen oben auf der Mauer an der Gästemole entlang und genossen den Blick auf die untergehende Sonne, die den Himmel über dem Meer glutrot färbte. Am Ende der Mole war links ein kleiner Supermarkt, dort hatte Dana heute morgen frische Semmeln geholt. Kurz dahinter ein angelehntes Eisentor, durch das sie aus dem Hafengelände schlüpften. Sie spazierten die Uferstraße hinunter. Auf einem Parkplatz stand direkt am Wasser ein bunt bemaltes Campmobil mit einem Surfbrett auf dem Dach und einer großen Parabolantenne. Vor dem Wagen schaukelte in einem Campingstuhl ein junger Mann mit Hawaiihemd und in Bermudashorts.

»Siehst du, der macht's auch nicht falsch«, sagte Kay zu Dana. »Der hat zwar keine Yacht, trotzdem genießt er streßfrei den Tag und das Meer. Kommt mir übrigens bekannt vor, der Typ. Haben wir den nicht schon einmal irgendwo gesehen?«

»Haben wir«, sagte Dana, die sich an Pollença erinnerte. »Er hat uns in Pollença beim Anlegen geholfen – und mich dabei mit seinen Augen ausgezogen. Viel hatte ich sowieso nicht an.«

»Ein Lüstling also. Ich kann ihn verstehen. Ich ziehe dich auch gerne aus. Allerdings nicht nur mit den Augen.«

Die Straße verlief dem Strand entlang und war nur auf der rechten Seite mit einigen, zum Teil recht ansehnlichen Villen bebaut. Nach fünf Minuten standen sie vor dem Restaurant Ca'n Pep, in dem sie schon am vergangenen Abend exzellenten Fisch gegessen hatten.

Kay bewunderte kurz ein schweres Harley-Davidson-Motorrad, das direkt vor der Terrasse auf dem Bürgersteig geparkt war. Dann wurden sie vom Wirt begrüßt, und sie nahmen an ihrem vorreservierten Tisch direkt in der ersten Reihe Platz.

Am Tisch neben ihnen saß eine schwarzhaarige, junge Frau mit einem knapp sitzenden weißen Body, der – wie Kay beim Hinsetzen nicht entgangen war – ihre beträchtliche Oberweite vortrefflich zur Geltung brachte. Daneben lümmelte sich ein etwas vierschrötiger Kumpan in hellen Jeans und Cowboystiefeln. Kay war kurz durch den Kopf gegangen, daß er auch dieses Gesicht schon einmal gesehen hatte. Er war sich aber nicht sicher, außerdem spielte das keine Rolle.

»Willst du Plätze tauschen?« fragte Dana unvermittelt.
Kay, der mit dem Rücken zum Nachbartisch saß, ließ die Speisekarte sinken. »Warum denn das?«
»Nachdem dir beim Reingehen schon fast die Augen rausgefallen sind, möchtest du vielleicht einen etwas erotischeren Ausblick, als ich dir bieten kann.«
Kay bekam einen Lachanfall. »Eifersüchtig, das ist ja ganz was Neues. Meine Großmutter hat immer gesagt: Bub, wenn eine Frau eifersüchtig wird, dann meint sie es ernst mit dir.«
»Mach dir keine falschen Hoffnungen. Bestell lieber was zu trinken und zu essen. Mir knurrt schon der Magen.«
»Die *Pa amb oli* und der Rosado sind doch schon unterwegs.«
Bei einer Caldereta de langosta, einer Langustensuppe, die mit gerösteten Brotscheiben und *Allioli* serviert wurde, erzählte Kay von der Salsa Mahonesa. Diese gewürzte Tunke aus Eidotter und Öl ist nach der Stadt Mahón auf Menorca benannt. Dort wurde sie Mitte des 18. Jahrhunderts von den Engländern dem Herzog von Richelieu kredenzt. Dieser brachte das Rezept nach Paris. Und von dort wurde die balearische Spezialität als Mayonnaise weltberühmt. Kommt zur Salsa Mahonesa Knoblauch, dann heißt sie Allioli. Den Engländern soll dieses Allioli nicht geschmeckt haben. Erst als sie den Knoblauch wegließen, konnten sie sich damit anfreunden.
»Wie man sieht«, meinte Kay, während er einen Schluck Rosado trank, »haben überraschenderweise auch die Engländer ihren Beitrag zur internationalen Küche geleistet.«
»Indem sie einfach das Beste am Allioli weggelassen haben. Was außerdem ziemlich unklug war, immerhin ist Knoblauch gut gegen Vampire.«
Während sie später mit den Fingern ihre Gambas aßen,

erklärte Kay den morgigen Törn. Er wollte zunächst einen Schlag hinaus aufs Meer machen und Dana die vorgelagerte Isla de Cabrera zeigen.
Kay erzählte von Hannibal, dem großen karthagischen Feldherrn, der nach einer Legende auf Cabrera geboren wurde. Vielleicht hatte er deshalb bei seinem Zug über die Alpen mallorquinische Steinschleuderer als Söldner dabei. Dana erfuhr einiges von der blutigen Geschichte der Insel. Über Jahrhunderte war Cabrera ein Versteck für Seeräuber gewesen, die von hier aus Handelsschiffe überfielen und Raubzüge nach Mallorca unternahmen. Berühmt-berüchtigt wurde Cabrera als Gefangeneninsel Anfang des 19. Jahrhunderts. Napoleon zog gerade mit seiner Armee von einer gewonnenen Schlacht zur nächsten. Da mußte der große Korse 1809 ganz unversehens gegen die Spanier eine Niederlage hinnehmen. Neuntausend napoleonische Soldaten und Offiziere wurden gefangengenommen, auf Schiffe verladen und nach Cabrera gebracht. Auf dieser kargen Insel mußten die stark geschwächten und von Krankheiten heimgesuchten Kriegsgefangenen fortan ihr Dasein fristen. Es fehlte am Nötigsten. Vor allem an Trinkwasser. Jene Soldaten, die ihren Durst mit Meerwasser stillten, starben schnell. Die anderen kämpften jahrelang ums Überleben. Erst fünf Jahre später, im Mai 1814, kam die Befreiung. Von den neuntausend napoleonischen Kriegsgefangenen hatten nur dreitausendsechshundert die Hölle von Cabrera überlebt. Heute erinnert ein Obelisk mit Kreuz an die über fünftausend Toten. Die Isla de Cabrera und die kleine Nachbarinsel Isla Conejera sind seit 1991 ein Nationalpark. Einige Soldaten des spanischen Militärs halten am Porto de Cabrera die Stellung. Ansonsten gehören die unbewohnten Inseln den seltenen Eidechsen, den Falken, Fischadlern und Möwen.
Von Cabrera aus, sagte Kay, wollte er wieder zurück Rich-

tung Cabo Salinas fahren und von dort zum Hafen von Cala d'Or.
Als Kay erwähnte, daß er dort bereits für morgen abend einen Liegeplatz reserviert hatte, zeigte der Mann vom Nebentisch ein zufriedenes Lächeln. Er saß direkt Rücken an Rücken mit Kay Kaufmann und hatte die ganze Unterhaltung konzentriert mitgehört. Jetzt beugte er sich vor, um sich wieder etwas mehr um seine Begleitung zu kümmern, die bereits einen reichlich gelangweilten Eindruck machte.
Der Ober, der später bei Kay und Dana abservierte, ließ das Tablett mit den Gläsern auf der Bar stehen und brachte die Teller in die Küche. Der Mann hinter Kay stand auf und ging an der Bar vorbei zur Toilette. Das Glas, aus dem Kay Kaufmann seinen Hierbas getrunken hatte, war verschwunden.

32

Es war acht Uhr am Morgen in Frankfurt. Heinz Lummer stand vornübergebeugt am Schreibtisch und stützte sich mit beiden Händen auf der Platte ab. Vor ihm lag eine ausgedruckte Message vom gestrigen Nachmittag.

E-Mail von Sam Späth an Heinz Lummer

Nicht zu glauben. Hut ab! Du hattest doch tatsächlich eine göttliche Eingebung. Es stimmt: Unser Freund ist ein Yachtie. Klar zum Kielholen. Wir haben ihn. Bereite schon mal meine Provision vor. Die lieben Kollegen von der Kripo können ihre Koffer packen. Felix Reiter liegt mit einer Motoryacht namens »Aurore« im Hafen von Sa Rápita. Hat eine blonde Maid dabei. Unser

Foto von ihm stimmt verblüffend genau. Heute abend wird er im Restaurant Ca'n Pep zu Abend essen. Ich werde auch dort sein. Wenn möglich, organisiere ich seine Fingerabdrücke und düse sie zu dir nach Frankfurt. Dann haben wir die hundertprozentige Identifizierung. Morgen können wir ihn dann aus dem Verkehr ziehen.

Sam

Heinz Lummers Blick fiel auf den Monitor seines Computers. Auf diesem waren nebeneinander verschiedene Fingerabdrücke zu sehen. Die linken hatte er über einen Mitarbeiter des BKA in Wiesbaden besorgt, sie stammten von Dr. Felix Reiter. Das war unter der Hand gelaufen, offiziell waren die Fingerabdrücke nicht zu bekommen. Die rechten Fingerabdrücke hatte ihm Sam per Scanner und Modem noch in der Nacht auf seinen Computer überspielt. Oben stand auf dem Bildschirm: »Fingerprint Identification Program«. Auf dieses Programm war Lummer besonders stolz. Er hatte es aus Amerika, wo das FBI damit arbeitete. Genau in der Mitte blinkte es regelmäßig: »Comparison ended. Identification positive.«
Heinz Lummer, der sich zur Feier des Tages in seinen grauen Anzug geworfen hatte, grinste triumphierend. Die Fingerabdrücke vom Glas stimmten mit dem Papillarmuster des Gesuchten überein. Er richtete sich auf, rieb sich selbstzufrieden die Hände, nahm den Telefonhörer ab und wählte die Nummer seines Auftraggebers. Er wurde direkt ins Vorstandsbüro von Dr. Schulze durchgestellt.
»Lummer hier. Ich wünsche Ihnen einen wunderschönen, guten Morgen. Und zum Auftakt dieses Tages darf ich Ihnen eine Freude bereiten. Wir haben unseren Freund auf Mallorca aufgespürt und definitiv identifiziert. Er steht unter Observation, und wir können ihn noch heute hoch-

gehen lassen. Ich brauche von Ihnen nur grünes Licht. Wir geben die Infos dann sofort an die Staatsanwaltschaft weiter. Über das BKA wird Interpol eingeschaltet. Unsere Kriminalbeamte werden sich mit dem Haftbefehl in den nächsten Flieger setzen. Und wenn die Sonne untergeht, schnappen die Handschellen der Guardia Civil zu. Perfektes Timing für die Abendnachrichten im Fernsehen.«

»Gute Arbeit. Gratuliere. Schwingen Sie sich ins Auto, und kommen Sie her. Ich will von Ihnen alle Facts. Es wird nichts unternommen, bis wir uns abgestimmt haben. Ist das klar?« sagte Dr. Schulze ohne besondere Erregung.

»Geht in Ordnung«, antwortete Lummer, »ich bin schon unterwegs.«

Eigentlich hatte Heinz Lummer erwartet, daß Dr. Schulze bei der Freudenbotschaft vor Begeisterung durch die Decke seines Vorstandsbüros gehen würde. Die Reaktion war etwas unterkühlter ausgefallen. Heinz Lummer fiel sein Mittagessen mit dem Journalisten Hansjörg Constantini in Hamburg ein. Constantini war sich ja sicher gewesen, daß in der deutschen Wirtschaft einige Vorstandsmitglieder über Felix Reiters Futures Management Inc. illegale Gelder erhalten hatten. Und diese Herren wären bei allem Säbelgerassel in der Öffentlichkeit in Wahrheit nicht an seiner Verhaftung interessiert. Sollte sein lieber Auftraggeber, dieser Dr. Schulze ...? Sollte Constantini recht haben?

Lummer grinste voller Schadenfreude. Falls es so sein sollte, dann ist es zu spät, mein Freund. Dann hast du dir dein eigenes Grab geschaufelt. Die Nummer wird jetzt durchgezogen, da gibt's kein Pardon!

*

Nach dem Besuch bei Dr. Schulze fuhr Heinz Lummer zurück in seine Detektei. Er hatte recht gehabt. Ob ganz im Sinne oder gegen den Willen Dr. Schulzes: Der Zug war ins Rollen geraten und nicht mehr aufzuhalten. Dr. Schulze war jedenfalls nichts anzumerken. Das Gespräch war absolut korrekt im Kreise diverser Mitarbeiter über die Bühne gegangen. Die Sache schien geritzt. Einer Verhaftung heute abend in Cala d'Or stand nichts mehr im Wege. Und auf seinem Konto dürfte bereits in den nächsten Tagen eine satte Erfolgsprämie eingehen. Er mußte nur noch auf das grüne Licht von Dr. Schulze warten. Die Vorständler hatten sich einige Stunden ausbedungen, um die Einzelheiten der Aktion intern durchzusprechen und mit den geplanten Medienverlautbarungen abzustimmen.

33

Nach dem Verschwinden von Dr. Reiter nahm zunächst die Frankfurter Rechtsanwaltskanzlei Dr. Mannschuh & Partner die Interessen des Flüchtigen wahr. Einige Monate später hatten die Anwälte aber die Tätigkeit für ihren untergetauchten Klienten eingestellt. Jetzt, fast eineinhalb Jahre danach, bekam Dr. Mannschuh einen anonymen Anruf.
»Hören Sie bitte genau zu. Sie bekommen nur diesen einen Anruf. Es entzieht sich meiner Kenntnis, ob Sie ungeachtet Ihrer offiziell beendeten anwaltschaftlichen Tätigkeit für Dr. Reiter über eine Kontaktmöglichkeit mit dem Flüchtigen verfügen. Ich erwarte natürlich von Ihnen keine diesbezügliche Stellungnahme. Falls Sie Dr. Reiter erreichen können, sollten Sie dies umgehend, ich betone umgehend, tun. Haben Sie mich soweit verstanden?«

»Das war ja nicht sonderlich schwierig. Ich muß Ihnen allerdings bestätigen, daß Sie bei uns bedauerlicherweise an der falschen Adresse sind. Aber fahren Sie ruhig fort, ich liebe originelle Telefonanrufe«, antwortete Dr. Mannschuh seinem anonymen Anrufer.
»Teilen Sie Ihrem Exklienten mit, daß er aufgeflogen ist. Damit meiner Aussage Glauben geschenkt wird, nenne ich das Stichwort Aurore. Die Staatsanwaltschaft ist vor wenigen Augenblicken über den Aufenthaltsort von Dr. Reiter informiert worden, die Verhaftung soll innerhalb der nächsten Stunden auf Mallorca erfolgen. Falls sich Dr. Reiter diesem einschneidenden Erlebnis entziehen möchte, müßte er dies sofort in die Tat umsetzen. Womit ich bereits am Ende bin, einen schönen Tag noch.« Der Anrufer hatte aufgelegt.
Dr. Mannschuh lehnte sich zurück. Dann nahm er ein Blatt Papier und protokollierte das Gespräch. Dabei ging ihm immer wieder die Stimme des Anrufers durch den Kopf. Ganz offensichtlich war der Anrufer sehr bemüht gewesen, seine Stimme zu verstellen. Trotzdem hatte der Anwalt das sichere Gefühl, die Person zu kennen. Aber es wollte ihm nicht einfallen. Wer hatte ein Interesse daran, Dr. Reiter zu schützen und seine Verhaftung zu verhindern? Da gab es einige potentielle Kandidaten. In seinem Safe hatte er eine Liste mit Namen. Er nahm sich vor, diese bei Gelegenheit durchzugehen. Aber das hatte Zeit. Jetzt gab es Wichtigeres zu tun.

34

Fast zur gleichen Zeit saß im Bundeskriminalamt in Wiesbaden Tilo Ploch an seinen Geräten. Ploch war Phonetiker und arbeitete in der Sprecherkennung des BKA. Vor einigen Monaten hatte der Journalist Paul Oberhuber bei ihm einen Artikel für sein Magazin recherchiert. Überschrift: »Der akustische Fingerabdruck«. Von Tilo Ploch waren einige Fotos erschienen, die ihn bei seiner Arbeit zeigten. Das hatte seiner Eitelkeit geschmeichelt. Außerdem war sein Ansehen bei seinen Kindern gestiegen, die den Job ihres Vaters plötzlich ganz toll und cool fanden.

Jetzt hatte ihn dieser Paul Oberhuber um einen Gefallen gebeten. Ganz inoffiziell, sozusagen privat. Ploch sah keinen Grund, ihm diesen Gefallen nicht zu erweisen. Oberhuber hatte ihm eine Tonbandkassette geschickt, auf der zwei Stimmproben aufgezeichnet waren. Er sollte für den Journalisten herausfinden, ob sie von ein und derselben Person stammten.

Auf der ersten Aufnahme war zunächst Paul Oberhuber zu hören, wie er einen Mann ansprach: »Grüß Gott, entschuldigen Sie, darf ich Sie etwas fragen? Kennen Sie sich hier aus?« Und dann die Stimme des Mannes, um den es ging: »Ein bißchen kenne ich mich aus. Es kommt auf einen Versuch an. Was wollen Sie wissen?«

Jetzt ein kurzes Hüsteln. Das war wieder Oberhuber. »Ich suche ein Lokal, ich bin dort mit Freunden verabredet. Es heißt El Pescador. Muß ganz in der Nähe sein.«

»El Pescador? Da kenne ich gleich mehrere Restaurants auf der Insel, die so heißen. Hier in der Nähe? Nein, tut mir leid, da ist mir kein Lokal mit diesem Namen bekannt. Aber gehen Sie doch da vor zur Panaderia und fragen dort, die werden Ihnen sicher weiterhelfen können.«

»Das mach' ich, herzlichen Dank, auf Wiedersehen.«
Im Hintergrund waren einige vorbeifahrende Autos zu hören. Die Qualität der Aufnahme war nicht besonders gut. Tilo Ploch vermutete, daß Oberhuber die Aufnahme mit einem versteckten Mikrofon gemacht hatte. Nicht ungeschickt. Und für seine Zwecke völlig ausreichend.
Die zweite Stimmprobe stammte offenbar aus einem mitgeschnittenen Interview. Die zu überprüfende Person antwortete auf Fragen eines Reporters. Die Passagen waren so aus dem Zusammenhang gerissen, daß Tilo Ploch aus dem Sinn nicht schlau wurde. Ganz offenbar hatte Oberhuber die Proben so ausgewählt, daß keine konkreten Rückschlüsse auf den Mann möglich waren.
Als Phonetiker war Tilo Ploch darauf trainiert, schon mit dem bloßen Ohr Besonderheiten von Sprechweisen zu identifizieren. Selbst wenn jemand versuchte, seine Stimme zu verstellen, gab es viele charakteristische Hinweise. Dazu zählten das Sprachtempo und das Atemverhalten.
Die eigentliche Sprechererkennung erfolgte aber auf elektronischem Wege. Ploch hatte bereits die Frequenzen der Sprechproben analysiert und ein Sonagramm erstellt. Dieses Sonagramm hatte Oberhuber in seinem Artikel »akustischer Fingerabdruck« genannt. Jetzt verglich Ploch auf seinem Monitor die Merkmale. Stimmbänder haben eine typische, vom Sprecher kaum manipulierbare Grundfrequenz. Diese konnte von Ploch genauso gemessen werden wie die Sprachmelodie, die sich in der Streuung der Frequenzen ausdrückte.
Ploch tat sich beim Vergleich nicht allzu schwer. Das Sonagramm bestätigte, was Ploch schon beim ersten Anhören als fast sicher angenommen hatte: Die Stimmen stammten von derselben Person. Der akustische Fingerabdruck war eindeutig!
Tilo Ploch fertigte Prints von seiner Analyse an und steckte

sie zusammen mit dem Tonband in seine Aktentasche. Paul Oberhuber wollte ihn heute nachmittag anrufen. Ploch nahm an, daß er sich über das Ergebnis freuen würde.

35

Pedro Gonzalez hatte sein Campmobil, mit dem er am Morgen von Sa Rápita gekommen war, an einer Straße in der Nähe von Cala Figuera geparkt. Von hier hatte man einen schönen Blick hinunter auf das Meer. Pedro paßte optisch gut ins Bild der vielen jungen Leute, die die Umgebung von Cala Figuera bevölkern. Er trug wie üblich eines seiner Hawaiihemden, ausgefranste Bermudashorts und seine Skibrille. Barfuß ging Pedro über die Straße zu einer kleinen Bar und bestellte sich einen Carajillo. Zu dieser Tageszeit wirkte hier alles so leblos wie der dösende Hund im Schatten der Hausmauer. Die Urlauber waren zum Baden in die kleinen Sandbuchten gefahren, die in der Nähe von Cala Figuera versteckt zwischen Pinienhainen und steilen Klippen liegen. Erst abends würden sie sich wieder im Ort einfinden, vielleicht an der Bon-Bar einen Drink nehmen, in einem der Restaurants Gambas oder Seezunge essen und später im Licht der altmodischen Gaslaternen von einer Kneipe zur anderen ziehen.
Pedros Campingwagen hatte offenbar schon einige Sommer in salziger Meerluft verbracht. Der ramponierte Lack war mit bunten Graffiti bemalt. Die Fenster von innen mit Jalousien verschlossen. Neben dem Dachträger mit einem Surfbrett gab es auf dem Camper eine ziemlich aufwendige Antennenanlage mit diversen umklappbaren Stangen und einer Parabolschüssel.

Während Pedro auf seinen Carajillo wartete, schaltete sich in seinem Campmobil für etwa eine Minute eine Tonbandmaschine ein. Diese war in eine Technikwand integriert, die die gesamte Breite des Wagens ausfüllte und mit Elektronik vollgestopft war. Das sah nun überhaupt nicht mehr nach einem ausgeflippten Freizeitmobil aus.
Als Pedro etwas später in sein Campmobil zurückkehrte, sah er mit einem Blick aufs Record-Display, daß eine Aufzeichnung stattgefunden hatte. Er schaltete die Empfangsbereitschaft auf ein zweites Tonbandgerät um und spulte das Band mit der Aufnahme zurück. Dann hörte er sich über Kopfhörer das automatisch mitgeschnittene Telefongespräch an.
Seit Port de Pollença hatte Pedro Gonzalez auf dem Landweg die Motoryacht Aurore verfolgt, wie sie die Küste entlangfuhr und die Häfen wechselte. Der kleine schwarze Zylinder, den er im Bugstaukasten der Aurore versteckt hatte, sendete ihm laufend die aktuelle Schiffsposition. Die Elektronik bestimmte über das Global Positioning System den Standort der Yacht auf wenige Meter genau und übermittelte diesen per Funk in Pedros Campmobil. So konnte er der Aurore mit dem Fahrzeug folgen und darauf achten, daß die Entfernung nicht zu groß wurde. Solange die Yacht an der Küste von Mallorca kreuzte, war dies leicht zu bewerkstelligen.
Seine Elektronik war unter anderem darauf spezialisiert, Funktelefongespräche abzuhören. Das Telefon von Kay Kaufmann arbeitete nach dem analogen System, und so hatte Pedro damit keine allzu großen Probleme.
Bislang gab es nur belanglose Telefonate: Tischreservierungen für den Abend, Gespräche mit den Hafenmeistern der Marinas. Zum ersten Mal überhaupt war umgekehrt ein Gespräch angekommen. Aber dieses hatte es wirklich in sich.

Pedro Gonzalez wählte eine Nummer in Marbella.
»Hallo, hier ist Pedro, es ist wichtig, kann ich Don Antonio oder Alfredo sprechen?«
Kurz darauf meldete sich Don Antonio selbst. Pedro erzählte ihm von dem gerade aufgezeichneten Gespräch, und er spielte ihm das Band vor.
»Bueno, jetzt paßt das Puzzle zusammen«, kommentierte Pedros Boß die Informationen. »Wir haben schon vermutet, daß unser Amigo in Wahrheit Dr. Felix Reiter ist. Es gab einige Anhaltspunkte. Aber jetzt wissen wir es definitiv. Wie es aussieht, bekommt er Probleme. Wir müssen ihn noch vorher aus dem Verkehr ziehen. Vor allem darf er uns jetzt nicht mehr entwischen.«
Pedro bekam die Anweisung, der Yacht an Land weiter zu folgen, die elektronischen Ohren zu spitzen und die Aurore nach Möglichkeit auch optisch im Auge zu behalten. Don Antonio würde dafür sorgen, daß Mitarbeiter von La Organización der Aurore mit einem Sportboot einen Besuch abstatteten.
Pedro war klar, daß Kay Kaufmann alias Felix Reiter von diesen Kollegen wenig begeistert sein würde. Zwar würden sie ihn vor der Verhaftung bewahren. An einen Felix Reiter hinter Gittern war seine Organisation zunächst nicht interessiert. Aber dann bekäme er eine recht unfreundliche Spezialbehandlung, an deren Ende er mit Sicherheit über keine finanziellen Mittel mehr verfügen würde.
Flüchtige Wirtschaftskriminelle und Finanzbetrüger waren bei La Organización sehr beliebt. Dabei operierte die Firma nicht nur auf spanischem Territorium, sondern unter Ausnutzung der Kontakte zu anderen Organisationen international. Sie heftete sich an die Fersen der Flüchtigen und versuchte, sie aufzuspüren. Freilich nicht, um sie der Polizei zu übergeben, sondern um bei ihnen abzukassieren. Pedro wußte, daß es an potentiellen Opfern keinen Mangel

gab. Die Zahl der großen Fische, die auf der Flucht vor den Strafverfolgungsbehörden abzutauchen versuchten, wurde immer ansehnlicher. Nach einiger Zeit fühlen sich diese Fische sicher, glauben, daß sie alle überlistet hätten. Sie werden leichtsinnig. Und dann kommt unversehens der große weiße Hai, der keine Skrupel und Gesetze kennt. Und am Ende sind die einst großen Fische auf die Größe niedlicher Goldfische zusammengeschrumpft und froh, noch am Leben zu sein. Aber ihre mühsam abgezweigten Millionen sind von ihren Schweizer Nummernkonten, oder wo immer sie sonst deponiert waren, auf Nimmerwiedersehen verschwunden.
Pedro lehnte an der Kühlerhaube seines Fahrzeugs und rauchte eine Zigarette. In nur kurzer Zeit hatte sich der Himmel bewölkt. Die ersten Sturmböen fegten vom Meer über die Klippen. Pedro kletterte auf das Dach seines Campers und sicherte die Antennen.

36

Kay stand oben auf der Flybridge am Steuer seiner Yacht. Er hatte vor kurzem die Südostspitze von Mallorca, Cabo Salinas, passiert. Dana schlief unten in der Gästekajüte. Achteraus verschwand die Insel Cabrera im Dunst. Das Meer war ruhig, aus den Lautsprechern war leise Chopin zu hören, und das blaue Sonnensegel spendete Schatten. Alles wäre so friedlich, so schön, nahezu perfekt, dachte Kay und biß sich nervös auf die Unterlippe. Wäre da nicht gerade dieser Telefonanruf aus Frankfurt gewesen. Aus der Traum! Jetzt hatten sie ihn doch noch gefunden. Er sah keinen Grund am Wahrheitsgehalt des Anrufs zu zweifeln.

Welche Optionen blieben ihm? Er könnte mit seiner Yacht nach Süden fliehen und Kurs auf Nordafrika nehmen. Der gebunkerte Treibstoff sollte reichen. Aber spätestens heute abend würde ihn das Empfangskomitee in Cala d'Or vermissen und die Verfolgung organisieren. Keine Chance, seine Trawleryacht war entschieden zu langsam. Bei einer Maximalgeschwindigkeit von knapp elf Knoten würden sie ihn bald schnappen.

Er mußte irgendwie versuchen, nach Port d'Andratx zu kommen. Dort hatte er vorgesorgt, von dort konnte er fliehen. Aber auch nach Port d'Andratx waren es rund sechzig Seemeilen. Zu weit für seine behäbige Aurore. Also möglichst schnell ans Ufer und auf dem Landweg nach Port d'Andratx. Und was machte er mit Dana, die unter Deck schlief?

Während Kay fieberhaft die Fluchtmöglichkeiten kalkulierte, verfinsterte sich im Nordosten der Himmel. Eine schwarze, bedrohlich aussehende Wolke zog auf und kam rasch näher. Kay war mit den Gedanken noch bei seiner Flucht. Schon wechselte die Meeresoberfläche ihre Farbe und wurde immer dunkler. Die ersten Böen fegten heran. Wenn die mallorquinischen Fischer diesen Wetterumschwung beobachten, dann bringen sie sich und ihre Boote möglichst schnell in Sicherheit.

Erst ein dumpfer Donner riß Kay aus seinen Gedanken. Auch das noch, dachte er. Das war nun wirklich der schlechteste Augenblick für ein Unwetter. Wo kam das eigentlich her? Vorhin hatte er noch das Barometer kontrolliert. Das stand unverändert auf 1040 Hektopascal, schönstes Wetter also.

Dann fiel ihm ein, daß er diese Situation schon einmal vor vielen Jahren in seiner Jugend erlebt hatte. Damals mit Skipper und Crew auf einer großen Segelyacht ziemlich genau in der Mitte zwischen Mallorca und Menorca. Also gar nicht allzuweit von hier. Bei gleichbleibendem Hochdruck war urplötzlich ein Sturm aufgezogen. Und im Nu hatten sie einen völlig chaotischen Seegang, Blitz und Donner, heftige Sturmböen und sintflutartige Wolkenbrüche. Später hatte er in Yachtführern von diesem Sturm gelesen, der aus dem Nichts kommt und oft schon nach einer halben Stunde vorbei ist.

37

Als der Sturm seine Vorboten überholt hatte und mit Urgewalt losbrach, war Dana unsanft aufgewacht. Die schwere Motoryacht war wie von Geisterhand durchgerüttelt worden. Dana stürzte in der Gästekajüte vom Bett auf den Boden. Der Alptraum nahm seinen Anfang. Nachdem sie sich aufgerappelt hatte, stolperte sie durch die Kajüte. Wo war Kay? Sicherlich oben auf der Flybridge am Steuerstand. Auf ihrem bisherigen Törn hatten sie kaum Seegang. Und jetzt dieser Sturm. Der Wind pfiff durch die offenen Luken. Dana hangelte sich die Leiter zur Flybridge hoch. Kein Kay! Die Wellen wurden immer höher. Ihre Kämme brachen sich in weißem Schaum. Die Gischt wurde vom Sturm davongetragen. Dana klammerte sich fest. Über ihrem Kopf zerriß mit einem lauten Knall das blaue Sonnensegel. Ein Blitz fuhr ins Meer. Fast gleichzeitig ging Dana der gewaltige Donnerschlag durch Mark und Bein.
Die verzweifelte Suche nach Kay blieb ergebnislos. Später, als sie am Funkgerät um Hilfe rief, war ihr längst klargeworden: Kay mußte mit den ersten Wellen über Bord gegangen sein. Vielleicht als er versucht hatte, das Dingi, das sie hinterherzogen, zu sichern? Die nächsten Brecher

erwischten die führerlose Aurore von der Breitseite. Dana wurde durch den Salon geschleudert und landete in der Pantry. Wo waren die Schwimmwesten? Jetzt kam eine schwere See von achtern über.

*

Vierzig Minuten später war der Spuk vorbei. Dunkle Wolkenfetzen gaben den Blick auf die Küste Mallorcas frei. Von der schweren See, die sich so rasch aufgebaut hatte, blieb nur noch eine lange Dünung. Die Aurore hatte den Sturm überstanden. Die Yacht hob und senkte sich mit den Wellen. Im Süden war ein schnelles Sportboot zu sehen, das offenbar gerade ausgelaufen war, und Kurs auf die Aurore hielt. Die ersten Sonnenstrahlen fielen auf das Deck. Von der Insel näherte sich mit hoher Geschwindigkeit ein Rettungskreuzer der spanischen Seenotrettung. Das Sportboot im Süden drehte ab. Dana saß noch immer zusammengekauert am Boden der Pantry, als der Rettungskreuzer an das Heck der Aurore manövrierte und ein Helfer an Deck sprang. Kurz darauf zog er Dana auf die Beine und nahm sie beruhigend in die Arme: »Tranquila, señorita, ya pasó todo, tranquila. Beruhigen Sie sich, es ist alles vorbei. Wir haben Ihren Notruf empfangen. Wo ist der Skipper?«

»Er ist über Bord gespült worden.«

»Wie lange ist das her?«

»Das muß gleich am Anfang passiert sein. Ich habe geschlafen. Als ich vom Sturm aufgewacht bin, war Kay verschwunden. Vielleicht hat ihn ein anderes Schiff gerettet?« sagte Dana und sah den Mann von der Seenotrettung hoffnungsvoll an.

»Lo siento, es tut mir leid«, meinte der, »aber andere Schiffe waren nicht in der Nähe. Ihr Schiff war weit und breit das einzige in diesem Sturm.«

»Aber was ist dann mit Kay geschehen, ist er ertrunken?«
»Ich fürchte, ja. Nur wenn er eine Schwimmweste anhatte, besteht eine Chance. Wir werden sofort eine Suchaktion starten.«
Kurze Zeit später donnerten zwei SAR-Hubschrauber über die Aurore hinweg auf das Meer hinaus. Bald folgten diverse Motorboote, die nach einem rasch erstellten Plan das Meer absuchten. Die Aktion blieb ergebnislos. Fast ergebnislos: Man fischte eine rote Rettungsweste aus dem Meer. Mit der Aufschrift: Aurore. Und man fand das Dingi der Aurore kieloben im Wasser treiben.

*

Mittlerweile hatte die Küstenwache die Yacht in die Marina von Cala d'Or gebracht. Das Schiff war sorgfältig auf Schäden und sonstige Hinweise durchsucht worden und lag jetzt am Transitkay. Dana war bereits offiziell informiert worden, daß die Küstenwache bei Kay Kaufmann von einem Tod durch Ertrinken ausging. Das in Frage kommende Seegebiet war so klein, daß man ihn, wäre er noch am Leben, auf jeden Fall gefunden hätte.
Dana saß am Kajüttisch und stand der Polizei fürs Protokoll Rede und Antwort, da stürmten plötzlich Beamte der Guardia Civil und einige Zivilisten an Deck. Den folgenden hitzigen Diskussionen konnte sie nicht folgen. Offenbar war ein Deutscher darunter, denn sie hörte einige Male laut und vernehmlich: »Scheiße, so eine Scheiße, Bullshit!« Danach wurde erneut das Schiff durchsucht. Zwei Beamte stiegen in den Maschinenraum hinunter und inspizierten jeden Winkel. Dana wurde zum zweiten Mal, diesmal von einem Inspektor der spanischen Kriminalpolizei, ausgefragt.
Im Bordsafe, der von der Polizei aufgebrochen wurde, fand man einen Reisepaß auf den Namen Kay Kaufmann und

Peseta im Wert von etwa tausend Mark. Paß und Geld lagen ausgebreitet vor Dana auf dem Salontisch.
Das sollte alles gewesen sein? Sie konnte sich noch ziemlich genau an den Inhalt des Safes erinnern. Da waren einige dicke Geldbündel drin gewesen, die Dana jetzt vermißte. Außerdem hatte sie im Safe ein halbes Dutzend kleiner weißer Umschläge gesehen, die alle mit drei Versalbuchstaben beschriftet waren. Einige Kürzel wußte sie noch: BCN, ZRH, MIA. Und dann waren da noch weitere Pässe gewesen. Auch in diesem Punkt war sie sich absolut sicher, denn sie hatte Kay gefragt, wem der amerikanische und der Schweizer Ausweis gehörten. »Guten Freunden«, hatte Kay geantwortet, »sie haben mich gebeten, ihre Pässe aufzubewahren.« Das war ihr schon damals sehr seltsam vorgekommen. Sie beschloß, ihre Beobachtungen für sich zu behalten.
Man informierte Dana, daß noch am Abend deutsche Kriminalbeamte und ein Mann von der Frankfurter Staatsanwaltschaft eintreffen würden. Und dann erzählten ihr die Polizisten von Dr. Felix Reiter. Von dem dringenden Verdacht, daß ihr Kay Kaufmann niemand anders gewesen sei als der berühmte Wirtschaftsflüchtling und weltweit gesuchte Millionenbetrüger. Dana fiel aus alten Wolken. Erst wollte sie die Geschichte nicht glauben. Sie protestierte heftig. Aber schon während sie sich gegen diese Version wehrte, kamen die ersten Zweifel. Wie im Schnellgang lief in ihrem Kopf der Film der letzten Tage ab. Eigenarten von Kay erschienen plötzlich in einem anderen Licht. Bemerkungen fielen ihr ein, die sich auf einmal anders interpretieren ließen. Wie kleine Mosaiksteinchen fügten sich Erinnerungen zusammen und ergaben ein neues Bild. Und plötzlich paßte alles. Die vielen Pässe im Safe. Die Tatsache, daß Kay nie mit Schecks oder Kreditkarten bezahlte. Daß Kay möglichst wenig von seiner Vergangenheit erzählen wollte. Die Narben von der gesichtschirurgischen Opera-

tion. Die häufige Lektüre der Finanzzeitschriften. Der Mann im Restaurant, der ihn sogar mit dem richtigen Namen angesprochen hatte.
Kay ein welterfahrener Finanzjongleur? Ein Mann, dem eine riesige Fehlspekulation zum Verhängnis geworden war, der sich mit reichlich Taschengeld abgesetzt hatte und jetzt in den Tag hineinlebte? Der Weg war das Ziel! Warum eigentlich nicht?
Natürlich kannte Dana den spektakulären Fall des Dr. Felix Reiter aus den Medien. Schließlich hatte sein Untertauchen in Deutschland über Monate für Schlagzeilen gesorgt. Zwar hatten sich die Wogen mittlerweile etwas geglättet, aber immer wieder gab es Berichte in den Journalen und im Fernsehen über die Hintergründe und über vermutete Aufenthaltsorte.
Die spanischen Polizisten erklärten ihr, daß sie sich für ein ausführliches Verhör mit deutschen Ermittlungsbeamten am nächsten Morgen bereithalten müsse. Als wichtigste Zeugin stünde sie in gewisser Weise unter Polizeigewahrsam. Was immer das auch zu bedeuten hatte.
Als sie endlich von Bord durfte, wurde Dana mit einem Polizeiwagen in eine deutsche Arztpraxis nach Cala d'Or gefahren, wo sie verarztet wurde. Einige kleinere Schürfwunden und eine Prellung waren zu versorgen. Das war alles. Danach wurde sie wieder zum nahe gelegenen Yachthafen gebracht. Die Polizei hatte ihr dort ein kleines Zimmer reserviert. Dort sollte sie sich erst einmal erholen. Morgen früh um acht würde man sie abholen und aufs Revier bringen.

*

Es war drei Uhr nachts. Dana konnte nicht schlafen und ging in der Marina spazieren. Jetzt saß sie auf einer Steinmauer. In diesem hinteren Teil des Hafens lagen die Boote ziemlich im Dunkeln. Alle paar Meter gab es am Wasser einen Block, in dem die Landanschlüsse für die Yachten installiert waren. Aus jedem dieser Blöcke leuchtete eine Lampe vom Wasser weg auf die Straße, die um das Hafenbecken herumführte. Von den Lokalen am vorderen Ende des Hafens hallten gedämpft nur noch wenige Geräusche über die Marina. Ab und zu fuhr ein Auto oder ein Moped mit Nachtschwärmern vorbei. Der Lichtstrahl einer Disko strich über den sternenklaren Himmel. Auf den Yachten vor ihr war alles still. Deutlich hob sich die hohe Silhouette der Aurore von den Segelschiffen ab. Die Yacht war mit dem Heck am Kai festgemacht. Plötzlich hatte Dana den Eindruck, daß sich auf dem Schiff etwas bewegte. Jetzt, ganz sicher. Ein Schatten zwischen Reling und Kajütaufbau. Der Schatten nahm die Form einer menschlichen Gestalt an, die tief an den Boden gekauert zum Heck der Yacht schlich. Rasch kletterte die Gestalt über die Heckreling, sprang an Land und lief im Dunkeln davon. Dana saß auf der Bank wie erstarrt. Zu vertraut waren ihr die Bewegungen des Mannes.

38

Einige Stunden vorher: Kay stand auf der Flybridge und beobachtete den rasch aufziehenden Sturm. Wieder rollte ein dumpfer Donner heran. Auf den Wellen bildete sich weißer Schaum. Plötzlich hatte Kay einen Einfall, der allerdings einen gravierenden Haken hatte: Ihm blieb keine Zeit, den Plan genauer zu überdenken und Details zu berücksichtigen. Das Vorhaben mußte sofort in die Tat umgesetzt werden. Kay überließ das Steuerruder der Yacht seinem Schicksal, kuppelte die Motoren aus und eilte die Leiter hinunter. Ein kurzer Blick durch das Luk in die Gästekabine: Noch lag Dana in der Koje und schlief. Jetzt kam es auf Sekunden an. Am Heck machte er das Dingi los und warf eine Rettungsweste ins Wasser. Der Himmel war mittlerweile schwarz. Die ersten schweren Regentropfen fielen auf das Deck, und die Windstöße wurden immer heftiger. Hoffentlich hatte Dana einen gesunden Schlaf. Wenigstens noch für ein bis zwei Minuten. Kay hetzte in den Salon, öffnete den Safe und entnahm ihm mehrere Umschläge, Geldbündel und Reisepässe. Er stellte das Funkgerät auf den Notrufkanal 16. Ein Griff zur Taschenlampe. Dann rasch den Niedergang hinunter an der Gästekabine vorbei in die Frontkajüte. Fast geschafft. Die ersten Brecher erfaßten die Yacht. Jetzt dürfte Dana wohl irgendwann aufschrecken. Kay öffnete am Bug über dem Bett eine Klappe. Dahinter lag der große Ankerkasten der Yacht mit sechzig Meter Kette. Kay zwängte sich durch die Öffnung und zog von innen die Klappe wieder in ihre Arretierung. Der Bug der Yacht tauchte in eine Welle. Kay stürzte im Dunkeln gegen die aufgetürmte Ankerkette, die sich mit lautem Gerassel wild hin- und herbewegte. Das war ja noch ungemütlicher als erwartet. Die Taschenlampe hatte er bereits verloren. Er schob sich in dem engen Schacht nach unten. Hier gab es einen kleinen Hohlraum, den Kay erst vor einigen Wochen bei einer Reinigung des Ankerkastens entdeckt hatte. Von oben war er nicht zu sehen. Vorsichtig schob er sich an der Kette vorbei in die Nische. Er mußte sich ganz klein machen, aber es gelang ihm, sich in dem Hohlraum festzukeilen.

Mittlerweile war der Sturm voll aufgezogen. Die Yacht schlingerte wild hin und her. Kay versuchte, den Kettenberg mit den Füßen von sich wegzustemmen. Hoffentlich ging alles gut. Erst jetzt hatte er Zeit nachzudenken. Er war ohnehin zur Untätigkeit verdammt. Das Unwetter war unglaublich schnell aufgezogen. Eigentlich war für heute und für die nächsten Tage schönstes Wetter vorausgesagt. Kein Zweifel, das war kein allgemeiner Wetterumschwung, sondern ein besonderes Spektakel. Ganz so, wie er es schon mal erlebt hatte. Ein Sturm aus dem Nichts. So eine Art kleiner Hurrikan. Das konnte nicht allzulange dauern. In diesem Fall würde seiner Yacht nicht viel passieren. Untiefen waren keine in der Nähe. Und die schroffe Küste war weit genug entfernt. Er mußte nur die Zeit berücksichtigen. Bei einer starken Abdrift, die im schlimmsten Fall direkt gegen die Felsen an der Küste setzte, könnte es in etwa zwei Stunden eng werden. Spätestens dann mußte er also aus der Versenkung auftauchen und sich für Dana eine gute Geschichte einfallen lassen. Eine gute Geschichte? Die ließ sich wohl auch bei größter Anstrengung kaum mehr konstruieren; es würde ihm wohl nur noch die Wahrheit bleiben.

Immer wieder kamen von oben Salzwasserduschen durch die Öffnung der Ankerkettenführung. Einen komfortablen Platz hatte er sich da wirklich nicht ausgesucht. Ständig ging es mit dem Bug auf und ab. Gleichzeitig schleuderte es ihn mal gegen die rechte, dann wieder gegen die linke Schulter. Und durch die Bordwand dröhnte das Meer. Zum ersten Mal in seinem Leben wurde es Kay auf einem Schiff übel. Nach einiger Zeit mußte er sich in seinem selbstgewählten Verließ übergeben. Danach war ihm etwas wohler. An seinen äußeren Zustand durfte er nicht denken. Durchnäßt klemmte er im Ankerkasten. Wahrscheinlich waren die Umschläge, das Geld und die Pässe, die er in seine Hosentaschen und unter sein Polohemd gestopft hatte, inzwischen völlig aufgeweicht.

Kay hatte jedes Zeitgefühl verloren. Auf dem Zifferblatt seiner Uhr konnte er nichts erkennen. Und solange das Schiff so wild durch die Wellen schlingerte, war es unmöglich, die Taschenlampe zu suchen. Ob die zwei Stunden, die er sich als Limit gesetzt hatte, schon um waren? Oder vielleicht erst eine oder eine halbe Stunde? Kay wußte es nicht. Langsam beschlichen ihn Zweifel an seiner Aktion. In seiner Phantasie kamen die schroffen Klippen zwischen Cabo Salinas und Cala Figuera immer näher. Den unkontrollierten Schiffsbewegungen konnte Kay entnehmen, daß Dana die Motoren nicht eingekuppelt hatte. Die Yacht trieb also weiterhin führerlos durch den Sturm. Was würde Dana jetzt wohl machen? War sie an Bord gestürzt, hatte sie sich verletzt oder war sie gar von Bord gespült worden? Am liebsten wäre Kay aus seinem Ankerkasten hervorgekrochen, um auf dem Schiff nach dem Rechten zu sehen.
Vielleicht gelang es Dana, über Funk Hilfe zu holen? Immerhin hatte er noch den richtigen Funkkanal eingestellt. Mit dem Telefon würde Dana nichts anfangen können. Leider hatte er ihr nie den Code gesagt, mit dem es einzuschalten war.
Erneut wurde der Bug der Yacht kräftig durchgeschüttelt. Kay schlug mit dem Kopf gegen eine Kante im Ankerkasten.

*

Als Kay aus seiner Ohnmacht erwachte, wußte er zunächst nicht, was los war. Er steckte zusammengekauert in einem finsteren Loch. Alle Knochen taten ihm weh. Es roch nach Öl, nach Meerwasser – und nach Erbrochenem. Über sich hörte er Stimmen, dann Schritte. Sonst war alles sehr ruhig. Nur sein Kopf pochte.

Dann eine weibliche Stimme. Dana! Plötzlich fiel ihm alles wieder ein. Der Sturm war vorüber. Sein Schiff ganz offensichtlich nicht gesunken oder an den Klippen zerschellt. Gute alte Aurore. Und Dana offenbar wohlauf. Gott sei Dank.

Vorsichtig manövrierte er seinen Körper aus der mißlichen Position. Jetzt nur nicht zu fest an die Ankerkette stoßen und Lärm verursachen. Kaum hatte er sich wieder in dem kleinen Hohlraum festgekeilt, der ihm als Versteck im Versteck diente, da hörte er es schon an der Klappe hantieren. Der Lichtkegel einer Lampe fiel in den Schacht. Kay hielt die Luft an.

»Aqui no hay nada«, hörte er von oben eine Stimme. Kurz darauf tauchte die Alustange des Bootshakens direkt vor seinem Gesicht auf und stocherte in dem Ankerkasten herum. »Nada.« Dann verschwand der Bootshaken wieder, und kurz darauf wurde die Klappe geschlossen.

Jetzt begann die Zeit des Wartens. Solange noch Leute an Bord waren, konnte er nichts unternehmen. Alle Anzeichen sprachen dafür, daß das Schiff an einer Hafenmole festgemacht war. Die Stunden vergingen. Kay hörte ein Motorrad vorbeifahren. Dann immer wieder Autos. Von etwas weiter her kam Musik.

Kay verhielt sich ganz ruhig und versuchte sich zu entspannen. Er konzentrierte sich auf seinen Atem. Einatmen. Ausatmen. Pause. Einatmen ...

Ihm fiel eine Zeile ein, die er bei George Sand gelesen hatte: »Geduld, viel Geduld, mucha calma, ist die mallorquinische Weisheit.«

Die Zeit verging im Schneckentempo. Schon seit langem war es auf dem Schiff still. Es war niemand mehr an Bord. Auch vom Ufer kamen nur noch selten Geräusche. Am lautesten war mittlerweile das Gluckern des Wassers, das durch die Bordwand zu ihm drang. Mit seiner Taschenlampe, die er glücklicherweise wiedergefunden hatte, leuchtete er kurz auf die Armbanduhr: Mitternacht war längst vorbei, zwei Uhr. Zeit, um von Bord zu gehen. Plötzlich hörte er Schritte in der Kajüte und verhaltene Stimmen. Die Geräusche deuteten darauf hin, daß das Schiff erneut durchsucht wurde. Ganz offensichtlich war man bemüht, wenig Lärm zu machen. Das war keine offizielle Aktion. Hier waren Besucher am Werk, die er nicht zuordnen konnte, die ihm aber überhaupt nicht gefallen wollten.

Später wurde es wieder still. Jetzt durfte Kay keine Zeit mehr verlieren. Er schob sich im Ankerkasten nach oben. Da war die Klappe zur Kajüte, zwei kräftige Stöße, und sie fiel nach innen auf das Bett. Kay zwängte sich durch die Öffnung und schloß die Klappe wieder. Dann tastete er sich im Dunkeln zu seinem Kleiderschrank und zog von unten frische Boxershorts, eine schwarze Baumwollhose, ein Polo und ein dunkles Sweatshirt hervor. Alles fühlte sich ziemlich klamm an. Bei dem Sturm hatte wohl auch der Kleiderschrank einige Duschen abbekommen. Aber er brauchte dringend relativ saubere Klamotten, in seinem jetzigen Zustand konnte er sich nirgends sehen lassen.

Nachdem sich Kay notdürftig gesäubert und umgezogen hatte, nahm er eine von seinen vielen Sporttaschen und stopfte die schmutzige Wäsche zusammen mit den aufgeweichten Umschlägen, dem Geld und den Pässen aus dem Safe hinein. Er schlich die Treppe zum Salon hoch und schaute durch die salzverkrusteten Scheiben an Land. Das Schiff war mit dem Heck am Ufer festgemacht. Kay öffnete langsam die Tür, die an Deck führte, schob sich durch den schmalen Spalt und schloß sie wieder. Dann kroch er zwischen Reling und Kajütaufbau ans Heck. Am Ufer bewegte sich nichts. Kay kontrollierte die Segelboote, die parallel zu seinem Schiff lagen. Oft schlafen Leute in warmen Nächten an Deck. Aber das war von hier nicht festzustellen. Kay kletterte über die Heckreling und sprang an Land. Geduckt lief er quer über die Uferstraße, hinter der an dieser Stelle keine Häuser standen, und verschwand im Dunkel der Nacht.

39

Pedros buntes Campmobil parkte in jener Nacht ganz hinten am Hafenbecken von Cala d'Or. Viel gab es nicht mehr zu tun. Mit Telefonaten von Felix Reiters Funktelefon war wohl kaum mehr zu rechnen. Los muertos no hablan, dachte sich Pedro. Wasserleichen führen selten Gespräche. Er saß entspannt vor einem Monitor und schlürfte einen Kaffee. Zu dem Equipment seines Gefährts gehörte ein elektronisches Nachtsichtgerät. Die Kamera ließ sich unter einem Surfbrett auf dem Dach ausfahren und von innen steuern. Das Nachtsichtgerät war auf die Aurore gerichtet. Auf dem Bildschirm waren ganz deutlich das Heck der Yacht, der Kai und die verwaiste Uferstraße zu sehen. Neben Pedro saßen im Campmobil zwei Kollegen auf Klappstühlen. Sie unterhielten sich über ihren gerade abgeschlossenen Besuch auf der Aurore. Die Durchsuchung der Yacht hatte keine neuen Erkenntnisse gebracht. Pedro hatte die Aktion auf seinem Monitor verfolgt. Über Funk hätte er seine Kollegen warnen können, falls plötzlich die Guardia Civil aufgetaucht wäre. Womit zu dieser später Stunde freilich nicht zu rechnen war.

Pedro beobachtete eine junge Frau, die langsam an den festgemachten Booten entlanglief. Jetzt setzte sie sich ein

Stück entfernt von der Aurore auf eine Steinmauer. ¿Y ese, quién es? Pedro beugte sich vor und zog mit einem Schieberegler das Zoom auf die Frau. ¡Hola, señorita, qué sorpresa, ya nos conocemos! Kein Zweifel, das war die Freundin von Felix Reiter. Was hatte sie zu dieser späten Stunde bei den Booten zu suchen? Konnte sie nicht schlafen? Dachte sie an ihren ertrunkenen Freund? Interesante, muy interesante.
Pedro hatte das Objektiv wieder so eingestellt, daß er die Aurore mit im Bild hatte.
¿Qué pasa? War da nicht eine Bewegung auf dem Achterdeck der Yacht? Pedro stellte seine Kaffeetasse zur Seite. Das Fernsehprogramm gestaltete sich abwechslungsreicher als erwartet. Jetzt, ganz deutlich, eine Gestalt. Zoom. Ein männliche Gestalt. Pedro und seine beiden Kumpane sahen auf dem Bildschirm, wie der Mann über die Reling kletterte und an Land sprang. Pedro hatte schon den Videorecorder eingeschaltet. ¿Quién es? Es war doch niemand an Bord. Aber offensichtlich doch. Reiter? Wer sonst, das war Felix Reiter. El perro maldito war überhaupt nicht ertrunken. Irgendwie mußte es ihm gelungen sein, sich auf dem Schiff zu verstecken.
Hastig besprach sich Pedro mit seinen beiden Kumpanen, die bereits aufgesprungen waren. Der eine hatte schon seine Waffe aus dem Schulterhalfter gezogen. Sekunden später waren sie aus dem Campmobil gesprungen. Sie flankten über eine Mauer hinter dem Wagen und rannten im Dunkeln hinter dem Mann her, den sie für Felix Reiter hielten. Pedro hatte ihn auf dem Monitor bereits aus den Augen verloren. Er schwenkte zurück zu Dana. Sie saß immer noch auf ihrer Bank. Hatte auch sie die Gestalt gesehen? Sie saß da wie versteinert. Naturalmente, sin duda. Kein Zweifel, sie hatte den Mann gesehen. Seine beiden Kollegen hingegen, die hinter Reiter hergejagt wa-

ren, dürften ihr wohl entgangen sein. Zu weit hinten stand das Campmobil.
Pedro fiel seine Begegnung mit Felix Reiter in Port de Pollença ein. Unwillkürlich griff er sich an die Ohren. Vielleicht hätte er seinen Kollegen noch sagen sollen, daß Reiter auf sich aufzupassen verstand. Aber sie waren ja im Unterschied zu ihm Profis, die auf solche Auseinandersetzungen geradezu scharf waren. Sie würden mit Reiter schnellen Prozeß machen.
Pedro ließ das Videoband zurücklaufen. Dann fror er das Bild ein. Er nahm einen Schluck aus seiner Kaffeetasse und betrachtete die Gestalt. Felix Reiter, cien por cien. Auf dem anderen Bildschirm sah er, wie Dana aufstand und hinter den Booten verschwand. Wo blieben seine Kollegen? Entweder hatten sie Reiter eingeholt, oder er war ihnen entwischt. Jedenfalls müßten sie längst wieder zurück sein. Pedro beschloß, noch etwas zu warten. Nach weiteren zehn Minuten verließ er den Wagen. In der rechten Hand hielt er eine Pistole, in der linken eine Taschenlampe, die er vorläufig noch nicht einschaltete. Er lief über die Wiese in jene Richtung, in der er die beiden hatte verschwinden sehen. Nachdem Pedro über einen Busch gestrauchelt war, knipste er die Lampe an. Weiter vorne sah er im Lichtkegel eine Gestalt mit dem Gesicht nach unten am Boden liegen. Mit wenigen Schritten war er dort, er drehte den Körper um. Es war einer seiner beiden Kollegen. Pedro konnte keine Verletzungen erkennen. Jedenfalls war der Kumpel noch am Leben – sein Atem ging flach, aber beständig. Unwillkürlich empfand Pedro eine leichte Genugtuung. Die Abreibung, die er in jener Nacht in Port de Pollença bekommen hatte, war also gar nicht so ehrenrührig. Dieser Felix Reiter konnte offenbar auch Profis aufs Kreuz legen. El demonio. Pedro richtete sich auf. Weiter hinten hörte er ein Stöhnen. Er ahnte schon,

was ihn erwartete. Er fand seinen anderen Kollegen am Boden sitzen, mit dem Rücken an einen Baum gelehnt. Von der Schläfe tropfte Blut. Die Oberlippe war geplatzt. Der rechte Arm hing wie bei einer Stoffpuppe schlaff an der Schulter.

40

Als am folgenden Morgen der Wecker klingelte, erwachte Dana aus einem tiefen, bleiernen Schlaf, den sie in den frühen Stunden doch noch gefunden hatte. Mit offenen Augen lag sie im Bett und starrte an die Zimmerdecke, wo ein häßlicher roter Fleck an das Ableben eines Moskitos erinnerte. Ihr Kopf fühlte sich an, als ob er mit Watte gefüllt wäre. Und durch die Watte waberten Phantasien, Erinnerungen, Bilder. Was war Traum, was war Wirklichkeit?
Dana massierte sich mit den Zeigefingern ihre Schläfen. Die Szene der letzten Nacht fiel ihr wieder ein. Im Zeitlupentempo sah sie, wie Kay über die Reling kletterte, geschmeidig wie eine Katze an Land sprang und in federndem Laufschritt verschwand. Traum? Wirklichkeit?
Dana atmete tief durch: Wirklichkeit!
Sie gab sich einen Ruck, schlug die dünne Decke zur Seite und ließ ihre Beine über die Bettkante baumeln. Kurz darauf stand sie unter der Dusche. Langsam aber sicher kehrten ihre Lebensgeister zurück. Sie legte den Kopf in den Nacken und ließ sich mit geschlossenen Augen das Wasser ins Gesicht prasseln. Dann drehte sie den Mischregler auf eiskalt. Schaudernd zwang sie sich auszuhalten. Als sie sich später abtrocknete, war ihr Kopf wieder klar.

*

Nach einem kurzen Frühstück in einem Café um die Ecke wurde sie von einem Wagen der Guardia Civil abgeholt. Auf dem Polizeirevier mußte sie zunächst in einem Vorraum warten. Aus einem Nebenraum hörte sie das Geklapper einer mechanischen Schreibmaschine. Plötzlich ging eine Tür auf, und ein junger, hagerer Mann wurde von einem Polizisten vorbeigeführt. Dana folgte ihm mit den Augen. Der Gefangene – um einen solchen handelte es sich ganz offenbar – sah ziemlich mitgenommen aus. Seine langen Haare fielen in fettigen Strähnen auf die Schultern. Die Hose war zerrissen. An einem Fuß trug er einen alten Turnschuh, der andere war nackt und zeigte verkrustete Blutspuren. Sein linker Unterarm steckte in einem schmutzigen Gips. Als er Dana sah, hielt er im Schritt inne. Ihre Blicke trafen sich in gegenseitigem Wiedererkennen.

Charly fiel die Nacht in Port d'Andratx ein. Er dachte an sein Armeemesser, das jetzt irgendwo auf dem Grund des Hafenbeckens lag.

Dana faßte sich unwillkürlich an den Hals, wo sie plötzlich wieder den kalten Stahl der Klinge zu spüren glaubte.

Charly erinnerte sich an ihren Begleiter. Er sah, wie er durch die Luft wirbelte – und er spürte erneut den Schmerz in seinem Handgelenk.

»Was ist?« fragte der Polizist, der Charly am Arm weiterzog. »Wirst du jetzt fußlahm? Letzte Nacht, als wir dich auf frischer Tat beim Einbruch in eine Villa geschnappt haben, konntest du noch sprinten wie ein von der Tarantel Gestochener.«

Charly wurde plötzlich bewußt, daß es gar nicht gut wäre, wenn ihn die Frau jetzt identifizieren und anzeigen würde. Warum, verdammt noch mal, war er stehengeblieben? Jetzt

würde er nicht nur wegen Einbruch, sondern auch wegen versuchten Kidnappings angeklagt werden.
Dana musterte Charly. Und obwohl ihr der nächtliche Überfall in Port d'Andratx wieder so gegenwärtig war, als ob er gerade geschehen wäre, hatte sie Mitleid.
Charly sah, wie Dana die Lippen, die gerade noch fest zusammengepreßt waren, öffnete, um etwas zu sagen. Sein Gesicht wurde noch eine Spur blasser. Dann hörte er ein leises »Viel Glück!«.
Als Dana wieder allein auf der Holzbank im Vorraum des Polizeireviers saß, ließ sie mit geschlossenen Augen den Film jener Nacht in Port d'Andratx weiterlaufen. Sie sah Kay an Deck der Aurore sitzen, sah wie er im Schein des Windlichts mit dem Brandyglas spielte. Sie hörte seine Stimme: »Er ist genug gestraft. Wahrscheinlich ein armes Schwein, das Geld für seine Drogen braucht.« Sie hörte sich selbst, wie sie in der Vergangenheit Kays herumbohrte. Und sie hörte Kay, wie er eher ausweichende Antworten gab.
Rechts neben ihrer Bank knarrte plötzlich eine Tür. Dana schreckte aus ihren Erinnerungen auf und sah sich wieder im Polizeirevier.
»¡Acompáñeme!«
Sie folgte einem Polizisten in ein Zimmer, in dem bereits zwei deutsche Ermittlungsbeamte auf sie warteten. Genau in der Mitte des karg möblierten Raums stand ein großer Holztisch. An der Decke drehte sich langsam und nutzlos ein Ventilator. An der Wand neben der Tür hing ein gerahmtes Bild des spanischen Königs Juan Carlos.
Dana setzte sich auf einen unbequemen Stuhl. Vor ihr auf dem Tisch stand ein altertümliches Tonbandgerät mit einem großen Mikrofon. Die Beamten hatten ihre Krawatten gelockert. Einer saß ihr am Tisch gegenüber, ein anderer lief ständig nervös auf und ab. Ein Stück weiter hinten saß ein Kriminalbeamter der spanischen Polizei auf einem um-

gedrehten Stuhl. Er stocherte unablässig mit einem Zündholz zwischen seinen Zähnen. Trotz dieser klischeehaften Szenerie empfand Dana keine echte Beklemmung. Die Stimmung war nicht unfreundlich. Man brachte ihr Kaffee. Die Beamten machten keinen aggressiven Eindruck, eher schienen sie enttäuscht zu sein, daß sich Felix Reiter durch Ertrinken seiner Verhaftung entzogen hatte.
Offenbar glaubte man ihr, daß sie keine gemeinsame Sache mit Kay gemacht hatte. Man hielt sie für das, was sie wohl auch war: eine neue Eroberung, mit der sich Felix Reiter seine Zeit vertrieben hat. Und doch fühlte sie, daß ihre Beziehung mehr war als ein flüchtiges Abenteuer. Das Zusammensein mit Kay war etwas ganz Besonderes gewesen, von einer Intensität und Nähe, wie Dana sie vorher noch nicht erlebt hatte.
Die deutschen Ermittlungsbeamten ließen sich von ihr die gemeinsamen Wochen mit Kay minuziös schildern. Tag für Tag, Stunde für Stunde gingen sie die Zeit durch. Immer wieder wurde nachgehakt. Wobei Dana den tieferen Sinn der Fragen nicht immer nachvollziehen konnte.
»Wieviel Geld hatte Ihr Begleiter normalerweise bei sich?«
»Saß er Ihnen am Tisch gegenüber oder neben Ihnen?«
»Wie gut konnte er Spanisch?«
»War Felix Reiter Raucher oder Nichtraucher?«
»Sind Sie sicher, daß Ihnen keine Kontaktpersonen aufgefallen sind?«
»War Felix Reiter eigentlich ein guter Schwimmer?«
»Hatte er Kreditkarten?«
»Neigte er zu alkoholischen Exzessen?«
»Hat er nie mit seinen Millionen geprahlt?«
»Hat er Ihnen von früheren Reisen erzählt?«
»Ach ja, und von welchen Ländern genau?«
»Hat er Ihnen gegenüber Bankverbindungen in der Schweiz oder in Übersee erwähnt?«

Mit einiger Selbstbeherrschung versuchte Dana, auf all diese Fragen mit geduldiger Miene zu antworten. Das fiel ihr nicht immer leicht. Fehlte nur noch, daß sie wissen wollten, ob Kay Mundgeruch hatte oder ob er beim Schlafen mit den Zähnen knirschte. Aber sie zügelte ihr Temperament. Und sie hielt es für richtig, einige Beobachtungen für sich zu behalten. So verheimlichte sie, daß Kay in der Banco del Pais ein Bankschließfach hatte. Außerdem war sie der Meinung, daß es eine schützenswerte Privatsphäre gab. Allzu intimen Fragen wich sie aus.
Sie erinnerte sich wieder daran, daß sie am Tag des Kennenlernens an den Schauspieler Steve McQueen in dem Film »Thomas Crown ist nicht zu fassen« gedacht hatte. Fast hätte sie lachen müssen. Das war ja ein Volltreffer. Wenn die Gestalt in der letzten Nacht wirklich Kay gewesen war, dann war er dem Thomas Crown mehr als ähnlich und den nichtsahnenden Beamten, die hier vor ihr saßen, entkommen. Kay Kaufmann ein geflüchteter Devisenspekulant? Zu komisch: Auch der Thomas Crown hat im Hauptberuf Arbitragegeschäfte gemacht und mit Devisen spekuliert.
Am späten Vormittag war das Frage-und-Antwort-Spiel endlich beendet. Sie erfuhr, daß es eine Zeugenaussage eines deutschen Privatdetektivs gab, der ihre Schilderung der Vorgänge bestätigte. Der Detektiv hatte zu Protokoll gegeben, daß der Gesuchte zu Beginn des Sturms hundertprozentig an Bord gewesen sei. Der Detektiv habe die Yacht seit den Morgenstunden nicht aus den Augen gelassen.
Dana schloß für einen kurzen Augenblick die Augen. Seit den Morgenstunden? Sie waren also bereits observiert worden und hatten nichts davon gemerkt.
Es sollte noch dicker kommen. Völlig konsterniert war Dana, als ihr gesagt wurde, daß es auch Fotos von ihr und Kay gebe. Sogar einige Aufnahmen, die kurz vor dem Sturm

entstanden waren. Mit einem Teleobjektiv von einem anderen Boot aus. Deutlich sei Felix Reiter auf der Flybridge zu sehen. Das war doch nicht zu fassen! Dana versuchte logisch zu denken. Eigentlich sollte sie froh sein. Immerhin gab es auf diese Weise keine Zweifel am Hergang. Und der Tod von Felix Reiter war selbst für die skeptischen Kriminaler so gut wie sicher. Obwohl die Leiche fehlte. Aber vor dem Sturm, da war Felix alias Kay zweifelsfrei noch an Bord gewesen. Und unmittelbar nach dem Unwetter war die spanische Seenotrettung zur Stelle gewesen und konnte sein Verschwinden bestätigen. Dana dachte an Kay und an die Möglichkeit, daß er noch am Leben war. Dann hätte es für ihn kaum besser laufen können. Tod auf Mallorca! Keine Fahndung mehr. Einfach perfekt!
Dana bestätigte, daß sie mit der nächsten erreichbaren Maschine nach München zurückfliegen wollte. Der spanische Polizist sagte, daß die Flugreservierung geklappt habe. Die deutschen Kriminalbeamten teilten ihr mit, daß sie sich am nächsten Nachmittag um sechzehn Uhr beim Dezernat für Wirtschaftsdelikte im Münchner Polizeipräsidium einzufinden habe. Dort würde man ihr weitere Fragen stellen.

41

Als Dana aus dem düsteren Revier in die helle Sonne trat, wurde sie auf den Stufen vor der Tür von zwei Reportern abgefangen.
»Mein Name ist Paul Oberhuber«, stellte sich der eine vor. »Wir sind Journalisten und arbeiten für eine deutsche Illustrierte. Und das ist mein lieber Kollege Achim Gonzel.«

Dana setzte sich ihre dunkle Sonnenbrille auf. Presseheinis, das fehlte ihr noch zu ihrem Glück. Sie betrachtete den Mann, der sich als Paul Oberhuber präsentiert hatte. Immerhin sah er in seinem zerzausten Zustand ganz witzig aus. Die Haare standen wirr von seinem Kopf ab, die Brille saß ihm schief auf der Nase, und der Schnurrbart zitterte vor Aufregung. Jetzt müßte er nur noch die Zunge herausstrecken, dachte Dana, dann sieht er aus wie Albert Einstein auf seinem berühmten Foto.
»Wir sind übrigens Freunde von Wolfgang Rasmus. Einem glühenden Verehrer von Ihnen.«
Danas ernster Gesichtsausdruck entspannte sich. »Ist das immer noch so schlimm? Ich dachte, er hätte sich mittlerweile etwas abgekühlt.«
»Ich glaube, das fällt ihm nicht leicht. Und wenn ich Sie hier so stehen sehe«, Paul hob schwärmerisch die Hände, »wie das Licht Ihre Haare durchflutet und Ihr schlanker Körper meine Augen erfreut, da kommt mir Diana in den Sinn, die römische Göttin der Jagd, bei den alten Griechen Artemis genannt, Tochter des Zeus ...«
»... und Zwillingsschwester des Apoll«, fiel ihm Dana mit einem gequälten Lächeln ins Wort, »und dieser wird gleich einen Pfeil aus seinem Köcher nehmen und seinen Bogen spannen, wenn Sie nicht mit dem schwärmerischen Getue aufhören und mir statt dessen sagen, was Sie eigentlich von mir wollen.«
»Oh, là là, Wolfgang, mein zu Hause gebliebener Freund und blinder Tor, vergebens wird sein dein Mühen.«
Achim schaute Paul vorwurfsvoll von der Seite an und hüstelte nachdrücklich. Paul rückte seine Brille zurecht und gab sich von nun an vernünftig: »Entschuldigen Sie diese theatralische Entgleisung. Liebe Frau Mohnert, wir sind nach Mallorca gekommen, weil wir eine Spur von Felix Reiter gefunden hatten, der sich, wie wir nun wissen, als

Kay Kaufmann die letzten zwei Wochen Ihrer Begleitung erfreute. Darf ich Ihnen übrigens mein Beileid aussprechen. Ich weiß ja nicht, wie nahe Sie sich gestanden haben, aber es ist sicherlich ein schmerzliches Erlebnis ... Nun denn, da unser geplantes Interview mit Felix Reiter bedauerlicherweise nicht mehr stattfinden kann, dachten wir uns, daß Sie vielleicht? Sie verstehen? Daß Sie uns vielleicht über Ihre zurückliegenden Tage mit Felix Reiter einiges erzählen. Wir könnten da eine schöne Geschichte daraus stricken. Natürlich soll es nicht Ihr Nachteil sein. Wir haben für solche Fälle selbstredend ein Budget zur Verfügung. Das heißt, also das heißt, wir würden Ihnen ...«

»Wir würden gerne die Exklusivrechte an der Story kaufen«, brachte Achim das Gespräch auf den Punkt. »Honorar nach Vereinbarung, das ist überhaupt kein Problem. Wir wissen, das ist der falsche Augenblick, aber bevor die liebe Konkurrenz bei Ihnen auf der Matte steht, möchten wir gerne Nägel mit Köpfen machen. Das nimmt Ihnen auch den ganzen Streß, mit anderen Medien zu quatschen.«

Dana nahm ihre Brille ab und kniff die Augen zusammen. »Erstens, wer sagt, daß ich das als Streß empfinde? Zweitens ist das wirklich der falsche Augenblick. Drittens habe ich wenig Lust, überhaupt mit jemandem über meine Zeit mit Kay zu reden. Honorar hin oder her. Und viertens fliege ich heute noch nach München zurück. Aber ich werde mir die Sache überlegen. Sie können mich morgen anrufen. Meine Nummer steht im Telefonbuch.«

»Wir sind ein aktuelles Medium. Das heißt, wir müßten tatsächlich spätestens morgen zu einer Vereinbarung kommen und dann gleich starten«, sagte Paul, der Achims Vorpreschen verziehen hatte. »Können wir davon ausgehen, daß Sie bis dahin mit keiner anderen Zeitschrift, auch mit keinem Fernsehsender ein längeres Interview machen?«

Dana zögerte nur kurz. »Diese Zusage fällt mir nicht schwer. Ich will sowieso in Ruhe gelassen werden. Melden Sie sich morgen bei mir. Und jetzt wünsche ich Ihnen noch einen schönen Tag.«
Mit dem Handrücken schob sie Paul sanft zur Seite und ging zu dem bereitstehenden Taxi. Achim zückte die umhängende Kamera und schoß noch ein paar Bilder von Dana beim Einsteigen.
»Seltsam«, sagte Paul, »den Eindruck einer trauernden Witwe macht diese Dana Mohnert auf mich nicht.«
»Das ist nach einer Beziehungskiste von zwei Wochen auch ein bißchen viel verlangt«, kommentierte Achim. »Außerdem ist sie der coole Typ, das hast du doch gemerkt, und das wissen wir auch von Wolfgang.«
»Scheint also nicht so eng gewesen zu sein, diese Beziehung mit Kay respektive Felix. Aber etwas auf die Tränendrüse drücken, das müssen wir in der Geschichte trotzdem. Glaubst du, sie macht mit?«
»Glaube ich ehrlich gesagt nicht. Bleibt nur als Trost, daß sie bestimmt jedem einen Korb gibt. Und daß wir eine exklusive Story fix und fertig im Kasten haben – mit oder ohne Interview. Kleine Anregung für die Überschrift: Aus dem Paradies in die Hölle – die letzten Stunden des Felix R.«.
»Jetzt geht das schon wieder los«, jammerte Paul. »Fotografen und Layouter, die das Texten anfangen, bringen mich auf die Palme. Wir Schreiberlinge sind ohnehin vom Schicksal geschlagen. Du hast jetzt drei Tage hinter Felix Reiter herfotografiert. Dein Job ist quasi beendet. Du mußt nur noch deine Filme entwickeln lassen, kannst dich an die Bar hocken und selbstzufrieden ein Bierchen trinken. Und was ist mit mir? Da fragt kein Mensch und kräht kein Hahn danach. Bei mir fängt die Arbeit erst an. Mit spitzer Feder gilt es, die menschliche Tragödie zu Papier zu brin-

gen. Erlebtes zu schildern und Gefühle zu erahnen. Da ist neben sprachlicher Virtuosität Intelligenz gefragt, Sensibilität, Phantasie, Bildung, die Fähigkeit, zu kombinieren, analytisch zu denken ...«

42

Sam Späth war an diesem Morgen schwer verkatert. Er wußte auch, warum. Aus Frust über die entgangene Erfolgsprämie war er am vorangegangenen Abend in eine Disko bei Cala d'Or gegangen. Dort hatte er sich zunächst einige Cerveza genehmigt und dabei mit finsterem Blick vor sich hin geschimpft. So ein Scheiß. Mußte dieser rücksichtslose Mistkerl ertrinken, statt sich ordentlich verhaften zu lassen. Und mit ihm war nun auch Sams Provision bei den Fischen. Fiel dieser Vollidiot ins Meer und ersoff.

Sam war voll auf dem Selbstmitleidstrip. Er bestellte einen Gin. Schade, daß Joana-Aina heute abend keine Zeit hatte. Irgendwie mußte er aus diesem Stimmungstief wieder herauskommen. Eine kleine Schlägerei wäre jetzt nicht schlecht. Sam beobachtete das Treiben in der Disko. Schien fest in deutscher Hand. Viel junges Gemüse, aber auch ältere Semester. Kaum richtig schräge Typen, mit denen man sich anlegen konnte. Sam rieb sich die rechte Faust. Zu ärgerlich, daß der Briefmarkenhändler aus Madrid nicht mehr im Spiel war. Der käme jetzt als Punchingball sehr gelegen.

Sam sah zur Bar. Dort rekelte sich eine langhaarige Schöne gelangweilt auf ihrem Hocker. Der Typ, der auf sie einquasselte, schien sie nicht sonderlich zu beeindrucken. Sah ziemlich ordinär aus, die Lady. Aber das mußte ja kein

Nachteil sein. Sam leerte sein Glas und machte sich auf den Weg. Er tippte dem Mann, der immer noch auf die Frau einredete, sanft auf die Schulter.
»Seid ihr ein festes Paar? Wenn nicht, dann kannst du die Fliege machen. Du bist hier überflüssig. Die Lady und ich wollen uns unterhalten.«
Insgeheim hoffte Sam, daß die Quasselstrippe Ärger machen würde. Aber die Kerle haben einfach keinen Mumm. Die vorgehaspelte Antwort konnte Sam in dem Lärm überhaupt nicht verstehen. Und da er zu dem Schluß kam, daß die Lady über die Unterbrechung nicht traurig war, schob er den Typen, der mittlerweile einen roten Kopf bekommen hatte und wie ein Karpfen ständig den Mund auf und zu machte, achtlos zur Seite. Dabei trat er ihm wie aus Versehen kräftig auf den Fuß.
Die Schöne sah ihn an. »Du bist ein ganz Starker, oder? Hast du immer diese Machonummer drauf?«
»Was war daran Macho? So bin ich, wenn ich weichgespült bin. Sollst mich mal im Schleudergang erleben. Darf ich dich zu einem Drink einladen?«
»Kannst du gerne, aber ich trinke nur Champagner.« Dabei faßte sie sich in den Ausschnitt und rückte ihr Oberteil zurecht. Der ohnehin knappe Rock rutschte noch ein Stück höher.
Sam gab dem Barkeeper einen Wink. »Gin für mich und eine Flasche Champagner für die Lady.«
»Eine Flasche? Erwartest du noch Gäste?«
»Teufel, nein, das ginge mir gerade noch ab. Aber ich denke, es ist am besten, ich mache dich betrunken.«
»Das kommt dich aber teuer!«
»Nichts dagegen, Darling. Finanziell betrachtet, ist der Tag heute so und so versaut.«
»Ich bin nicht dein Darling. Kannst Isabella zu mir sagen.«
»Isabella-Darling, ich bin der Sam.«

»Und was versprichst du dir von dem Abend?«
»Wie ich schon sagte, erst mach' ich dich betrunken, und dann gehen wir in die Heia.«
Isabella schlug die Beine übereinander. Der Rock war jetzt vollends verschwunden, statt dessen hatte Sam freien Blick auf ihren schwarzen Slip. »Dazu brauchst du mich nicht betrunken zu machen. Ist alles nur eine Frage des Preises.«
Isabella spitzte ihre rotgeschminkten Lippen zu einem Kußmund. Dann rückte sie wieder ihr Oberteil zurecht.
Sam stutzte kurz. Auweia, da hatte er mal wieder daneben gelangt. Das war ja eine Professionelle. Und er hatte gedacht, er wäre einfach auf eine scharfe Braut gestoßen. Aber was sollte es. Die Lady konnte einen anmachen. War jetzt schon egal.
»Jetzt hab' ich es kapiert. Danke, Isabella. Irgendwie ist auf dieser verdammten Insel mein Radar ausgefallen. Spielt aber keine Rolle. Wir sind im Geschäft. Aber den Champagner müssen wir alle machen, den muß ich ja löhnen.«
Sam nahm die Flasche aus dem Kühler und füllte sein halbvolles Ginglas mit Champagner auf. Dann steckte er Isabella den Korken in den Ausschnitt. »Vielleicht hält das so besser und du mußt dir nicht immer alles zurechtrücken.«
Isabella blieb gelassen und zündete sich eine Zigarette an. Eine halbe Stunde später zahlte Sam die Rechnung mit der goldenen Kreditkarte der Lummer-Detektei.
»Hast du ein lauschiges Plätzchen in der Nähe?« wollte Sam von Isabella wissen.
»Klar, mein Bester. Da können wir zu Fuß hingehen.« Isabella glitt vom Barhocker herunter, zog sich das bißchen Rock zurecht und stöckelte vor Sam her. Vor der Disko wollten sie links abbiegen, da pflanzten sich aus dem Dunkeln plötzlich drei Burschen in den Weg. Der Anführer hatte einen Baseballschläger in der Hand.

Sam bekam einen fröhlichen Gesichtsausdruck. Jetzt klappte es offenbar doch noch mit einer kleinen Prügelei. Der Abend wurde immer besser. Er sah, wie Isabella ihre hochhakigen Schuhe auszog, um schneller rennen zu können.
»Nichts da, hiergeblieben. Wir haben eine Verabredung. Die drei Dödelköpfe sind gleich abserviert.« Sam schob sich mit einem breiten Grinsen die Ärmel nach oben.
»Was liegt an, Boys? Raus mit der Sprache?« Und mit einem Blick auf den Anführer: »Ach, jetzt erkenne ich dich, du bist der Karpfen von der Bar. Die Aufregung lohnt doch gar nicht. Hast dir wohl die Lady nicht richtig angeschaut.« Sams lautes Lachen wurde von dem Splittern einer Flasche durchschnitten. Er sah den abgebrochenen Hals in der Hand eines der Burschen schimmern.
»Isabella, zieh dir wieder die Schuhe an, du solltest hier nicht barfuß herumlaufen. Dem Blödmann ist eine Flasche aus der Hand gefallen.« Sam schlug sich begeistert auf den Oberschenkel.
»Selber Blödmann«, sagte der Anführer. »Jetzt kriegst du eine übergebraten. Das nächste Mal wirst du es dir vorher überlegen, einen an der Bar anzupöbeln. Falls du dazu überhaupt noch fähig bist.«
Sam rieb sich vergnügt die Hände. »Du bist ja ein ganz Brutaler. Ich fürchte mich zu Tode. Was willst du eigentlich mit dem Baseballschläger? Paßt doch überhaupt nicht nach Mallorca. Baseball, das ist mein Lieblingssport. Also gib her.« Sam winkte aufmunternd mit der Hand.
Der Anführer steckte sich seine brennende Zigarette zwischen die Lippen, um den Schläger mit beiden Händen greifen zu können. Er hob den Baseballschläger kreisend über den Kopf und ging entschlossen auf Sam zu. Dieser lachte dreckig. Sam machte einen schnellen Ausfallschritt nach vorne, sein rechter Cowboy-Stiefel, der an der Spitze zur Verzierung eine hübsche Metallkappe hatte, zischte

hoch und traf den jungen Mann zwischen den Beinen. Schon hatte Sam den Baseballschläger in der Hand. Der Angreifer krümmte sich am Boden. Mit dem Absatz seines Stiefels drehte Sam die brennende Zigarette auf dem Asphalt aus. Und mit einem Blick auf die winselnde Gestalt: »Du solltest auf deinen Gesundheitsminister hören. Rauchen schadet der Gesundheit.«

Sam fühlte sich schon entschieden besser. Der Frust über den zurückliegenden Tag war im Schwinden. Er schaute kurz zu Isabella, die sich tatsächlich ihre Pumps wieder angezogen hatte. Die Arme in die Seiten gestützt, stand sie mit gespreizten Beinen da und beobachtete Sam.

»Augenblick noch, Isabella-Darling. Ich bin gleich soweit.«

Sam marschierte auf die beiden übriggebliebenen Männer zu. Den Baseballschläger hatte er locker an der Seite hängen. Als der eine mit einem lauten Schrei eine Karateposition einnahm, schlug ihm Sam mit der geballten Faust mitten ins Gesicht. »Sorry, von Karate versteh' ich nichts. Ich mach's auf die alte Art.« Vorsichtshalber setzte er noch einen Schwinger hinterher, den er in die Magengrube plazierte. Der Mann mit dem abgebrochenen Flaschenhals in der Hand machte kehrt und rannte davon. Sam warf ihm den Baseballschläger hinterher.

»Okay, Ende der Vorstellung.« Sam verbeugte sich. »Ich danke den Herren für die willkommene Abwechslung. Das nächste Mal bitte ich um eine bessere Vorbereitung.«

Isabella rückte mal wieder ihr Oberteil zurecht. »Sam, du hattest ja wirklich noch einen Schleudergang drauf.«

»Du spinnst wohl, ich bin doch keine Waschmaschine. Außerdem war das allenfalls die Vorwäsche, falls es so was gibt. Den Schleudergang habe ich für dich reserviert, Isabella-Darling.«

*

Das war gestern abend gewesen. Jetzt brummte Sam der Schädel. Er hatte bei Isabella noch einige Gläser Gin getrunken. Er rieb sich die Schläfen. Ihm fiel wieder das Gerede von der Waschmaschine ein. Sam grinste schief. Jetzt hatte er die Waschmaschine im Kopf. Und das war ganz sicher der Schleudergang.

Sam wartete in seinem Auto vor dem Polizeirevier. Drinnen war Dana beim Verhör. Und soviel er wußte, würde sie im Anschluß zum Flughafen fahren und der Insel Lebewohl sagen. Jetzt kam Dana aus dem Gebäude. Sie wurde von den beiden Pressefritzen abgefangen, die er gestern bei der Polizei kennengelernt hatte. Sam schob sich einen Kaugummi in den Mund. Ein Aspirin wäre ihm lieber gewesen. Sieht ganz nach einer Abfuhr aus, dachte sich Sam, als Dana die beiden nach einem kurzen Gespräch stehenließ und ins Taxi stieg. Sam startete den Motor und fuhr dem Taxi hinterher. Alles klar, es ging zum Flughafen. Die Show war so gut wie vorbei. Kay und die Provision versenkt im tiefen blauen Meer. Sein Big Boss Lummer hatte am Telefon einen mittelschweren Tobsuchtsanfall bekommen. Er hätte ihm wohl doch besser ein E-Mail geschickt. Sam klappte die Sonnenblende nach unten. Das grelle Licht tat seinem Kopf nicht gut. Sam wollte Dana so lange folgen, bis sicher war, daß sie im Flieger saß. In München würden dann andere Mitarbeiter der Detektei Lummer auf Dana warten und sie weiter observieren. Man wußte ja nie. Der Teufel war ein Eichhörnchen. Vielleicht hatte Dana irgendwelche Infos von Kay bekommen. Oder sie hatte irgend etwas aufgeschnappt. Falls es gelänge, einige Millionen wiederzubeschaffen, wäre dies wenigstens noch ein kleiner Achtungserfolg. Sam parkte am Flughafen im Halteverbot hinter dem haltenden Taxi und folgte Dana in die Halle. Keine besonderen Vorkommnisse. Er blieb ihr bis zum Sicherheitscheck auf den Fersen. Alles gelaufen. Hasta la vista, Baby!

Als er zurückkam, war sein Auto von der Polizei abgeschleppt. »Ich hab' nichts drin, die Semmel könnt ihr behalten«, kommentierte Sam den Vorfall gelassen. Er nahm sich ein Taxi nach Palma. Sam beschloß, seinem Hangover auf der Terrasse der Bar Bosch mit einigen Cerveza den Garaus zu machen. Und abends würde er dann Joana-Aina treffen. Die Isabella war zwar keine schlechte Abwechslung gewesen, aber eigentlich zog er Amateure den Professionellen vor. Ganz besonders, wenn sie so talentiert waren wie Joana-Aina. Sam lehnte sich zurück. Er fing an, seine Cowboystiefel am Sitzbezug des Taxis zu säubern. Und wie er so seine Kappen an den Spitzen betrachtete, fiel ihm der Typ mit dem Baseballschläger ein. Ob's noch weh tat?

43

Dana saß im Taxi, das sie von Cala d'Or zum Aeroport Son Sant Joan brachte. Wieder und wieder ging ihr die letzte Nacht durch den Kopf. Dann die beiden Journalisten, die ihre Geschichte kaufen wollten. Unglaublich. Da würde sie auf keinen Fall mitspielen. Dana sah zum Fenster hinaus und betrachtete die vorbeiziehenden Windräder. Viele machten einen verfallenen Eindruck, manche waren instand gesetzt und drehten sich munter im Wind.

Der Taxifahrer, der gut Deutsch sprach, erzählte ihr vom Tal der tausend Windmühlen. Sie hörte nur mit einem halben Ohr zu. Eigentlich seien es nur zum geringsten Teil echte Windmühlen, die dazu da waren, mit einem Mühlstein Getreide zu mahlen. Sie wurden vor allem im 17. und 18. Jahrhundert gebaut und sind meist knapp acht Meter hoch. Die Windmühlen seien vor allem bei Felanitx oder in der Gegend um Santa Maria zu finden. Ihr Fahrer erzählte, daß sie in früheren Zeiten auch zum Mahlen von Schießpulver zweckentfremdet worden seien. Innen führten Wendeltreppen in Schneckenform nach oben. Die meisten Windmühlen seien aber eigentlich Windräder, die vor allem im 19. Jahrhundert gebaut wurden und Wasser auf die Felder pumpten. Über zweitausend gebe es von diesen Windrädern noch auf den Balearen. Zunehmend kümmerte man sich um ihren Erhalt und ließe sie liebevoll restaurieren.

Dana gelang es nicht, sich auf die Windräder und die gut gemeinten Erzählungen ihres Fahrers zu konzentrieren. Sie war in Gedanken schon wieder bei der letzten Nacht. Die Gestalt auf dem Boot war Kay gewesen. Kay? Sie blieb bei diesem Namen. Er war nicht ertrunken. Er hatte den Sturm als gute Gelegenheit eiskalt ausgenutzt und alle reingelegt. Erst den Safe ausgeräumt und dann den Sturm in einem Versteck an Bord abgewartet. Es mußte ein verdammt gutes Versteck gewesen sein, denn das Schiff war mehrmals durchsucht worden. Aus den Verhören wußte sie, daß die Verhaftung von Kay unmittelbar bevorgestanden hatte. Könnte es sein, daß er davon gewußt hatte? Jedenfalls hatte er seiner Flucht eine entscheidende Wende gegeben. Falls er jetzt wirklich für tot erklärt wird, dachte Dana, dann hat er es geschafft. Die Fahndung wird eingestellt. Mit einem neuen Namen und mit erneut verändertem Aussehen konnte Kay jetzt unbeschwert seine Millionen genießen.

Mittlerweile waren sie am Flughafen angekommen. Ihr kurzfristig gebuchter Linienflug ging zunächst mit der Iberia nach Barcelona und von dort mit Umsteigen weiter nach München.

Beim Warten zum Einchecken kontrollierte sie ihr Ticket: PMI-BCN/BCN-MUC. PMI stand offenbar für Palma. Oft waren die Kürzel nur schwer nachzuvollziehen. Sah so aus, als ob sie immer drei Buchstaben hatten. Drei Buchstaben? Genau wie auf den kleinen weißen Umschlägen im Safe. BCN – das war auf einem gestanden. Der Airline-Code für Barcelona. Und die beiden anderen, an die sie sich noch erinnern konnte? Dana fragte kurz später die Bodenstewardeß: ZRH stand für Zürich. MIA für Miami. Was war in den Umschlägen? Sie wußte, daß Kay bei der Banco del Pais in Palma ein Bankschließfach hatte. Vielleicht verfügte Kay in all den Städten mit den drei Buchstaben über Gelddepots? Machte irgendwie Sinn. Als international gesuchter Wirtschaftskrimineller – immer besser gelang es ihr, sich in seine Rolle zu versetzen – konnte er sein Geld kaum wie ein Normalbürger von einem Konto abheben. In den Umschlägen konnten Schlüssel für Schließfächer sein, Magnetkarten oder sonstige Unterlagen, die für den Zutritt nötig waren. BCN für Barcelona. Da würde sie in einer guten Stunde landen. Dana wußte nicht so recht, warum, aber sie beschloß, ihre Rückreise in Barcelona zu unterbrechen.

*

Nach der Landung in Barcelona wechselte Dana zunächst den Terminal – ganz so, als ob sie nach Deutschland weiterfliegen würde. Sie ließ sich am Schalter eine Bordkarte geben. Mit Dana warteten ziemlich viele Gäste auf den Flug nach München. Nach dem Aufruf ihrer Anschlußmaschine ging sie durch den Gate, wo die Bordkarte abgerissen wurde. Erst dann drehte sie sich um. Die Bodenstewardeß lächelte verständnisvoll, als Dana ihr sagte, daß sie ihr Beautycase im Wartebereich vergessen hätte und gleich wieder zurück wäre. Sie drängte sich durch den Strom der einsteigenden Passagiere. Und sie hoffte, daß ihr Verschwinden der Crew nicht auffallen würde. Bei einem Informationsschalter im zentralen Ankunftsgebäude bestätigte man Dana, daß es in Barcelona eine Niederlassung der Banco del Pais gibt. Und zwar nur eine einzige, nicht weit vom Zentrum entfernt. Die Banken hätten an diesem Tag wegen eines Streiks am Vormittag geschlossen, sie würden ausnahmsweise erst um sechzehn Uhr geöffnet. Dana atmete tief durch. Das war Glück auf der ganzen Linie. Nur eine Niederlassung und noch geschlossen. Besser hätte es nicht laufen können. Sollte ihre Vermutung stimmen, daß Kay in Barcelona bei der gleichen Bank wie in Palma ein Schließfach unterhielt? Wenn ja, dann wäre es möglich, daß sie ihn dort abfangen konnte. Allerdings, wie sollte er es geschafft haben, hierherzukommen? Aber er mußte von Mallorca weg, soviel war klar. Schließlich wollte er als tot gelten. Und er brauchte Geld, um seine weitere Flucht zu finanzieren. Die Flucht in ein Leben nach dem Tod. Dana sah wieder den Umschlag mit der Aufschrift BCN für Barcelona vor sich. Und hatte Kay nicht erzählt, daß Barcelona mit einem schnellen Boot nur einen Katzensprung entfernt wäre?

Das alles war eine wilde Spekulation, mußte Dana sich eingestehen. Aber jetzt hatte sie schon den ersten Schritt getan. Warum sollte sie es nicht auf einen Versuch ankommen lassen? Sie sah auf die große Uhr in der Halle. Die Zeiger rückten gerade auf vierzehn Uhr. Sie hatte also noch etwas Zeit. Dana stieg vor dem Aeroport del Prat in eines der dort wartenden schwarz-gelben Taxis und ließ sich zum Yachthafen von Barcelona fahren. Vorbei ging es am »Judenberg« Montjuïc und den Passeig de Josep Carner hinunter zur Moll de Barcelona.

Hoch oben auf einer Säule stand Cristóbal Colón und deutete mit bronzenem Arm hinaus aufs Meer. Zeigte Kolumbus den Weg nach Amerika? Oder sah er von dort über den Horizont nach Mallorca? Ihr fiel das Gespräch ein, das sie mit Kay in der Bucht von Portocolom über die Legende geführt hatte, daß Kolumbus in Wahrheit kein Genuese, sondern ein gebürtiger Mallorquiner gewesen war. Die Pferdedroschken, die auf der Plaça rund um die Säule auf Touristen warteten, erinnerten Dana an Palma. Mit einer ganz ähnlichen Droschke war sie mit Kay vom Passeig des Born zur Banco del Pais gefahren. War das ein gutes Omen? Schließlich war die Bank auch heute ihr Ziel. Dana faßte sich an die Stirn. Wo blieb ihr logischer Verstand? Der Sturm hatte ihr wohl etwas zu heftig durch den Kopf geblasen und einiges durcheinandergewirbelt. Am Ende des Passeig de Colom bog das Taxi auf die Moll d'Espanya. Rechterhand lagen die Yachten an den Stegen des Club Nàutic und des Reial Club Marítim. Wenig später schlenderte sie ziellos zwischen den Booten hin und her. Sie hatte keine Ahnung, wonach sie suchen könnte. Aber es tat gut, zum Abschied noch einmal das Meer zu riechen. Die Yachten, die in dem unruhigen Wasser an den Bojen und Leinen zerrten. Das Geklappere an den Masten. All das war ihr in den letzten Wochen vertraut geworden und ließ Erinnerungen wach werden. Aber was hatte das mit Kay und seinem jetzigen Aufenthaltsort zu tun? Das Pendel zwischen Hoffnung und Skepsis schlug zurück. Welche Veranlassung hatte sie anzunehmen, daß Kay wirklich in Barcelona war? Irgendwelche konkreten Hinweise? Dana lachte kurz auf. Da war wohl der Wunsch Vater aller Gedanken. Ihre gerade noch hochfliegende Stimmung stürzte in den Keller. Was sollte das Ganze überhaupt? Warum sollte sie Kay hinterherlaufen? Das widersprach schließlich all ihren Prinzipien. Und außerdem: Wer wußte denn, ob sie die Gestalt in der letzten Nacht nicht nur geträumt hatte? Ihre Nerven waren überreizt gewesen. Kein Wunder nach dem Abenteuer auf See. Wahrscheinlich war alles Einbildung. Die Phantasie hatte ihr einen Streich gespielt. Und

jetzt lief sie wie ein sentimentaler Idiot durch den Yachthafen von Barcelona. Was erwartete sie hier zu finden? Dana beschloß, sich nicht länger etwas vorzumachen. Sie würde das Vorhaben abbrechen. Keine Banco del Pais. Kein Kay. Schluß, aus, vorbei. Einen letzten Café con leche auf der Terrasse des Yachtclubs und dann zurück zum Flughafen. Sie setzte sich an einen kleinen Tisch an der Kaimauer. Gegenüber, auf der anderen Seite des Hafenbeckens, lag die Uferpromenade mit ihren Palmen, den Cafés und Restaurants. Dahinter die steinerne Silhouette der Stadt. Dana spielte mit der Zuckertüte. Dabei betrachtete sie eine altertümliche Segelyacht am Ende des Steges. Ihre Augen glitten gedankenverloren an den festgemachten Booten entlang.
Die Gäste an den Nebentischen drehten sich um, als Dana plötzlich aufsprang. Nur wenige Meter vor ihr lag im Yachthafen ein schwarz lackierter Offshore-Racer. Schwarz, alles schwarz. Keine Chromteile, kein Blinken in der Sonne. Tiefgeduckt und lang gestreckt. Ein martialisches Monster, das so gar nicht zu den anderen Yachten passen wollte. Dieses Boot hatte sie schon einmal gesehen. Da war sie sich absolut sicher. Im Hafen von Port d'Andratx. Auch dort hatte sie dieses schwarze, flache Ungetüm inmitten der weißen Schiffe als fast schon furchteinflößenden Fremdkörper empfunden. Als sie mit der Aurore in Port d'Andratx gelegen hatten, war Kay häufig zu diesem Schiff hingelaufen.
»Sieht aus wie eine Mischung aus Mad Max und Miami Vice«, konnte sich Dana noch an ihren damaligen Kommentar erinnern.
»Gar nicht so falsch«, hatte Kay geantwortet. »Diese Racer vom Typ Cigarette werden in Miami von der US Customs Police eingesetzt. Mit den ultraschnellen Schiffen, die locker achtzig Knoten laufen, also rund einhundertfünfzig Stundenkilometer, macht die Zollpolizei Jagd auf Drogen-

dealer. Die Dinger sind so schnell, daß es kein Entkommen gibt. Saufen allerdings Treibstoff wie Linienjets der Lufthansa. Und wie mir scheint, ist diese Kiste noch zusätzlich aufgemotzt. Eine richtige Rakete ist das.«
Einmal hatte Kay sogar die Festmacherleinen geprüft und einen Heckfender versetzt. Das mußte nicht viel besagen, denn er war generell an ausgefallenen Schiffen interessiert und um deren Wohlergehen besorgt. Aber im Rückblick wurde ihr klar, daß Kay zu diesem Boot eine besondere Beziehung hatte.
Während ihr diese Gedanken durch den Kopf schossen, rannte Dana von der Terrasse zum Steg. Jetzt stand sie schnell atmend direkt vor dem Schiff. Das Deck war salzverkrustet und am Bug noch naß. Rasch prüfte sie die Leinen, mit denen das Boot festgemacht war. Diese waren bei Kay fast so charakteristisch wie eine Handschrift, denn er pflegte bei den Knoten eine besondere Eigenart, die er ihr einmal erklärt hatte. Kay verwendete zum Festmachen eine seltsame Kombination aus Palstek und Webeleinstek. Ganz genau so, wie es hier bei diesem Rennboot gemacht war. Dana ging in die Knie, um einen Aufkleber am Heck zu lesen: Club de Vela/Port d'Andratx. Als sie den Bootsnamen las, erinnerte sie sich auch an diesen wieder: George. George? George Sand! Kay, du bist dir treu geblieben.
Dana mußte sich an einem Pfosten festhalten. Von wegen Einbildung. Die Beobachtung der letzten Nacht war absolute Realität gewesen. Der Schattenmann war Kay und niemand sonst. Und dieses Boot, das war Kays Joker im Spiel mit den Karten. Der Sechser-Pasch beim Backgammon, den er wie auf Kommando werfen konnte. Der Offshore-Racer George war Kays Hintertür in die Freiheit. Eine hochgezüchtete Fluchtmaschine als letzte Option. Wahrscheinlich hatte er dieses Schiff unter wieder einem anderen Namen

gekauft. Und es machte Sinn, daß es nicht im Heimathafen der Aurore gelegen hatte. Port d'Andratx statt Porto Portals. Die gut versteckte Karte im Ärmel. Nur im Notfall hervorzuzaubern.
Kay war doch in Barcelona. Soviel war jetzt klar. Ihr fiel wieder die Banco del Pais ein. Sie mußte dorthin. Dana organisierte sich ein Taxi. Sie fuhren die Rambles hinunter, an den Zeitungs- und Blumenständen vorbei. In den Käfigen der Rambla del Estudis zwitscherten die Vögel gegen den Verkehrslärm an. Unter den alten Platanen flanierten die Menschen. Einige Straßen weiter, sie waren gerade an der arabisch anmutenden Stierkampfarena an der Plaça de Toros Monumental vorbeigekommen, tauchten hinter den Häusern schlanke hohe Türme auf. Wie die steingewordene Schlagsahne eines Tortenbäckers reckten sie sich in den blauen Himmel. Dazwischen, alles überragend, ein Kran. Dana wurde bei diesem Anblick aus ihren Gedanken gerissen. Wenn das nicht von Antoni Gaudí war, dem von Kay so geliebten Jugendstilarchitekten?
»Ist das die Sagrada Familia?« fragte Dana den Taxifahrer. Sie wunderte sich, daß ihr der Name sofort wieder eingefallen war. Aber Kay hatte ihr mehrfach von dieser Kathedrale vorgeschwärmt, dem unvollendeten Meisterwerk des Antoni Gaudí. 1882 war mit dem Bau der Kathedrale begonnen worden. Und sie würde wohl nie fertig werden.
»Sí, señorita«, antwortete der Taxifahrer, »das ist die Sagrada Familia von Gaudí.«
Dana schaute auf die Uhr. Ihr blieb noch etwas Zeit.
»Können Sie dort bitte kurz halten?«
Als das Taxi stoppte, fiel ihr ein Straßenschild ins Auge: Carrer de Mallorca. Das ist schon seltsam, dachte sich Dana, daß die Sagrada Familia in Barcelona ausgerechnet an dieser Straße steht. Es kam ihr vor, als ob ihr das Schicksal ständig verschmitzt zuzwinkern würde.

Direkt vor ihr, da standen sie, die Himmelstürme des Antoni Gaudí. Die Kathedrale ist eine »Predigt in Stein«. Die Türme symbolisieren Christus, die zwölf Apostel, die Evangelisten und die Muttergottes. Die Fassaden stehen für Geburt, Passion und Tod Christi. Halb Barcelona hatte den Leichnam Antoni Gaudís begleitet, als er 1926 zur Sagrada Familia gebracht wurde, um dort in der Krypta beigesetzt zu werden.
Nur für einen kurzen Augenblick stieg Dana aus und ließ den eigenwilligen Bau auf sich wirken. Sie konnte Kays Begeisterung verstehen. Dann setzte sie sich wieder ins Taxi und gab ein Zeichen weiterzufahren. Weder ihr noch dem Fahrer fiel auf, daß ihnen ein zweites Taxi folgte. Der Wagen hatte schon dort gestanden, als sie bei der Sagrada Familia angekommen waren. Jetzt fuhr das Taxi hinter ihnen her zur Banco del Pais.
Dana traf dort eine halbe Stunde vor Öffnung ein. Sie stellte fest, daß es nur einen Eingang gab. Gegenüber, auf der anderen Straßenseite, war ein kleines Straßencafé. Sie setzte sich vor einer Wand mit *Azulejos* in den Schatten eines großen Gartenschirms und bestellte einen Campari. Dana bemühte sich um Gelassenheit, aber ihr Herz klopfte wild. Ob Kay auftauchen würde? Und was würde sie dann tun? Ihm um den Hals fallen? Oder besser einen Tritt in den Hintern geben? Sorgfältig musterte Dana die Passanten. Eine Gruppe Jugendlicher mit Jeans und Rucksäcken zog vorbei. Eine dicke Frau versuchte, ihr schreiendes Baby im Kinderwagen zu beruhigen. Ein Straßenkünstler stolzierte auf Stelzen mit weiß geschminktem Gesicht in Frack und Melone herum. Dana mußte unwillkürlich lächeln. Das wäre jedenfalls eine gelungene Tarnung. Aber warum sollte sich Kay überhaupt verkleiden? Hier hatte er nichts zu befürchten. Kein Mensch würde ihn in Barcelona vermuten. Schließlich suchte man seine Leiche im Meer vor der Küste Mallorcas.

44

Die Iberia flog in Stundenabständen von Palma nach Barcelona. Eine Maschine später als Dana saß Pedro Gonzalez im Airbus. Er gähnte. Ihm steckte noch die letzte Nacht in den Knochen. Nach dem Auffinden seiner beiden Kollegen hatte er ungeachtet der späten Stunde sofort in Marbella bei Alfredo, dem Privatsekretär von Don Antonio, angerufen. Dieser hatte dafür gesorgt, daß umgehend eine Fahndung nach Felix Reiter in die Wege geleitet wurde, die alle Möglichkeiten von La Organización nutzte. Die Millionen des Dr. Felix Reiter waren noch nicht verloren. Sie mußten ihn nur wiederfinden. Solange er die Insel nicht unentdeckt verließ, konnte er ihnen nicht entkommen. Sie hatten ihn schon einmal gefunden, sie würden das auch ein zweites Mal schaffen.

Noch in der Nacht wurden Mittelsmänner aktiviert, die den Flughafen und die Fährverbindungen überwachen sollten. In kürzester Zeit waren außerdem in allen größeren Marinas von Mallorca Mitarbeiter auf dem Posten. Vielleicht versuchte es Kay auf eigene Faust mit einem Boot? Tatsächlich, schon um fünf Uhr morgens kam die Meldung. In Port d'Andratx hatte der Beobachtungsposten zwar zunächst nichts gesehen, dann aber das tiefe Blubbern von großvolumigen Rennmaschinen gehört, wie sie in Offshore-Racer eingebaut werden. Er erkannte die niedrigen Umrisse einer schwarzen Rennyacht, die langsam und ohne Positionslampen durch das Hafenbecken Richtung Außenmole glitt. An eine unmittelbare Verfolgung war nicht zu denken, soviel war klar. Da fehlte es am geeigneten Schiff. Später war in der Ferne das dumpfe Aufheulen der Maschinen zu hören. Ganz so, als ob draußen auf dem Meer ein Jumbo-Jet starten würde.

La Organización beorderte daraufhin Mitarbeiter zu allen wichtigen Yachthäfen auf dem spanischen Festland, dessen kürzeste Entfernung von Mallorca nur 190 Kilometer beträgt. Spezialisten versuchten, Kays Rennyacht mit dem Radar zu lokalisieren. Von Ibiza startete ein Helikopter. Aber bis das Netz dicht geknüpft war, verging Zeit. Zu viel Zeit. Denn als der aus dem Bett gerissene Beobachtungsposten im Yachthafen von Barcelona eintraf, da hatte der Offshore-Racer vom Typ Cigarette mit dem Namen George bereits festgemacht. Und Kay war auf dem Weg in die Innenstadt. Parallel hatte La Organización den offiziellen Eigentümer der Yacht festgestellt. Den Namen Viktor Stranitz kannte man von José Gaudisto. Mit dieser Identität hatte Felix Reiter in Madrid seinen gefälschten Paß bestellt. Die letzten Zweifel waren also beseitigt. Pedro bekam den Auftrag, alle in den vergangenen Tagen mitgeschnittenen Telefonate von Felix Reiter abzuhören und auf Hinweise zu achten, die sich auf Barcelona bezogen. Und er wurde fündig. Vorgestern hatte Reiter die einzige Niederlassung der Banco del Pais in Barcelona angerufen. Eigentlich ein völlig belangloses Gespräch. Er hatte nur eine Frage zu den Bankferien und zu dem aktuellen Bankenstreik. Aber jetzt eröffnete dieser Anruf una mínima posibilidad, eine vielleicht letzte Chance, Felix Reiter doch noch zu schnappen. Weil keiner Kay Kaufmann alias Dr. Felix Reiter so oft gesehen hatte wie Pedro Gonzalez, wurde er auf dem schnellsten Weg nach Barcelona beordert. Dort erhoffte man sich von ihm, daß er Reiter identifizieren könnte.
Am Flughafen in Barcelona wartete bereits ein Kollege mit einem BMW, um Pedro in halsbrecherischem Tempo in die Innenstadt zur Banco del Pais zu bringen.

45

In Frankfurt saß der Rechtsanwalt Dr. Mannschuh im Büro und spielte gedankenverloren mit seinem Füller. Er hatte gerade in den Nachrichten gehört, daß alle Anzeichen dafür sprächen, daß der international gesuchte Dr. Felix Reiter auf einer Yacht vor der Küste Mallorcas bei einem Sturm ums Leben gekommen war. Die deutschen Strafermittlungsbehörden hätten unmittelbar vor seiner Verhaftung gestanden. Seine Leiche konnte bislang noch nicht gefunden werden. Die Suche werde von der spanischen Küstenwache fortgesetzt, jedoch gebe es an seinem Tod kaum Zweifel.

Dr. Mannschuh hatte sich schon gewundert, daß er nach dem gestrigen Anruf von seinem alten Freund Felix Reiter nichts mehr gehört hatte. Weder eine kurze Nachricht, daß ihm die Flucht geglückt war, noch ein Telefonat aus dem Gefängnis mit der Bitte um anwaltschaftliche Unterstützung.

Pech gehabt, dachte Dr. Mannschuh. Verdammtes Pech. Jetzt hatte es Felix also doch noch erwischt. Noch vor wenigen Tagen hatte er ihn fast beneidet. Mit einer neuen Identität und schier unbegrenzten finanziellen Mitteln war Felix frei wie ein Vogel gewesen. Welcher Mann in diesem Alter wollte das nicht? Einfach aus allem ausbrechen, alle Brücken hinter sich abreißen. Die berühmte Geschichte vom Mann, der zum Zigarettenholen aus dem Haus geht und nie mehr gesehen wird.

Vor wenigen Jahren war Felix Reiters Frau bei einem Verkehrsunfall ums Leben gekommen. Felix war damals im Ausland gewesen und hatte erst von Peter Mannschuh vom Unfalltod seiner Frau erfahren. Er hatte keine Kinder, war ohne familiäre Bande. Er hätte sein neues Leben genießen

können. Sicher, nach ihm wurde international gefahndet. Von einem Richter in Frankfurt war kurz nach seinem Verschwinden ein nationaler Haftbefehl ausgestellt worden. Die Staatsanwaltschaft hatte die Fahndung dann international ausgeschrieben. Interpol wurde eingeschaltet. Vom Bundeskriminalamt wurde eine Sonderkommission gebildet. Speziell ausgebildete Zielfahnder wurden auf seine Spur angesetzt. Aber Dr. Felix Reiter blieb verschwunden. Keiner wußte, wo er sich aufhielt. Dr. Mannschuh dachte an den anonymen Anrufer. Dieser Anrufer hatte richtig vermutet, es gab eine Ausnahme. Peter Mannschuh war Felix Reiters einziger Brückenkopf zu seinem früheren Leben. Mannschuh wußte von Felix Reiters Konten in Ländern mit einem gut funktionierenden Bankgeheimnis. Er wußte auch von den Depots, die er von den Bahamas bis Singapur angelegt hatte. Bankschließfächer, in denen für den raschen Zugriff beträchtliche Barmittel in der jeweiligen Landeswährung deponiert waren.
Peter Mannschuh war von der Nachricht des Todes seines alten Klienten und Freundes betroffen. Unmittelbar nach seinem gestrigen Anruf mußte Felix in diesen Sturm geraten sein, der ihn das Leben kostete. Schicksal.
Mannschuh erinnerte sich, daß Felix Reiter die internationale Fahndung nach seiner Person immer recht locker genommen hatte.
»Es gibt zu viele Leute, die wollen mich absolut nicht im Gefängnis sehen«, hatte Felix lachend erklärt, als sie sich nach seinem Untertauchen einmal in Genf getroffen hatten. »Und schon gar nicht, daß ich vor Gericht aussage. Wir beide wissen, daß auf Vorstandsebene einige Herren gewaltig Dreck am Stecken haben. Die mußten zwar in ihren Unternehmen die Verluste wegstecken, privat sind sie aber durch mich fabelhaft reich geworden. Die Vorstellung, daß ich vor Gericht plaudern könnte, daß mir Namen

und Konten einfallen, diese Vorstellung würde viele um den Schlaf bringen. Mindestens um den Schlaf, wenn nicht sogar um den Verstand.«

Tatsächlich wußte Mannschuh von den Konten, die Felix Reiter für seine Freunde in den Vorständen eingerichtet hatte. Zehn Prozent aller Gewinne waren jahrelang in die privaten Taschen der Herren gewandert. Das waren stattliche Millionenbeträge. Schwarz und an der Steuer vorbei. Schon aus purem Egoismus hatten sie dafür gesorgt, daß die Futures Management Inc. von den hauseigenen Kontrolleuren nicht allzu genau unter die Lupe genommen wurde. Außerdem hatten sie ihm uneingeschränkte Handlungsvollmachten eingeräumt, was die investierten Gelder betraf.

Peter Mannschuh war immer wieder verblüfft, wie leicht Felix andere Menschen in eine fatale Abhängigkeit zu bringen wußte. Da gab es nicht nur die Konten auf den Bahamas. Felix war immer großzügig gewesen. Mal stand bei einem Vorständler ein neues Auto für die werte Gattin vor der Tür. Mal gab es einen Swimmingpool für den Garten. Auch kleine Häuschen im Süden für die schönsten Tage im Jahr gehörten zu Reiters diskreten Zuwendungen.

Mannschuh hatte immer wieder den Kopf über Felix Reiters Dreistigkeit geschüttelt. Aber sein Freund verfügte über ein untrügliches Gespür, wer geschmiert werden konnte, um seine Interessen wahrzunehmen.

»Es gibt immer und überall einen Menschen, der nur darauf wartet, bestochen zu werden«, war Reiters feste Überzeugung gewesen. »Oft ahnen die Betroffenen selbst nicht, daß sie im Grunde ihres Herzens korrumpierbar sind. Sie halten sich für ehrenwert – bis sie vom Gegenteil überzeugt werden.«

Mannschuh wußte, daß es Felix Reiter dabei an jeglichem Unrechtsgefühl mangelte. »Warum denn auch, die Wirtschaft funktioniert wie ein großer orientalischer Basar«, hatte Felix seinem Freund einmal erklärt, als sie einige gemeinsame Tage in Marrakesch verbrachten. Vom Hotel La Mamounia aus, der Lieblingsadresse von Felix Reiter in Marokko, waren sie am Abend zur Place Djemaa el Fna gelaufen. Auf diesem »Platz der Vernichtung«, auf dem früher die Köpfe der Hingerichteten zur Schau gestellt wurden, sorgen heute Märchenerzähler, Schlangenbeschwörer, Akrobaten und Feuerschlucker für ein Spektakel wie aus einem orientalischen Märchen. »Schau nur hin. Das ist alles Illusion. Was zählt, ist der schöne Schein«, hatte Felix Reiter gesagt, während ihnen der scharfe Geruch von gebratenen Tauben und gegrillten Hammelwürstchen in die Nase stieg. Vor ihnen tanzte im Schein einer Gasfackel ein Gaukler, gewandet in eine lange Djellaba und mit einer dicken Wollmütze auf dem Kopf. Ein aufdringlicher Händler versuchte, ihnen wort- und gestenreich einen garantiert echten Berberdolch aus der Zeit von Sultan Ahmed el Mansour anzudrehen. Felix hatte gelacht: »Tausendundeine Nacht, tausendundein Märchen, tausendundeine Lüge. Es gehört zu den Gesetzen des Basars, daß betrogen wird. Da wird getauscht, getrickst und geschummelt auf Teufel komm raus. Jeder weiß es. Keinen stört es. Nur die einfältigen Touristen, die übers Ohr gehauen werden, wundern sich. In unserem Busineß läuft es doch nicht anders als hier auf dem Basar in Marrakesch. Auch bei uns ist die Illusion wichtiger als die Fakten. Glaubst du, die Wechselkurse der Währungen beruhen auf Fakten? Weit gefehlt, die haben sich längst von den volkswirtschaftlichen Faktoren abgekoppelt. Da wird gezockt und taktiert. Jeder ist auf maximalen Profit aus. Geld schlägt Moral. Du brauchst Listen und Finten, brauchst geheime Allianzen und mächtige Fürsprecher, sonst bleibst du auf der Strecke. Nur, daß unser Basar in der Welt der Com-

puter, der Jets und Meetings seinen orientalischen Charme verloren hat.«
»Da hast du recht, die krummen Geschäfte werden nicht im Kaftan, sondern im Nadelstreif abgewickelt.« Peter Mannschuh konnte sich noch an seine Antwort erinnern. Und jetzt sollte Felix Reiter tot sein? Es war wohl wahr, und dennoch wollte er es nicht glauben. Die Fahndung würde noch nicht gänzlich eingestellt werden. Immerhin fehlte die Leiche. Und das Geld. Aber da die Umstände offenbar eindeutig waren, würde wahrscheinlich nicht mehr viel unternommen werden. Peter Mannschuh kam wieder der anonyme Anrufer mit der Warnung in den Sinn. Wer konnte von der bevorstehenden Verhaftung wissen? Wer hatte kein Interesse an einer Verhaftung von Felix Reiter? Fand sich der Name auf der Liste der Vorständler, die sich privat bereichert hatten? Wer hatte Angst, daß sein Name vor Gericht genannt wurde? Wen würde eine Verhaftung ein bißchen mehr als nur den Schlaf kosten?

46

Noch hatte die Bank geschlossen. Dana saß gegenüber im Straßencafé und beobachtete konzentriert das rege Treiben auf den Gehsteigen. Nur noch wenige Minuten. Langsam, aber sicher müßte Kay auftauchen. Danas Aufmerksamkeit wurde auf einen weißen BMW gelenkt, der auf der anderen Straßenseite mit blockierenden Rädern anhielt. Die Beifahrertür öffnete sich, ein junger schlaksiger Mann mit Zopf und Hawaiihemd sprang heraus und eilte zu einem davor parkenden Wagen, in dem zwei Männer zu erkennen waren. Er unterhielt sich mit ihnen durch das Fen-

ster, dann ging er, jetzt sehr viel langsamer, zurück zum BMW. Dana grübelte. Wo hatte sie den Zopf schon mal gesehen? Richtig, das war doch der Typ mit dem lüsternen Blick aus Pollença. Und dann war er ihnen noch einmal in Sa Rápita begegnet. Da hatten sie noch an einen Zufall geglaubt. Nun, das hier war jedenfalls keiner mehr. Der Mensch im Hawaiihemd und seine Freunde waren Kay offenbar auf den Fersen. Und irgendwie waren auch sie auf diese Bank gestoßen. Jedenfalls konnte sie jetzt so gut wie sicher sein: Kay war auf der Flucht – und er würde hier auftauchen. Aber was wollten die Männer? Waren die vier von der Polizei? Sicher nicht, für die Polizei war Kay ertrunken, das stand doch wohl fest. Also wer dann? Dana konnte sich keinen Reim darauf machen.
Da saßen sie nun, die vier Männer in den beiden Autos, und taten das gleiche wie Dana: Sie beobachteten die Passanten. Immer wieder verdeckten vorbeifahrende Autos den Eingang der Bank. Dana wurde nervös. Von hier konnte sie Kay allzuleicht übersehen. Außerdem mußte sie versuchen, ihn vor den vier Männern zu warnen. Jetzt gingen die großen Flügeltüren der Bank auf. Die ersten Kunden, die schon vor der Bank gewartet hatten, drängten sich in die Schalterhalle.

*

»Señora«, der Kellner des kleinen Straßencafés, mit roter Weste und schwarzer Fliege, stand vor Dana und versperrte ihr die Sicht. »Señora, una llamada para usted, ein Telefongespräch.« Er reichte ihr den Hörer des drahtlosen Telefons. Irritiert meldete sich Dana: »Ja, bitte, wer ist da?«
»Du bist viel zu neugierig«, sagte eine ruhige Männerstimme. Dana saß da wie zur Salzsäule erstarrt. Dann spürte sie plötzlich ihr Herz, wie es ganz oben im Hals pochte.

»Kay, Kay, bist es du? Wo bist du?« Dana sah sich um, als erwartete sie, daß Kay mit einem Handy irgendwo in der Nähe stehen könnte.

»Kay ist ertrunken. Der Himmel sei seiner Seele gnädig.«

Dana zögerte. »Gut, wenn Kay also ertrunken ist, wie soll ich dich dann nennen? Felix?«

Dana hörte es im Hörer lachen. »Felix? Ich kenne keinen Felix. Aber ich kenne eine hübsche junge Frau, die zur falschen Zeit am falschen Ort ist.«

»Das war ich wohl schon einmal. Ich hätte von Bord gespült werden und jämmerlich ertrinken können«, antwortete Dana, wobei sie versuchte, ihre Stimme vorwurfsvoll klingen zu lassen.

»Du bist zu jung und zu schön für solch ein Mißgeschick. Das passiert nur älteren Herren wie mir. Trotzdem, ich bin froh, daß du den Sturm gut überstanden hast. Aber du solltest hier rasch verschwinden. Es wäre sicher besser, wenn dich die reizenden Herren gegenüber in ihren Autos nicht sehen. Sie könnten fragen, was du hier suchst. Übrigens eine gute Frage. Mich würde bei Gelegenheit auch interessieren, wie du auf diesen Ort gekommen bist. Nicht nur schön und intelligent, sondern auch kriminalistisch begabt. Und wie ich feststellen konnte, auch kunstinteressiert. Die Sagrada Familia ist beeindruckend, nicht wahr? Aber uns fehlt die Zeit für Konversation. Jetzt hör bitte genau zu. Das Lokal hat einen Hinterausgang. Dort wartet bereits ein Taxi auf dich. Fahr zum Flughafen, und nimm die nächste Maschine nach Deutschland. Und vergiß nicht, Kay ist tot und muß tot bleiben. Schlimm genug, daß die vier Freunde vor der Bank vielleicht anderer Ansicht sind. Bleib die nächsten Wochen zu Hause in München. Ich werde mich melden. Versprochen. Das hätte ich übrigens auch getan, wenn du hier nicht aufgetaucht wärst.«

Dana fiel ihm ins Wort: »Bist du dir da ganz sicher?«

»Absolut sicher. Dana, ich hab' das alles so nicht geplant, das kannst du mir glauben. Aber die Ereignisse haben sich plötzlich überstürzt. Mir blieb keine Wahl.« Und nach einer kurzen Pause: »Aber es bleiben einem ja noch Träume.«
»Du hast noch Träume? Alpträume oder süße Träume?«
»Wunschträume. Zum Beispiel, daß wir unseren Törn fortsetzen. An einem anderen Ort dieser Welt. Es muß ja nicht wieder auf einem Schiff sein. Aber ich fürchte, dieser Traum wird sich nicht erfüllen. Das hängt mit meiner ganz speziellen Situation zusammen. Wenn ich es recht bedenke, wären die Bedingungen für dich doch etwas radikal. Ich fürchte, daß die Voraussetzungen für ein wohlbehütetes Mädchen aus gutem Hause nicht akzeptabel sein werden.«
Dana schwieg.
»Bist du noch da?«
»Sicher bin ich noch da«, antwortete sie und atmete tief durch.
»Aber hoffentlich nicht mehr lange. Ich muß aufhören. Und du solltest dich diskret durch den Hinterausgang davonmachen. Sag mir nur noch, ob zwischen uns alles klar ist.«
»Es ist alles klar, du Mistkerl.« Dana hatte sich wieder unter Kontrolle und fand zu ihrem gewohnten Ton zurück. »Die Tage mit dir waren in jeder Hinsicht unvergeßlich. Vor allem der Showdown ist dir gut gelungen. Kein schlechtes Drehbuch. Das hab' ich am Anfang unterschätzt. Ich dachte, das wird so eine billige Romanze ohne richtige Action. Aber das hast du noch gut hingekriegt.«
»Danke, ich hätte mich ehrlich gesagt lieber auf die Romanze beschränkt.«
Dana dachte kurz nach, dann gab sie sich einen Ruck. »Und was die Bedingungen für eine Fortsetzung betrifft, da solltest du es auf einen Versuch ankommen lassen. Vielleicht

bin ich nicht ganz so gut behütet und wohlerzogen, wie es sich meine Eltern erträumen. Paß auf dich auf. Vaya con Dios.«
»Vaya con Dios, Dana.«
Dana legte den Hörer auf den Tisch, beugte sich vor und streifte ihre langen blonden Haare nach vorne. Den Kopf in beide Hände gestützt, saß sie einen Augenblick regungslos da und versuchte, ihre Gedanken zu ordnen. Kay hatte recht. Und er vertraute ihr. Das konnte er auch. Obwohl sie selbst nicht so recht wußte, warum. Oder doch, eigentlich wußte sie es schon! Dana stand auf, warf noch einen kurzen Blick über die Straße zu den beiden Autos, und ging ins Lokal.

47

Im Vorstandsbüro eines großen deutschen Industrieunternehmens wurde von einem Kurierfahrer ein Geschenkkarton für Dr. Schulze abgegeben. Ein Sicherheitsbeamter untersuchte das Paket und öffnete es vorsichtig. Es handelte sich um eine kleine Holzkiste mit sechs Flaschen Rioja-Wein. Auf der Grußkarte stand:

Sehr geehrter Herr Dr. Schulze,

wir dürfen uns mit einigen Flaschen vorzüglichen spanischen Weins für Ihren freundlichen Anruf bedanken. Leider konnten wir – wie Sie schon richtig angenommen haben – in der besagten Angelegenheit nichts unternehmen. Ihre Anteilnahme am Wohlergehen unseres ehemaligen Klienten wissen wir dessenungeachtet zu schätzen. Es wären alle Mühen ohnedies verge-

bens gewesen. Gemeinsam beklagen wir sein überraschendes Ableben. Gleichwohl soll es Leute geben, die jetzt ruhiger schlafen. Ein Prost auf deren und unser Wohl!
Mit freundlichen Grüßen

Dr. Peter Mannschuh

Dem Frankfurter Rechtsanwalt Dr. Mannschuh war wieder eingefallen, woher er die Stimme des anonymen Anrufers kannte, der ihn über die bevorstehende Verhaftung Dr. Felix Reiters informiert hatte.

Registro turistico

Touristischer Anhang mit ergänzenden und zusammenfassenden Erläuterungen, mit Namen und Hinweisen rund um die Erlebnisse von Kay, Dana und Sam

*(Hier finden sich in alphabetischer Folge alle Begriffe, Hotels, Restaurants etc. wieder, die in der Erzählung bei ihrer ersten Erwähnung kursiv geschrieben sind. Mit * markierte Stichworte sind ergänzende Hinweise ohne Bezug zur Geschichte)*

Abacanto

Fürstliche Bar für Nachtschwärmer und Romantiker. Ableger des Abaco. Liegt am nördlichen Stadtrand von *Palma* (Sa Indioteria). Palastähnliches Herrenhaus aus dem 18. Jh. inmitten eines subtropischen Gartens. Viel Atmosphäre mit klassischer Musik und Kerzenschein.
(Palma, Cami Nou. Tel. 43 06 24)

Abaco

Berühmte Cocktailbar in der Innenstadt von *Palma* im Ausgehviertel La *Llotja* (Lonja). Mit einem kitschig-schönen Ambiente. In einem alten Stadtpalais. Schwülstige Blumen- und Obstarrangements.
(Palma, Carrer Sant Joan 1)

Agroturismo

Ländlicher Urlaub auf einer *Finca,* die diverse Auflagen des balearischen Tourismusministeriums zu erfüllen hat. So muß

die *Finca* vor 1960 erbaut worden sein, über ausreichend Grund verfügen und darf nur eine begrenzte Zahl von Gästen aufnehmen. Vor allem aber muß auf der *Finca* weiter Landwirtschaft betrieben werden. Buchen kann man einen Finca-Urlaub unter anderem über die »Associació Agroturisme Balear« in der sich rund 40 Bauernhöfe und alte Herrenhäuser zusammengetan haben.
(Associació Agroturisme Balear, 07006 Palma, Carrer Foners 8. Tel. 77 03 36, Fax 46 69 10)

Alcúdia

Der Name Alcúdia stammt von den Arabern (al kudia = Hügel). Die Stadt liegt im Norden Mallorcas auf einer Landzunge zwischen den weitläufigen Buchten von *Pollença* und Alcúdia. Die Geschichte von Alcúdia reicht zurück bis zu den alten Römern. 123 v. Chr. landete in der Bucht von Alcúdia der römische Konsul Quintus Caecilius Mettellus, der rasch ganz *Mallorca* eroberte (dabei auch *Palma* gründete) und später »Balearicus« genannt wurde. An das römische »Pollentia« erinnert das »Teatro Romano« an der Straße nach Port d'Alcúdia. Aus dem Mittelalter stammen die mächtigen Festungsmauern und das Stadttor Puerta San Sebastián.

Allioli

Die Mayonnaise (Salsa Mahonesa) ist nach der Stadt Mahón auf *Menorca* benannt. Kommt noch Knoblauch hinzu, dann heißt sie auf *Mallorquí* Allioli (Knoblauchöl). Allioli wird zu Fisch und Fleisch serviert oder einfach aufs Brot geschmiert.

Andratx

Ort im äußersten Westen Mallorcas, am Fuße des Berges Galatzó, nur wenige Kilometer vom Meer und von seinem Hafen *Port d'Andratx* entfernt. Wurde bereits von den Römern unter dem Namen »Andrachium« gegründet. Die Kultivierung des fruchtbaren Bodens (Huerta d'Andratx) verdanken die Mallorquiner den Arabern. Entlang dem *Torrent* de Saluet führt eine blühende Gartenlandschaft (vor allem Mandelbäume, aber auch Orangen und Oliven) hinunter ans Meer nach *Port d'Andratx*. Vor allem im 16. Jh. war Andratx häufigen Piratenüberfällen ausgesetzt. Aus diesem Grund ist die Pfarrkirche von Andratx festungsähnlich ausgebaut und hat einen Wehrturm.

Arabella Golf Hotel

1992 eröffnetes Luxushotel unweit von *Palma* im feinen Villenviertel Son Vida. Der Baustil orientiert sich an einem spanischen Herrensitz. Das Hotel liegt direkt am Golfplatz Son Vida und erfreut sich eines ausgezeichneten Rufes – nicht nur, aber vor allem bei Golfern.
(Palma, Carrer de la Vinagrella. Tel. 79 99 99, Fax 79 99 97)

Artà

Im Nordosten der Insel zeigt sich das mittelalterliche Städtchen Artà von seiner trutzigen Seite. Der Ort wird auf dem Kalvarienberg dominiert von einer zinnenbewehrten Burg und der Wallfahrtskirche Sant Salvador. Darunter, wo einst die Mauren ihre Moschee hatten, steht die nicht minder eindrucksvolle Wehrkirche Transfiguració del Senyor. In unmittelbarer Nähe von Artà gibt es die *Talayot*-Siedlung Ses Païsses zu besichtigen. Und im Norden von Artà geht es auf einer kurvenreichen Straße zur Wallfahrtskirche Ermita de Betlem und zum *Atalaya* d'Alcúdia.

Atalaya

So heißen die alten Wachtürme an der Küste, die rund um die Insel mit Feuer- und Rauchzeichen eine Kommunikationskette bildeten und als Frühwarnsystem für Piratenüberfälle dienten. Sie gehen auf das 15. und 16. Jh. zurück, als *Mallorca* von türkischen und algerischen Piraten ständige Gefahr drohte. Da die mehr oder weniger intakten Wachtürme an exponierten Stellen der Küste auf hohen Klippen oder Felsvorsprüngen stehen, sind sie hervorragende Aussichtspunkte. So zum Beispiel der berühmte Wachturm von Ses Animes an der steil abfallenden Küste bei *Banyalbufar*. Oder der Atalaya d'Alcúdia auf einem über 400 Meter hohen Berg mit grandioser Fernsicht vom *Cap de Formentor* bis (an klaren Tagen) nach *Menorca.*

Azulejos

Für Spanien typische bemalte Keramikfliesen. Sie gehen auf die Mauren zurück, sind auch auf *Mallorca* sehr verbreitet und erfüllen vielfältige Dekorationszwecke.

Banyalbufar

Das malerisch gelegene Dorf an den steilen Hängen der *Serra de Tramuntana* ist für seine terrassenförmigen Anlagen berühmt. Die Terrassenfelder reichen hinunter bis zum Meer und sind mit einem kunstvollen Bewässerungssystem versehen, das meist den Arabern zugeschrieben wird, wohl aber sehr viel weiter bis zu den Phöniziern zurückreicht. Der Name Banyalbufar leitet sich aus dem arabischen »Buniola al bahar« ab, was »kleiner Weingarten am Meer« bedeutet. Tatsächlich war Banyalbufar früher für seinen guten Wein aus der Malvasíatraube bekannt.

Bar Bosch

Straßencafé im Zentrum von *Palma* am Passeig des Born. Traditioneller Treffpunkt vieler Mallorquiner. Vom *Café con leche* am Vormittag bis zum Absacker spät in der Nacht.
(Palma, Plaça Joan Carles I. Tel. 72 11 31)

Binissalem

Der Ort zwischen *Palma* und Inca wurde von den Mauren gegründet und gilt heute als Zentrum des mallorquinischen Weinanbaus. Typisch für Binissalem ist außerdem der helle Sandstein, der sich an vielen Gebäuden Mallorcas wiederfindet.

Bona Taula

Restaurant, das auf Fleisch (Filet, Kaninchen) vom offenen Grill spezialisiert ist. Es liegt im Osten der Insel in der Nähe von *Cala d'Or* in Calonge.

(Calonge, Carrer Rafael Adrover 3. Tel. 16 71 47)

*** Born***

Zentral gelegenes (Zwei-Sterne-)Hotel in *Palma*. In einem schön renovierten Stadtpalais aus dem 16. Jh. Mit großzügiger Eingangshalle und 29 unterschiedlich ausgestatteten Zimmern.

(Palma, Carrer Sant Jaume 3. Tel. 71 29 42)

Caballito de Mar

Das »Seepferdchen« ist ein immer gut besuchtes Fischlokal in *Palma* unmittelbar neben der *Llotja*. Especialidades: Pescados del Mediterraneo y Mariscos (Mittelmeerfische und Schalentiere). Besonders beliebt sind die Tische auf der Terrasse am palmengesäumten Passeig.

(Palma, Passeig Sagrera 5. Tel. 72 10 74)

Cabrera

Die »Ziegeninsel« gehört zu einer kleinen Inselgruppe, die dem Cap de Salines im Südosten Mallorcas vorgelagert ist. Es heißt, daß die Ziegen schon zur Römerzeit die Insel kahl gefressen hätten. Bereits 600 v. Chr. sollen die Karthager auf Cabrera eine Handelsstation errichtet haben. Der Legende nach wurde sogar der große karthagische Feldherr Hannibal auf Cabrera geboren. Später war Cabrera ein berüchtigter Unterschlupf für Piraten, die von hier Raubzüge nach *Mallorca* unternahmen. Während der Napoleonischen Kriege war Cabrera eine Sträflingsinsel, auf der über 5000 französische Kriegsgefangene den Tod fanden. Heute steht die fast unbewohnte Insel unter Naturschutz. Nur ein kleiner Militärposten hält Stellung. Die Festung über der Hafenbucht, von der Besucher einen großartigen Ausblick haben, stammt aus dem 14. Jh.

Café con leche

Im Unterschied zum Café solo (schwarzer Kaffee) wird der Café con leche mit Milch serviert. Auf mallorquinisch heißt er »Café amb llet«. Daneben gibt es viele Kaffeevarianten, so zum Beispiel den Café exprés (Espresso), den Café cortado (kleiner Kaffee mit wenig Milch) oder den Carajillo (Espresso mit Kognak).

Cala d'Or

Der lebhafte Ferienort an der Südostküste Mallorcas ist im Stil der Häuser Ibizas erbaut. Kein Wunder, geht die Gründung von Cala d'Or in den 30er Jahren doch auf den 1971 verstorbenen, ibizenkischen Architekten Pep Costa Ferrer zurück. Zu Cala d'Or gehört die ins Land hinein künstlich verlängerte Cala Llonga mit einer modernen Marina, in der viele Yachten liegen. Um den Hafen gruppieren sich Restaurants und Boutiquen.

Cala Figuera

Eine Cala Figuera gibt es auf *Mallorca* gleich dreimal. Im Südwesten der großen Bucht von *Palma* liegt die Badebucht Cala Figuera, die gerne auch von Yachten als Tagesankerplatz aufgesucht wird. Dann gibt es an der Nordflanke des steilen *Cap de Formentor* eine weitere Bucht mit dem Namen Cala Figuera. Diese schmale Cala Figuera liegt abseits des Touristenrummels und ist auf dem Landweg nur auf einem kleinen Pfad zu erreichen, mithin eine Cala für Individualisten. Und dann gibt es noch im Südosten Mallorcas das eigentliche Cala Figuera: einen malerischen Fischerort, der ursprünglich zu *Santanyí* (Port de *Santanyí*) gehörte und überaus romantisch in einer fjordartig eingeschnittenen Bucht liegt. Noch immer flicken hier die Fischer ihre Netze und fahren mit ihren *Llaüts* hinaus aufs Meer. Ganz in der Nähe die Badestrände der Cala *Santanyí*, Cala Lombards und Cala *Mondragó*. Und vor den Klippen im Meer die mächtige Felsenbrücke Es Pontas.

Cala Mondragó

Schöne Bucht mit feinsandigen Stränden, mit tiefblauem Wasser und eingerahmt von schroffen Klippen, auf denen Aleppokiefern wachsen. Die Cala Mondragó findet sich zwischen *Cala Figuera* und Portopetro. Sie steht unter Naturschutz, und es gibt ein Bauverbot. Zu schaffen machen ihr nur der rege Badebetrieb und die ankernden Sportschiffe.

Cala Pi

Auch eine Cala mit diesem Namen gibt es auf *Mallorca* zweimal. Im Süden, unweit des Cabo Blanco, die Cala Pi, die ausgesprochen pittoresk in einem fjordartigen Einschnitt liegt. Gilt als meistfotografierte Cala Mallorcas. Mit Fischerschuppen am Ende, vielen Pinienbäumen (= Cala Pi) und einen lang auslaufenden Strand. Die zweite Cala Pi liegt ganz im Norden und ist der berühmte Badestrand vor dem *Hotel Formentor* (sie wird auch Cala Posada genannt). Gemeinsam haben beide Calas nicht nur die Pinien, sondern auch die vielen Yachten, die hier tagsüber zum Baden ihre Anker werfen.

Cala de Portals Vells

Südlich von Magalluf führt durch die Pinienwälder eine Straße zur Cala de Portals Vells. In den Felsen an der Südspitze der Bucht befinden sich große Höhlen, die zu Fuß auf einem kleinen Pfad gut zu erreichen sind. Hier wurden einst *Marés*-Steine für die Kathedrale in *Palma* gebrochen. In den Fels der *Coves* de la Mare de Déu ist eine kleine Kapelle mit naiven Reliefs geschlagen. Sie geht auf genuesische Seefahrer zurück, die hier im 14. oder 15. Jh. nach einem schweren Sturm, in dem sie um ihr Leben fürchteten, gestrandet sind. Als Dank für ihre Errettung hämmerten sie aus den mächtigen Felshöhlen jene Kapelle mit Altar und stellten eine Madonna auf, die heute in der Kirche von Portals Nous steht. Die Cala de Portals Vells hat einen hübschen Sandstrand und wird tagsüber von vielen Yachten aus *Porto Portals* und *Palma* aufgesucht.

Cala Rajada

Das ehemalige Fischerdorf liegt in der »Rochenbucht« und war früher für ebendiese Rochen und für seine Langusten bekannt. Heute ist Cala Rajada ein lebhafter Fremdenverkehrsort. In dem immer noch idyllischen Hafen erinnern die Langustenhäuser an fischreichere Zeiten. In der Nähe gibt es schattige Kiefernwälder und die schönsten Dünenstrände Mallorcas. Außerdem die Landspitze Cabo *Capdepera* mit Blick nach *Menorca*. Und die Jardins de Casa March mit modernen Skulpturen, u. a. von Henry Moore.

Cala Tuent

Die Cala Tuent befindet sich nordöstlich von *Port de Sóller*. An diesem steilen und schroffen Küstenabschnitt am Fuße der *Serra de Tramuntana* gibt es nur wenige Badebuchten, diese sind jedoch (wie die Bucht *Sa Calobra*) von besonderem Reiz. Die Cala Tuent ist meist wenig besucht, es gibt einen kleinen Kiesstrand und ein Restaurant.

Calvià

Dem kleinen Ort westlich von *Palma* ist kaum anzusehen, daß es sich hier nicht nur um die reichste Gemeinde Mallorcas, sondern ganz Spaniens handelt. Das Geld kommt von den zur Gemeinde zählenden Touristenhochburgen an der Küste – von Illetas über Magaluf bis kurz vor Camp de Mar.

Ca'n Pep

Nicht nur bei Yachties sehr beliebtes Fischlokal an der Uferstraße unweit der Marina von Sa Rápita. Mit Blick aufs Meer und die Inselgruppe von *Cabrera*.
(Sa Rápita, Miramar 16. Tel. 64 01 02)

Can Joan de S'Aigo

Klassisches Café und »Schokoladentempel« in *Palma*. Zu finden in einer engen Altstadtgasse in der Nähe der Plaça Major. In früheren Zeiten war hier unter anderem Joan *Miró* Stammgast. *(Palma, Carrer Sanc 10. Tel. 71 07 59)*

Cap de Formentor

Steile Halbinsel im Norden Mallorcas, die wie ei Finger weit ins Meer hinausragt. Zum hoch über dem gelegenen Aussichtspunkt Mirador des Colomer (mirada = Blick) führt eine serpentinen- und panoramareiche Straße. Ein Denkmal erinnert an den italienischen Erbauer der Straße: Antonio Paretti. Von dort ist es nicht mehr weit zum *Atalaya* Albercutx.

Capdepera

Städtchen mit verwinkelten Gassen im Nordosten der Insel zu Füßen einer zinnenbewehrten Burg. Das Castell de Capdepera ist die größte Wehranlage Mallorcas. Die Burg geht auf die Araber zurück und wurde später von König *Jaume I.*, der sich bei ihrer Eroberung ziemlich schwertat, ausgebaut. In Capdepera wird ähnlich wie in *Artà* noch das Brauchtum der »maurischen« Korb- und Mattenflechterei mit getrockneten Zwergpalmblättern gepflegt.

*** Casa Eduardo***

Traditionsreiches, urwüchsiges Fischlokal neben den Fischmarkthallen am Hafen von *Palma*. Direkt davor ankern die Fischerboote und liegen die Netze zum Trocknen aus. Fischgerichte von Gambas über Bouillabaisse bis zu Fisch in der Salzkruste.
(Palma, Industria Pesquera 4. Tel. 72 11 82)

*** Casa Manolo***

Ursprüngliche Kneipe in Ses Salines, im Südosten der Insel. Die Bodega Barahona gilt schon seit Jahren als Geheimtip für vorzügliche *Tapas*, für exzellenten Fisch und Schalentiere. Auf einen freien Tisch wird im Zweifel auf den Stufen der angrenzenden Kirche gewartet.
(Ses Salines, Plaça San Bartolomé. Tel. 64 91 30)

Castell de Bellver

Das »Kastell der schönen Aussicht« ist eine kreisrunde, klassische Festung über *Palma* mit wunderschönem Panoramablick über die ganze Bucht. Die romanisch-gotische Burg war in ihrer langen Geschichte (erbaut 1309) abwechselnd Lustschloß, Verließ für Seeräuber, für Kriegsgefangene und in Ungnade gefallene Adlige, Schutzburg für die Bevölkerung gegen Piratenüberfälle und Gefängnis für politische Häftlinge.

Celler Sa Premsa

Typisch mallorquinisches Lokal im Stil eines ehemaligen Weinkellers. Mit großen Weinfässern, vergilbten Stierkampfplakaten, Ventilatoren und Neonröhren. Klassisch deftige Küche mit vielen landestypischen Spezialitäten: Lomo con col (Schweinefleisch mit Kohl), Tumbet (Gemüseeintopf), Sopas Mallorquinas, Paella.

(Palma, Obispo Berenguer de Palou 8. Tel. 72 35 29)

Chopin, Frédéric

Der 1810 in Warschau geborene Frédéric Chopin (er wurde nur 39 Jahre alt) war der Sohn einer Polin und eines Franzosen. Der Komponist und Pianist ging 1830 nach Paris und wurde rasch der Liebling der Salons. Seine Freundschaft mit der exaltierten Schriftstellerin George *Sand* brachte ihn im Herbst 1838 nach *Mallorca*, wo sie gemeinsam die Wintermonate in dem Kartäuserkloster von *Valldemossa* verbrachten. Der Versuch George Sands, Chopin von seinem Lungenleiden zu kurieren, blieb wenig erfolgreich. Sein Gesundheitszustand verschlechterte sich weiter. Was seiner Schaffenskraft keinen Abbruch tat: Während George *Sand* mit ihren Kindern die Insel erforschte, komponierte Chopin den größten Teil seiner Präludien. George *Sand* schrieb über Chopins Präludien: »Es sind Meisterwerke. Mehrere erinnern an die Visionen dahingeschiedener Mönche und an die Grabgesänge, die ihnen nachfolgten. Andere sind schwermütig und zärtlich ..., andere wiederum voll düsterer Trauer, und während sie das Ohr entzücken, zerreißen sie einem das Herz.« Zwei Jahre vor seinem

Tod zerbrach die »Ehe« mit George *Sand*. Auslöser waren Intrigen von Solange, der Tochter von George *Sand*, die sich mit ihrer Mutter überworfen hatte und bei Chopin Rückhalt suchte.

Club Med

Das Feriendorf des Club Med liegt an der Ostküste Mallorcas in der Bucht von Portopetro. Kleine, einfache Bungalows, glasklares Wasser und eine blühende Vegetation. Zum sportlichen Angebot zählen Segeln, Kajak, Schnorcheln, Tennis und *Golf* (auf dem nahe gelegenen Golfplatz Vall d'Or).

Coves

In dem Kalkgestein Mallorcas hat das Wasser über Jahrmillionen riesige Höhlensysteme ausgespült. Sie liegen vor allem an der Ostküste und haben früher der Bevölkerung bei Piratenüberfällen als Unterschlupf gedient. Heute sind die größten Höhlen, die reich an Stalagmiten und Stalaktiten sind und oft über unterirdische Seen verfügen (der Lago Martel in den Coves del Drac soll sogar der größte der Welt sein), beliebtes Ausflugsziel für Touristen. Leider schmälert der Besucherstrom die Faszination. Am bekanntesten sind: Coves d'Artà (bei Canyamel, der Eingang ist ein großes Loch, 40 Meter über dem Meer), Coves del Drac (bei *Portocristo*, die »Drachenhöhlen« wurden vom französischen Höhlenforscher Martel im Auftrag des Erzherzogs *Ludwig Salvator* erforscht) und die Coves dels Hams (etwas weiter im Westen).

Deià

Das malerische Bergdorf schmiegt sich mit seinen schmalen Gassen an eine Bergkuppe. Als Ca Na Rosa wurde Deià von den Mauren gegründet. Über den wehrhaften Häusern thront die Pfarrkirche Sant Joan Bautista. In den zwanziger Jahren wurde Deià von dem Schriftsteller Robert Graves entdeckt, der fortan hier lebte, andere Künstler nachzog und so Deiàs Ruf als Künstlerkolonie begründete. Die Liste der Künstler, die vorübergehend in Deià lebten, ist reich an prominenten

Namen: Ava Gardner und Pablo Picasso zählten zu ihnen. Heute sorgen die Luxushotels *La Residencia* und *Es Moli* für zahlungskräftige Gäste.

Dragonera

Die fast baumlose, *macchia*bewachsene Insel Dragonera (Dracheninsel) ist dem Westen Mallorcas vorgelagert und verdankt ihren Namen entweder dem charakteristischen Profil der Insel oder den dort lebenden vielen kleinen Drachen in Gestalt seltener Eidechsen, Salamander und Geckos. Die menschenleere Insel (mehr als 4 km lang und über 300 m hoch) diente einst Piraten als Unterschlupf. Heute steht sie unter Naturschutz und bietet vielen Seevögeln eine sichere Zufluchtsstätte. Von *Sant Elm* ist sie für Ausflügler (vor allem Bergwanderer) mit dem Fährschiff erreichbar.

El Olivo

Stilvolles Restaurant im Nobelhotel *La Residencia* in *Deià*. Für Feinschmecker eine der ersten Adressen der Insel. Rund um eine alte Ölpresse werden ausgesuchte Menüs und exquisite Weine serviert.
(Deià. Tel. 63 93 92)

El Patio

Restaurant mit schönem Patio an der Landstraße von *Andratx* nach *Port d'Andratx*.
(Port d'Andratx. Tel. 67 20 13)

Ensaïmadas

Köstliche Hefeschnecken, die in Schmalz gebacken und mit Puderzucker bestreut werden. Das Nationalgebäck Mallorcas gibt es in den unterschiedlichsten Varianten (etwa mit Vanillecreme oder Kürbismarmelade gefüllt) und Größen (im Durchmesser von einer Semmel bis zum Format einer Torte). Der Name kommt von dem Wort »saïm« für Schweineschmalz, das vor dem Backen in den traditionellen »forns« (Backöfen) auf den Hefeteig gestrichen wird.

Es Clos

Ein Restaurant, das von seinen vielen treuen Anhängern nicht nur wegen seiner ausgezeichneten und kreativen Küche, sondern auch wegen seines romantischen Ambientes geschätzt wird.

(Alquería Blanca, Carrer Convento 17. Tel. 65 34 04)

Esdi's

Szenerestaurant mit Terrasse am Yachthafen von *Porto Portals*.

(Porto Portals, Local 29. Tel. 67 69 84)

**** Es Moli***

Fernsehbekannte Luxusherberge in *Deià*, in einer großzügigen *Finca*, mit Blick auf die malerische Steilküste.

(Deià, Ctra. Valldemossa a Deià. Tel. 63 90 00, Fax 63 93 33)

Es Moli

Mit gleichem Namen (siehe oben) gibt es ein Restaurant in *Santanyí*. Im Sommer sitzen die Gäste rund um einen Feigenbaum in einem hübschen Garten. Die klassische, ambitionierte Küche hat französischen Einschlag.

(Santanyí, Carrer Consolació 19. Tel. 65 33 58)

**** Es Parlament***

Traditionsreiches Restaurant aus der Jahrhundertwende im alten Parlamentsgebäude von *Palma*. Große Theke, mittags Treffpunkt vieler Geschäftsleute und Politiker. Spezialitäten der spanischen Küche. Berühmt ist die »Paella de ciego«, die »Blindenpaella« (weil ohne Gräten).

(Palma, Conquistador 11. Tel. 72 60 26)

**** Es Pla***

So heißt die große Ebene zwischen der *Serra de Tramuntana* im Nordwesten und der *Serra de Llevant* im Osten. Sie ist nicht flach wie ein Brett, vielmehr hat die Es Pla sanfte Hügel, auf denen häufig Dörfer liegen. Die Ebene wird landschaftlich intensiv genutzt. Der fruchtbare Boden besteht aus Meeresablagerungen und aus Wüstensand, der sich hier über Jahrmillionen – von der Sahara kommend – gesammelt hat.

**** Eurotel Golf***

Das Eurotel Golf Punta Rotja an der Costa de los Pinos ist vor allem bei Golfern sehr beliebt. Kein Wunder, schließlich liegen Golfplätze wie Son Servera, Canyamel und Pula direkt vor der Tür. Für die Hotelgäste gibt es verbilligte Greenfees. Zum Hotel gehören ein eigener Strand und ein kleiner Hafen für Sportboote.
(Son Servera, Costa de los Pinos. Tel. 56 76 00, Fax 56 77 37)

Ferrer, Jaume

Berühmter mallorquinischer Seefahrer, der im 14. Jh. die Westküste Afrikas erforschte und unter anderem den heutigen Senegal entdeckte. Die mallorquinischen Seeleute und Kartographen genossen zu jener Zeit hohes Ansehen. Sein Denkmal steht in *Palma* unweit der *Llotja* auf der Plaça Drassana. Früher wurden hier *Llaüts* gebaut und die Netze der Fischer geflickt. Heute säumen Cafés und Bars den von Platanen bestandenen, ovalen Platz.

Finca

Eine Finca auf *Mallorca* ist für viele zivilisationsmüde Deutsche erstrebenswerter Zweitwohnsitz, Altersrefugium und gleichbedeutend mit einem friedvollen Leben auf dem Land. Abseits der Touristenzonen liegen sie meist idyllisch im Landesinneren. Zum Klischee gehören Schafe und Ziegen, Oliven- und Mandelbäume. Die Fincas waren einst entweder feudal mit vielen Gebäuden und einer Gartenanlage (wie die große Vorzeigefinca »La Granja« bei Esporles) oder ausgesprochen bescheidene Anwesen, die oft nur mit Mühe die Menschen ernähren konnten, die auf ihnen lebten. Heute sind viele Fincas verlassen und halb verfallen, aber sukzessive werden die rustikalen Landhäuser (oft von ihren neuen deutschen Besitzern) wieder instand gesetzt. Im Zuge des *Agroturismo* werden sie auch bei Feriengästen immer beliebter.

Flamenco

Der Flamenco geht auf die Zigeuner zurück und hat seine Wurzeln in Andalusien. In seiner touristischen Variante büßt der Flamenco zwar einiges an Authentizität ein, trotzdem vermag er auch hier zu faszinieren. Zu einem klassischen Flamenco gehören Gitarrenspieler (Tocaor), Sänger (Cantaor), Tänzer/in (Bailaor/Bailaora) und Händeklatscher. Charakteristisch sind das Stakkato der Absätze oder Schuhspitzen (Zapateado), das hohle Kreuz der Tänzer, das Schnippen mit den Fingern, der rauhe Gesang, der von Liebe, Leidenschaft und Tod handelt. Wesentliches Element des Flamenco ist die Reaktion des Publikums. Wenn der Funke überspringt, steigern sich die Künstler im Wechselspiel mit dem Klatschen und den Anfeuerungsrufen aus dem Publikum in einen rauschähnlichen Zustand. Der Flamenco hat nicht nur in viele Opern Eingang gefunden (Hochzeit des Figaro, Don Giovanni, Barbier von Sevilla, Carmen), er hat auch seine internationalen Stars (wie einst die legendäre La Argentina) und ist Thema von berühmten Filmen (z. B. Carmen und Bluthochzeit von Antonio Gades und Carlos Saura).

**** Fornalutx***

Pittoreskes Bergdorf in der Nähe von *Sóller* inmitten von Orangen- und Zitronenhainen. Wird immer wieder als »schönstes Dorf« Spaniens bezeichnet.

**** Galatzó***

Golf- und Tennishotel zwischen *Santa Ponça* und Peguera. Inmitten einer großzügigen Parklandschaft, mit Blick über das Meer, eigener Driving-Range und Putting-Grün.
(Peguera. Tel. 68 62 70, Fax 68 78 52)

Gaudí, Antoni

Der katalanische Jugendstilarchitekt hat auf *Mallorca* viele Spuren hinterlassen. Am berühmtesten ist wohl der 1904 von ihm beendete Innenausbau der Kathedrale von *Palma*. Von Gaudí stammen in der Kathedrale *La Seu* unter anderem der

Baldoquino über dem Hauptaltar und die Kandelaber an den Säulen. In dem kleinen Ort Son Carrió bei *Portocristo* gibt es eine Kirchenrosette von Gaudí. Und auch an der Wallfahrtskirche des Klosters *Lluc* hat Antoni Gaudí mitgewirkt. Gaudí gilt als Wegbereiter des mallorquinischen Jugendstils *(Modernisme mallorqui)*. Sein berühmtestes (unvollendetes) Bauwerk ist die Kathedrale Sagrada Familia in Barcelona.

Golf

Auf *Mallorca* gibt es eine stetig wachsende Zahl von Golfplätzen. Sie sind ganzjährig gut zu bespielen. Nicht zuletzt deshalb erfreut sich *Mallorca* bei Golfern aus Deutschland immer größerer Beliebtheit. Probleme macht häufig die Bewässerung. Es gibt Auflagen, wiederaufbereitetes Brauchwasser zu verwenden – was in ungünstigen Fällen zu Geruchsbelästigungen führen kann. Abgesehen vom Hochsommer empfiehlt es sich, telefonisch Startzeiten zu reservieren. Der älteste Platz heißt **Son Vida**, liegt bei *Palma* und wurde 1961 standesgemäß von Fürst Rainier von Monaco und Gracia Patricia eingeweiht (mit engen, hügeligen Fairways, von Bäumen und Villen gesäumt / Tel. 79 12 10). In der Umgebung von *Palma* liegen außerdem die bekannten Plätze **Bendinat** (relativ kurze, aber oft trickreiche und hügelige Fairways / Tel. 40 52 00), **Poniente** (mit vielen Wasserhindernissen und schönem Panoramablick / Tel. 13 01 48), **Santa Ponça I** (langer, offener Platz, mehrfach Austragungsort der Balearen Open / Tel. 69 02 11) und **Santa Ponça II** (jüngere Schwester, privat, nur für Mitglieder / Tel. 69 02 11). An der Ostküste liegt bei *Cala d'Or* der Golfplatz **Vall d'Or** (hügeliger, sehr abwechslungsreicher Platz mit herrlichem Blick aufs Meer / Tel. 83 70 01). In der weiteren Umgebung von *Cala Rajada* liegen vier Plätze: **Capdepera Roca Viva** (mit künstlichen Seen auf den ersten neun Löchern, reizvollen zweiten neun, die an einem Gebirgshang liegen / Tel. 56 58 75), **Canyamel** (wohl schwierigster Golfplatz Mallorcas, mit hügeligen Spielbahnen, die ebenso wie die tückischen Greens hohe Ansprüche an jeden Spieler stellen / Tel. 84 13 13), **Son Servera** (zweitältester Platz von

Mallorca, enge Fairways zwischen alten Bäumen / Tel. 56 78 02) und als jüngster Platz **Pula** zwischen Son Servera und *Capdepera* (nicht leicht zu spielen, mit einigen blinden Löchern und Blick auf die Costa de los Pinos / Tel. 81 70 34). Im Norden der Insel liegt **Pollença** (mit Charme, alten Korkeichen und Olivenbäumen / Tel. 53 32 16). Relativ neu ist der Platz **Son Antem** bei Llucmajor (flaches und weitläufiges Gelände, fünf Seen, große Driving Range / Tel. 18 00 94).

Gorg Blau

Die wichtigsten Wasserspeicher für *Palma* sind zwei Stauseen im Tramuntana-Gebirge: der Gorg Blau und der Cúber. Da alle Jahre wieder im Sommer Wasserknappheit herrscht, werden die Pegelstände der Stauseen mit größtem Interesse verfolgt. Aber selbst wenn es die Regenfälle in den niederschlagsreichen Wintermonaten schaffen, die Stauseen bis unter die Dammkrone zu füllen, genügt das nicht für eine ausreichende Wasserversorgung. In den trockenen Sommermonaten ist *Mallorca* auf Trinkwasser aus dem Ebro angewiesen, das von einem Tankschiff aus Tarragona nach *Mallorca* gebracht wird, auf Wasser aus Aufbereitungsanlagen und aus Großbrunnen, die immer häufiger versalzen (weil der Grundwasserspiegel unter den Meereswasserspiegel absinkt). Eine Meerwasserentsalzungsanlage soll in Zukunft die Wasserprobleme Mallorcas lösen. Der Sage nach gibt es einen unterirdischen Fluß, der unter dem Meer vom spanischen Festland kommend bis an die Südküste Mallorcas reicht. Mehrere Kilometer soll der Strom mit frischem Pyrenäenwasser breit sein. Gefunden hat ihn noch niemand. Und es spricht auch nicht viel dafür, daß er wirklich existiert. Denn die Quellen Mallorcas sprudeln nur, wenn es auf *Mallorca* geregnet hat – nicht in den Pyrenäen.

**** Hasso***

Die bei deutschen Gästen bekannteste Autovermietung Mallorcas, die vom Kleinwagen bis zum Rolls-Royce alles bietet. Die Autovermietung hat ihren Sitz nur wenige Kilometer vom Flughafen entfernt in Ca'n Pastilla. Legendär ist die abenteuerliche Lebensgeschichte des Auto-Königs »Hasso« Schützendorf, der es auf *Mallorca* zum Multimillionär gebracht hat. *(Ca'n Pastilla, Camí Ca'n Pastilla 100. Tel. 26 02 19, 26 17 84, 49 12 76, 26 10 05)*

Hierbas

Den Kräuterlikör Hierbas soll schon der Philosoph und Missionar Ramón *Llull* vor sechshundert Jahren als Lebenselixier empfohlen haben. Jedenfalls gehört der grüne Kräuterlikör überall auf der Insel als Abschluß zum Essen. Hierbas, der sowohl trocken als auch süß angeboten wird, basiert auf Anisschnaps und bekommt von einer undefinierten Vielfalt von Kräutern seinen charakteristischen Geschmack. Fast genauso wichtig wie der Hierbas ist der Palo. Dieser herbbittere Likör aus den Früchten des Johannisbrotbaums wird häufig auf Eis als Aperitif getrunken und soll einst von Mönchen als Medizin gegen die Malaria destilliert worden sein.

Hotel Formentor

Traditionsbewußte Nobelherberge im Norden der Insel, die schon in den dreißiger Jahren dem (Geld-)Adel aus aller Welt lieb und teuer war.
(Formentor. Tel. 86 53 00)

Ibiza

Die drittgrößte Insel der Balearen hat eine Fläche von über 500 km^2 (*Mallorca:* über 3600) und ist von *Mallorca* rund 50 sm entfernt. Ibiza hieß bei den Griechen Pityusa: Pinieninsel. Pityusen, so nennt sich auch heute die kleine Inselgruppe mit Ibiza, Espalmador und Formentera.

Jaume I.

Im Alter von dreiundzwanzig Jahren landete Jaume I., König von Aragón, am 12. September 1229 mit seiner Invasionsflotte an der Küste Mallorcas, um die Insel von den Mauren zurückzuerobern. Finanziert wurde der Feldzug im wesentlichen von Katalonien. Deshalb waren unter seinen Rittern auch alle großen Familien der katalanischen Aristokratie vertreten. Viele von ihnen mußten ihren Einsatz mit dem Leben bezahlen. Nach der Schlacht am Coll de Sa Batalla belagerte das Heer die Medina Mayurqa, wie *Palma* bei den Mauren hieß. Am 31. Dezember war es schließlich soweit: Der Wali mußte sich dem jungen König und seinen Truppen ergeben. Die Reconquista beendete die gut dreihundertjährige Herrschaft der Araber. Jaume I. ließ die vormals blühende maurische Metropole plündern. Einem Gelübde folgend, legte er auf den Trümmern der arabischen Hauptmoschee den Grundstein für die Kathedrale *La Seu*. Das Land der Insel teilte er unter seinen Getreuen auf. Je nach Rang und Titel bekamen seine Mitstreiter größere Ländereien übertragen. Die einfachen Soldaten erhielten kleinere Parzellen. Die Landaufteilung, die bis in unsere Tage fortwirkt, wurde in einem Buch, dem »Llibre del Repartiment«, festgeschrieben. Sein Sohn Jaume II. gründete das unabhängige Königreich *Mallorca*. Es folgte eine glanzvolle Epoche. Das *Castell de Bellver*, Klöster und Kirchen wurden gebaut. Handel und Kultur blühten auf. Ramón *Lull* verfaßte seine philosophischen Werke. Unter Jaume III. setzte sich der wirtschaftliche Aufschwung fort. Die mallorquinische Handelsflotte befuhr die Meere – bis nach England und den Kanarischen Inseln. Schon zu Zeiten Jaumes II. hatte die Krone von Aragón wiederholt Ansprüche auf die Balearen angemeldet. Nun machte König Pedro IV. von Aragón Ernst. Am 25. Oktober 1349 kam es zur Entscheidungsschlacht in der Nähe von Llucmajor. Dem mutig kämpfenden Jaume III. wurde der Kopf abgeschlagen – mit ihm starb das Königreich *Mallorca*. Fortan gehörte *Mallorca* zur katalonisch-aragonesischen Krone.

*** *Koldo Royo***

Feinschmeckerrestaurant in *Palma* am Passeig Maritim mit weitem Blick über den Hafen und mediterraner Küche.
(Palma, Passeig Maritim 3. Tel. 73 24 35)

La Bóveda

Tapas-Bar in *Palma* und In-Treff an der Plaça de la *Llotja*. Ab zwanzig Uhr dreißig setzt von Montag bis Samstag der Sturm auf die Tische und die Theke ein. Schon vor der Eröffnung warten die ersten Gäste auf der Straße vor dem Lokal darauf, daß das Schild »Cerrado« umgedreht wird. Spezialitäten sind u. a. Pimientos (Paprika gefüllt mit Schinken oder Stockfisch), der Jamon Bellota und »Revuelto de ajos con langostinos« (Rührei mit Knoblauch und Krabben).
(Palma, Boteria 3. Tel. 71 48 63)

* ***La Cascina***

Nach Ansicht vieler Gäste der beste Italiener der Insel. In einer *Finca* in Calonge bei *Cala d'Or*. Mit einem golfbegeisterten Wirt, einem stimmungsvollen Patio und vielgelobter Küche.
(Calonge. Tel. 16 71 52)

La Lonja

Fischrestaurant am Yachthafen von Port de *Pollença*. Berühmt ist der Langusteneintopf »Caldereta de Langosta«.
(Port de Pollença, Muelle Pesquero. Tel. 53 20 77, 53 00 23)

* ***La Lubina***

Fischrestaurant in *Palma* auf der alten Mole beim Parc de la Mar. Zu den Spezialitäten zählt als Namensgeber natürlich der Wolfsbarsch (Lubina).
(Palma, Muelle Viejo. Tel. 72 33 50, Fax 72 46 56)

La Residencia

Vier-Sterne-Hotel in der Künstlerkolonie *Deià*. Das rebenumrankte Herrenhaus stammt aus dem 16. Jh. Mit alten Möbeln, verwinkelten Bogengängen und romantischen Innenhöfen. Eigentümer ist der britische Selfmade-Milliardär Richard Branson (Virgin). Zum Hotel gehört das Feinschmeckerrestaurant *El Olivo*.
(Deià. Tel. 63 90 11, Fax 63 93 70)

La Seu

Die Kathedrale von *Palma*, La Seu genannt, wurde an der Stelle der Hauptmoschee von Medina Mayurqa errichtet. Der 1230 begonnene Bau wurde erst im Jahr 1604 fertiggestellt. In den folgenden Jahren stürzten immer wieder Teile der Kirche ein, so daß ständig Renovierungsarbeiten durchgeführt werden mußten. Die »Kathedrale des Lichts« ist das Wahrzeichen Palmas und eine der größten gotischen Kirchen überhaupt. Von außen ahnt man kaum, daß die Höhe des Kirchenschiffs mit über 40 Metern der des Kölner oder Mailänder Domes nicht nachsteht. Beeindruckend ist die Südfassade am Parc de la Mar mit den hohen Stützpfeilern und dem »Tor zur Aussicht«, Porta del Mirador. Die Rosette über der Apsis besteht aus 1236 einzelnen Glasteilen. Sie ist nur noch mit der Rosette von Notre Dame in Paris zu vergleichen. Anfang dieses Jahrhunderts wurde das Innere der Kathedrale von dem katalanischen Jugendstilarchitekten Antoni *Gaudí* umgestaltet. In der Königskapelle liegen Jaume II. und Jaume III. begraben.

**** L'Hermitage***

Abgeschiedenes Luxushotel im idyllischen *Orient*. Die ehemalige Einsiedelei für Wandermönche ist stilvoll renoviert und hat 20 Zimmer. Außerdem ist die L'Hermitage ein bekanntes, aber nicht eben leicht zu erreichendes Feinschmeckerrestaurant.
(Orient, Ctra. de Alaró a Bunyola. Tel. 61 33 00,
Fax 61 33 00)

Layn

Szenerestaurant an der Uferpromenade von *Port d'Andratx* mit kleiner Terrasse und einem versteckten Garten hinter dem Haus.
(Port d'Andratx. Tel. 67 18 55)

Llaüt

Die mallorquinischen Fischerboote gehören zu den Feluken, die in ähnlicher Form überall im Mittelmeerraum zu finden sind und wahrscheinlich auf die alten Phönizier zurückgehen. Die hölzernen Llaüts (sprich: Ja-uts) werden mit einem traditionellen, dreieckigen Lateinersegel an einer steil nach oben ragenden Rah gesegelt. Ein langer Klüverbaum, der weit über den Bug hinausragt, trägt die Fock. Typisch für die Llaüts ist der markante Vorsteven. Die Luken auf dem Deck der kleinen, erstaunlich seetüchtigen Schiffe werden mit Holzdeckeln verschlossen. Heute haben die meisten Llaüts zusätzlich zur Beseglung leistungsfähige Dieselmotoren. Die mallorquinischen Fischerboote finden mittlerweile viele Freunde unter den Freizeitseglern, die die Llaüts liebevoll restaurieren.

Llotja

Die Llotja (Lonja) war einst die Handelsbörse von *Palma*. Aufgrund ihrer eindrucksvollen gotischen Architektur – mit Ecktürmen, verzierten Fenstern, einem großen Hauptportal mit einer Engelsfigur – wird die Llotja häufig für eine Kirche gehalten. Der Bau von Guillermo Sagrera (fertiggestellt 1451) gilt als einer der schönsten Profanbauten der spanischen Gotik. Um George *Sand* zu zitieren: »Die Lonja ist das Bauwerk, das mich am meisten beeindruckt hat. Seine ausgefallenen Proportionen mindern keineswegs die Harmonie und geschmackvolle Schlichtheit.«

Lluc

Lluc ist das bedeutendste Kloster Mallorcas. Es liegt inmitten der *Serra de Tramuntana* umgeben von dichten Wäldern in einem Talkessel. Im Kloster Lluc wird die dunkelhäutige Madonna »La Moreneta« verehrt, die einst der Legende nach von einem arabischen Hirtenjungen gefunden wurde. Berühmt ist der Knabenchor »Escolanía de Lluc«. Seit dem 16. Jh. singen die »Blavets« in katalanischer Sprache. Sie taten dies auch während der Franco-Diktatur, als die katalanische Sprache unterdrückt wurde. Lluc ist der wichtigste Wallfahrtsort der Insel. Über eine Million Besucher kommen pro Jahr nach Lluc. Und einmal im Jahr versammeln sich rund 50 000 Pilger zum »Marxa a Lluc a peu«.

Llull, Ramón

Ramón Llull gilt als berühmtester Sohn Mallorcas. Er wurde 1235 in *Palma* geboren und genoß in jungen Jahren ausschweifend die Privilegien seiner wohlhabenden Herkunft. Der Legende nach führte erst ein Schlüsselerlebnis mit einer verheirateten Señora, die vom Aussatz gezeichnet war, zu einem grundlegenden Sinneswandel. Fortan entsagte er allen irdischen Freuden, er verließ seine Familie und lebte als Eremit auf dem Berg *Randa,* wo er meditierend zu Gott fand. Später widmete er sich dem Studium der hebräischen und arabischen Sprache. Er verfaßte Gedichte und theologische Schriften, insgesamt über 250 Bücher. Wobei er der katalanischen Sprache erstmals literarischen Rang verlieh – wofür er noch heute von den Katalanen verehrt wird. Ramón Llull (Raimundus Lullus) unternahm ausgedehnte Missionsreisen in die islamischen Gebiete Nordafrikas und des Nahen Ostens. Er gründete in *Miramar* ein Sprachschule für angehende Missionare. Und selbst mit 80 Jahren machte er sich noch mit missionarischem Eifer nach Tunesien und Algerien auf. Dort wurde er 1316, so will es die Märtyrerlegende, von einer fanatischen Menge zu Tode gesteinigt. Ramón Llull wurde heiliggesprochen. Sein Denkmal steht in der Nähe des Parc de la Mar.

Ludwig Salvator

Der Erzherzog Ludwig Salvator von Habsburg-Toskana war von kaiserlich-königlichem Geblüt und eine schillernde, exzentrische Persönlichkeit. Ludwig Salvator wurde 1847 als Sohn des Großherzogs Leopold II. im Palazzo Pitti in Florenz geboren. In der österreichisch-ungarischen Thronfolge rangierte er auf Platz drei. Aber er wollte vom höfischen Glanz nichts wissen und zog das Leben eines »Aussteigers« vor. Er machte sich nach seinem Studium der Naturwissenschaften einen Namen als Naturkundler, schrieb viele Bücher mit detaillierten Beschreibungen etwa über die Liparischen Inseln. Auf seiner Dampfyacht »Nixe« unternahm er ausgedehnte Forschungsfahrten, die ihn um die halbe Welt führten. Legendär sind die vielfältigen Liebesbeziehungen des Erzherzogs, der sein Leben lang unverheiratet blieb. Dabei wurde seine Zuneigung nicht nur Frauen zuteil, er war gleichzeitig auch dem männlichen Geschlecht zugetan. So war der Mallorquiner Antonio Vives nicht nur der Privatsekretär, sondern auch der langjährige Geliebte Ludwig Salvators. Schon 1867 kam der damals zwanzigjährige »Arxiduc«, wie der Erzherzog auf den Balearen genannt wird, erstmals nach *Mallorca*. Er verliebte sich in die Insel. Drei Jahre später entschloß er sich, zu bleiben und von *Mallorca* aus seine Exkursionen nach Afrika, Asien und Amerika zu unternehmen. Nacheinander erwarb er die Landsitze *Miramar*, S'Estaca und *Son Marroig*. Außerdem kaufte er an der mallorquinischen Nordwestküste zwischen *Valldemossa* und *Deià* auf einer Strecke von über zehn Kilometern fast das gesamte Land. Eine besondere Beziehung hatte der Neffe des österreichischen Kaisers Franz Josef zur seelenverwandten »Sisi«, der Kaiserin Elisabeth, die ihren Cousin zweimal auf *Mallorca* besuchte. Ludwig Salvator, von dem es heißt, daß er vierzehn Sprachen konnte, war ein früher Ökofreak und sorgte dafür, daß auf seinen Ländereien keinem Baum ein Ast gekrümmt wurde. Außerdem versuchte er, den Bauern seine Vorstellungen des Naturschutzes nahezubringen. Er verfaßte mit dem siebenbändigen Werk »Die Balearen« eine detaillierte Beschreibung der Inseln, die auf der Pariser Weltausstellung 1899 mit einer Goldmedaille ausgezeichnet wurde. »Don Balearos« finanzierte die Erforschung der *Coves* del Drac durch den Franzosen Martel. Der Erzherzog ließ in der *Serra de Tramuntana* Reitwege anlegen, die heute als Wanderpfade genutzt werden. Und er hatte ganz unstandesgemäß eine Liaison mit der mallorquinischen Tischlerstochter Catalina Homar. Er kümmerte sich um ihre Bildung, brachte ihr Sprachen und Lebensart bei – und nahm sie mit auf seine Reisen. Bei einer Fahrt nach Jerusalem erkrankte Catalina Homar, wie es heißt, an Lepra. 1905 starb sie. Vom österreichischen Kaiser wurde der Erzherzog mit Ausbruch des Ersten Weltkrieges nach Österreich zurückzitiert, wo er 1915 auf dem Familienschloß Brandeis in Böhmen verstarb. Seine Gebeine ruhen in der Wiener Kapuzinergruft. Auf *Mallorca* stößt man immer wieder auf seine Spuren. Einen Besuch wert ist sein Herrensitz *Son Marroig* an exponierter Stelle hoch über der Steilküste zwischen *Deià* und *Valldemossa*.

Macchia

Für den Mittelmeerraum typischer niedriger, dichter Buschwald aus unterschiedlichsten Gewächsen.

Mallorca

Mallorca ist mit etwas über 3500 km^2 die größte Insel der Balearen. Ihre vielgestaltige Küste hat eine Länge von 554 km. Vom spanischen Festland liegt sie etwa 180 km entfernt, von Algerien kaum mehr als 300 km. Zum Archipel der Balearen gehören außerdem *Menorca*, *Ibiza* und Formentora. Mallorca hat rund 600 000 Einwohner, von denen über die Hälfte in *Palma* leben. Die Insel Mallorca, die von der Bevölkerung voller Liebe »la luminosa« (die Leuchtende) genannt wird, bekommt Jahr für Jahr Besuch von rund 6 Millionen Touristen. Der Massentourismus hat denn auch das Image der Insel arg strapaziert. Von »Teutonengrill« bis »Putzfraueninsel« reichen die wenig schmeichelhaften Beschreibungen. Natürlich gibt es Touristenzentren, die diesem Klischee ziemlich nahe kommen, und viele einstmals schöne Plätze auf dieser Insel sind wohl unwiederbringlich zerstört. Gleichzeitig gibt es aber immer noch das »andere« Mallorca, das sich erstaunlich viel von seinem ursprünglichen Reiz bewahrt hat. Verträumte Buchten, versteckte Sandstrände, grandiose Berggipfel, unberührte Kiefern- und Eichenwälder, romantische Fincas, Einsamkeit und Ruhe. Es gibt das Mallorca für Sportfreaks – von Mountainbikern und Bergwanderern über Windsurfer, Sportbootfahrer und Segler bis hin zu den Tauchern und Golfern. Und es gibt das Mallorca des Jet-sets, der Schickimickis und der Promis. Mit Megayachten, Helikoptern und Prachtvillen. Alles relativ nah beieinander – und doch Welten voneinander entfernt. Die touristische Entwicklung hat die Vermögensverhältnisse der Mallorquiner radikal umgeschichtet. Früher galt das unfruchtbare Land am Meer als wertlos. Während der älteste Sohn den Hof im Landesinneren erbte, mußten sich die jüngeren Nachkommen mit den Ländereien am Meer begnügen – mit jenen Grundstücken, die heute am begehrtesten und am teuersten sind. Darüber hinaus gab es eine Zweiteilung bei der Bevölkerung: zum einen die »campesinos« oder »pagesos« (auf mallorquinisch) im Landesinneren, die das Meer oft nur wenige Male (wenn überhaupt) in ihrem Leben sahen. Und zum anderen die »pescadors«, die Fischer, die zeit ihres Lebens am Ufer blieben. Noch einige Fakten zur Topographie: Mallorca hat von Osten nach Westen eine Breite von etwa 100 km, von Norden nach Süden sind es nicht ganz 80 km. Entlang der steil ins Meer abfallenden Nordwestküste zieht sich die *Serra de Tramuntana* (Serra del Norte) mit Gipfeln über 1000 Meter (der höchste Berg ist der Puig Major mit 1445 m). Dieser Gebirgszug schützt Mallorca vor den stürmischen Winden aus Nordwesten – eben dem Tramuntana. Nahezu parallel zur *Serra de Tramuntana* verläuft auf der anderen (östlichen) Seite Mallorcas die weniger hohe *Serra de Llevant* (die höchsten Berge erreichen gerade 500 m). Und dazwischen liegt die große Ebene *Es Pla* bzw. Llanura del Centro mit nur wenig höheren Erhebungen, darunter vor allem der Berg von *Randa* (540 m). Die größten Städte auf Mallorca sind *Palma, Manacor* und Inca.

Mallorquí

Auf *Mallorca* wird von jeher ein Dialekt des Katalanischen gesprochen: Mallorquí. Auf *Menorca* gibt es die Dialektform Menorquí und auf *Ibiza* Ibicenc. Allerdings war auf den Balearen lange Zeit – vor allem während der Franco-Ära – die kastilische Sprache (Castellano), also Hochspanisch, offiziell vorgeschrieben. Ein Beispiel: Auf spanisch (kastilisch) heißt Guten Tag »buenos días«, auf katalanisch »bon dia«. Erst nach der Franco-Zeit konnte sich im Zuge der Autonomiebewegung wieder die katalanische Sprache durchsetzen. Angestrebt wird eine »Normalisación linguística«, eine Normalisierung der Sprache. Mit dem für ausländische Besucher oft verwirrenden

Effekt, daß es für ein und denselben Ort (meist nur geringfügig) verschiedene Namen gibt. Zum Beispiel *Port d'Andratx* (katalanisch) statt wie früher Puerto de Andraitx (kastilisch). Oder bei Gebäuden wie etwa der alten Seehandelsbörse in *Palma* La *Llotja* statt Lonja. In diesem Buch wurden fast ausschließlich, wie heute auf *Mallorca* üblich, die katalanischen Namen und Begriffe gewählt. Also auch Platja statt Playa. Carrer statt Calle. Passeig statt Paseo. Oder Badia statt Bahia.

Manacor

Zweitgrößte Stadt Mallorcas, die für ihre künstlichen Perlen berühmt ist. Die Manacor-Perlen haben einen Glas- oder Kunststoffkern, der immer wieder in Essenzen aus Fischschuppen und Perlmutt getaucht und auf diese Weise von dünnen Schichten ummantelt wird. Am Ende dieses langwierigen Verfahrens, das übrigens von einem deutschen Ingenieur entwickelt wurde, sind die Manacor-Perlen von echten Perlen kaum mehr zu unterscheiden. Obwohl Manacor schon von den Römern gegründet wurde, unter den Mauren eine Blüte erlebte und später von Jaume II. zur Königsstadt erklärt wurde, gibt es nur wenig Zeugnisse jener Geschichte. Sehenswert sind unter anderem der Festungsturm Torre de Ses Puntes und die Pfarrkirche Dolores de Nostra Senyora.

Marcelino

Das Fischrestaurant Marcelino El Gallego liegt in *Palma* versteckt und unscheinbar in einer kleinen Gasse (in der Nähe der *Llotja*). Erst gegen 22 Uhr füllen sich die wenigen Tische mit vorwiegend einheimischen Gästen. Wer sich am schlichten Ambiente nicht stört, kommt in den Hochgenuß vorzüglicher Muscheln, Gambas und Fische, die man vorher in der Küche in Augenschein nehmen kann. Zum Dessert gibt's Flan oder Tarta limon.

(Palma, Carrer Sant Llorenç 23. Tel. 71 26 73)

Marés

So heißt der typische, helle Sandstein auf *Mallorca*, der bei vielen Häusern die Fenster und Türen umrahmt. Er wird heute vorwiegend in der Gegend um *Santanyí* gebrochen. Die Marés-Steinbrüche waren früher berüchtigte Verstecke für Schmuggler und Piraten.

Menorca

Menorca ist zwar die Schwesterinsel Mallorcas, unterscheidet sich aber in vielerlei Hinsicht. So ist Menorca fast durchgängig bescheidener (was nicht immer von Nachteil sein muß): Der höchste Berg (Monte Toro) ist gerade 350 Meter hoch. Weil keine *Serra de Tramuntana* die Insel vor den Nordwinden schützt, ist auch die Vegetation bescheidener. Die Temperaturen sind aufgrund des Windes etwas niedriger als auf *Mallorca*. Der Norden der Insel ist nur dünn besiedelt, wie es überhaupt sehr viel weniger Einwohner gibt: 60 000 sind es, nur ein Zehntel von *Mallorca*. Und auch die Touristenströme fallen im Vergleich zu *Mallorca* fast schon bescheiden aus: nur 500 000 gegenüber 6 Millionen. Die Mehrzahl der Touristen kommt auf Menorca nicht aus Deutschland, sondern aus Großbritannien. Die Hauptstadt, mit einem der größten Naturhäfen der Welt, heißt Maó (Mahón). Sie soll schon von den Phöniziern gegründet worden sein. Von den Engländern, die Anfang des 18. Jh. die Insel beherrschten, wurde Mahón 1722 zur Hauptstadt gemacht. Die andere größere Stadt, die *Mallorca* im Westen am nächsten liegt, heißt Ciutadella. Berühmt ist Menorca u. a. für seine *Talayots* und Taulas, steinerne Zeugnisse einer vorchristlichen Kultur, die hier sehr viel häufiger und besser erhalten sind als auf *Mallorca*. Und auch die Steinwälle, die den Boden vor Erosion schützen, sind für Menorca charakteristisch – sie sollen insgesamt 15 000 km lang sein.

Miramar

Restaurant am Hafen von *Port d'Andratx*. Mit immer gut besetzten Tischen, bekannt guter Küche und vielen (deutschen)

Gästen, die in der Region ihre Zweitwohnungen oder -häuser haben. Miramar, so heißt auch das ehemalige Landgut des Erzherzogs *Ludwig Salvator* zwischen *Deià* und *Valldemossa.* *(Port d'Andratx, Av. Mateo Bosch 22. Tel. 67 16 17)*

Miró, Joan

Der Maler und Bildhauer wurde 1893 in Barcelona geboren. Sowohl seine Mutter als auch seine spätere Frau Pilar Juncosa stammten aus *Mallorca*. Miró wurde zu einem der populärsten Künstler seiner Zeit. Er zählt zu den Mitbegründern des Surrealismus. Schon in den 30er Jahren hatte er erste Ausstellungserfolge in den USA. 1940 lebte er das erste Mal für kurze Zeit auf *Mallorca*. Dort malte er die meisten seiner berühmten »Konstellationen«. Nach Jahren in Paris, Barcelona und New York zog der große Avantgardist 1956 endgültig nach *Mallorca*. Dort starb er 1983, neunzig Jahre alt. Auf seinem ehemaligen Ateliergelände bei Gènova sind im Museum »Fundació Pilar i Joan Miró« einige Werke (allerdings nicht die wichtigen) des Künstlers zu besichtigen.

Modernisme mallorqui

So wird der balearische Jugendstil genannt, der sich erst relativ spät, um 1902, auf *Mallorca* entwickelte. Seinen entscheidenden Impuls bekam er durch den katalanischen Jugendstilarchitekten Antoni *Gaudí*. Sein Schüler Joan Rubió, die mallorquinischen Jugendstilarchitekten Gaspar Bennazar Moner und Francesc Roca sowie Llluis Forteza Rey sorgten in der Folge für beeindruckende Jugendstilbauten vor allem in *Palma* und in *Sóller*. Vom katalanischen Architekten Lluís Domènech i Montaner stammt der 1903 errichtete und 1993 restaurierte Jugendstilbau des Gran Hotel im Zentrum von *Palma* – heute sind hier eine Kulturstiftung, Galerien und ein Café untergebracht. Gegenüber dem Gran Hotel die Jugendstilfassade der Konditorei Forn des Teatre. Und nur wenige Schritte entfernt die »*Gaudí*-Häuser« Can Casayas rechts und links der Gasse Santacilia (die allerdings nicht von *Gaudí* stammen). Weitere Pflichtübungen für Freunde des Modernisme mallorqui sind in *Palma* an der Plaça Marquès del Palmer die Jugendstilfassaden L'Aguila und Can Fortesa-Rei.

**** Orient***

Zu dem kleinen Bergdorf gelangt man auf kurvenreicher Straße entweder von Alaró oder Bunyola. Die weltabgeschiedene Idylle besteht aus wenigen Bruchsteinhäusern und der kleinen Pfarrkirche Sant Jordi. Orient ist ein beliebter Ausgangspunkt für Bergwanderungen. Das Luxushotel *L'Hermitage* bringt weitere Gäste in das abgelegene Gebirgstal.

Pa amb oli

Geröstete Bauernbrotscheiben mit Olivenöl beträufelt, eventuell mit Knoblauch abgerieben und gesalzen. Mit Tomatenscheiben, mit *Serrano*-Schinken oder mit Käse belegt. Einst ein Armeleuteessen, heute eine deftige Spezialität Mallorcas.

Palacio Ca Sa Galesa

Fünf-Sterne-Hotel in der Altstadt von *Palma*. Der Palast aus dem 17. Jh. wurde zum luxuriösen Hotel umgebaut und hat heute sechs Suiten und fünf Doppelzimmer – die alle nach berühmten Komponisten benannt sind. Mit sonnigen Terrassen, schattigen Innenhöfen, Swimmingpool und elegantem Komfort.

(Palma, Carrer Miramar 2. Tel. 71 54 00, Fax 72 15 79)

Palma

Die Hauptstadt von *Mallorca* hat über 300 000 Einwohner, wobei ein großer Teil unter 30 Jahre alt ist. La Ciutat, wie Palma von den Mallorquinern genannt wird, ist also ausgesprochen jung, was vor allem abends in den Bars und Cafés unübersehbar ist. Gleichzeitig steckt Palma voll »alter« Geschichte. Die Gründung der Stadt an der großen Bucht (Badia de Palma) geht auf die Römer zurück: Palmeria (von Palme). Eine erste Blütezeit erlebte Palma unter der Herrschaft der Mauren, die die Stadt Medina Mayurqa nannten. Nach der Wiedereroberung durch *Jaume I.* veränderte sich das Gesicht Palmas: Viele der noch heute für die Stadt charakteristischen Paläste wurden gebaut, die große Kathedrale, die Stadtbefestigung (die bis ans Meer reichte, die Uferpromenade wurde erst in diesem Jahrhundert aufgeschüttet). Im 14. Jh. war Palma ein wichtiges Zentrum der Seefahrt. Später wurde Palma immer wieder von Epidemien heimgesucht, es gab Hungersnöte, die Inquisition, Judenverfolgung, die Vertreibung der Jesuiten. Eine wechselvolle Geschichte mit kulturellen Höhen und Tiefen, die in der Stadt ihre Spuren hinterlassen haben. Für Besucher unserer Tage ist Palma voller Attraktionen: Baudenkmäler der Gotik und Renaissance, Jugendstilarchitektur, Cafés, Restaurants, Bars, Galerien, die Rambla, der Passeig des Born ...

Platja des Trenc

Langer, schneeweißer Dünenstrand im Süden Mallorcas zwischen Sa Rápita und Colónia de Sant Jordi. Vor Salinen und einem Kiefernwald gelegen, mit türkisfarbenem »karibischem« Wasser. Einziger Schandfleck sind die Betonbunker aus der Zeit des spanischen Bürgerkriegs. Besonders beliebt ist der ansonsten völlig unverbaute Strand bei FKKlern. Sorge macht den Umweltschützern, daß der Strand von des Trenc (Landschaftsschutzgebiet) immer schmaler wird. Offenbar gibt es einen fortwährenden Sandverlust, der auf veränderte Meeresströmungen zurückgeht – ausgelöst durch bauliche Veränderungen am Küstenabschnitt.

Pollença

Malerisch liegt das Städtchen Pollença in einem fruchtbaren Tal im Norden der Insel. Am Ortsrand führt eine Römerbrücke über den *Torrent* de Sant Jordi, sie verweist auf die römische Vergangenheit dieses Ortes – wobei sich die Gelehrten streiten, ob die Römerbrücke authentisch ist. Berühmt sind die 365 Stufen, die durch eine Zypressenallee auf den Kalvarienberg führen. Die Aussicht vom Kalvarienberg wird nur noch übertroffen durch den Puig de Santa Maria, einen knapp über 300 Meter hohen Berg im Süden von Pollença. Von seinem Gipfel hat man einen herrlichen Blick unter anderem auf die

Bucht von Pollença. Dort liegt das Hafenstädtchen Port de Pollença mit einem Yachthafen, einer hübschen Uferpromenade und nahe gelegenen Sandstränden. Nach Norden bietet das eindrucksvolle *Cap de Formentor* der weiträumigen Badia de Pollença natürlichen Schutz. Die hervorragende Windsituation lockt viele Segelboote und Segelsurfer aufs Wasser.

Port d'Andratx

Hafenort an der Mündung des *Torrent* de Saluet in einer großen, von Bergen eingerahmten Bucht. Der idyllische Hafen, der jahrhundertelang unter Piratenüberfällen zu leiden hatte, zeichnet sich heute durch einen regen Yachtbetrieb aus. An der Seepromenade reihen sich Restaurants, Cafés und Geschäfte. Die an der Bucht gelegenen Hänge sind dicht mit Villen bebaut, die sehr häufig deutsche Besitzer haben. Vom Leuchtturm auf dem Cap de Sa Mola reicht der Blick weit hinaus aufs Meer – an klaren Tagen bis nach *Ibiza*.

Port de Sóller

Einziger sicherer Hafen an der gesamten Nordwestküste in einer großen, runden Bucht mit zwei markanten Leuchttürmen auf den steilen Klippen rechts und links der Hafeneinfahrt. Da Port de Sóller auch Ausgangspunkt für viele organisierte Bootsfahrten (u. a. zur Cala *Sa Calobra*) ist, gibt es einigen Trubel. Direkt von der Bootsanlegestelle im Hafen führt eine nostalgische Straßenbahn zum landeinwärts gelegenen Städtchen *Sóller*. Alljährlich wird am 11. Mai in Port de Sóller mit einem großen Fest des Jahres 1561 gedacht. Mit vereinten Kräften und ohne Unterstützung durch Soldaten hat die Bevölkerung damals heldenhaft einen großen Angriff maurischer Piraten abgewehrt. Vor allem die tapferen Frauen von *Sóller* sollen damals entscheidend dazu beigetragen haben, daß die immerhin 1700 Piraten ins offene Meer zurückgedrängt werden konnten. Auf der Punta Grossa kündet der klobige Wachtturm Torre Picada, der nach dem Piratenüberfall 1561 errichtet wurde, von der ungebrochenen Verteidigungsbereitschaft des Hafenstädtchens.

Portocolom

Nach der offiziellen Geschichtsschreibung ist Christoph Kolumbus im italienischen Genua geboren. Allerdings gibt es auch die Theorie, daß Kolumbus im gleichnamigen Örtchen Gènova auf *Mallorca* geboren ist. Für *Mallorca* könnte sprechen, daß *Palma* zu Zeiten von Kolumbus ein Zentrum der Seefahrt und Kartographie gewesen ist. Aber es gibt noch einen weiteren Ort auf *Mallorca,* der für sich in Anspruch nimmt, der wahre Geburtsort von Kolumbus zu sein: Felanitx. Und deshalb heißt auch der Hafen von Felanitx Portocolom. Der Naturhafen Portocolom liegt nördlich von *Cala d'Or* in einer weiten Bucht, die den Schiffen natürlichen Schutz bietet. Im Norden des immer noch relativ ruhigen Fischerortes führt eine Straße an malerischen Bootshäusern, den »Escars«, vorbei zum schwarz-weißen Leuchtturm auf der Halbinsel Sa Punta.

Portocristo

Ähnlich wie *Portocolom* einst der Hafen von Felanitx war, so hatte das etwas weiter im Norden gelegene *Manacor* mit Portocristo seinen Seehafen. Um den Namen Portocristo rankt sich einmal mehr eine Legende: Im 13. Jh. stiftete die Besatzung eines Schiffs aus Dankbarkeit für den sicheren Schutz in der Cala *Manacor* eine Christusstatue. Als die Figur nach *Palma* gebracht werden sollte, wollten die Maultiere in *Manacor* nicht mehr weiter – also blieb die Christusfigur dort, und der Hafen von *Manacor* hatte seinen Namen: Portocristo. Heute ist dieser alte Fischerhafen ein frequentierter Badeort mit einer Marina für Yachten. Es ist ihm nicht anzusehen, daß es hier Ende der 80er Jahre einmal eine kleine Naturkatastrophe gegeben hat. Sintflutartige Wolkenbrüche haben den *Torrent* in die Cala *Manacor* so anschwellen lassen, daß im Hafen ein Großteil der Yachten zu Bruch ging und die Hafeneinrichtungen weitgehend zerstört wurden.

Porto Pi

Vorhafen von *Palma,* der durch einen großen Wellenbrecher geschützt ist. Porto Pi heißt aber auch ein elegantes Restaurant

in *Palma*, am steilen Hang unterhalb des *Castell de Bellver* gelegen. Schon die Ankunft – es geht durch ein Tor in einer Steinmauer unter Palmen die Stufen hinauf zu einer Terrasse im Kolonialstil mit Blick auf das Meer – steigert die Erwartungen, denen die Küche allemal gerecht wird.
(Palma, Carrer Joan Miró 174. Tel. 40 00 87)

Porto Portals

Die exklusivste Marina von *Mallorca* liegt westlich von *Palma* bei Portals Nous. Entlang der Hafenpromenade finden sich noble Yachten, viele Restaurants, Bars und Cafés (u. a. *Tristan, Wellies, Esdi's*). Highlife gehört in Porto Portals nachmittags und abends zur Tagesordnung. In-Treff der Schickimickis.

Randa

Es ist weniger das Örtchen Randa in der Nähe von Llucmajor, das die Touristen anzieht, sondern der gleichnamige Tafelberg, der 540 Meter hoch aus der großen Ebene *Es Pla* aufragt. Der Puig de Randa gilt als Berg des Ramón *Llull,* der hier nach seiner Läuterung als Einsiedler gelebt und meditierend die Begegnung mit Gott gesucht hat. In Serpentinen führt die Straße hinauf, zunächst vorbei an dem Kloster Santuari de Nostra Senyora de Gràcia, das wie ein Schwalbennest am Felsen klebt. Es folgt die Eremitage Santuari de Sant Honorat. Und oben auf dem Gipfel thront das festungsartige Kloster Santuari de Nostra Senyora de Cura. Von allen Eremitagen hat man einen grandiosen Blick, der fast über ganz *Mallorca* reicht.

*** Read's***

Nur 15 Minuten von *Palma* entfernt und doch mitten auf dem Land liegt das Luxushotel Read's beim Städtchen Santa Maria. Der alte Herrensitz ist umgeben von alten Olivenbäumen, Pinien und Palmen. Zum Hotel gehört das exquisite Restaurant Ca'n Moragues.
(Santa Maria. Tel. 14 02 61, Fax 14 07 62)

Real Club Nautico

Der königliche Yachtclub in *Palma* ist einer der ältesten in ganz Spanien. Im Clubhaus des Real Club Nautico von *Palma* findet sich das gleichnamige Restaurant mit einer anerkannt guten Küche. An großen runden Tischen werden vorwiegend Fischspezialitäten serviert. Gratis gibt es den Blick auf den Hafen durch die große Glasfront.

(Palma, Mollet 2. Tel. 71 87 83)

*** Reis de Mallorca***

Unter diesem Namen haben sich einige unabhängige »Hotels mit Charakter« zusammengetan, die besonderen Wert auf Individualität und authentische Atmosphäre legen. Darunter *San Lorenzo, Ses Rotges, La Residencia*. Reserviert werden kann über eine gemeinsame Buchungszentrale.

(Reis de Mallorca, Palma, Gremio Toneleros, 24. Tel. 43 06 74, Fax 43 13 68)

Rififi

Bei Mallorquinern und Touristen sehr beliebtes Fischrestaurant in *Palma* mit allen Seafood-Spezialitäten, die das Herz begehrt.

(Palma, Avda. Joan Miró 182. Tel. 40 20 35)

*** Rissagues***

Ein für die Balearen typisches (gleichwohl seltenes) Ebbe-Flut-Phänomen mit oft katastrophalen Auswirkungen. Bei einer Rissague senkt sich plötzlich der Meeresspiegel um bis zu zwei, drei Meter ab. Aus den betroffenen Buchten fließt das Meerwasser heraus, ankernde Boote liegen plötzlich auf dem Trockenen. Kurz darauf kommt das Wasser als Flutwelle zurück, die alles kurz und klein schlägt.

Robinson Club

Der Robinson Club liegt in der Cala Serena bei *Cala d'Or*. Er hat direkten Zugang zum Meer, einen großen Pool, Tennisplätze, eine eigene Golfübungsanlage. Es werden Tauchkurse angeboten und Tennisturniere durchgeführt. Und dreimal täglich fährt ein Shuttle zum nahe gelegenen Golfplatz Vall d'Or.

Rocamar

Ausgezeichnetes Fischrestaurant in schöner Lage am Hafen von *Port d'Andratx*.
(Port d'Andratx, Almirante Riera Alemany. Tel. 67 12 61)

Rondalles

So heißen die mallorquinischen Märchen, die über Generationen mündlich überliefert wurden. Sie handeln viel von Seeräubern und Mauren, aber auch von vergrabenen Schätzen und Zauberern, von reichen Grafen und armen Bauern, von schönen Töchtern und bösen Königen, von Gespenstern und Hexen. Erstmals veröffentlicht wurden sie 1895 von Erzherzog *Ludwig Salvator*, der die Märchen sammeln ließ und zu Papier brachte. Schon vorher hatte der junge Priester Antoni Maria Alcover aus *Manacor* die Rondalles gesammelt. Er veröffentlichte sie aber erst im darauffolgenden Jahr. Dem ersten Buch ließ Alcover weitere Bände mit Märchen folgen. Die Rondalles erfreuen sich in der mallorquinischen Bevölkerung auch heute noch großer Beliebtheit.

Sa Calobra

Sa Calobra, eine Felsbucht nördlich von *Sóller*, ist aufgrund ihrer herrlichen Lage zu Füßen der steilen Serra berühmt. Vom Land her ist die Cala nur recht abenteuerlich zu erreichen. Entweder zu Fuß durch die steile Schlucht des *Torrent* de Pareis – ein nicht immer gefahrloser Abstieg durch einen Cañon. Oder mit dem Auto auf einer engen, spektakulären Straße 12 km durch eine karstige Felsenlandschaft. In engen Serpentinen windet sich die 1932 mit primitivsten Mitteln gebaute Straße hinunter ans Meer. Eindrucksvoll ist der berühmte »Krawattenknoten«, wo sich die Straße in einem kühnen 300-Grad-Bogen selbst unterquert. Oder der schmale Durchlaß Caval Bernat, wo sich die Straße durch einen engen Spalt zwischen zwei große Felsblöcke zwängt.

Samantha's

Elegantes Restaurant etwas außerhalb Palmas im Vorort La Bonanova. Hier wird von der Einrichtung über den Service bis zur Küche auf Stil geachtet. Internationale Küche. Spezialität u. a. Churrasco de Lomo de Buey.
(Palma, Calle Francisco Vidal Sureda 115. Tel. 70 00 00)

*** Sa Sinia***

Auch bei den Einheimischen sehr angesehenes Fischlokal am Hafen von Portocolom.
(Portocolom, Pescadores 25. Tel. 82 43 23)

Sand, George

Die Schriftstellerin (1804 bis 1876) George Sand hieß eigentlich Amantine Aurore Lucile Dupin und war eine geschiedene Baronin Dudevant. Ihr Vater war der Urenkel von August dem Starken, Kurfürst von Sachsen und König von Polen. Ihre Mutter »ein armes Kind der Stadt Paris«, deren niedrige Herkunft George Sand nie verheimlichte. Die extravagante George Sand schockierte die Pariser Gesellschaft durch ihren maskulinen Habitus: Sie rauchte Zigarren, trug Männerhosen und predigte das Ideal individueller Freiheit. Ihr wurden Affären mit Franz Liszt, Honoré de Balzac und Hector Berlioz nachgesagt. Lange Jahre war sie mit Frédéric *Chopin* befreundet, mit dem sie auf ihrem geerbten Schloß Nohant in Frankreich zusammenlebte. Zu Beginn ihrer Beziehung überredete sie *Chopin,* ihre »Flitterwochen« auf *Mallorca* zu verbringen. Am 8. November 1838 trafen sie auf dem Dampfer »Mallorquin« in *Palma* ein. Mit dabei waren außer Sand und *Chopin* die beiden Kinder Solange und Maurice sowie die Zofe Amélie. Ihren *Mallorca*-Aufenthalt hat George Sand später (1842) in dem Buch »Ein Winter auf Mallorca« (»Un hiver à Majorque«) beschrieben. Dabei orientierte sie sich an den Zeichnungen ihres Sohnes Maurice Sand. Der Fünfzehnjährige hat seine Eindrücke auf *Mallorca* in über 100 Skizzen festgehalten. Von George Sand wurden ebenso die Schönheiten der Insel gepriesen wie auch die Schwierigkeiten geschildert, die sie mit der Bevölkerung hatte. In ihrer Reisebeschreibung finden sich einige ausgesprochen deftige Bemerkungen. So billigte sie dem mallorquinischen Bauern zwar zunächst zu, »sanft und gutmütig, friedlich, ruhig und geduldig« zu sein, um einige Zeilen später in die vollen zu gehen: »Er spricht seine Gebete, er ist abergläubisch wie ein Wilder, aber er würde seinen Mitmenschen bedenkenlos auffressen, wäre es des Landes so der Brauch und gäbe es nicht Schweine in Menge. Er betrügt, prellt, lügt, beschimpft und plündert ohne auch nur die mindesten Gewissenbisse.« Zur Ehrenrettung der Mallorquiner sei klargestellt, daß wohl selbst George Sand diesen Zeilen keinen Glauben geschenkt hat.

Sangría

Spanisches Lieblingsgetränk vieler Touristen. Für *Mallorca* eigentlich nicht typisch, aber längst auf der Insel beheimatet. Rotwein, Weinbrand, Apfel- und Zitronenscheiben – das Ganze mit Zucker und eisgekühlt. Ebenso erfrischend wie wirkungsvoll. Der Kopfschmerz am nächsten Morgen ist bei größeren Mengen im Preis inklusive.

San Lorenzo

Entzückendes kleines (Vier-Sterne-)Hotel im Herzen von *Palma* im ehemaligen Fischerquartier San Pedro. Geschmackvoll restauriertes Stadtpalais aus dem 17. Jh. Als »Eingangshalle« dient der alte, nach oben offene Innenhof mit Brunnen. Das versteckte Hotel hat einen kleinen Pool und nur sechs Zimmer (davon zwei Suiten). Zu Fuß schnell erreichbar sind die exklusive Einkaufsstraße Avinguda Jaume III und die Bars und Lokale rund um die *Llotja*.
(Palma, Carrer Sant Llorenç 14. Tel. 72 82 00)

Santa Ponça

1229 landete hier König *Jaume I.* von Aragón, um *Mallorca* von den Arabern zu befreien. Heute ist die Cala Santa Ponça mit ihrem langen Sandstrand dicht mit Hotelkomplexen bebaut. Sehr viel exklusiver geht es im Yachthafen von Santa

Ponça zu, in den dahinterliegenden Villen der »Urbanización« und auf den beiden Golfplätzen.

Sant Elm

Kleiner Ort am westlichsten Punkt Mallorcas. Früher landeten in der Bucht häufig Piraten von der Insel *Dragonera*, die von hier ihre Raubzüge unternahmen. Ein hübscher Sand- und Kieselstrand und klares Wasser entschädigen für den an manchen Tagen regen Verkehr kleinerer und größerer Boote, die vor allem aus *Port d'Andratx* kommen.

Santanyí

Stadt im Südosten der Insel, die nicht nur für ihren *Marés*-Stein berühmt ist, sondern bis ins 20. Jh. auch mit ihren Schmugglern für zweifelhaftes Aufsehen gesorgt hat. Abenteuerlich ist die Geschichte Santanyís: Jahrhundertelang mußte sich die Stadt unzähliger Piratenüberfälle erwehren. Entsprechend mächtig waren die Befestigungsanlagen, von denen noch die Porta Murada zeugt. Sehenswert ist die Pfarrkirche Sant Andreu Apòstel an der Plaça Major vor allem wegen der prachtvollen Orgel des berühmten mallorquinischen Orgelbauers Jordí Bosch. Nur wenige Kilometer vom Ort Santanyí liegt die Cala Santanyí, eine kleine Bucht mit Strand und Restaurants.

S'Era de Pula

Beliebtes Terrassenrestaurant im Nordosten der Insel mit Spezialitäten der mallorquinischen Küche und ausgezeichnetem Fisch in der Salzkruste (Lubina a la sal). »Pula« ist der Name für einen typischen mallorquinischen Bauernhof. »S'Era« heißt der Platz, wo früher der Weizen und die Gerste gedroschen wurde. Unmittelbar an das Restaurant grenzen die Fairways des Golfplatzes Pula.
(Son Servera. Tel. 56 79 40)

Serra de Llevant

Sehr viel niedriger und weit weniger spektakulär als die *Serra de Tramuntana* zieht sich fast parallel im Osten der Insel die Serra de Llevant an der Küste entlang. Meist hat sie eine Höhe von rund 300 Meter, die höchsten Gipfel sind knapp über 500 Meter. Die Hänge steigen etwas zurückgesetzt vom Meer eher sanft an und werden landwirtschaftlich intensiv genutzt.

Serra de Tramuntana

Auf einer Länge von rund 100 Kilometer zieht sich im Nordwesten Mallorcas von dem *Cap de Formentor* im Norden bis nach *Andratx* im Süden die Gebirgskette der Serra de Tramuntana. Die hohen Gipfel (über 1000 m) schützen die Insel vor den unwirtlichen Nordwinden. Der höchste Berg ist der Puig Major mit 1445 Metern. Das Gebirge sorgt für eine der eindrucksvollsten Küstenabschnitte des Mittelmeers: mit steilen Klippen und Felsvorsprüngen, schwindelerregenden Aussichtspunkten, einer kurvenreichen Bergstraße, mit malerischen Orten wie *Deià* oder *Valldemossa,* verfallenen Wachttürmen, ausgedehnten Terrassenkulturen, bizarren, uralten Ölbäumen, Steineichen und Pinienwäldern.

Serra, Junípero

Nicht von ungefähr steht in *Palma* an der Kirche San Francisco eine Statue des Franziskanerpaters Junípero Serra. Denn auf den im mallorquinischen Petra geborenen Indianermissionar Junípero Serra (1713–84) geht – neben 20 weiteren Missionen (San Diego, San Antonio ...) in der Neuen Welt – die Gründung der kalifornischen Stadt San Francisco zurück. Im Städtchen Petra gibt es neben seinem Geburtshaus in der Carrer Junípero Serra ein Serra-Museum zu besichtigen. Auf dem Marktplatz von Petra findet sich eine weitere Statue des Indianermissionars.

Serrano

Köstlicher Schinken (Jamon), der zum Beispiel auf das »Brot mit Öl« *Pa amb oli* gelegt wird. Der Serrano-Schinken (von Serra = Gebirge) stammt von Schweinen, die mit Eicheln der Stein- und Korkeichen gemästet werden. Noch berühmter, aber auch teurer ist der Jabugo-Schinken, der von schwarzen Schweinen aus Andalusien kommt.

Ses Rotges

Bekanntes Feinschmeckerrestaurant und Hotel in *Cala Rajada*. Eigentümer ist ein Ehepaar aus Lyon. Entsprechend hat die hervorragende Küche einen französischen Einschlag. Der Baustil ist rustikal mallorquinisch.

(Cala Rajada, Rafael Blanes 21. Tel. 56 31 08, Fax 56 43 45)

Siurells

Figürliche Tonpfeifen mit phönizisch-karthagischen Ursprüngen. Dargestellt werden u. a. Reiter, Frauen, Stiere, Teufel, Fabelwesen. Wurden von Joan *Miró* gesammelt und sind bei Touristen als Souvenir beliebt.

Sobrassada

Deftige Schweinswurst, gewürzt mit rotem Pfeffer. Von den Mallorquinern sehr geschätzt. Schmecken zweifellos entschieden besser, als sie aussehen.

Sóller

Der Name der kleinen Stadt im fruchtbaren Tal zu Füßen des Puig Major stammt von den Mauren (Suliar). Allerdings sollen schon die Phönizier und die Griechen den Ort und den zugehörigen Hafen besiedelt haben. Berühmt und beliebt ist Sóller nicht nur wegen seiner Straßenbahn nach Port de Sóller und einer nicht minder nostalgischen Eisenbahn, die Sóller mit *Palma* verbindet, sondern vor allem auch wegen seiner Orangen, der hübschen Architektur rund um die Plaça de la Constitució – und vor allem wegen seiner eindrucksvollen Umgebung.

Son Marroig

Herrenhaus des Erzherzogs *Ludwig Salvator* zwischen *Deià* und *Valldemossa* mit weitem Blick über das Meer, auf den Marmorpavillon und auf den Felsen Na Foradada, an dem der »Arxiduc« mit seinem Dampfschiff »Nixe« anzulegen pflegte. Heute ist in dem einstigen Landsitz des Erzherzogs ein Museum untergebracht.

Son Vida

Luxushotel in einem mittelalterlichen Schloß oberhalb des Golfplatzes Son Vida. Mit Baldachin, Lanzen und Ritterrüstung sowie einem eindrucksvollen Ausblick auf die Bucht von *Palma.*

(Palma. Tel. 79 00 00, Fax. 79 00 17)

Stay

Restaurant mit mediterraner und mallorquinischer Küche auf einer Mole in Port de *Pollença.*

(Port de Pollença. Tel. 86 40 13, 86 52 32)

Talayot

Die Talayot-Kultur entstand auf *Mallorca* etwa 1300 v. Chr. Charakteristisch sind die Mauern aus großen, trocken zusammengefügten Steinquadern (Zyklopentechnik), wie sie auch auf Korsika, Sardinien und Malta zu finden sind. Um einen zentral gelegenen Turm, den eigentlichen Talayot, lassen sich (etwa in Ses Païsses, Capocorb Vell, Son Fornés) die Überreste runder und quadratischer Räume erkennen. Auf *Menorca* sind noch die mysteriösen Taulas der megalithischen Talayot-Kultur erhalten, monumentale »Tische« mit einer tonnenschweren Steinplatte in fünf Meter Höhe auf einem großen Block. Im Laufe der Jahrhunderte wurden die Überreste der Talayots immer wieder als »Steinbrüche« mißbraucht.

Tancas

So heißen die typischen, nur knapp über einen Meter hohen Mauern, die auf *Mallorca* scheinbar endlos an den Straßen entlangführen, Felder voneinander abgrenzen und Schutz vor Erosion bieten. Die Mauern sind ohne Mörtel aus gefundenen Steinen zusammengesetzt, haben zuweilen Gatter aus gebogenem Olivenholz und prägen vor allem im Südosten das Landschaftsbild. Sehr viel aufwendiger sind die Trockensteinmauern für die Terrassen an den steilen Berghängen vor allem der *Serra de Tramuntana.* Die Männer, die diese Mauern nach alter Tradition zusammenfügen, heißen Margers und sind auf *Mallorca* heute sehr gefragt.

Tapas

Kleine Vorspeisen und Appetitanreger, die undefiniert von eingelegten Pilzen über Fischdelikatessen bis zu Bällchen aus Schweinefleisch reichen. Der Name (Tapa = Deckel) ist darauf zurückzuführen, daß früher eine Scheibe Brot auf das Weinglas gelegt wurde, um die Fliegen fernzuhalten.

Tito's

Berühmte Diskothek an der Plaça Gomila mit Lasershow und Blick auf die Bucht von *Palma*.
(Palma. Plaça Gomila)

Torrent

Die in der Sommerzeit oft ausgetrockneten Läufe von Flüssen und Bächen können bei Niederschlag rasch zu reißenden Strömen mit Geröll, Schlamm und enormen Wassermassen anschwellen (Torrent = Sturzbach). So zum Beispiel der berühmte Torrent de Pareis, der durch einen steilen Cañon in die Bucht von *Sa Calobra* führt.

Tristan

Nouvelle cuisine unter deutscher Leitung auf Sterne-Niveau am Yachthafen von *Porto Portals*. Schlemmertempel für Promis und Gourmets.
(Porto Portals, Plaça del Porto. Tel. 67 55 47)

Valldemossa

Valldemossa ist vor allem durch sein Kartäuserkloster bekannt, in dem George *Sand* und Frédéric *Chopin* den Winter 1838/39 verbrachten. Aber der Ort, der bei den Arabern Villaverde hieß, hat mit seinen engen Gassen und Treppen, der fruchtbaren Umgebung inmitten einer steilen Bergwelt auch sonst viel an Atmosphäre zu bieten. Um ein letztes Mal George *Sand* zu zitieren: »Das Dorf Valldemossa, das stolz auf sein Stadtrecht aus der Araberzeit ist, liegt im Schoße der Berge .... Wie eine Kolonie von Nestern der Seeschwalbe klebt es kaum zugänglich am Berg, und die Männer, meist Fischer, gehen frühmorgens fort, um erst spät am Abend heimzukommen. Tagsüber wimmelt das Dorf von den geschwätzigsten Weibern der Welt ...«

Villa Hermosa

Hotel im Stil eines luxuriösen Herrensitzes. In einer großen Gartenanlage gelegen, zwischen Felanitx und *Portocolom.* *(Felanitx. Tel. 82 49 60)*

Villa Italia

Hotel mit Kitsch, Plüsch und Glitter, luxuriösen Zimmern und Suiten. Malerischer Blick über die Bucht von *Port d'Andratx.* *(Port d'Andratx. Tel. 67 40 11)*

Vino mallorquin

Mallorca hat eine lange Weinanbautradition. So haben schon die Araber einen Ort, der für seinen Wein berühmt war, *Banyalbufar* genannt – kleiner Weingarten am Meer. Wein aus *Mallorca* war bereits bei den alten Römern beliebt. Später bezogen die aragonesischen Könige ihren Malvasía aus *Banyalbufar*. Ende des letzten Jahrhunderts hat die Reblaus den Weinstöcken den Garaus gemacht. Das war das vorläufige Ende, denn an vielen Orten hat man daraufhin den Weinanbau aufgegeben oder nur noch schlichte Tropfen für den eigenen Bedarf hergestellt. Erst später haben sich wieder Winzer der alten Tradition besonnen, neue Rebstöcke gepflanzt und zum

Teil sehr gute Weine hervorgebracht. Das bekannteste Weinanbaugebiet liegt bei *Binissalem* und hat Weine mit dem Prädikat »Denominación de Origen« (z. B. José Ferrer). Andere Schwerpunkte des *Vino mallorquin* – beziehungsweise »vi mallorqui«, wie die Mallorquiner sagen – liegen in der Gegend rund um Petra (z. B. Miguel Oliver), Porreres (z. B. Jaume Mesquida), Felanitx und *Manacor.*

Vista Hermosa

Elegantes Restaurant beim Hotel *Villa Hermosa.*
(Felanitx. Tel. 82 49 60)

*** Vistamar***

Exklusives Landhotel bei *Valldemossa* hoch über dem Meer mit Pool und paradiesischem Garten.
(Valldemossa. Tel. 61 23 00, Fax 61 25 83)

Wellies

In-Treff an der Marina von *Porto Portals* für Kaffee, Drinks, Essen – vor allem aber zum Sehen und Gesehenwerden. Mit einer strategisch günstigen Terrasse an der Hafenpromenade. Weitere Tische im ersten Stock. Zwei Bars, Sofas, offener Kamin.
(Porto Portals, Edificio Migjorn 23. Tel. 67 64 44)

Vorwahl für alle angegebenen Telefonnummern aus Deutschland: 00 34 71. Auf Mallorca selbst gibt es keine Vorwahl. Bei Telefonaten innerhalb Mallorcas mit dem Handy (D-Netz) zunächst immer 971 und dann die Telefonnummer wählen. Telefonate von Mallorca nach Deutschland: 07-49 plus Vorwahl der Stadt ohne Null.

Alle touristischen Angaben in diesem Buch wurden vom Autor mit größter Sorgfalt zusammengestellt. Sollten sich dennoch Fehler eingeschlichen haben, bittet er dies zu entschuldigen. Außerdem unterliegen natürlich insbesondere Telefonnummern sowie Angaben zu Restaurants und Hotels häufigen Veränderungen. Der Autor kann keine Verantwortung für die Richtigkeit der Angaben übernehmen. Was die handelnden Personen im Roman betrifft, so sind diese natürlich frei erfunden. Jede Ähnlichkeit oder Namensgleichheit mit lebenden Personen wäre rein zufällig und unbeabsichtigt.

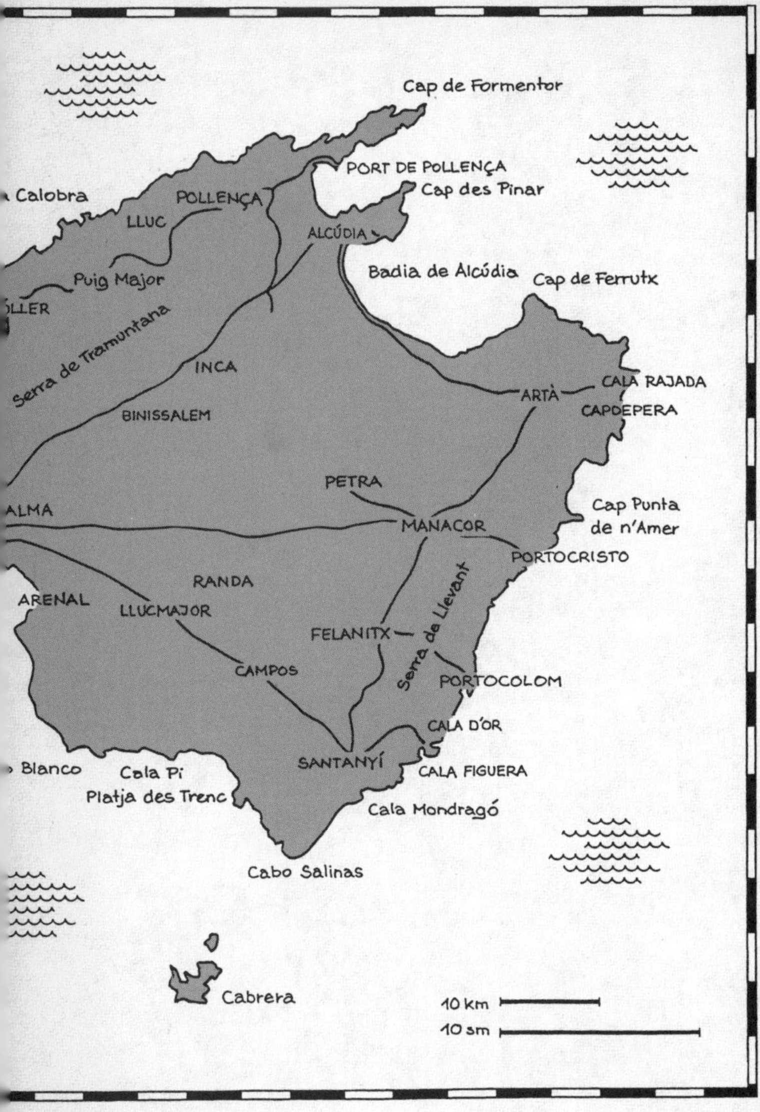

Cap de Formentor
PORT DE POLLENÇA
Cap des Pinar
Calobra
POLLENÇA
LLUC
ALCÚDIA
Puig Major
Badia de Alcúdia
Cap de Ferrutx
LLER
Serra de Tramuntana
INCA
CALA RAJADA
ARTÀ
CAPDEPERA
BINISSALEM
PETRA
ALMA
Cap Punta
de n'Amer
MANACOR
PORTOCRISTO
RANDA
ARENAL
LLUCMAJOR
Serra de Llevant
FELANITX
CAMPOS
PORTOCOLOM
CALA D'OR
SANTANYÍ
CALA FIGUERA
Blanco
Cala Pi
Platja des Trenc
Cala Mondragó
Cabo Salinas
Cabrera
10 km
10 sm